CETTE LETTRE EST POUR VOUS

Toutes ressemblances avec des lieux, faits ou personnages n'ont aucun lien avec la réalité.

Le café, quant à lui, est vrai et l'abat-jour.

Copyright © 2015 par Catherine Stakks

1

L e café fuma dans le bureau de : Cette lettre est pour vous, service de correspondance. Dans une ambiance chaleureuse, les fenêtres présentèrent un spectacle à grand déploiement de flocons qui dansèrent telle une valse. Les regards dévièrent rapidement vers l'invitée surprise, soit la neige qui se faufila à travers les fissures de son cadre.

— Il va falloir réparer ça patronne, sinon on va geler l'encre dans nos crayons, envoya Renata les mains remplies d'enveloppes.

Jab se pointa derrière elle, colmata l'entrée d'air avec du ruban collant et y apposa un canard cartonné fait à la main.

— Pourquoi la créature? leva les yeux Renata.

— C'est notre nouveau thermomètre à fuite de chaleur. Si son duvet bouge, c'est signe que je dois remplacer le ruban.

La femme demeura sans mots un instant, exprima un son de lassitude, puis retourna à son travail, pendant que celui-ci afficha un sourire discret. À l'écart, Capucine se trouva en pleine séance d'écriture, d'aventure, de dénouements, puis signa sa lettre avec élégance.

— Celle-ci est pour monsieur Théodoric, leva-t-elle l'enveloppe. Jab, peux-tu lui ajouter quelque chose de gentil? Il adore les chats et depuis son déménagement, il en a plus. Renata, j'ai besoin d'informations sur son nouveau quartier. Je veux connaitre l'ambiance, les activités à faire, m'imprégner de la place... et je te donne le courrier du sud des États-Unis. Je crois qu'ils aiment ta plume épicée.

Sur une musique imaginaire, Renata dégagea de son tiroir des papiers aux couleurs chaudes, pour ensuite les remettre à Jab.

— C'est ça, tu as bien entendu : épicée et suave. On boit mes mots comme un bon vin.

— Bien vieilli, pivota-t-il sur sa chaise vers son coin de travail.

Aussitôt, les traits de la femme se crispèrent et son regard s'aiguisa.

— Qu'est-ce que tu viens de dire?

Bien absorbé dans son travail, Jab lui remit les feuilles miraculeusement manipulées, décorées et légèrement scintillantes.

— Je dis seulement qu'un bon vin est souvent celui qui a bien vieilli. C'est gentil.

Elle examina son œuvre et leva les yeux vers lui.

— Si tu n'avais pas autant de talent, je trouverais bien quelque chose à redire.

Sans attendre, celui-ci tendit également à Capucine l'enveloppe de monsieur Théodoric ainsi qu'une jolie fleur en papier qu'il déposa avec les autres dans le vase devant elle. Renata capta l'acte du regard et soupira disgracieusement.

— Encore ces foutues capucines!

D'un air enjoué, Haby, la jeune fille de Capucine, entra d'un trait dans le bureau et se lança sur Jab.

— Fais-moi un éléphant! Un bel éléphant gris avec de grandes oreilles. J'adore quand ta lampe est allumée, toucha-t-elle l'abat-jour de ses petits doigts.

— Ah oui? Et pourquoi ça?

— Cela veut dire que tu es à la maison.

— Oh non! L'école! s'exclama Capucine qui regarda l'heure.

— C'est bon. Je la conduis et je rapporte des beignets. Qui en veut?

Doucement, Jab se leva, attrapa son manteau, se retourna et n'eut aucune réponse. Dans un échange de regards espiègles avec la jeune fille, il fit semblant de prendre les commandes de manière démesurée. La petite éclata de rire, embrassa sa mère et fit la course avec Jab jusqu'à la cuisine.

— Haby?

— Oui, maman!

— Je t'aime gros comme la longueur des bras de monsieur câlin, plus mes bras à moi.

La fillette tourna le regard vers monsieur câlin, un bonhomme de papier en forme de cœur épinglé sur le mur de la cuisine. En plus d'offrir un affreux visage, il posséda des bras extrêmement longs. Cette décoration fabriquée par Haby et Jab s'additionna aux nombreuses autres présentes sur le réfrigérateur ou ailleurs dans la maison.

— Je t'aime, moi aussi, lui souffla-t-elle un baiser dans les airs.

Devant l'ordinateur, Renata poussa ses verres plus haut sur son nez et arrondit le regard.

— Patronne, vous allez avoir besoin de refaire le plein de papier. À ce rythme, on va devoir travailler à temps plein. Capucine roula sa chaise près d'elle.

— Combien d'inscriptions de plus aujourd'hui?

— C'est comme ça, depuis que vous êtes passée à la télévision. Le réalisateur avait mentionné que plusieurs pays auraient ce reportage. On ne pourra jamais fournir à cette vitesse.

— Tu m'as dit que tu avais des copines qui aimaient écrire, c'est peut-être le temps de leur téléphoner.

Des beignets chauds dans un sac, le retour de Jab s'annonça sous un délicieux parfum. Il traversa le salon et passa devant le téléviseur qui montra des images de sa propre personne.

Quand il réalisa la situation, il s'arrêta et revint devant la boite à images.

— Hé! C'est nous à la télé! On passe aux nouvelles!

— Quoi? résonna la voix de Renata.

Jab tourna la tête vers le bureau afin de mieux projeter sa voix.

— Je vous vois à la télé.

Le roulement de la chaise de Renata s'entendit ainsi que ses soupirs d'exaspérations de devoir vérifier les dires de celui-ci, quand un cri trancha la quiétude de l'appartement.

— Tu aurais pu le dire qu'on passait à la télé! Capucine! Viens voir ça! C'est nous.

Jab s'en remit à son sac de beignets, pendant que Capucine s'avança lentement dans la pièce. À l'écran, un homme au langage impeccable et à la cravate assortie à sa chemise parla avec enthousiasme.

— Maintenant, à l'ère où nous pouvons écrire un message et l'envoyer au bout du monde en un clic, une jeune femme monoparentale vit de la correspondance; médium maintenant qualifié d'à l'ancienne. Les images en arrière-plans prirent désormais la totalité de l'écran. Enveloppes, timbres, écriture à la main, le service de Cette lettre est pour vous trouve une clientèle un peu partout dans le monde. Je m'avance éperdument en disant que tous aiment recevoir du courrier. Je ne parle pas du courrier quotidien, des comptes, des documents d'affaires, mais des lettres qui se démarquent des autres dans la boite aux lettres : la correspondance personnelle.

Dans un magnifique plan où la lumière devint harmonieuse, Capucine apparut à l'écran. Au salon, Jab pressa les lèvres. Grâce à la lumière diffuse, le foulard qu'elle porta sur ses épaules sembla en cachemire, sa peau en porcelaine et ses cheveux en soie. Un panier de lettres à ses côtés, elle expliqua à l'intervieweur la douceur de son travail.

— C'est l'art d'être en liaison intime avec les gens par le biais du papier et des mots. Il y a un million de vibrations dans une phrase écrite à la main. On peut sentir la personne. C'est une chanson qui sonne en nous quand on lit les mots. C'est un poème qui rime avec les mains des gens qui ont travaillé pour le faire voyager. C'est un dessert alphabétisé, aromatisé d'émotions, tissé par des sons, couché sur du papier, enveloppé et finalement envoyé comme un bouquet de fleurs timbrées.

Les applaudissements de Renata s'entendirent dans le salon.

— Votre clientèle... on parle principalement de gens du troisième âge? envoya l'homme.

— Notre clientèle n'est pas celle qui reçoit le produit, car ce sont d'autres personnes qui les inscrivent : leurs enfants, amis, voisins... Ils font l'inscription sur le site internet pour les gens qu'ils aiment et nous correspondons ensuite avec ces personnes.

— Je peux donc recevoir une lettre un bon matin par Cette lettre est pour vous, sans jamais m'être abonné?

— C'est exact. Dans la première lettre, on vous indique de qui vient ce cadeau et à quoi vous devez vous attendre.

— Qu'est-ce qui vous a le plus surpris, depuis que vous êtes correspondante professionnelle?

— Je sais que ça parait parfaitement logique, mais je n'avais pas prévu que les gens me réécrivent.

— Ah! D'accord! Le service est à sens unique. Vous écrivez seulement.

— Non, pas du tout. Le service est personnalisé. Si la personne souhaite écrire, je vais prendre le temps de lire ses lettres et y répondre. Ils n'ont simplement aucune obligation de le faire. À l'inscription, il y a un formulaire à remplir qui nous parle de la personne, ses préférences, ses habitudes, ses valeurs. Alors, nous avons au départ quelque chose d'intéressant pour écrire.

— Vous savez comment je vous ai connu? questionna encore

l'homme, mais cette fois d'un œil taquin. J'ai rendu une visite à ma mère. Elle et ses amies se sont inscrites elles-mêmes, car leurs amis l'avaient fait. En me rendant à la villa, j'ai découvert l'excitation et l'enthousiasme reliés à vos lettres. Voici un court reportage.

Le téléphone sonna dans le bureau de la petite compagnie de Chicago. Celui que Capucine eut en poche également, alors elle s'éclipsa afin de répondre à tous. Renata n'arriva pas à décoller son regard du téléviseur. Elle observa Capucine qui écrivit dans un plan large quand Jab apparut à ses côtés et lui remit une copieuse pile de papier. Dans le plan suivant, Capucine se prépara à sortir pour mettre à la poste les lettres et Jab l'aida à mettre son manteau. Après, la caméra embrassa le visage de l'initiatrice de la petite compagnie dans un plan rapproché. Renata sourit. Dès que la caméra recula, Jab apparut derrière elle dans une position statique. Son sourire se situa plus près de la grimace que d'une lueur chaleureuse.

— Tu es toujours dans son ombre! Elle était magnifique et puis te voilà qui arrives derrière. Veux-tu me dire pourquoi tu fais cet air?

L'absence de réponses de celui-ci amena Renata à tourner la tête vers l'homme qui s'empiffra de beignets.

— Je n'aime pas être devant les caméras.

— Oh! Cela se voit, redonna-t-elle son attention à l'entrevue.

Sur chacun des plans où Jab apparut, ses yeux se montrèrent ouverts au maximum de leur capacité et son sourire se qualifia difficilement. En plus, celui-ci ne se mélangea pas à l'action. Enfin, les deux femmes apparurent à l'écran en train d'écrire. Renata se vit et se berça devant la beauté du moment, quand le visage de Jab, au regard étrange, se glissa dans la scène. Elle porta sa main vers le téléviseur.

— Ça tue le naturel! Tu fixes la caméra sans arrêt.

— Est-ce que je t'ai montré mes photos scolaires? Je t'assure que ce que tu vois est très bien.

La voix de Capucine ne résonna plus dans le bureau. Ayant mis fin aux conversations, elle revint au salon où un large sourire naquit sur son visage.

— Oh! C'est madame Cantal! Je l'imaginais exactement comme ça. C'est une belle dame.

Le microphone donna la parole à la dame.

— Je reçois environ une lettre par semaine et j'adore ce moment! Je n'ai pas beaucoup de visiteurs et les courriels c'est bien pour prendre des nouvelles et voir les photos de mes petits enfants, mais pour les belles conversations, vous savez... prendre le temps, je préfère une belle lettre. Voici la dernière que j'ai reçue. Je la relie encore. Ces lettres ne sont pas ordinaires. Il y a tout d'abord une touche créative, spéciale... sublime, je dirais. Jab se flatta près de l'épaule. Renata lui flanqua une claque derrière l'autre. L'ambiance! C'est comme si je prenais le café avec une bonne amie, ça me fait tellement de bien. Ce sont des lettres remplies de joie.

Les yeux de Capucine brillèrent.

— Ce qu'elle est gentille!

À la télévision, l'intervieweur se trouva dans l'entrée du bureau de la petite entreprise. Amusé, Jab se positionna exactement au même endroit, se mesura sur le mur et bomba son torse.

— Je suis plus grand.

Renata pesta en silence et leva le son du téléviseur.

— La fondatrice de ce projet est madame Capucine Muller. Elle et son équipe écrivent des dizaines de lettres à la main de façon hebdomadaire. Un styliste-concepteur vient deux fois par semaine afin de créer la papèterie. En addition, une adjointe à la rédaction s'occupe des inscriptions, des tâches administratives et bien sûr de la rédaction. Madame Muller souhaitait un travail qu'elle pourrait faire de la maison, afin d'être disponible pour sa fille.

— Je voulais concilier le travail et la famille en faisant ce que j'aime.

Devant les caméras, Capucine se montra d'un naturel désarmant. Renata pointa l'écran à Jab.

— C'est ça qu'on veut voir, tu comprends? Elle est pareille à la télé que dans la vraie vie.

Jab ne remua aucunement et lui offrit un sourire forcé. La douce luminosité mourut quand l'intervieweur réapparut en plan rapproché.

— Les services de cette microentreprise ne sont pas donnés. Vu la qualité de son fonctionnement et sa rareté, cela en fait une entreprise de choix, un cadeau de luxe à offrir à nos proches ou à s'offrir à soi-même.

— Tenez Monsieur, cette lettre est pour vous.

La caméra s'approcha de Capucine et suivit son geste. En addition, la musique ferma la scène. Renata referma ses bras sur elle-même. L'auditoire se sentit emballé dans une couverture sonore et visuelle simplement parfaite. Ensuite, les nouvelles continuèrent sur d'autres sujets, pendant que l'équipe de Cette lettre est pour vous échangea sur ce qu'elle vit, quand Renata perdit le sourire.

— Je... Il a dit que le reportage fait le tour du monde en ce moment. Je fais le tour de monde! agita-t-elle ses mains comme des éventails devant ses yeux de manière à retenir ses larmes. Ne sachant comment réagir à la situation, Jab lui avança le sac rempli de pâtisseries.

— Beignet?

— Oui, merci, capta-t-elle celui qu'il s'apprêta à manger.

— Tu sais que tu apparais à l'écran que quelques secondes... de dos? Capucine éleva le regard vers lui et l'amena à reprendre ses mots. Tu vas faire un très beau voyage.

2

Sous le regard attentif du canard en carton apposé à la fenêtre, les jours s'additionnèrent, les lettres se multiplièrent, les timbres furent achetés en plus grande quantité, ainsi que les beignets chauds.

Quelque part en Europe, une voix d'homme appela un serviteur qui se rendit à son chevet. Dans un élégant salon orné de grands rideaux dorés et de divans calleux, le même homme marcha avec une canne. Celui-ci se déplaça dans une seconde pièce où de grands draps blancs recouvrirent les meubles. D'un geste assuré, l'hôte retira le textile de l'un d'entre eux et dévoila un ancien secrétaire. Le vieil homme posa sa canne et s'assit à celui-ci. De sa main légèrement tremblante, il capta une plume et sélectionna un morceau de papier blanc.

À Chicago, la neige s'accumula au pied de la porte de l'appartement de Capucine. Elle et sa fille sortirent afin de se rendre à l'école, suivi de près par Jab qui les accompagna sur le chemin de son deuxième travail au Paper-Story où il inventa une multitude de produits en papier conçus pour la vente commerciale. À cet endroit, il orchestra de petites et de grandes créations au centre d'un immense studio où le papier se calcula à la tonne. Du matin au soir, les cartons devinrent des créatures, les papiers fins poussèrent en jardins et l'impossible n'y eut jamais mis les pieds. Haby visita l'endroit un jour et en parla encore depuis. Les personnages grandeur nature eurent toute son attention.

Ce fut à cet endroit que Capucine rencontra Jab, quand celle-ci chercha un commanditaire pour sa compagnie. Bien entendu, tous lui refusèrent une telle collaboration. Témoin de la rencontre entre elle et le grand patron, qui se termina par un refus ferme et sans retour, Jab la rejoignit sur la rue. Depuis, il déjeuna quelques fois par semaine dans le bureau de correspondance et s'amusa avec eux, comme il le disait si bien, plusieurs heures par semaine. Avec le temps, il devint pratiquement un membre de la famille, connut les airs de l'appartement, aima passer du temps avec Haby et pour une raison inconnue, veilla à ce que l'entrée soit toujours dégagée. Sitôt la porte verrouillée, il gratta la neige devant la porte et reposa la pelle derrière le cèdre. Ce jour-là, son regard se posa sur la boite à lettres demeurée entrouverte.

— Du courrier à cette heure? y plongea-t-il la main, pour ensuite y trouver une lettre. À la course, il rattrapa Capucine. Hé! Regarde ça, secoua-t-il l'enveloppe devant ses yeux. Elle n'a pas été postée, mais déposée. Si je me fie à l'adresse de l'expéditeur, elle vient d'Europe.

L'écharpe montée par-dessus le nez, Capucine essaya de voir, mais la neige poudreuse lui fouetta le visage. Ce fut une journée où la visibilité se mesura avec la longueur du bras.

— Donne-la-moi, je vais la mettre avec les autres à mon retour.

Avec soin, elle la glissa dans la poche de son manteau. Debout devant elle, Jab demeura sur place inutilement. Quand il le réalisa, il tenta une salutation dans une drôle d'accolade manquée. Pour se reprendre, il approcha son visage près du sien, bafouilla de manière incontrôlée, lui offrit un sourire plat, se recula, la salua d'un geste de la main, se courba devant la petite et s'éclipsa contre le vent.

Au Paper-Story, le bureau de celui-ci exposa une longue série de pots à crayons, de feutres, d'adhésifs de toutes sortes, de ciseaux, en plus de l'artillerie lourde : des fers, des bruleurs, plusieurs tranches à papier et même des machines à coudre. À sa gauche reposa une foule d'écrans et d'appareils technologiques. Il accrocha son manteau sur le dossier de sa chaise et trouva l'un des gants de Haby qui dépassa d'une de ses poches. Aussitôt, il capta son téléphone.

Dans la cour de l'école, Capucine et Haby circulèrent en rond en regardant le sol.

— Avec cette neige, c'est peine perdue.

Son téléphone portable résonna faiblement, juste assez pour qu'elle capte l'appel.

— Allo.

— C'est moi. J'ai un gant rose ici.

— Oui! C'est Jab, il dit qu'il l'a trouvé, partagea-t-elle la nouvelle à sa fille. On le cherchait.

Haby tira le coin du manteau de sa mère.

— Demande-lui où il était.

— Elle veut savoir où il était.

— Dans la poche de mon manteau avec un certain éléphant à grandes oreilles. Je passerais ce soir après le travail.

— D'accord. Merci d'avoir appelé.

Le gant bien en vue sur son bureau, Jab l'observa pendant un moment, puis en exécuta une remarquable illustration à motifs d'éléphants roses. En quelques manipulations, il en créa une guirlande, des cartes ainsi que des décorations d'arbres de Noël. En soirée, il présenta quelques articles à son patron qui les adora. Jab reçut le feu vert et créa une collection avec différents animaux et textures. Plusieurs heures plus tard, les produits se retrouvèrent emballés pour l'équipe de marketing et portèrent le nom de : Les mitaines de Haby.

À la fin de son horaire de travail, il décrocha l'une des guirlandes, la glissa dans sa poche avec le gant et courut attraper le bus. Le bureau derrière lui demeura rempli de gants roses ainsi que le couloir et le plafond de la salle de conférence.

Devant l'appartement de Capucine, Jab leva les yeux vers les fenêtres plongées dans le noir et pinça les lèvres. Pendant un moment, il pensa laisser la mitaine dans la boite aux lettres, mais opta pour cogner discrètement. Ayant la clé, il décida autrement. Doucement, il pénétra dans l'appartement endormi, grimpa l'escalier et alluma le chandelier au-dessus de la table de la cuisine. La lueur lui permit de percevoir Capucine qui dormit dans la chambre. Sans s'attarder, il déposa le gant sur la table, étala la guirlande pour Haby et trouva un mot écrit de la main de Capucine ainsi que l'enveloppe plus tôt trouvée dans la boite aux lettres.

«Jab, peux-tu jeter un coup d'œil svp?

Capucine»

Sans attendre, il capta l'envoi et l'examina d'un côté, puis de l'autre.

— Pourquoi ne l'as-tu pas ouverte? parla-t-il à voix basse, en touchant le sceau plutôt particulier.

Sans faire de bruit, il déposa son manteau sur le dossier de la chaise, déroula son foulard, s'installa confortablement et se pencha sur la pochette de papier, quand son regard s'arrondit. Brusquement, il se déplaça dans la pièce où les lettres furent confectionnées, donna vie à sa lampe de travail, fouilla dans ses tiroirs et amassa de nombreux objets. De retour en cuisine, il enfila des gants et s'arma d'une fine lame. Sous une lentille de rapprochement, il retint son souffle et détacha la lettre. Ses yeux étudièrent d'abord le grain du papier, ensuite le dessin du sceau, puis la qualité de la cire utilisée. À dents serrées, il déplia le papier délicatement.

— Château de la Manoirie, Valorin, France...

Sans quitter la lettre des yeux, il échangea sa loupe pour un drôle de casque avec des aides optiques, puis regarda l'envoi d'encore plus près. Peu de temps après, il alluma la lampe de

CATHERINE STAKKS

chevet de Capucine.

— Réveille-toi! Il faut que tu voies ça. Hé! bougea-t-il son épaule avec maladresse.

La jeune femme ouvrit les yeux, le vit et cria de frayeur par l'intérieur telle une grande aspiration d'air. Jab copia son regard terrassé, puis retira son équipement.

— C'est moi. C'est Jab.

— Qu'est-ce que tu fais ici? Quelle heure est-il? Qu'est-ce que...

Il lui parla du gant, de sa journée de travail et du mot sur la table, mais les mots dévalèrent dans une drôle de suite.

— Redonne-moi immédiatement la clé et va dormir chez toi.

— La clé est dans mon manteau. Je vais te la remettre, souffla-t-il en baissant les yeux un instant. Ses épaules retombèrent et il chercha à ordonner ses idées. Je veux absolument que tu voies ça. J'ai jeté un coup d'œil sur la lettre que tu as reçu et devines quoi?

— Jab, ça ne peut pas attendre à demain? passa-t-elle en position assise.

— Je dois faire des recherches, mais je crois que ce sceau est très ancien. La qualité de la cire... Je peux te dire qu'elle est très rare et peut-être même qu'ils n'en font plus du tout, comme ce papier d'ailleurs. Cette fibre est semblable à celles que j'admire quand je vais... au musée.

Elle reprit ses derniers mots et examina la lettre ainsi que l'enveloppe sans façon, pendant que Jab grimaça en l'incitant à la toucher avec douceur. Du bout des doigts, elle caressa l'impression du sceau. Son regard trouva celui de Jab. Elle soupira lourdement et entreprit la lecture. Celui-ci lui résuma la lettre avant même qu'elle ne la termine.

— C'est une invitation pour aller en France! Cet homme dit qu'il voudrait nous offrir une collection de correspondance ayant appartenu à feu, sa femme, qui avait une passion pour cet art. Il nous demande de se rendre à cette adresse dès la réception de la lettre.

Capucine fronça les sourcils et recula la lettre.

— C'est vraiment curieux.

Jab sourit.

— Oui! acquiesça-t-il.

— Sans façon.

— Oui! Je... Non? Il lui repoussa la lettre qu'elle délaissa sur la table de chevet. Je crois que ce que le monsieur veut t'offrir n'est pas quelque chose qu'on s'amuse à poster. Il a fait livrer cette lettre, à mon avis, par messager.

— Il est tard, se frotta-t-elle les yeux. Même si je le voulais, je n'ai nul budget accordé pour les voyages ni le temps et aucune organisation avec la petite. Jab, je ne me rends pas comme ça chez un inconnu sous prétexte qu'il a quelque chose à m'offrir. J'ai fait assez d'erreurs comme ça dans ma vie. Rentre chez toi.

— Tu n'es pas plus curieuse que ça? tourna-t-il la lettre dans ses mains afin de l'admirer encore une fois. Il a peut-être quelque chose d'important à te dire, quelque chose qui ne s'écrit pas.

Il plongea son regard dans le sien dans l'attente d'une acceptation.

— Je ne partage pas ton émotion, Jab.

Celui-ci pressa les lèvres.

— Je dois vérifier. On parle toujours de la lettre?

Capucine fronça les sourcils.

— De quoi d'autre veux-tu que ça soit?

Il acquiesça.

— Tu as raison. Je devrais rentrer chez moi.

Capucine ferma la lampe et se glissa au lit.

— Et redonne-moi la clé.

— J'en ai besoin pour verrouiller la porte, à moins que tu

veuilles me raccompagner.

Capucine ne répondit point, mais respira profondément la tête bien enfoncée dans l'oreiller. Dans la pénombre de la chambre, Jab plaça la couverture doucement sur elle. Ensuite, il marcha dans l'appartement et ferma les lumières, quand Haby apparut devant lui.

— Tu es là! C'est déjà le matin?

— Je t'ai réveillée? Je suis désolé. Viens, je vais te remettre au lit. C'est encore la nuit.

— Je peux avoir de l'eau.

— Je t'apporte ça.

Jab revint dans la chambre de la fillette et déposa le verre sur sa petite table. Allongée dans son lit, la fillette sourit.

— J'ai vu que ta lampe était allumée. J'étais contente. Jab plaça ses couvertures, puis patienta à ses côtés un moment. Tu vas être là quand je vais me réveiller?

— Oui, je vais être là.

3

Quand le soleil illumina la fumée des grandes cheminées de la ville, un rayon grimpa doucement sur l'agrandissement de la lettre et du sceau affichés au mur du bureau de Cette lettre est pour vous. Aussitôt, de petits pas s'entendirent. Haby vit luire la lampe de Jab, sourit, puis trouva son regard.

— Tu es là.

Jab acquiesça, le regard aussi pétillant qu'elle. Au même moment, Capucine interpela la fillette de la cuisine.

— Je dois me préparer pour l'école. Tu vas être là à mon retour?

— J'aimerais bien ça.

— Moi aussi.

Dans le brouhaha du matin, Jab déposa son crayon et rejoignit Capucine afin d'offrir son aide. Un morceau de vaisselle à descendre d'une étagère haute, l'assemblage du repas à apporter de la petite, la chasse au trésor dans la maison afin de trouver un devoir égaré, il adora mettre la main à la pâte. Dans ses déplacements, Capucine vit une clé qui reposa sur la table.

— Je suis désolée, Jab, pour hier soir. J'aimerais que tu gardes la clé encore un peu, en cas d'urgence.

Sans dire un mot, il la glissa dans sa poche et aida Haby avec ses bottes dans l'entrée. Le sourire aux lèvres, il s'offrit ensuite pour la mener à l'école. Devant le refus de Capucine, il changea son offre pour les accompagner toutes les deux. Elle nia avant même de parler.

— J'ai vraiment besoin de plus de papèterie, si tu pouvais avancer le travail pour qu'à mon retour je puisse écrire.

Son sourire mourut.

— Bien sûr.

Puis, il les regarda partir en accueillant Renata qui arriva à la course des quelques mètres qui la sépara de sa voiture.

— On gèle! J'espère que le café est chaud.

— Bonjour à toi aussi.

Dans le bureau, celui-ci lui raconta la nouvelle, lui montra la lettre ainsi que les détails particuliers. Renata savoura lentement ses premières gorgées de café, fit quelques recherches, puis ne détacha plus ses yeux du mystérieux envoi. Le temps avança et par-dessus ses obligations et les adresses qui s'accumulèrent, elle chercha à en savoir plus. De son côté, Jab qui emprunta au petit matin des échantillons précieux de papiers anciens du Paper-Story installa un ruban autour de lui de manière à ce que personne n'approche la zone. Celui-ci porta des gants à travers ses manipulations et utilisa un microscope, également emprunté. De retour, Capucine figea dans l'entrée du bureau.

— Qu'est-ce qui se passe?

Renata pointa Jab du doigt. Aussitôt, il tenta de s'expliquer, mais ne trouva pas d'oreilles attentives. Quand il tourna le regard vers Renata, celle-ci éleva les épaules dans un geste d'indifférence. La voix de Capucine résonna fortement autour d'eux.

— On ne peut pas se permettre de perdre du temps sur les fibres du papier des lettres que nous recevons. Nous avons beaucoup d'inscriptions et pas assez de mains pour nous aider. En ce moment, les lettres de M. Théodoric, Mme Cantal, la fille de Lucy, Mme Braxton et Brice devraient être timbrées.

Jab se leva rapidement de sa chaise et glissa les envois demandés dans sa main. Renata glissa une tasse de café chaud dans son autre main.

— Venez voir patronne, je crois que vous allez aimer ça.

Devant l'écran, Renata lui présenta les nombreuses autres inscriptions, puis fit apparaitre des photos du château de la Manoirie.

— C'est l'un des derniers châteaux de la région à être encore habité par le propriétaire. On parle possiblement de la descendance d'une grande lignée de la haute bourgeoisie et sa femme était reconnue pour sa plume. Elle a publié quelques livres, tous sur le sujet de la correspondance. On note ici que les derniers exemplaires se trouvent en réserve à la bibliothèque nationale du pays. On raconte qu'elle a tenu des relations avec de grandes personnalités de l'époque par l'échange de lettres. Elle faisait venir sa papèterie de l'Égypte, la Chine et d'autres pays.

Jab en rajouta avec un langage technique indéchiffrable et continua d'exécuter des comparaisons, quand il lâcha tout.

— Quoi? demanda Renata par-dessus ses lunettes de lecture.

— Ce papier date de... Il est plus vieux que ton arrière, arrière, arrière, arrière-grand-mère. J'ignore comment il s'est conservé. C'est un très vieux papier. Pour le sceau, c'est encore bien pire. Si ce truc est le vrai, il a été estampé à l'aide d'un outil officiel de la royauté de l'époque. On peut y voir la couronne, les armes et les armoiries de la famille. On ne parle plus de petites correspondances, mais de messages officieux. J'ignore qui est cet homme, toutefois je crois qu'il a en sa possession des artéfacts monumentaux... et il veut t'en faire cadeau!

Renata poursuivit en montrant un agrandissement de la signature en bas de la lettre.

— Si mes données sont bonnes, D.D.V serait en fait : Duc de Valorin.

— D'accord, écoutez-moi tous les deux. Je vais écrire à ce... duc et le remercier gentiment. Je n'ai pas le temps, les moyens ou l'intérêt d'aller là-bas. Si cela se trouve, je ne sais pas ce que je ferais de toute façon avec un ensemble de papèterie qui date des derniers siècles.

— Peut-être veut-il que tu écrives avec? envoya Renata.

Jab rebondit sur sa chaise.

— J'en doute fortement! On n'écrirait pas sur ce papier, on ne respirerait même pas près. On le cacherait de la lumière et de l'air en général. Il y a beaucoup de choses à visiter dans ce coin-là. Des vacances? Ça fait longtemps que tu n'en as pas pris. Un aller-retour, un coucou à la tour Eiffel et tu reviens. Tu n'as jamais vu Paris, si je ne me trompe?

Renata compléta son point de vue.

— Si cet homme est riche à craquer, je peux très bien composer avec les longues suites de chiffres.

— Ça suffit, vous deux! J'écris à ce monsieur et la discussion est close. Je ne veux plus de recherches ou de temps sur cet envoi. On est bien d'accord?

Le ton se montra ferme et sans équivoque. Capucine se dirigea ensuite vers le bureau de Jab et décrocha le ruban de protection de zone ridicule. D'un geste assuré, elle s'installa à son bureau et commença la lettre au duc. Avant que sa main ne capte la lettre originale, Jab l'arrêta. Les mains gantées, il manipula l'envoi avec soin et l'inséra dans une pochette de protection transparente.

— C'est bon, tu peux l'utiliser.

Un long silence funèbre meubla le local, jusqu'à ce que la lettre de Capucine soit cachetée et timbrée.

— Elle partira avec les autres envois de la journée, déposa-t-elle la lettre sur la pile.

Puis, elle prit congé. Derrière le comptoir de la cuisine, pendant qu'elle réchauffa son café, Jab l'approcha en douceur.

CETTE LETTRE EST POUR VOUS

— Il y a quelque chose qui m'accroche. Au sujet de la lettre...

— Jab!

Elle posa ses mains contre l'évier, baissa la tête et expira lourdement. Il s'avança lentement.

— Je sais que tu en as beaucoup sur les épaules ces temps-ci avec les inscriptions qui entrent... et avec tout ce que tu fais. Je veux seulement que tu m'écoutes un instant. Elle leva les yeux vers lui. Le courrier qu'on reçoit est toujours adressé à l'adresse de la compagnie, en casier. On nous le livre parce que nous avons fait un arrangement à cet effet, mais la clientèle n'a pas tes coordonnées.

Il retourna l'enveloppe afin de lui montrer son adresse personnelle et l'avança sur le comptoir. Capucine la repoussa doucement.

— Ce n'est pas très difficile de trouver une adresse de nos jours. On clique un peu sur internet et l'on a une masse d'informations.

— Ce n'est pas un correspondant. La nature du papier, l'authenticité du sceau, quelqu'un s'est déplacé pour la livrer; cette lettre mérite toute notre attention, à mon avis. C'est beaucoup d'effort pour une simple invitation.

— Jab, je t'ai écouté et la réponse est non. Je ne fais pas ce genre de chose. Je ne peux pas. J'ai appris de mes erreurs. Je ne me rendrais pas là-bas.

Pendant que le poids du monde sembla se tenir sur les épaules de la jeune femme, le découragement tourna les talons de Jab.

— Je vois beaucoup de papiers, de tous les genres, qualités, textures et celui-là est de loin le plus intéressant que j'ai vu de ma carrière. Je me déplacerais pour voir ce papier. Je payerais un billet pour le voir exposé. Si j'apporte cette lettre à mon travail, je vais devenir l'homme le plus populaire de la place pour au moins les six prochains mois et mon patron va m'augmenter. Bon, si je réussis à la copier et en sortir une collection, le point n'est pas là, mais c'est une mine d'or.

— Apporte la lettre, si cela peut te rendre heureux. Ça m'est égal.

Les talons de Jab tournèrent encore une fois, cette fois pour affronter le regard de Capucine.

— Ce que j'essaie de te dire, c'est que j'aimerais en faire profiter ici, créer pour ton entreprise, pour nous.

Capucine éleva les mains afin de l'arrêter.

— Je ne peux pas t'offrir le salaire que tu as là-bas, tu sais ça.

— Pas de salaire, projet personnel.

Le son du téléphone personnel de Capucine résonna dans le bureau et Renata haussa la voix afin que celle-ci réponde.

— Est-ce qu'on peut en reparler plus tard? J'ai beaucoup de pression avec le flux d'inscriptions qui entre. Le problème est que je n'ai pas envie que ma qualité d'écriture et d'échange diminue et je ne peux pas écrire douze heures en ligne. Nous avons besoin de gens maintenant, à temps plein, et plus d'espace. Je dois régler ça et ensuite on discutera de cette lettre. Ça te va?

— Bien sûr.

Capucine capta l'appel au bureau, vit à ses obligations les plus pressantes et dégagea une feuille blanche non pas pour écrire une longue correspondance, mais pour y inscrire des chiffres. Ensuite, elle l'accrocha au mur principal du bureau, par-dessus l'agrandissement de la lettre du duc de Valorin.

— Votre attention, s'il vous plait. Voici le nombre d'inscriptions que nous avions la semaine passée. Ici sont les nouveaux chiffres. Nous écrivons ce nombre de lettres par jour. Je ne vous cache rien, voici les profits actuels comparés à ceux de l'année passée. Croyez-vous qu'on peut recruter quelques personnes qui accepteraient de travailler pour ce salaire à ce nombre d'heures? Je refuse de travailler plus d'heures qu'en ce moment, car j'aime ma vie. Je préfère avoir moins d'argent et être là pour le retour de ma fille, être libre les weekends et avoir encore de l'espace dans mes idées. Je vous offre à tous les deux la possibilité d'être responsable, directeur de département, choisissez le titre que vous voulez si cela vous intéresse. Je peux augmenter votre salaire en fonction de cette courbe. Cela implique que vous aurez une partie du budget à gérer et des gens. Si cela vous intéresse, vous me le faites savoir.

Jab examina attentivement le plan.

— Tu nous places à égalité avec toi.

Renata se frotta les mains.

— On va m'appeler patronne.

— C'est vrai. Je n'ai pas le désir absolu de contrôler cette compagnie seule. Il y a maintenant trois ans que vous êtes avec moi. Vous avez une bonne idée du fonctionnement et si cela peut vous rendre heureux, tout le monde y gagne. De plus, quelqu'un d'entre nous a peut-être un désir de création, alors j'ouvre une porte, si le salaire vous convient.

Jab tourna le regard vers elle, pendant que Renata exécuta déjà de nouveaux calculs.

La lettre de madame Braxton entre les mains, Capucine relut silencieusement un passage :

«La vie est une multitude de choix. À première vue, ils ont l'air difficiles. Quand on garde bien en tête que quelques-unes de nos priorités, valeurs ou principes, soit les plus importantes, n'importe quelle décision devient une équation élémentaire. L'important est de garder l'équilibre.»

4

La lampe de Jab brilla et s'éteignit au rythme des jours et des sourires de Haby. Capucine empila les lettres écrites à la main par dizaines et Renata établit un poste d'écriture à l'extérieur de l'appartement. Peu usuel et temporaire, elle y trouva quand même beaucoup d'agrément.

Au salon de coiffure sur la 36e avenue, les chaises libres se trouvèrent occupées par de nouvelles écrivaines. Les rouleaux sur la tête et le café fouetté à portée de main, l'ambiance de travail se montra funky par la musique, mais surtout par le style de leurs vêtements qui observa la mode des années cinquante. Parmi l'équipe, la doyenne Élisabeth, que tous surnommèrent Missy, posséda une plume en or que ses quatre-vingt-dix ans avancés n'arrivèrent pas à ternir. Elle trouva quelque chose à dire à tous, du plus jeune au plus vieux, avec sa main d'écriture irréprochable d'ancienne institutrice. Parfois, elle s'endormit au salon après avoir terminé ses lettres. La clientèle s'y habitua. Sa fille qui travailla également pour Renata la raccompagna à la maison. Un jour que Capucine, Jab et Haby leur rendirent visite, cette dame leur livra des confidences plutôt intéressantes.

— Ma mignonne, vous n'avez aucune idée sur ce que pensent les personnes âgées. Quand vous nous rendez visite avec les petits enfants sans vous annoncer, on n'aime pas ça. On a élevé notre famille, on a des habitudes comme vous autres et ce n'est pas toujours agréable de vous voir.

— Je vous remercie de me le dire, rapprocha Capucine sa fille près d'elle. J'appellerai la prochaine fois.

— De rien. Les gens pensent qu'on s'ennuie tout le temps. Voyons donc! On a juste besoin de moins d'excitation. Par contre, quand vous nous amenez les beaux jeunes gendres fringants, éleva-t-elle le regard vers Jab, dites-leur de venir embrasser grand-mère.

Discrètement, Jab se rangea derrière Capucine, pendant qu'une artiste de la mise en plis invita Haby à se faire coiffer. Le sourire aux lèvres, elle accepta la cape. En un tournemain, les frisettes tombèrent sur son visage et ses cheveux se virent remontés comme une princesse. À la touche finale, la coiffeuse lui ajouta du fixatif scintillant.

Quant à Jab, il ne laissa pas son poste au Paper-Story, mais diminua ses heures pour en ajouter à l'appartement de Capucine. Il prépara une collection de papèterie qu'il souhaita mettre en vente sur le site de l'entreprise de correspondance et peut-être en magasin. Ce fut, comme Renata aima le dire, à faire taire. Pour ses créations, il s'inspira de la lettre du duc. À cet effet, il transforma le bureau de la petite compagnie quelque peu et passa beaucoup plus de temps dans les quartiers des Muller. Il cuisina même les repas à l'occasion et aida Haby dans ses devoirs. Elle adora se faire expliquer la géographie avec quelqu'un qui lui fabriqua le monde en papier devant ses yeux. Capucine continua de recevoir des fleurs en papier de sa part, chaque matin. Jab veilla également à faire changer les fenêtres du bureau ce qui neutralisa les fuites d'air.

Un soir de grands vents, il passa une partie de la nuit avec Capucine et Haby sur le canapé-lit. La tempête passée, il porta Haby dans sa chambre et voulut faire de même avec la mère.

— Non! marcha-t-elle à son lit.

Jab insista pour placer ses couvertures.

— Ça va, elles sont assez bien placées.

— Ce côté dépasse beaucoup trop et il y a ce pli qui me dérange.

— Je ne veux pas être stylisée la nuit.

Jab s'acharna sur les couvertures, jusqu'à ce qu'elle lui remettre un oreiller.

— Tu veux que je dorme ici?

— Sur le divan-lit. Bonne nuit, Jab.

— Bien sûr. Bonne nuit.

Au petit matin, Capucine trouva Haby parfaitement enveloppée dans un assortiment de couvertures sur le divan-lit. À ses côtés, Jab dormit dans le fauteuil de lecture. En entendant le bruit de la tasse de porcelaine posée sur le comptoir de granite, il ouvrit l'œil.

— Elle avait peur et est venue me rejoindre. Elle ne voulait pas retourner dans sa chambre.

— Je vois ça, merci.

Elle lui avança un café, qu'il accepta en se levant doucement. Il y avait longtemps que quelqu'un n'eut pas dormi à la maison, pensa Capucine. Sa réflexion s'envola lorsqu'elle regarda le calendrier.

— Samedi! Le cours de danse! J'ai complètement oublié!

Au même moment, la sonnette de la porte de l'entrée dégagea ses décibels. Capucine regarda l'heure et échangea un regard d'incompréhension avec Jab.

— Tu attends quelqu'un ou une livraison? lui demanda-t-il.

Capucine nia. La sonnerie s'entendit à nouveau et réveilla la petite.

— J'y vais, s'avança Jab.

Une main se posa doucement sur lui.

— C'est bon, je vais y aller.

Elle ferma sa robe de chambre convenablement et descendit

l'escalier jusqu'à l'entrée. Par la présence de Jab, elle se sentit à l'aise d'ouvrir malgré la silhouette noire qui se trouva de l'autre côté de la vitre. Du haut de l'escalier, Jab afficha sa présence et regarda la scène avec Haby dans les bras. Capucine ouvrit et un vent glacial la trouva, ainsi qu'un homme habillé d'une grande élégance.

— Madame Capucine Muller?

— Oui.

— Bonjour, Madame! abaissa-t-il son chapeau un instant. J'ai ceci à vous remettre en main propre.

Dans un geste gracieux, il lui remit une enveloppe sortie d'un étui de cuir.

— Je vous souhaite une excellente journée! descendit-il son chapeau à nouveau, avant de saluer également Jab et la petite en haut de l'escalier.

Capucine lui retourna la salutation et referma la porte.

— Qu'est-ce que c'est, maman? Qu'est-ce que c'est?

— Je l'ignore. C'est une lettre avec mon nom dessus.

Elle grimpa à l'étage et posa l'enveloppe sur la table de la cuisine. Ayant déjà reconnu le sceau à l'arrière, elle demanda à Jab de l'ouvrir. Avec son respect pour ce papier, elle sut que l'enveloppe serait encore utilisable pour les deux prochaines décennies. Les deux filles l'observèrent manipuler la lettre avec soin sous une lentille d'approche et s'en amusèrent. Celui-ci accepta les sourires et dévoila le contenu de l'enveloppe dans un cabaret spécial.

Une lettre écrite à la main s'y trouva ainsi qu'une seconde enveloppe. Observée à son tour, Capucine entreprit sa lecture en silence, jeta un coup d'œil dans ce qui reposa emballé dans le second envoi, puis se tut. Jab et Haby patientèrent difficilement.

— Jab, est-ce que tu pourrais te faire remplacer au studio?

CATHERINE STAKKS

— Si tu as besoin de moi, oui.

— Ton passeport est bien en règle?

— Oui, il l'est, plissa-t-il le regard.

— Nous partons pour Paris, ce soir, d'après ce qui est écrit sur ces billets.

Tout à coup, la lettre, les quatre billets et l'enveloppe furent exposés sur la table de la cuisine dans de magnifiques cabarets surmontés de deux paires d'yeux follement curieux.

— Chérie, je crois qu'on va rater la leçon de danse.

— Ça va aller, envoya Jab.

Les traits du visage de Capucine perdirent leur joie.

— Je parlais à Haby.

— Bien sûr.

— Ce n'est pas grave maman, j'aime mieux aller en avion.

Haby eut peine à croire qu'elle partirait dans un gros avion, un vrai, ceux qu'elle voyait dans le ciel. Jab se montra surpris que Renata eut un billet à son nom. À l'ordinateur, Capucine confirma la véracité des billets et relut la lettre qui dicta une gentille marche à suivre. À leur arrivée de l'autre côté de l'océan, quelqu'un les attendrait à l'aéroport et ils allaient être logés à l'hôtel Carillon.

— Cette personne semble impatiente de nous rencontrer, de nous parler de la correspondance de sa femme et s'excuse de nous presser pour ce voyage. Il nous expliquera à notre rendez-vous. Capucine grimaça. Je n'ai pas de valise.

— J'en ai! répondit promptement l'homme devant elle. Je vous les apporte dans quelques minutes, dévala-t-il rapidement l'escalier qui mena à la porte.

Du haut de la fenêtre du salon, Capucine regarda Jab qui brava le vent en traversant la rue.

— Je n'arrive pas à croire que je vais faire ça.

5

À l'aéroport de Chicago, Capucine, Haby et Jab patientèrent pour l'arrivée de Renata qui tarda, pendant que la fenêtre du temps pour les procédures du vol se ferma lentement sur eux. Maintenant pressés, ils laissèrent le dernier billet au comptoir, dans un arrangement avec la compagnie aérienne, et se dirigèrent vers la zone de sécurité où Jab ouvrit une valise vide.

— Pourquoi apportes-tu cette valise? lui envoya discrètement Capucine.

— Pour rapporter les joyaux!

Jab glissa nonchalamment sous le détecteur et signala à Haby de passer à son tour sous l'autorisation de l'agent. Il l'aida rapidement à se rechausser, pendant que Capucine passa à son tour. Dans la dernière attente avant l'embarcation, celle-ci tenta encore de joindre Renata, laissa plusieurs messages sur son cellulaire et espéra encore qu'elle arrive à temps. Quant à Jab, il observa les avions avec Haby et dessina une petite fille dans un hublot sur la buée d'une des grandes fenêtres.

À l'embarquement, un agent de bord patienta que pour eux. Celui-ci les mena dans le raffinement, le confort et la détente qu'offrit la première classe. Après l'émerveillement, Haby et Jab examinèrent les possibilités : le siège inclinable à 180 degrés, les grands écrans individuels, l'espace disponible ainsi que les couvertures. Pendant le voyage, la petite demanda à bouger, alors Jab marcha dans le couloir avec elle devant le regard amusé de Capucine. Ensuite, les deux se branchèrent sur le même film et grignotèrent tout ce que l'hôtesse leur offrit. Capucine retira les écouteurs de l'un et de l'autre quand ils s'endormirent paisiblement. À ce moment, elle trouva des étoiles en feutrine sur la couverture de sa fille.

— Qui se promène avec des étoiles en feutrine dans les poches? se questionna-t-elle.

Jab posséda toujours des bricoles sur lui ou en réserve quelque part, sinon il utilisa ce qui lui tomba sous la main. Elle se remémora la fois où il vida une boite de mouchoirs pour fabriquer une cane avec ses canetons dans le but de faire sourire Haby qui eut le rhume. Puis, la fois où il tria les lettres d'alphabet du sac de pâtes et concocta une soupe qu'avec les «A», car elle avait obtenu une bonne note à l'école.

Capucine les regarda et sentit qu'elle eut beaucoup de chance qu'il soit avec eux. Elle expira longuement et ferma les yeux à son tour, quand quelques turbulences la réveillèrent. Elle ouvrit l'œil et une capucine en papier reposa à ses côtés. Les heures passèrent, ils apprécièrent le vol sous toutes ses facettes et le moment de la descente se présenta en douceur. Peu à peu, les détails de la ville se dévoilèrent de manière floue. Capucine sourit devant la beauté de Paris sous la pluie, ce qu'elle exprima à Jab. Lui sourit davantage à la regarder.

Voyager dans d'autres fuseaux horaires déstabilisa quelque peu leur corps. Jab emprunta à Capucine sa montre et tourna les aiguilles. Haby sembla très bien s'en sortir. Sa peluche contre elle, elle tint la main de sa mère et suivit les autres passagers. Puis, ils exécutèrent le dernier trajet dans l'aéroport vers une sortie en entonnoir. Après la dernière montrée de passeport, un panneau blanc cadré d'or attira leur attention. Le nom Muller y figura en larges lettres. Capucine reconnut l'homme aux mains gantées en blanc : ce fut le même qui se trouva à sa porte plus tôt en journée.

— Madame Muller, utilisa-t-il une tonalité hautaine.

— Oui!

— Vous avez fait bon voyage?

— Oui, je vous remercie.

— Si vous voulez bien me suivre, je vais vous conduire à votre hôtel.

— D'accord, articula Capucine d'une manière incertaine.

L'homme les mena lentement vers une voiture garée non loin à la sortie de l'aéroport. Jab et Capucine arrondirent le regard devant sa somptuosité. Avec une politesse impressionnante, l'homme demanda à prendre les valises et les rangea habilement dans le coffre. En peu de temps, tous se retrouvèrent à rouler dans les rues parisiennes.

— Pardon Monsieur, où allons-nous? s'avança Capucine sur son siège.

— Madame va être logée à l'hôtel Carillon.

Haby, le visage contre la fenêtre, contempla le nouveau décor. Les bâtisses lui semblèrent différentes, les voitures étranges et les gens drôlement pressés. Peu à peu, la voiture quitta le trafic pour rouler dans des rues plus campagnardes. Le confort mélangé à la beauté des lieux leur fit perdre la notion du temps. Soudain, la voiture réduisit sa vitesse et le sol changea pour du pavé ancien. À ce moment, une gigantesque fontaine d'eau se dessina devant eux, de sublimes végétaux ainsi qu'un immeuble qui leur coupa le souffle.

— Maman! C'est un château?

Une bâtisse à l'architecture d'époque, éclairée de mille feux, sembla grandir à mesure qu'ils approchèrent. La voiture arrêta ses roues devant les portes principales où ils purent lire «Hôtel Carillon» au-dessus de celle-ci.

— Nous sommes arrivés, indiqua le chauffeur tout en arrêtant le moteur.

De là, un valet se présenta, invita les occupants du véhicule à sortir et prit sous son aile les bagages. L'homme aux habits somptueux, le même qui conduisit la voiture, alla à la réception et revint avec une clé qu'il présenta à Capucine.

— J'ignore si monsieur préfère une chambre particulière. J'ai pris soin de prendre la suite qui comporte plusieurs pièces. Je vous souhaite un excellent moment. Demain, je téléphonerai si vous être disposés à rencontrer monsieur le duc à Valorin. Voici mes coordonnées. N'hésitez pas à communiquer avec moi en tout temps, si besoin est. Mes meilleures salutations, glissa-t-il ses coordonnées à Jab.

L'homme les salua d'une manière des plus élégantes, ce qui amena Jab à se courber de même. Près d'eux, le valet patienta en silence, pendant que la voiture s'éloigna. Les nouveaux arrivants restèrent là à attendre, jusqu'à ce qu'ils réalisent que le jeune homme attendit pour les suivre. Alors, ils entrèrent.

Dès qu'ils pénétrèrent dans l'entrée, le regard de Capucine s'éleva vers les immenses lustres qui éclairèrent le plafond encadré de moulures d'époque. De son côté, Jab se tourna vers le mur orné de marbre, admira le miroir surdimensionné, recula de quelques pas et se cogna contre une chaise au textile opulent. D'autres unités en velours rouge foncé formèrent plusieurs carrés dans l'espace communautaire. Tenant la main de Capucine, Haby n'arriva pas à fermer la bouche. À l'accueil, le préposé au comptoir leur offrit un sourire sincère, ce que copia l'employé assis à un bureau plus court. Capucine remit la clé au valet.

— Pouvez-vous nous conduire à cette chambre, s'il vous plait?

Celui-ci acquiesça et prit les devants.

Quand les portes de l'ascenseur s'ouvrirent, Jab, Capucine et Haby s'immobilisèrent devant la brillance de l'espace. Leur montée s'accompagna d'une musique classique dont l'acoustique créa l'illusion que des musiciens se tinrent derrière eux. Ils débarquèrent au quatrième étage et découvrirent des portes bien distancées les unes des autres sur un long couloir. Le valet les guida jusqu'à l'extrémité du passage. D'un geste habile, il inséra la clé dans la serrure et la porte s'ouvrit devant une pièce immense.

Le jeune homme entra les bagages et remit la clé à Jab qui tenta de le rétribuer, mais celui-ci refusa poliment.

— C'est déjà fait, Monsieur. Je vous remercie.

Capucine, Haby et Jab gardèrent le silence devant le vaste monde qui s'ouvrit devant eux, jusqu'à ce que le valet prenne congé et referme la porte. Aussitôt, ils s'exprimèrent librement et pointèrent l'imminent bouquet de fleurs fraiches qui trôna sur une table circulaire devant eux ainsi que les escaliers qui partirent des deux côtés de la pièce et se rejoignirent à l'étage. Ensemble, ils avancèrent jusqu'aux premières portes et les poussèrent doucement. Un foyer rempli de bois et de flammes chatoya dans un grand salon. Les divans répétèrent le même style qu'à la réception. À la fenêtre, ils eurent la vue sur la fontaine. Plus ils ouvrirent de portes et plus ils se dépêchèrent d'en ouvrir d'autres, quand une somptueuse cuisine se dressa devant eux. Sur le comptoir séjourna un panier absurdement gros rempli de fruits frais, de pâtisseries et de gourmandises. Une note leur indiqua le numéro à composer pour parler directement au chef en cuisine. Tout près, la salle à manger présenta en plat principal une longue table entourée de plusieurs chaises.

— Dix-huit personnes! compta Haby.

Rapidement, ils trouvèrent plus de chambres que ce dont ils eurent besoin. La petite arrondit le regard devant la baignoire d'une des salles de bain.

— Maman, on a une piscine!

Encore une fois, un panier en osier présenta une collection complète de produits pour le corps et la flamboyance brilla sans fin. Capucine s'installa dans la chambre avec le foyer, près de la cuisine, car celle-ci comporta une porte qui donna accès à une chambrette parfaite pour Haby. Toutes deux purent voir et entendre le crépitement du feu à partir de leur lit. Jab, quant à lui, se laissa tomber dans un lit démesuré au second étage, puis s'endormit. Les filles prirent un moment dans la salle de bain dont la grandeur égala l'espace commun de leur appartement à Chicago. Debout devant les lavabos, elles trouvèrent la pièce plutôt intimidante. Les nombreux miroirs reflétèrent leur personne à l'infini. De retour dans leur chambre, un nombre considérable de coussins demandèrent à être sélectionnés. Le sommeil les trouva aussi doucement que la délicatesse des draps.

Plus tard, une suite de bruits sourds amena Capucine à ouvrir les yeux. Elle se déplaça dans la chambre de sa fille et trouva le lit vide. À la recherche de Haby, elle poussa la porte de la cuisine et surprit un homme habillé de blanc qui s'affaira dans les casseroles. À cette vision, elle recula et retourna vers la chambre où elle entendit la petite chantonner dans la salle de bain.

Mal à l'aise, elle monta avec sa fille trouver Jab dont la lumière ne sembla aucunement perturber son sommeil.

— Jab! Jab! Celui-ci ne broncha pas. Jab! secoua-t-elle légèrement son bras.

D'un regard amusé, Haby grimpa sur le lit et le brassa à deux mains. Capucine fronça les sourcils et pressa les lèvres ne sachant trop comment celui-ci alla réagir. Jab ouvrit les yeux, sourit, fit basculer Haby en douceur sur le côté et la chatouilla. Son regard attrapa ensuite celui de Capucine et il passa en position assise.

— Salut!

— Excuse notre intrusion.

— Non. Ça va. Quelle heure est-il?

— L'heure d'ici ou celle de chez nous?

— Comme ça, on vient me réveiller? joua-t-il avec Haby de plus belle.

— Je peux dire qu'il est assez tard pour qu'il y ait un chef cuisinier en ce moment dans la cuisine.

— Un chef... Alors, qu'est-ce qu'on attend? Allons manger! sourit-il comme un enfant.

Jab posséda une personnalité unique : toujours partant, toujours content. Elle se demanda souvent comment il y arriva. Rempli d'innocence et sans aucune once de méchanceté, il passa à travers la vie sans embrouille.

À la cuisine, l'homme vêtu d'un tablier plus blanc que la lumière du jour leur souhaita le bonjour. Il avança ensuite du café et des pâtisseries vers eux. À la suite, des assiettes remplies de fromages et de fruits s'ajoutèrent. Finalement, tout le menu d'un restaurant se déroula en temps réel devant leurs yeux : crêpes, muffins, bacons, œufs de la façon dont ils le voulurent bien, pommes de terre, légumes tournés, sandwichs à la viande, assortiments de confitures... Le cuisinier demanda devant les regards ébahis de ceux-ci, ce qu'il put leur cuisiner de plus.

Ce chef ne créa pas que des plats délicieux, pensa Capucine, mais également un vent de bonne humeur en cuisine. Il dansa en cuisinant, tourna les poêles avec agilité et rigola avec la petite. Il lança une crêpe dans les airs juste pour la voir rire. Ensuite, il suggéra aux mangeurs une promenade dans les jardins.

— Va voir les sentiers de buis, se pencha-t-il vers Haby. Ils ont encore leurs feuilles et c'est un vrai labyrinthe! J'ai un bon truc pour ne pas perdre ton chemin.

À voix basse, il lui livra son secret, pour ensuite leur souhaiter bon appétit, enlever son tablier et laisser la nourriture à leur disposition.

— Maman, est-ce qu'on peut déménager ici? se tourna Haby

vers sa mère.

— Qui ne voudrait pas vivre ici?

Après avoir bien mangé, ils firent un concert de douche et optèrent pour l'invitation du cuisinier à mettre le nez dehors.

Au jardin, un gentil jeune homme plutôt insistant offrit ses services comme guide. Jab considéra la durée du trajet touristique excessif, surtout avec un enfant, et préféra lui faire part de leur intention de simplement prendre l'air. Le jeune homme les guida aussitôt jusqu'au centre du terrain, en plus de les informer sur les attractions à voir : les 489 sortes de plantes, les nombreuses statues, les multiples fontaines d'eau dont plusieurs en arrêt pour la saison, les arcades, les pavillons nouveaux et anciens... Jab soumit son intérêt envers le jardin de buis. Ravi, le guide les accompagna jusqu'à l'endroit. Jab le remercia et lui tendit quelques billets, mais celui-ci recula.

— C'est déjà fait, Monsieur. Surtout, ne vous perdez pas. Il est un peu fastidieux d'aller vous chercher là-dedans.

— Merci du conseil.

— Au plaisir, trouva-t-il de nouveaux clients à accompagner.

Devant l'entrée du jardin de buis, la petite dévoila le secret que le cuisinier lui livra plus tôt. Capucine plissa les yeux vers les végétaux hauts à perte de vue.

— Il t'a dit de suivre le lapin? Quel lapin? Je n'en vois pas.

Sans inquiétude, Jab les invita à avancer.

— On va s'amuser.

Quand les buissons devinrent plus hauts qu'eux et qu'ils ne purent plus se repérer à vue d'œil, un lapin doré les attendit à chaque intersection pour leur indiquer la voie à suivre. Le plaisir que Haby éprouva à les trouver et à faire courir sa mère s'entendit de loin. Enfin, la sortie se présenta et ils visitèrent d'autres jardins. Le soleil les réchauffa et Haby galopa de joie à travers les statues, pendant que Jab marcha au côté de Capucine, le sourire au visage. Quand le terrain devint légèrement cahoteux, il lui offrit son bras. Au contact, la voix de Jab dérailla.

À Chicago, Renata prit ses messages. Revenue des noces d'une de ses amies, elle vida le contenu de sa valise sur son lit, tria ses effets personnels et refit son bagage exactement de la même manière. En vitesse, elle embrassa son mari et ses enfants, courut dans l'appartement, puis s'arrêta nette devant le miroir de l'entrée afin d'appliquer son rouge à lèvres minutieusement. À l'extérieur, un taxi klaxonna.

À son arrivée à l'aéroport, le chaos l'accueillit à bras ouverts. Avec difficulté, elle arriva au comptoir de l'agence où la préposée ne trouva aucun vol à son écran. Au dernier moment, celle-ci reçut un appel, interpela Renata, pour ensuite lui donner un numéro de vol dont l'embarquement s'acheva.

Dans l'aéroport, une femme courut à en perdre haleine à travers les voyageurs, perdit de la vitesse le long des couloirs et manqua de souffle à la porte d'embarquement. Dès que ses deux pieds se trouvèrent de l'autre côté de la porte de l'avion, une agente se dépêcha de bloquer l'ouverture. Renata s'effondra dans le dernier banc à l'arrière de l'avion. À ses côtés se trouvèrent les sacs de couvertures, des oreillettes et du matériel pour le service. Dès le début du vol, les employés la dérangèrent continuellement afin d'avoir accès au matériel. Au fil des heures, elle devint une paire de mains utile et servit même le café à un client qui abusa de sa clochette. Malgré la gentillesse du personnel, le vol se qualifia de serré, chaud et inconfortable. Dans la petite salle de bain, elle étala à nouveau son rouge à lèvres, prit une grande respiration et retourna dans un monde infernal en pleine croisière.

Quand les couleurs de Paris se montrèrent, son maquillage coula, ses cheveux se montrèrent en désordre, la fatigue tira ses traits, cependant son rouge à lèvres se montra en parfaite condition. À la sortie de l'aéroport, personne ne l'attendit. Au bout d'un moment, elle contacta Capucine qui répondit assise à même la voiture qui vint les prendre à l'aéroport la veille. Toutefois, le décor fut différent : ils exécutèrent le trajet afin de rencontrer le duc.

— C'est Renata! parla-t-elle aux siens. Elle dit qu'elle est à l'aéroport. Monsieur, pouvons-nous faire un détour pour prendre notre amie qui vient d'arriver?

— Vous m'en voyez désolé, Madame. Si j'entre dans Paris maintenant, nous serons sujets à être immobilisés dans la circulation et vous manquerez votre rendez-vous avec monsieur le duc. Puis-je suggérer à madame de donner les coordonnées à votre amie?

— Renata? Peux-tu prendre un taxi et venir nous rejoindre au château de la Manoirie à Valorin?

Sans attendre, Renata prit les informations, leva la main afin d'attirer l'attention d'un taxi, poussa sa valise sur la banquette arrière et s'installa raidement.

— À Valorin, s'il vous plait.

À partir de ce moment, l'équipe de Cette lettre est pour vous roula dans la même direction, et ce dans différentes voitures. Rapidement, Renata se retrouva coincée dans le trafic, parechoc contre parechoc, sous le bruit infernal des klaxons. Du côté de Capucine, la route regorgea de magnifiques paysages et de petits villages où les gens leur envoyèrent la main.

— Ils reconnaissent la voiture, expliqua Jab le phénomène à la petite qui retourna les salutations avec grand plaisir.

Plus tard, la voiture somptueuse tourna sur un chemin bordé d'arbres hauts, pour ensuite avancer vers une résidence en pierres grises dont l'architecture imposante amena les passagers à s'approcher des fenêtres. Au centre de la cour, la voiture contourna deux grands carrés où serpentèrent des végétaux taillés avec soin. Devant le choix de trois entrées, le chauffeur arrêta le moteur devant celle du centre.

Moins imposante que l'hôtel où ils logèrent, cela demeura quand même une résidence étoffée. Dès leurs premiers pas à l'intérieur, ils trouvèrent des décorations raffinées et des sculptures que Jab toucha maladroitement. L'odeur du feu de bois se mélangea au parfum du passé. De vieux meubles, des tapisseries ainsi que des tableaux d'époque ornèrent copieusement l'entrée. Haby vit un chat et le mentionna à sa mère. Celui-ci sauta au sol et se sauva.

— Puis-je prendre le manteau de madame? s'avança le gentil homme vers Capucine.

Celui-ci les soulagea de leurs vêtements d'extérieur à tour de rôle et les invita à le suivre. Capucine, Haby et Jab ne possédèrent décidément pas le même rythme de pas que le serviteur. Leurs yeux trouvèrent attache sur les tapis aux couleurs intéressantes, les escaliers à la boiserie travaillée à la main, les vitraux dans les fenêtres, les photographies... Le trio ne s'aperçut pas que l'homme les attendit devant l'ouverture d'une des nombreuses pièces. Quand ceux-ci se dépêchèrent jusqu'à lui, il les dirigea dans un bureau où un foyer embrasé les salua en premier.

— Attendez ici, je vous prie.

Dans l'attente, Jab toucha les livres dont un tomba bruyamment au sol, pendant que Haby se trouva un siège moelleux et s'y reposa. Au milieu de la pièce, Capucine se tint droitement. Derrière eux, un homme se présenta avec une canne à la main. D'une voix forte et amusée, il les salua. Les invités se retournèrent vers un homme d'âge avancé dont le costume eut fière allure malgré ses épaules frêles. Le regard tranquille, celui-ci sourit beaucoup. Portant un chat dans l'un de ses bras, il le déposa dans un panier qu'il avança devant Haby. Il serra ensuite la main de Capucine et de Jab, tout en s'exclamant fortement. Sans que personne d'autre ne parle, il anima la salle. Après un moment, le serviteur se racla discrètement la gorge et le vieil homme s'assit derrière le grand

CATHERINE STAKKS

bureau.

— Veuillez me pardonner, je n'ai pas souvent de visiteurs, je m'emballe. Vous avez fait bon voyage?

Capucine s'avança.

— Oui, merci beaucoup pour l'excellente chambre que vous nous avez offerte ainsi que pour le confort du voyage.

— Bien, bien. Comment s'appelle la petite?

— Haby, Monsieur.

— Bien sûr que c'est Haby! Je le savais déjà, tourna-t-il le regard amusé vers la fillette. Elle me rappelle l'une de mes petites nièces, il y a de ça bien longtemps, bien longtemps.

— Vous êtes le duc de Valorin, si j'en déduis la signature de vos lettres?

Capucine s'avança vers l'un des sièges devant son bureau, mais demeura debout.

— Où sont mes manières? Duc! Pour ce que ça vaut de nos jours, mais c'est bien ça. Ma famille vit ici depuis longtemps.

D'un signe de la main, il les invita à s'assoir et s'amusa à observer Haby qui joua avec le minet.

— Le sceau derrière vos envois est des plus impressionnant, envoya Jab.

Le vieil homme lui offrit un large sourire.

— C'est l'une des pièces de la collection de ma femme. Elle écrivait beaucoup. C'était sa passion. Elle les tenaient de sa grand-mère, qui elle les avaient eus de sa mère. Elle écrivait tous les jours, tous les jours. Un peu comme vous, Madame Muller. Je vous ai vu à la télévision. J'ai vu ce que vous faites, votre contact avec les gens, les lettres. C'est pour ça que je vous ai contacté. Je crois avoir trouvé la personne que je cherchais depuis longtemps.

— Maman, le chat s'en va!

— Laisse-le aller Haby, c'est correct.

40

— J'aurais quelque chose à vous montrer, c'est dans le bureau de ma femme. C'est par là, marcha-t-il jusqu'au mur, pour ensuite le toucher.

Discrètement, Jab et Capucine s'échangèrent un regard, quand la voix de l'homme résonna à nouveau.

— Ah oui! J'oubliais la clé.

Les trois invités l'observèrent en silence, pendant qu'il se déplaça jusqu'à son bureau. Un bruit s'entendit sous le meuble, puis une partie du mur, parfaitement fondu au décor, s'ouvrit. Devant le regard arrondi de tous, le duc éclata de rire.

— Avant, c'était toujours ouvert.

6

D'un geste de la main, le vieil homme au sourire contagieux invita Capucine, Haby et Jab à le suivre dans un escalier étroit qui mena à une pièce éclairée de lumière naturelle. Les murs peints d'un blanc crème subtilement vanillé créèrent une ambiance douce et réconfortante. De nombreuses moulures accentuèrent la hauteur de la salle où un puits de lumière laissa libre cours aux rayons qui attrapèrent quelques grains de poussière dans l'air. Sous leurs pieds, le plancher lustré donna l'illusion qu'ils purent patiner sur le bois. Autour d'eux, tous les meubles se virent recouverts de draps blancs à l'exception d'un secrétaire qui respira la lumière du jour. Capucine soupçonna qu'il appartint à feu sa femme. Lentement, le vieil homme marcha jusqu'à celui-ci, soupira et perdit son sourire. À regard bas, il s'y installa. D'un geste automatique, il remit sa canne à son employé.

— C'est ici que Marguerite écrivait chaque jour. Sa voix devint feutrée et douce. Elle disait que la correspondance était sa manière de rendre le monde meilleur. Elle savait dire les choses en quelques mots. Elle savait les choisir, ça nous allait droit au cœur. Marguerite pouvait lire les gens à travers leurs phrases, leurs silences, ce qu'ils écrivaient et plus particulièrement ce qu'ils n'écrivaient pas.

D'un des tiroirs, il dégagea un coffret et révéla un ensemble d'outils calligraphiques qui ressembla à des bijoux hors de prix. Les porteplumes en bois recherché s'avérèrent richement travaillés et portèrent des pierres précieuses. Le travail raffiné du métal des pointes ne ressembla nullement à ce que Capucine ou Jab eurent déjà vu en magasin. Le silence meubla la pièce pendant que les objets brillèrent sous leurs yeux. Jab échangea un regard d'émerveillement avec Capucine qui n'arriva pas à parler devant la beauté du moment, de la pièce, mais surtout de l'histoire de sa femme qui s'ouvrit tel un livre devant eux.

Tout d'un coup, un bruit qui ressembla à un déclenchement métallique résonna du meuble. Le duc sourit et regarda Haby.

— C'est un très vieux meuble qui contient ses secrets, lui aussi.

— Vieux comme vous? envoya la petite, dont la mère s'excusa pour la réflexion.

L'homme s'en amusa, refusa les excuses de Capucine et répondit.

— Il est beaucoup plus vieux que moi ainsi que beaucoup d'objets dans cette pièce. Pour dire vrai, la maison est également très vieille. Elle est remplie d'histoires et de mystères. Tu aimes les secrets? offrit-il un regard brillant à la petite.

Les mains dans le dos, Haby donna son poids à l'une de ses jambes.

— Pas tellement, non. Je dois garder mon air pour ne pas les répéter.

Le duc éclata de rire.

— Tu aimes les histoires, alors?

Elle dégagea ses mains aussitôt et sourit largement.

— Ça, oui!

— Alors, on va bien s'entendre. J'adore les histoires, moi aussi.

Le déclenchement entendit plus tôt donna accès à un pan du

secrétaire. L'homme réquisitionna l'aide de Jab afin d'accéder aux tiroirs fraichement découverts. Un parfum boisé délicat s'en dégagea. Sous les instructions du duc, Jab retira du meuble quelques coffrets à qui il demanda de les poser sur la longue table plus loin, pendant que son homme de main retira les draps qui la recouvrit.

En douceur, le duc procéda à l'ouverture de l'un d'eux et exposa à la lumière des papiers ainsi que des enveloppes. Rien ne ressembla à la lettre reçue par Capucine. Le temps joua sur la structure moléculaire de la fibre et le papier offrit une apparence jaunie.

— Ce n'est pas ceux-là, retourna-t-il au secrétaire où il pencha une bouteille d'encre qui enclencha l'ouverture du pan de l'autre côté du meuble.

Avec amusement, le duc échangea un regard de complicité avec Jab, qui s'offrit aussitôt à s'agenouiller et prendre d'autres coffrets qu'il plaça également sur la table. Debout devant les boites dont le bois laissa paraitre de fines lignes foncées, Jab observa de près leur qualité puis toucha les végétaux peints à la main sur chacun d'entre eux.

— Des fleurs de capucines, acquiesça le duc derrière lui pour aussitôt chercher le regard de la femme qui porta le même nom. Certains coffrets n'ont pas été ouverts depuis très longtemps. Ils ont été créés pour la conservation de documents. Ma femme tenait à ce que cela se conserve le plus longtemps possible. Elle disait que cela aiderait les prochaines générations. Voyez-vous, elle m'avait fait promettre, même après sa mort, de ne jamais divulguer ceci à qui que ce soit, mais de les offrir à quelqu'un qui saurait quoi en faire. Jusque-là, j'ai rencontré des écrivains, des antiquaires, des gens de notre famille… Personne n'avait le profil qu'elle recherchait, jusqu'à ce que je vous voie à la télévision. Votre prénom, sourit-il, je l'ai vu comme un signe. Alors, voilà. Apportez ces coffrets. Henry vous aidera à les transporter.

Capucine s'approcha.

— Savez-vous ce qu'ils contiennent?

— Oui, vous trouverez des sceaux fabriqués sur commande par ma femme, d'autres importés, ceux de la famille et il a également des enveloppes ainsi que des patrons d'enveloppes, qui ne répondent plus aux standards de la poste d'aujourd'hui, ça va de soi. Il eut un fou rire. Vous y trouverez de fins papiers comme ceux que je vous ai envoyés et des lettres de correspondances qu'elle a conservées. On aurait pu remplir cette pièce de lettres! Elle en recevait au moins une par jour. J'ignore le nombre de billets qu'elle a pu écrire, mais je la savais heureuse. Elle entretenait de grandes amitiés. Nous avons voyagé un peu partout dans le monde et c'était toujours un réel plaisir de voir ses amis. Ils semblaient s'être vus la veille grâce à leurs échanges.

Il encouragea Capucine à ouvrir les coffrets et à regarder, ce qu'elle exécuta timidement sans dévoiler le contenu à tous, puis les referma.

— J'ai cru lire que votre femme a également écrit deux livres, envoya-t-elle sans trop savoir la réaction de celui-ci qui sembla se bercer dans le passé.

— Oui, en effet. Elle aimait écrire.

Le duc se reconnecta à leur présence et retrouva son enthousiasme, quand le regard de Capucine s'assombrit.

— Que souhaitez-vous que je fasse de ce trésor, car si je ne m'abuse cela doit avoir une grande valeur?

— Refaites les vivres! Utilisez-les! Écrivez comme elle écrivait et rendez les gens heureux!

Elle prit un instant pour réfléchir.

— Si j'utilise cet équipement, je risque de nuire à sa conservation. Vous ne croyez pas que la place de ces coffrets serait mieux dans un endroit conçu pour leurs sauvegardes? De plus, je ne m'y connais pas, mais je peux deviner que ces boitiers contiennent des objets qui puissent avoir une valeur considérable, sans parler de l'histoire qui s'y rattache. J'ai reconnu les armoiries de votre famille sur l'un des sceaux, ce sont les mêmes qui figurent sur plusieurs objets décoratifs dans votre maison. Je ne crois pas avoir les connaissances pour prendre soin d'un tel héritage.

Jab ouvrit les mains et nia derrière le duc de manière à ce qu'elle n'emprunte pas cette allée. Le vieil homme s'appuya sur sa canne.

— Madame Muller, vous trouverez quoi en faire en temps et lieu. Ici et là-bas, vous écrirez! Ça oui, vous écrirez et l'âme du travail de ma femme va pouvoir enfin revivre. De mon côté, je vais pouvoir… la laisser-aller. Vous comprenez? Il y a tellement d'années que j'ai cette tâche en tête. Je vais enfin pouvoir prendre des vacances. Henry, mon très cher, aidez ces braves gens à transporter leur avoir. Je vous remercie encore une fois d'être venus, s'avança-t-il vers la sortie. Et n'oubliez pas de m'écrire.

Il porta la main à son cœur, regarda Capucine un moment, puis disparut à travers la descente.

— Je le ferais, acquiesça-t-elle.

De manière élégante, Henry emballa les coffrets dans un large sac en cuir, pendant que Jab s'approcha du secrétaire et toucha les objets d'époque, dont une chainette dotée d'une breloque en argent qui représenta deux plumes unies par un ruban. Capucine l'observa sortir de sa poche un calepin et dessiner rapidement l'objet, pendant que Haby parcourut la pièce et passa la tête sous les draps afin de voir ce qui s'y cacha. Quand Capucine rejoignit sa fille et l'invita à respecter l'intimité du propriétaire, elle remarqua que les tissus n'accumulèrent que très peu la poussière. Elle comprit que le duc veilla à entretenir l'endroit avec soin, même après toutes ces années.

La tête appuyée contre la banquette du taxi, Renata donna l'impression d'être à demi consciente.

— Est-ce que ça va, Madame? demanda le chauffeur, le regard dans le rétroviseur.

— Oui, le voyage est tellement long que je pense que mes cheveux ont poussé depuis mon départ. C'est lourd.

Le chauffeur n'y comprit rien et continua de rouler à très basse vitesse dans le village pittoresque de Valorin. Le regard perdu, elle s'appuya contre la fenêtre et s'abandonna. Au même moment, ils croisèrent une voiture luxueuse noire que les gens saluèrent de la main. Rendue au château de la Manoirie, Renata paya le chauffeur et s'avança un pas à la fois vers la prestigieuse résidence. Dès que le taxi s'éloigna, son téléphone sonna.

— Renata, nous avons quitté la résidence du duc, parla Capucine.

— Non, non… non, lâcha-t-elle sa valise. Je viens d'arriver et la voiture est partie.

— Nous sommes en ce moment sur la route avec son majordome, Henry, qui nous raccompagne à l'hôtel.

— C'est un cauchemar. Ce voyage est une épreuve physique, mentale… Elle sonna à l'entrée principale de la résidence. Le vol était un enfer, la nourriture était sans gout, froide et sans âme. Je ne suis pas bien. Je pleure par l'intérieur, tu m'entends? Dos à l'entrée, Renata ne vit pas la porte qui s'ouvrit lentement. Je n'ai pas dormi depuis ce mariage épouvantable! Oh! Personne n'était beau et les chaises étaient tellement inconfortables… parce qu'il n'y en avait pas! Il n'y avait pas de chaises! Qui fait un piquenique à des noces sans le dire aux invités? Ils ont dit que cela faisait partie du concept du mariage moderne. Renata soupira lourdement. Ne te marie pas. Tu m'entends? Ne te marie jamais! La salle de bain était à 1 km de marche pour deux-cents invités! Je ne peux pas, je ne peux plus…

— Je crois que vous ne refuserez pas un thé et une bonne soupe, résonna la voix d'un homme derrière elle. L'excellence des fromages de la région pourrait même vous surprendre. Nous avons des chaises, Madame.

Renata se retourna.

— Oh! Bonjour? chercha-t-elle la provenance de la voix, les yeux plissés par le soleil.

— Entrez ma très chère.

— Capucine, je dois y aller, tua-t-elle la connexion. Monsieur? Soupe, fromage… chaise, je suis preneuse.

7

La voiture du duc tourna dans l'allée de l'hôtel Carillon, pendant que Jab, Haby et Capucine observèrent les centaines de voitures qui colorèrent le stationnement. Henry avança le véhicule au côté d'une limousine hautement décorée qui sembla poser devant la porte de l'accueil.

— Il y a un évènement à l'hôtel? résonna doucement la voix de Capucine jusqu'à l'avant.

— Je crois qu'il y a une célébration, un mariage, Madame. L'hôtel possède l'une des plus charmantes salles de réception de la région. De plus, le jardin a pour légende de bénir les amoureux. Un baiser près du vieux puits. Vous demanderez à Hortense, cette chère dame qui sert le café, de vous raconter. Voilà, nous y sommes. Croyez-vous que votre horaire vous permette de rester à Paris jusqu'à mardi? Je vous propose de vous raccompagner au pays avec l'avion personnel de monsieur. Je crois que vous aurez ainsi moins de difficultés à passer la frontière. Les chances qu'ils veulent ouvrir les coffrets sont assez élevées et ce n'est pas le genre de souvenirs de vacances qu'ils ont l'habitude de voir.

— Jusqu'à mardi? parla Capucine qui échangea un regard avec Jab qui lui acquiesça. C'est possible. Cependant, nous aurons une personne de plus avec nous : Renata.

— Bien sûr, Madame. Je passe vous prendre en après-midi, ce mardi. D'ici là, profitez bien de votre séjour.

— Merci à vous pour le raccompagnement et pour votre gentillesse.

Henry remit à Jab un sac de cuir semblable à celui qu'un médecin d'époque aurait pu utiliser, offrit ses meilleures salutations et retourna en voiture. Sous le son de la musique qui résonna jusqu'à l'extérieur, Jab, Capucine et Haby empruntèrent l'entrée hautement enjolivée de fleurs où une jeune femme légèrement intoxiquée par l'alcool s'empressa de les accueillir. Sans façon, elle leur passa au poignet un bracelet. Ensuite, elle leur remit un numéro de table ainsi que l'heure du premier service. Capucine l'informa qu'ils furent des clients de l'hôtel et lui redonna son bracelet, mais celle-ci le refusa.

— Les mariées invitent gracieusement la clientèle de l'hôtel, pour avoir une variété d'invités.

Avec le sourire, Jab s'approcha de la jeune femme.

— Une variété d'invités?

Elle rabaissa les épaules.

— Nous savons que les habitués de cet hôtel sont des personnes de marque, des personnalités… C'est le secret pour avoir des évènements qui ont une belle dynamique. On fait ça depuis longtemps.

Jab plissa le regard et recula d'un pas.

— Nous entrons que dans la catégorie «clients». Je ne crois pas qu'on puisse faire quoi que ce soit pour votre belle dynamique.

— Vous n'avez qu'à texter le choix de votre plat à ce numéro, remit-elle à Jab un menu. Écoutez, j'ai plusieurs chaises à remplir, sinon la salle va avoir l'air vide. Vous n'avez même pas à rester jusqu'à la fin. Je vous demande simplement d'être présents pour le souper, pour les photographies.

Sans être intéressés, ils continuèrent leur avancement jusqu'à l'ascenseur où Jab annonça l'heure à laquelle le repas serait servi.

— Allons-nous vraiment jouer les invités? offrit Capucine un regard désapprobateur à Jab.

— Bien sûr que non. Haby, tu as une jolie robe dans ta valise? Nous n'allons pas jouer les invités, nous sommes les invités.

Capucine ferma les yeux un moment, puis une sonorité s'entendit. La porte de l'ascenseur s'ouvrit.

— Ma longue chemise, c'est une robe? parla la petite.

Jab s'en intéressa grandement.

— Ta blouse que tu mets par-dessus ton maillot de danse?

— Oui.

— J'ai apporté mon ensemble de couture. Haby, tu vas être la plus belle ce soir. La mariée va être folle de jalousie! Est-ce que maman à une longue chemise aussi?

— Non! Et nous n'allons pas aller à cet évènement.

— Je viens d'envoyer ma réponse, nous allons être 3, montra Jab le message sur son cellulaire.

— Comment?

— Par messagerie, on envoie le nombre de personnes ainsi que le choix de notre plat. C'est une idée géniale. Haby, tu préfères le poulet, les fruits de mer ou le sanglier?

— Singelier? Qu'est-ce que c'est?

— C'est un cochon, le torse plutôt fort, un duvet épais, des oreilles en triangle et il a de grands crocs comme ça qui remontent vers le haut.

Jab mima l'animal devant le miroir de l'ascenseur en effectuant une expression faciale peu flatteuse. Capucine grimaça légèrement, pendant que Haby tenta de secouer le frisson qui la traversa.

— Non, je ne veux pas de singelier.

— Sanglier, ma grande, reprit sa mère.

— Et toi, maman, un peu de singelier? se moqua Jab, en s'approchant d'elle avec les doigts en crocs.

CATHERINE STAKKS

L'ascenseur s'ouvrit et un couple vit Jab avec les doigts dans la bouche.

— Pardon, vous montez?

Ceux-ci embarquèrent plutôt inquiets. Derrière eux, Capucine mentionna discrètement à Jab de prendre le poulet.

— Quoi? plissa-t-il le regard dans sa direction sans comprendre ses dires.

Dans le but de se faire comprendre, Capucine replia ses bras et battit des coudes quelque peu. Le couple s'en trouva perturbé et descendit à leur étage avec une expression hautaine. Jab les copia, ce qui amusa la petite.

— Haby... les fruits de mer, ensemble?

— D'accord!

Arrivé à la chambre, Jab s'installa à la grande table de la salle à manger et étala l'une de ses chemises qu'il combina à celle de Haby. Avec un ensemble de couture de voyage, il réalisa une robe pour la petite en un tour de main. Capucine examina ses quelques aiguilles et bobines, admira le résultat grandiose et n'arriva pas à le croire. Devant elle, sa fille déambula d'une pièce à l'autre avec une somptueuse robe bouffante. Jab lui coiffa même les cheveux avec des fleurs fraiches prises dans les bouquets de l'appartement.

Quand ce fut au tour de Capucine de montrer sa tenue, Jab et Haby patientèrent à la fenêtre du salon, le regard tourné vers la fontaine d'eau. Elle annonça sa présence et Jab se retourna.

— Je vois.

À ses côtés, Haby pinça les lèvres.

— Est-ce que quelqu'un est mort?

— Quoi? Non. Une robe noire. C'est classique!

Jab s'approcha et abaissa le ton de sa voix.

Habituellement, le code veut qu'on ne porte pas une robe noire à un mariage.

CETTE LETTRE EST POUR VOUS

— C'est tout ce que j'ai. Et puis, tu sais quoi? On ne devrait pas y aller.

— Attends-moi ici.

Il quitta la pièce pour revenir aussitôt avec son boitier de couture. De celui-ci, il tira une ficelle à laquelle Haby et lui enfilèrent des brillances. Il la noua ensuite au cou de Capucine et lui fabriqua une boutonnière avec les fleurs disponibles dans les vases. Une fleur à la main, il demanda à Capucine la permission d'en glisser une dans sa chevelure remontée. Dès qu'elle acquiesça, elle sentit la respiration de Jab sur sa nuque ainsi que sa chaleur qui l'enveloppa.

Enfin, il accrocha une boutonnière coordonnée avec celle de Capucine à son veston et en créa une pour le poignet de Haby. Quelques minutes plus tard, il déposa en douceur une écharpe de soie sur les épaules de Capucine. Celle-ci baissa le regard et reconnut le foulard qu'il porta à l'habitude avec son manteau. Son odeur fut bonne. Capucine se regarda dans le miroir et arrondit le regard. L'effet des quelques articles ajoutés changea complètement l'apparence de sa tenue. L'élégance l'habilla.

— Veuillez annoncer la famille Muller! envoya Jab en offrant son bras à Capucine.

— Attendez! s'éloigna Capucine.

Elle marcha rapidement dans sa chambre, vida son enveloppe à maquillage scintillante et l'utilisa comme sac à main. Quand elle revint, elle reçut l'approbation de Jab et Haby qui envoyèrent le mot «ravissant» en même temps.

Quelques minutes plus tard, dans la salle de réception, l'orchestre de chambre termina sa prestation sous quelques applaudissements timides. Devant eux, les tables rondes richement décorées brillèrent et les amas de fleurs volèrent la vedette. En addition, le bruit de la fontaine d'eau intérieure sonna comme une brise fraiche en nature. Sur la grande scène, un piano à queue piqua les rideaux, poussé par plusieurs techniciens qui le positionnèrent sur des marques au sol.

De la même manière, les percussions s'avancèrent sur une plateforme et les guitares entrèrent en scène. Dans la foule, Jab entraina Capucine et Haby à trouver leur table. Ceux-ci s'étonnèrent de trouver leurs noms gravés sur des marque-places dorés. Confortablement assise, Capucine s'intéressa à celui de Jab.

—Jean-Baptiste Arthaux? Je n'ai jamais fait de chèques de paye à ce nom. Tu figures au nom de Jab Arthaux dans mes registres administratifs.

— Je me sers rarement de mon nom complet. J'ai un arrangement avec ma banque.

Capucine souleva la jolie plaquette et afficha un large sourire.

—Je vais devoir changer ça. Alors, tu te nommes Jean-Baptiste? J'aime ton prénom. Tu devrais l'utiliser.

— Merci, mais c'est très long à écrire, surtout quand tu es à la maternelle et qu'en plus tu as de grandes boucles blondes. Jab c'est plus… cool!

— Toi, blond? Tu es plutôt foncé.

—Je sais.

— Jean-Baptiste fait tellement monsieur, surtout avec le «Arthaux».

Haby s'amusa avec les plaques et lut le nom de Jab encore et encore.

—Moi aussi, je veux être une Arthaux ce soir!

—Ça peut s'arranger.

De sa poche, il retira un crayon à encre permanente. Aussitôt, Capucine arrondit le regard.

—Tu as ça sur toi?

—Pas toi?

Le sourire aux lèvres, il ajouta son nom de famille sur le marque-place de Haby.

— Toi aussi, tu veux être une Arthaux ce soir? dirigea-t-il nerveusement son regard vers Capucine.

— Oui! Maman! Toi aussi!

Sans qu'elle y consente, il ajouta également son nom à la plaque dorée de Capucine. Puis, les nouveaux musiciens annoncèrent l'arrivée des mariés et jouèrent leurs premières notes. Capucine, Jab et Haby Arthaux partagèrent leur table avec deux couples qui ne parlèrent manifestement pas leur langue. Le premier duo les salua courtoisement, pour ensuite leur tourner le dos, tandis que l'autre déplaça leurs chaises à la table numéro huit où leur entourage résida.

Au château de la Manoirie, Renata remercia grandement le duc, puis Henry s'offrit pour un raccompagnement à l'hôtel, ce qu'elle accepta avec un grand plaisir.

Quand la voiture du duc grimpa devant l'hôtel et s'arrêta près de la limousine pour la seconde fois, la réaction de sa passagère différa du trio plus tôt. Elle demeura extrêmement calme.

— C'est l'hôtel?

— En effet, Madame. Madame Muller, sa fille ainsi que monsieur Arthaux résident dans l'une des meilleures suites de l'établissement.

— Cet hôtel? pointa-t-elle l'architecture imposante afin d'être claire.

Henry ferma le moteur et tourna la tête quelque peu.

— Est-ce que madame préfèrerait une autre accommodation pour la nuit?

— Ce que vous me dites, c'est que si je veux, je peux dormir ici?

— Si le confort est acceptable pour madame. Laissez-moi vous accompagner jusqu'à la réception et voir à ce qu'on vous remette la clé de la suite.

Henry exécuta le tour de la voiture et ouvrit à Renata qui replaça sa chevelure ainsi que ses vêtements afin d'avoir l'air convenable. Dès ses premiers pas dans l'opulence, ses lèvres lustrées remuèrent.

— Vieille sacoche!

Henry lui présenta la clé et un valet s'occupa aussitôt de ses bagages.

— Si cela ne convient pas à madame, j'ai pris le soin de louer une autre chambre dans un autre établissement. Vous n'avez qu'à me contacter à ce numéro et je viendrais moi-même vous y conduire.

— Je pense que je peux m'accommoder de ceci, Henry. Je vous remercie.

Renata poursuivit son déplacement avec le valet qui la mena jusqu'à la suite. Quand celui-ci ouvrit la porte, ce qu'elle tint en main tomba raidement au sol. Elle se tourna vers le valet.

— C'est ma chambre?

— C'est ce que le numéro de votre clé dit.

— Je vais dormir ici?

Le valet ramassa le sac de Renata et le lui remit.

— Vous voulez que je fasse monter le service de nettoyage peut-être?

— Ceci est vraiment ma chambre?

Quand le valet prit congé, il ferma la porte et épongea son front.

— On va devoir élever nos standards, la clientèle nous parle. Je vais passer le mot.

De l'autre côté de la porte, Renata leva les mains vers le ciel et dansa.

À la hâte, elle s'offrit le grand tour de la suite. Sur la table de la salle à manger, elle reconnut les effets personnels de ses amis et soupira devant les bidules de Jab qui montrèrent qu'il souffrit de création encore une fois. Le besoin de sommeil l'amena rapidement à se trouver une chambre où elle retira ses chaussures, ferma les rideaux et s'échoua sur le lit.

Pendant le repas, le vin coula à flots dans les verres de Jab et Capucine, tellement qu'ils trouvèrent difficile de trouver de l'eau. Capucine repéra du jus de fruits pour Haby près du buffet à salade. Parmi les invités, un photographe circula continuellement avec son équipe, puis attira les mariés devant le gâteau où ils firent semblant de le couper de plusieurs façons. Haby roula les yeux. Ensuite, quelqu'un se présenta avec un vrai couteau et sembla décidément savoir comment s'y prendre. Le service du gâteau commença pour le plus grand plaisir de la petite qui admira l'arrivée des nombreux charriots. De son côté, Capucine se délecta des discours des gens. Jab lut une phrase qu'elle écrivit sur sa serviette de papier : «L'amour est la plus douce des couvertures.»

Soudain, les lumières se tamisèrent et une jeune femme s'avança sur la scène. D'une voix feutrée, elle invita les mariés pour la première danse. Un jet de lumière trouva le couple d'honneur sur le plancher et la musique d'une valse des années quarante tourna autour d'eux. Comme un spectacle bien rodé, le couple offrit une prestation remarquable. Dans leur nombreux pas maitrisés, le tissu de la robe blanche vola parfois entre les jambes du marié. L'ambiance fut à son comble. Plus les chansons s'enchainèrent et plus l'espace de danse devint populaire. Les tables se dépouillèrent, les hôtes changèrent les nappes et le café circula. Haby ne tint plus en place et demanda à se dégourdir les jambes. Tirée par la main, Capucine atterrit en bordure du plancher de danse. Les gens sourirent à Haby et elle leur rendit bien. Elle trouva rapidement des enfants et entreprit d'aller danser avec eux.

— Je vais aller m'assoir à la table et te regarder danser, d'accord? se pencha Capucine vers l'oreille de sa fille.

— D'accord, lui cria-t-elle en retour.

En route vers la table, Capucine capta du regard Jab qui conversa avec la dame au charriot. Celle-ci lui remit un document qu'elle tira de sous la nappe du wagonnet. Le geste qu'il posa ensuite l'amena à arrêter le pas un instant. Jab tendit la tasse de Capucine avant la sienne afin d'accueillir le café. De retour à la table, elle le remercia. Il chercha à savoir pourquoi. Elle réalisa à ce moment que penser à elle fit partie de ses habitudes.

La chaleur de la salle monta de quelques degrés et les joues de Capucine rougirent. Sa fille lui envoya la main ici et là et revint périodiquement à la table pour se rafraichir. Autour d'eux, le photographe circula continuellement, puis s'arrêta à la table de Capucine et Jab afin de les photographier ensemble. Poliment, il demanda à Jab de passer sa main derrière le dos de Capucine. Quand le flash termina de les aveugler, l'équipe trouva d'autres sourires à capturer.

— Ils vont regarder ça dans quelques mois, se replaça Jab, et se lancer à la figure : «Je te dis que ce n'est pas moi qui les ai invités! Non, en effet, ça doit être encore ta mère qui s'en est mêlée. Elle voulait une variété d'invités!»

Capucine éclata de rire, ce qui attira quelques regards. Elle s'excusa aussitôt et éleva sa coupe à leur santé.

À la hâte, une dame arriva derrière eux et se présenta sous le titre d'organisatrice en chef du mariage. Capucine posa son verre sur la table et regarda discrètement Jab avec malaise. Il posa sa main sur la sienne de manière à lui dire que tout alla bien, puis se tourna vers la dame qui chercha son attention.

— Êtes-vous bel et bien monsieur Arthaux?

— Oui, nous sommes simplement clients de l'hôtel. Vous savez… la variété d'invités, grimaça-t-il légèrement.

Avec un enthousiasme démesuré, la dame lui serra la main et lui demanda la permission de divulguer à l'assistance sa présence.

— À l'assistance?

— Comment va madame votre mère?

— Très bien, envoya Jab d'un air hébété.

— Puis-je vous installer à une meilleure table?

— Nous sommes très bien ici, merci.

— Laissez-moi dire aux mariés que vous êtes ici. Ils seront ravis.

—Je...

La dame courut subitement vers l'avant-scène, ensuite jusqu'aux mariés, accrocha le photographe et ce qui dut arriver, arriva.

— Maman, j'ai envie, se pointa Haby, les genoux serrés.

Capucine s'excusa donc et partit avec Haby à leur chambre. Dans l'entrée de l'hôtel, elle remarqua un groupe d'hommes en discussion avec le concierge. Un tintement s'entendit et elle grimpa rapidement avec sa fille dans l'ascenseur. Dans la grande salle, les musiciens prirent une pause et le maitre de cérémonie s'avança fièrement devant le micro. Il demanda qu'on l'éclaire pour une grande nouvelle, émoustilla la salle, puis annonça la présence d'une personnalité.

— Nous avons la joie et l'honneur d'annoncer au mariage de Marie et Christophe de Bourbon la présence de monsieur Jean-Baptiste Arthaux.

Les applaudissements bondirent, un faisceau de lumière trouva la table de Jab, puis tous les yeux se tournèrent vers sa personne.

8

Le sourire aux lèvres, les mariés marchèrent jusqu'à Jab et exécutèrent de belles courbettes. Derrière eux, un serveur apporta du champagne, glissa une coupe à la main de Jab, exécuta le même manège avec les mariés et sous l'œil assoiffé de la caméra, le couple de l'heure trinqua avec lui. Après cette courte folie, les mariés retournèrent à la place d'honneur et le couple, qui plus tôt apporta leur chaise à une autre table, revint.

Jab sourit une dernière fois devant le photographe obsessif sur l'obturateur et s'esquiva en serrant plusieurs mains sur le chemin de l'ascenseur. Dans l'entrée, un invité pointa Jab au groupe d'hommes retenu par la sécurité de l'hôtel. Enfin, les portes de l'ascenseur s'ouvrirent et Jab s'y enferma en vitesse, ce qui freina les gens qui tentèrent de le photographier avec leurs appareils. Arrivé à la suite, il se dépêcha de retrouver Capucine.

— Hé! J'ignore ce qui se passe, mais on vient de me présenter comme une personnalité en bas. J'ai même posé avec les mariés. La variété d'invités, ils prennent ça vraiment au sérieux par ici. Il serait préférable de ne pas y retourner.

— Que racontes-tu? passa Capucine un linge humide au visage de sa fille.

— Je dis que… À qui est cette valise? se prit-il les pieds dans un bagage.

CETTE LETTRE EST POUR VOUS

— Renata dort dans l'une des chambres du haut.

— Les gens ont réagi fortement à mon nom. J'ai peut-être serré la main à la moitié de la salle. C'est sans doute une erreur.

Capucine s'en amusa.

— Tu n'as qu'à le dire si tu veux qu'on passe la soirée devant le téléviseur.

Dans un coup sonnant, des jointures se blessèrent sur la porte.

— Ne réponds pas, tenta Jab d'expliquer la situation encore une fois. J'ai peut-être mentionné que nous étions clients de l'hôtel.

Capucine n'arriva plus à retenir son rire devant ses histoires loufoques et ouvrit la porte grandement. Aussitôt, une manne de photographes se bouscula devant elle. Son sourire mourut subitement et elle referma la porte.

— Tu aurais pu le dire! se tourna-t-elle vers Jab.

— C'est ce que... Il y a impair.

— Je leur dis ou tu leur dis que nous nous sommes glissés dans ce mariage?

— Je ne crois pas qu'il a lieu de s'inquiéter pour ce détail à présent.

— Je vais le faire, inspira Capucine qui ouvrit la porte à nouveau.

— Excusez-moi! Excusez-moi! essaya-t-elle de se faire entendre.

— Variété d'invités! lui souffla Jab.

Parmi les photographes, des hommes de la sécurité de l'hôtel avancèrent et montrèrent leurs couleurs. Le regard de Jab étudia rapidement leurs déplacements ainsi que l'expression à leur visage. D'urgence, il se plaça devant Capucine.

— Va rejoindre Haby et tenez-vous prêtes à bouger rapidement.

— Qu'est-ce que tu racontes?

Trois autres agents qui portèrent également des vestons au

logo de l'hôtel en plus d'une oreillette visible par son cordon transparent se déplacèrent devant Jab et Capucine, pendant que les autres chassèrent les intrus. D'une voix forte, le chef des opérations pénétra dans la suite.

— Je m'excuse, Madame, Monsieur. Vous ne pouvez rester dans cet établissement. Nous n'avons pas les effectifs nécessaires pour assurer votre sécurité.

Les traits du visage de Capucine se tendirent, pendant que ceux de Jab demeurèrent intacts. Il demanda davantage d'informations, ce que personne ne lui livra.

— Encore une fois, nous sommes vraiment désolés de cet inconvénient, avança l'homme à la voix portante. Par conséquent, nous vous demandons de nous suivre immédiatement. Une voiture sera à votre disposition ainsi que le remboursement total de la chambre, ça va de soi.

D'un calme inébranlable, Jab se plaça devant lui.

— Il y a erreur sur la personne.

— Monsieur, nous n'avons pas le temps de bavarder. Nous vous demandons de sortir immédiatement. Attrapez rapidement vos effets personnels et suivez-nous.

— Nous ne sommes pas les gens que vous pensez. Je répète, il y a erreur sur la personne. Nous sommes américains.

— Peu importe qui vous êtes, la question n'est pas là. Vous êtes en danger. Nous discuterons plus tard dans un lieu sûr.

Jab tint le regard de celui-ci pendant un moment, puis étudia le mouvement des autres agents. Doucement, il se tourna vers Capucine et acquiesça.

— Ils sont en droit de nous demander ça. Je crois que nous devrions les suivre, au moins pour avoir plus d'informations. Je suis curieux.

En vitesse, Capucine se dirigea avec Haby dans l'une des chambres du haut et réveilla Renata. Derrière elles, le chef des opérations signala à l'un de ses agents de les accompagner.

CETTE LETTRE EST POUR VOUS

Dans la chambre, Renata se frotta les yeux et regarda l'homme qui marcha devant son lit.

— Venez nettoyer la chambre plus tard. Elle est propre. Bonne nuit, replongea-t-elle sa tête dans l'oreiller.

En de simples mots, Capucine lui résuma la situation.

— De quoi? Jab! Qu'as-tu fait?

Sa valise prête en quelques secondes, Jab se dépêcha de rejoindre Capucine et la petite afin de les aider. Son regard capta aussitôt les petits poings serrés de Haby, ses sourcils froncés ainsi que les coins de sa bouche qui courbèrent vers le bas. En douceur et d'un air amusé, il s'abaissa à sa hauteur.

— Ça arrive tout le temps ce genre de chose en voyage. Je dois l'avouer, ça m'amuse. J'espère qu'ils vont nous montrer des choses drôles. Un lézard avec de longs bras, ça serait vraiment chouette.

Un coin de la bouche de la petite remonta.

— Je peux grimper sur ton dos et faire le galop?

Le visage de Jab s'illumina.

— Ça serait génial. On va être le lézard à longs bras.

Haby éclata de rire.

Dans l'entrée, Renata se présenta avec ses affaires qu'elle lâcha lourdement au sol près de Capucine.

— Répète? Jab est quelqu'un d'important?

— Oui, je suis un lézard à bras, s'amusa-t-il avec Haby.

Un des agents laissa aller un fou rire.

Cinq minutes plus tard, entourés d'une équipe d'agents, Capucine, Haby, Renata et Jab marchèrent rapidement vers l'ascenseur avec leurs bagages. Du coin de l'œil, Jab remarqua d'autres propriétaires de veston aux couleurs de l'hôtel postés aux sorties d'urgences.

À l'étroit dans l'ascenseur, Haby arrondit le regard devant une clé que l'une des grandes personnes glissa dans le tableau de bord devant elle. De son côté, Capucine observa les chiffres sur l'afficheur qui changèrent pour des lettres non répertoriées, pendant que Jab s'intéressa davantage aux mains des agents.

La sonorité s'entendit et les porteurs de veston devinrent alertes. Quand l'ascenseur s'ouvrit, un vent froid entra de plein fouet dans la cabine. Renata, Capucine, Haby et Jab arrondirent le regard devant le mur terreux devant eux, puis avancèrent comme demandé.

— Maman, j'ai froid!

— Je sais Haby, moi aussi. Je crois qu'on est sous l'hôtel.

— Quoi? vibra pauvrement la voix de la petite qui éleva son regard.

— C'est merveilleux, sourit Jab. C'est un passage secret. J'adore les passages secrets! C'est la meilleure journée du voyage, jusqu'à présent. Oh! Je vais en parler pendant des semaines. Fameux!

Haby retrouva le sourire.

Au loin, un agent leur signala d'avancer. D'une dimension assez grande pour y faire circuler une voiture, tous avancèrent dans un couloir éclairé que par quelques ampoules électriques. Le bruit de la fête n'exista plus. Seuls l'eau qui coula sur les murs et le son de leur déplacement s'entendirent.

À l'arrière, Jab s'accroupit et attacha son soulier. À sa suite, le dernier agent émit sur les ondes. Rapidement, la formation des agents devint chaotique, l'avancement du groupe s'estompa et tous se virent déstabilisés.

— Un lacet détaché et ils ne savent plus quoi faire, se parla Jab.

— Monsieur! pressa l'agent derrière lui.

Jab se leva, avança, puis le groupe se remit en marche. Pendant que le jeune émit quelques mots sur les ondes, Jab en profita pour ajuster le rythme de ses pas au sien.

— Vous nous jetez à l'extérieur des limites de l'hôtel de façon élégante? C'est ça?

— Avancer, Monsieur, s'il vous plait. Je dois être la dernière personne en ligne.

Jab s'immobilisa, alors l'autre se trouva dans l'obligation d'en faire autant.

— Oh! Je peux rester ici pendant des heures. Où est-ce que vous nous amenez?

La main à l'oreille, l'agent acquiesça et avala difficilement. Jab en profita pour s'étirer les bras et les placer confortablement derrière sa tête.

— Nous ne sommes plus responsables de votre sécurité quand vous êtes à l'extérieur des limites de l'hôtel. Avancez maintenant, Monsieur, s'il vous plait.

Jab fit quelques pas, pendant que l'agent tenta de se tenir toujours un pas derrière lui.

— Vous en savez davantage?

— C'est ma première semaine, Monsieur. J'aimerais bien garder ce travail.

Jab observa la sueur qui perla à son visage, puis tourna les talons de manière à marcher à reculons.

— Alors, en cas de pépin... votre travail consiste à vous déresponsabiliser le plus rapidement possible?

— Dans la minute, Monsieur. Nous avons une entente avec la police. Peu importe l'appel qu'ils reçoivent pour l'hôtel, c'est nous qui intervenons. Bagarre, invité difficile... le ou les sujets ont droit à une visite VIP de l'hôtel. Ils en sont toujours ravis. Ils voient la chose comme un privilège. Là où on les mène, ils peuvent difficilement retourner à l'hôtel. De notre côté, nous pouvons dire que nous avons excédé les standards du service à la clientèle si l'affaire se rend en justice.

Jab se retourna et marcha à nouveau de l'avant.

— Une visite VIP! Est-ce que je me trompe où c'est par ici que vous sortez les déchets? L'odeur flotte dans l'air.

— Précisément, Monsieur.

— J'imagine que vous ne le mentionnez pas en cour.

— Pour la cour, nous disons que c'est l'entrée secrète des personnalités, Monsieur.

Devant eux, le groupe s'arrêta et un agent déverrouilla une porte à même le mur. Capucine tarda à passer l'ouverture et pressa Haby contre elle. Jab s'empressa de les rejoindre et jeta un coup d'œil à ce qui la terrassa. Pauvrement éclairé, un escalier étroit en pierre se présenta devant eux en même temps qu'une forte odeur de renfermé. L'agent continua de faire signe à Capucine d'avancer.

— C'est bon! Je vais y aller le premier, sourit tendrement Jab à Capucine, pour ensuite faire un clin d'œil à Haby. Donnez-moi vos bagages.

À mesure qu'ils montèrent, l'humidité diminua et mieux ils se sentirent. Devant les demandes constantes des agents à accélérer, Haby se fatigua. Sans façon, Jab donna le poids des valises aux agents, puis grimpa la petite dans ses bras.

— Vous voulez qu'on monte plus vite?

L'agent de tête accepta la nouvelle situation, puis ils grimpèrent jusqu'à ce qu'une impasse se présente, soit une seconde porte. Distribuées dans les escaliers, tous patientèrent que celle-ci soit déverrouillée. Jab observa l'imposant trousseau de clés à la main de l'agent devant lui.

Bruyamment, le verrou céda, puis deux agents demandèrent à passer. Ceux-ci retirèrent rapidement leur veston, mirent un tablier épais, prirent des outils de jardinage et disparurent sur le terrain. Peu de temps après, l'agent de tête fit signe à Jab, Capucine, Haby et Renata de sortir et d'avancer sur le chemin pavé. Devant eux, les agents jouèrent les employés : l'un répara faussement des lumières de jardin, tandis que l'autre fixa des affiches devant des plants dont les noms ne coïncidèrent point. Plus loin, un agent les dirigea dans l'un des pavillons vitrés.

— Attendez ici, pointa-t-il une table et des chaises.

Jab en profita pour parler discrètement à son nouvel ami.

— On est sortie des limites de l'hôtel?

— Pas encore.

— Je dis ça comme ça... mais par la porte des cuisines, une voiture spacieuse, à peine quelques mètres et c'est fait.

— Nous avons besoin de montrer que nous avons excédé les standards.

— Disons qu'on ajoute du champagne? L'agent pressa les lèvres de manière à indiquer l'insuffisance. Un repas en plusieurs services? ajouta Jab. L'homme leva les épaules et lui indiqua que l'affaire avait déjà été faite. Vraiment? Il y a que quelques mètres! D'accord, ajoutons les musiciens... dans la voiture. L'homme ferma les yeux un instant. Jab arrondit le regard. Je comprends maintenant que la porte de sortie des déchets est du jamais vu.

À peine eut-il le temps de reculer une chaise pour s'assoir que le chef des opérations reçut une information à son oreillette et s'avança vers eux à grande vitesse.

— Nous devons bouger rapidement, chercha-t-il un acquiescement de tous.

Le regard de Jab balaya les environs, puis il croisa le regard de l'agent avec qui il conversa plus tôt. Celui-ci haussa les épaules et créa une mimique faciale retenue de manière à lui signifier son manque d'information.

En vitesse, Jab grimpa Haby dans ses bras, empoigna la valise du duc et se plaça face à Capucine de manière à ce qu'elle seule puisse le voir.

— Dans un instant, ils vont nous demander de laisser nos bagages ici, sac à main compris. Prépare ce que tu veux garder et utilise le sac à dos de Haby. Ils vont lui laisser.

Renata s'activa à rassembler ses sacs et valises, expira lourdement, puis suivit le groupe au garage où une voiturette de golf les attendit. Avec empressement, le chef leur signala de grimper dans le véhicule. Renata y poussa donc sa lourde valise qu'un agent bloqua presque instantanément.

— L'hôtel va s'occuper de vous envoyer vos affaires.

Jab regarda Capucine, puis garda près de lui le sac de cuir du duc, pendant que Renata déversa le contenu de ses bagages au sol afin de remplir ses poches. À ce moment, tous les regards se tournèrent vers elle, sauf un. Jab en profita pour glisser le sac du duc sous la banquette de la voiturette, s'assit et le cacha avec ses jambes tout en aidant Haby à s'installer.

En quelques minutes, la voiturette comblée de deux agents ainsi que Capucine, Haby, Jab et Renata s'éloigna du pavillon à jardin. Au loin, une horde d'hommes attira le regard de Jab. Il sourit à la petite. Autour d'eux, les lumières des jardins moururent par section.

— Maman? chercha Haby du réconfort.

— J'adore les pannes de courant! envoya Jab avec un enthousiasme démesuré. C'est définitivement une de mes meilleures soirées. Tu penses qu'ils peuvent aller plus vite? Je veux rebondir quand il y a des bosses.

Le rire de Haby traversa le jardin à grande vitesse et s'intensifia avec les bonds, jusqu'à ce que la voiturette ralentisse afin de pénétrer dans le labyrinthe de haies. Comme une chorégraphie bien pratiquée, le petit véhicule se faufila à l'aveuglette dans les passages verdoyant tantôt à gauche, tantôt à droite. À une impasse, l'agent conducteur mit le véhicule en arrêt et descendit d'un trait avec son coéquipier. Capucine les observa dans la pénombre, ils tâtonnèrent de chaque côté du rang d'arbustes, quand un bruit métallique s'entendit. Sans tarder, les deux hommes poussèrent la haie, puis le chauffeur avança lentement la voiturette dans le nouveau passage, pendant que le second referma l'ouverture derrière.

— C'est un autre passage secret, maman?

— Je crois bien que oui. Nous avons beaucoup de chance ce soir, se tourna-t-elle vers Jab avec un regard inquiet.

— Tout va bien, envoya Jab. On est des VIP.

Il expliqua à Haby ce que les lettres signifièrent tout en vérifiant la solidité de sa courroie de sécurité, ainsi que celle de Capucine.

— Qu'est-ce que tu fais? se pencha Capucine vers lui.

— Rien, allongea-t-il le bras de manière à vérifier également celle de Renata, mais celle-ci n'apprécia pas le geste.

— Ne me touche pas!

— On va tellement s'amuser, regarda-t-il Haby en se frottant les mains de plaisir. On va faire comme quand on glisse l'hiver sur la neige. Tiens-toi bien, juste ici. Comme ça. C'est parfait.

La voiturette avança bien quand le conducteur propulsa sa voix vers l'arrière.

— Tenez-vous bien! Ça va descendre.

Jab s'agrippa d'une main à la carcasse de la voiturette et de l'autre l'avança devant Haby afin de la retenir. Au même moment, sa main toucha celle de Capucine qui exécuta le même geste, quand le véhicule plongea dans une pente raide et prit de la vitesse. Au fur et à mesure que le confort s'amoindrit, les plaintes de Renata grandirent. Quand le véhicule bascula dangereusement d'un côté, son cri déchira la nuit. Avec agilité, Jab se détacha et s'accrocha sur le côté du véhicule de manière à créer du poids. Le chauffeur tourna la tête et l'aperçut.

— Garder la trajectoire! s'allongea Jab le bras de manière à tenir le volant. Très bien.

Pendant que les deux mains du conducteur serrèrent fortement la conduite du véhicule, celles de Haby se refermèrent sur la courroie. Son cri capta l'oreille de Jab. Quand les quatre roues touchèrent le sol, il retourna rapidement à son siège et se pencha vers elle.

— Je veux le faire encore. Yoohoo!

Le regard de la petite s'illumina.

— Moi aussi.

Dès que l'engin retrouva un angle confortable, ils roulèrent à toute allure vers une gigantesque sculpture chevaleresque et s'immobilisèrent derrière. Jab en profita pour féliciter Haby ainsi que sa mère.

— J'ai besoin d'un bon mot moi aussi, retint Renata ses larmes.

— Renata, tu as très bien fait ça.

— J'ai pleuré un peu.

— Je n'ai rien remarqué.

Elle tourna son visage vers lui et son mascara huila le dessous de ses yeux à outrance.

— Tout ça, c'est de ta faute.

Derrière eux, l'agent les pressa à garder le silence. Afféré à la serrure dissimulée à travers les écritures de la sculpture, le grand homme tenta d'y tourner une clé, pendant que des voix approchèrent ainsi que deux lampes torches. Jab observa le mouvement, mais un tintement métallique l'amena à dévier le regard vers les mains tremblantes de l'agent. Sélectionner une seconde clé devint rapidement une tâche difficile, voire impossible. Impatient, l'agent qui tantôt accomplit le rôle de guetteur remplaça celui qui tenta de convaincre la serrure de céder. À son tour, il tourna les clés une à une sur la tige circulaire, puis les essaya à tour de rôle. Le fracas des clés qui s'entrechoquèrent amena Jab à nier. Le bruit les vendit. Un coup de feu s'entendit.

9

La subite détonation fit sursauter Haby qui poussa un cri. Au même moment, l'énorme trousseau de clés s'écrasa au sol. Dans un geste extrêmement rapide et doux à la fois, Jab prit Haby dans ses bras, amena Capucine et Renata à s'abaisser, pour ensuite les guider de l'autre côté de l'imminente structure. Cachés entre la voiturette et la base de la sculpture, les deux agents émirent sur les ondes. Bien camouflé derrière des végétaux, Jab remit la petite à sa mère et leva les yeux vers le grand cheval de marbre.

— J'en ai pour un moment.

Au milieu du jardin, bien accroché au cheval figé dans le temps, Jab étudia le mouvement des hommes sur le terrain.

— Qu'est-ce qu'on a là? C'est amusant, ils bougent comme une meute.

En vitesse, il descendit et entraina Capucine à se rapprocher de lui avec la petite. Renata sentit que quelqu'un tira la manche de son vêtement et s'avança. Une seconde détention résonna dans la nuit. Jab garda l'œil ouvert, puis rassura les siens.

— Ils lancent en l'air. Ils sont agressifs, mais non pas l'intention de faire mal, sourit-il.

— Qu'est-ce qui se passe? Et comment peux-tu… parla Renata à voix basse.

— Deux hommes au sud, cinq à l'ouest, pas d'uniforme ni de

camouflage, ils ne dissimulent même pas leurs mouvements, s'en amusa Jab.

Renata serra les dents.

— Quoi?

— Voici ce qui va se passer : nos deux amis vont vouloir fumer le coin.

Capucine prononça doucement son prénom et chercha à comprendre, alors il reprit ses dires.

— Les agents de sécurité de l'hôtel vont prendre la voiturette et partir.

— Merci! envoya Renata. Tassez-vous, je vais me trouver un siège.

— Sans nous, précisa Jab. Oh! Ils vont nous laisser ici.

En silence, un des agents grimpa dans la voiturette, pendant que le second se présenta devant Jab et lui remit le trousseau de clés.

— Nos services s'arrêtent ici. Une de ces clés ouvre le passage vers la rue.

— Que savez-vous sur ces hommes? essaya Jab d'accumuler de l'information.

— Nous ne sommes pas armés et notre formation ne comporte pas...

Jab l'interrompit.

— L'information sur vous, je l'ai. C'est eux qui m'intéressent.

— Ils ont débarqué à l'hôtel et on a reçu un code vert à votre égard.

— Code vert?

— Service d'escorte immédiat vers la rue.

— Parfait, escortez les miens en voiturette jusqu'à l'hôtel et je m'occupe des hommes aux lampes torches.

L'agent respira de plus en plus fortement et recula d'un pas.

— Nous avons eu la consigne de vous guider verbalement vers les limites de l'établissement. Essayez d'ouvrir cette porte ou... madame, capta-t-il l'attention de Capucine, vous et la petite devriez passer la ligne d'arbres et longez le mur en pierre jusqu'à la rue.

— C'est une très mauvaise idée, s'interposa Jab.

— Je dois démontrer que j'ai offert un raccompagnement verbal personnalisé à chacun de vous. Madame, regarda-t-il Renata, prenez les escaliers du jardinier qui se trouve tout près de la fontaine d'eau à votre droite et descendez vers la rue. Monsieur, marchez jusqu'à l'extrémité du jardin et descendez vers la rue. Maintenant, je dois émettre nos intentions : nous allons prendre la voiturette et nous partirons dans cette direction. Ensuite, vous êtes par vous-même.

Jab se gratta le front.

— Que diriez-vous que je prenne la voiturette avec mon monde et vous descendez par la rue?

— Non, on ne peut pas faire ça.

— Non, je crois que c'est faisable.

— Elle appartient à l'hôtel et seuls les employés peuvent la conduire à cause des assurances. Nous vous prions de poursuivre la soirée à l'extérieur des limites de l'hôtel.

— De là l'idée de la rue.

L'agent pria Capucine et la petite d'y aller, mais Jab les retint contre lui. De la main, il leur montra l'homme qui marcha près de la ligne des arbres, puis il approcha son visage de celui de Capucine.

— J'essaie de gagner du temps. S'ils se déplacent maintenant avec la voiturette, ils vont avoir des problèmes.

Jab demanda à l'agent de lui répéter la marche à suivre et observa le mouvement des lampes torches sur le terrain. Quand la voie se montra libre, il accepta leurs bons conseils, les remercia et leur souhaita une bonne soirée. À ses côtés, Renata rumina. Dès que les feux arrière de la voiturette s'illuminèrent et tintèrent la base de la sculpture d'un rouge alarmant, elle accrocha le vêtement de Jab à deux mains.

— Qu'est-ce qui ne va pas chez toi?

— Ils vont se faire repérer en quelques secondes et cela éloignera certains… visiteurs nocturnes de nous. Ne t'inquiète pas, rien ne va leur arriver.

— Je ne m'inquiète pas pour eux! Pour nous! Comment va-t-on sortir d'ici?

En montée, la voiturette perdit énormément de vitesse. Jab les regarda négocier la pente raide un instant et nia.

— De toutes les routes possibles, ils ont pris celle-là?

Au pas de course, les hommes aux lampes torches suivirent la voiturette, ce qu'observa Jab avec satisfaction, quand un cri résonna derrière lui.

— L'escalier du jardinier! L'escalier du jardinier! L'escalier du jardiner!

Souliers en main, Renata courut sur le terrain et hurla à la fois.

Jab ferma les yeux un instant, puis aiguisa son regard à nouveau sur les alentours. Quelques sifflements s'entendirent. Les hommes qui coururent derrière la voiturette la délaissèrent pour s'intéresser à la position de Renata.

En peu de temps, le bruit de leurs pas résonna contre le sol près d'eux. Capucine sentit son cœur battre à toute allure, pendant que Haby s'accrocha à elle. Jab se retourna vers elles et parla calmement.

— On a encore du temps. Je vais régler ça rapidement et je reviens, poussa-t-il la valise du duc davantage sous l'épais feuillage. Personne ne sait que vous êtes ici à part moi, les deux agents, peut-être ceux à qui ils ont parlé et Renata. Alors, personne. Restez ici et ne bougez pas.

Capucine acquiesça, puis Jab détala dans le jardin. Elle le vit disparaitre si rapidement dans l'obscurité, qu'elle n'en crut pas ses yeux. Ce qu'elle capta ensuite l'amena à arrondir le regard. Les hommes aux faisceaux lumineux coururent dans sa direction. À respiration crispée, elle se plaqua le dos contre la base de la statue, puis chercha du regard la présence de Jab.

— Haby, on va courir jusqu'à la ligne d'arbres que tu vois là. D'accord? On y va à trois. Un, deux, trois!

Sans emporter la valise du duc, les deux filles se déplacèrent à petits pas rapides à travers la surface gazonnée, jusqu'à un arbre sous lequel elles reprirent leur souffle.

Derrière elles, le groupe d'hommes changea abruptement de direction et s'éloigna de la statue chevaleresque.

Accroupie, Capucine observa déjà la voie en direction du muret de pierre et se prépara à entrainer sa fille à sortir de leur cachette temporaire, quand des jambes apparurent devant elles. D'un geste instinctif, elle bloqua l'avancement de Haby.

Malgré sa posture inconfortable, elle garda le silence, quand une main attrapa son bras.

Dès que son cri trouva sa gorge, Jab montra son visage. La valise du duc en main, il offrit à Haby un sourire d'amusement. Quand l'homme s'éloigna, il parla.

— «Ne pas bouger» ne s'applique pas à vous deux, si je comprends bien.

— Ils avançaient vers nous, transpira Capucine à ses propres mots.

Une risette s'afficha au visage de Jab.

— Il est vraiment facile de les faire bouger où l'on veut.

Capucine balaya du regard l'espacement derrière lui.

— Où est Renata?

— Elle patiente, le temps que je vienne vous chercher. Elle est en sécurité.

— Qu'est-ce... Comment tu...

Jab la serra dans ses bras ainsi que la petite.

— Tout va bien. Ils cherchent, c'est tout.

Haby s'accrocha fortement à lui.

— Je vais téléphoner à la police, parla Capucine.

Jab caressa le côté de son visage.

— Ils ne viendront pas. Ils ont une entente avec l'hôtel. J'ai parlé avec Henry.

— Tu as contacté le majordome du duc? Et puis?

— Il va me rappeler.

Jab tourna la tête et observa les nouveaux déplacements au loin.

— On doit y aller.

À découvert, il grimpa Haby dans ses bras, tint la valise de l'autre, puis invita Capucine à longer le mur de pierre. Quand elle vit enfin la rue, elle s'exclama de plaisir.

— On y est arrivée! On est en sécurité!

— Par ici, entendit-elle la voix de Jab.

Dans la confusion, elle se tourna vers lui. Capucine eut à peine le temps de se questionner, qu'il l'amena avec lui ailleurs dans le jardin. Rapidement, il trouva un endroit à l'abri des regards, déposa la petite au sol, plongea la main dans sa poche et étudia le plan qui figura sur un pamphlet de l'hôtel. Celle-ci demanda à comprendre, alors Jab éleva les yeux de son feuillet.

— Depuis le début, nous nous déplaçons que dans une direction.

— Vers la rue?

— C'est exact. C'est donc l'endroit le moins sécuritaire. Je suis allé voir et ils couvrent tous les carrefours. C'est la même chose en direction de l'hôtel. Notre meilleure chance est ce bâtiment, lui montra-t-il l'endroit sur le dépliant. Je dois juste reprendre les clés que j'ai laissées plus haut. Je n'aimais pas le bruit pendant mon déplacement… et reprendre Renata.

— Quoi?

— Tu te souviens de Renata?

— Oui! Pas cette partie. On retourne dans les jardins?

Jab grimaça légèrement devant les faits, puis acquiesça.

— Nous devons être quelque peu créatifs, car on a pris le mauvais plan.

Capucine plongea son regard dans le sien, pressa les lèvres, puis dirigea son attention vers sa fille.

— Jab, je vais vers la rue.

— Ça, c'était le mauvais plan, une gracieuseté de l'hôtel pour se débarrasser de nous.

— Je ne te reconnais plus.

Sur un ton calme et doux, il lui demanda de jeter un coup d'œil vers la rue. Elle s'éleva donc très lentement et vit la rue bondée d'hommes à pieds, en plus des nombreuses voitures qui ratissèrent le coin.

— Nous n'aurions pas eu le temps. Ils nous auraient attrapés, peu importe la direction qu'on aurait prise et peu importe la vitesse de notre déplacement. Le temps à découvert était trop grand, l'endroit trop éclairé et la pente du terrain n'était pas en notre faveur. Ils y avaient déjà des gens en place prêts à nous cueillir.

Capucine se laissa choir sur le sol et garda son regard bas. À ses côtés, la voix de Jab s'entendit à nouveau.

— Hé! Nous nous trouvons en ce moment au vieux puits. Celui-ci tenta de lire la plaque à travers la pénombre, puis chercha dans son feuillet. Fascinant! Cet endroit est réputé pour les gens qui s'aiment. S'ils se tiennent par la main et touchent le puits à la fois, ils sont protégés ou quelque chose du genre. Haby! On a un puits magique!

— Jab! laissa aller Capucine à voix tremblante, tout en pointant l'homme qui avança dans leur direction.

— Nous devons bouger, lui présenta-t-il sa main.

Capucine la capta. De l'autre main, il prit doucement celle de la petite.

— Haby, on essaie le puits magique avant de partir? On se tient déjà par la main, c'est à toi de voir si…

La petite allongea le bras vers les vieilles pierres et y posa la main. Jab caressa celle de Capucine et sourit. Celle-ci se força de sourire à sa fille malgré le bruit des pas. Au même moment, l'homme qui s'approcha d'eux laissa tomber par mégarde sa lampe qui roula au sol. Quand il la reprit, il éclaira le vieux puits. Personne ne s'y trouva.

Plus loin, Capucine, Jab et Haby s'arrêtèrent sous les branches retombantes d'un saule pleureur.

— Tu te souviens de ce que Henry a dit dans la voiture au sujet de Hortense? Jab tourna la tête subitement. Attends ici, je reviens. Tu vas attendre ici? Tu ne vas pas…

— J'attends ici.

Il disparut aussitôt à travers les arbres, pendant que Capucine pressa sa fille contre elle. Quelques minutes plus tard, il réapparut avec Renata qui tenta de reprendre son souffle, mais surtout ses esprits.

— Qui sont ces gens? Qu'est-ce qui se passe? Pourquoi en ont-ils après nous?

Capucine s'avança.

— Nous l'ignorons. Jab croit avoir trouvé une sortie.

— Vraiment? en douta-t-elle fermement. Je vais vers la rue.

— On y arrive. Ils sont déjà là.

Malgré la noirceur, Jab exposa le fameux dépliant devant leurs yeux.

— Il y a beaucoup de bâtiments dans ce parc : des neufs et des anciens. Celui qui nous intéresse en ce moment est l'un des plus vieux.

— Bien sûr, tu vas nous offrir ce qu'il y a de mieux, maugréa Renata. Je veux juste rentrer à la maison.

— Le bâtiment que l'on recherche n'est pas ouvert au public. Hortense m'a raconté qu'il a été bâti bien avant ce château.

— Qui est Hortense?

— La dame qui sert le café. Il faut suivre Renata, envoya Jab. Celle-ci froissa le regard. Elle m'a raconté que dans le temps de la guerre, l'une des églises avoisinantes avait fait creuser un passage. En plus d'offrir un refuge aux gens, ils l'utilisaient pour entreposer leurs biens. Une des sorties de ce fameux tunnel se situe ici. Et devinez sous quel bâtiment? pointa-t-il une image sur la brochure. C'est ça, l'un des plus vieux. Nous allons l'emprunter et sortir d'ici. Si je regarde ce plan, nous sommes tout près, une affaire de rien. Je dois d'abord retourner à la statue du cheval pour prendre les clés.

— Ce plan est complètement cinglé! ferma Renata les poings serrés.

— Bah! Ça va me prendre que quelques minutes, fastoche!

— Pas la partie des clés, mais celle de croire à un tunnel aussi vieux que la lune.

— Ils remontent par ici, intervint Capucine à voix alarmée.

— Ouais... je les ai vus aussi. Rendez-vous à cette bâtisse, remit-il à Capucine le pamphlet. Je garde la valise et je vous y rejoins. Je vais les faire courir un peu. Comptez jusqu'à... trente et allez-y.

Le sourire au visage, il échangea un dernier regard avec Haby, puis recula doucement à travers les branches d'arbres.

— Est-ce qu'il souriait? parla Renata à voix basse.

Les yeux sur le plan, Capucine pointa de la main une direction.

— C'est par là.

— Maman! J'ai essayé de compter, mais j'ai perdu mes chiffres.

Je dois recommencer.

Tout d'un coup, le silence les entoura. Ce fut à ce moment qu'elles réalisèrent que les hommes aux lampes torches n'appartinrent plus au décor. Renata et Capucine aidèrent Haby à compter jusqu'à trente, puis elles coururent sur de courtes distances.

Accroupies près des végétaux, elles examinèrent le plan une autre fois, malgré la pénombre. Capucine expliqua la prochaine étape à Haby, soit de courir le grand espace jusqu'au banc le plus vite possible.

De manière à se préparer, Renata tint fortement ses chaussures contre elle, pendant que Haby glissa sa main dans celle de sa mère. Après un simple décompte, elles foulèrent le gazon. L'avancement alla bon train, quand à mi-chemin vers le banc les lumières du jardin se rallumèrent.

10

Telles les statues du jardin, Capucine, Renata et Haby s'immobilisèrent sous une lumière vive. Aveuglées et exposées, elles brisèrent leur trajectoire et se replièrent près d'une structure en bois.

— Comment va-t-on faire, maintenant? chuchota Renata.

— D'après la carte, nous sommes à moins de 300 mètres du bâtiment.

— Oui et bien, je ne le vois pas.

— Je ne le vois pas non plus, ajouta Capucine.

— Moi non plus, résonna la petite voix de Haby qui regarda dans la mauvaise direction. Est-ce près de la lune 300 mètres?

— Tu cours cette distance facilement quand tu vas à l'école le matin avec Jab et c'est de ce côté, lui tourna-t-elle la tête doucement.

Après un autre regard sur le plan, elles continuèrent de traverser le terrain en utilisant les espaces ombragés, quand Renata tapa l'épaule de Capucine et pointa au loin. Un homme circula sur le gazon. Son habit ne présenta pas les couleurs de l'hôtel.

Aussitôt, elles se tapirent dans l'obscurité.

Sur le terrain, l'homme se promena de manière aléatoire, pour enfin s'assoir sur un banc. Dans les végétaux tout juste derrière lui, Renata et Capucine s'échangèrent un regard chargé de tension.

— Rien de mon côté, parla l'homme sur les ondes.

De manière retentissante, des coups de feu s'entendirent au loin. Sur les ondes, les voix mentionnèrent la statue du cheval ainsi que la description d'un individu qui mania une valise. L'émetteur en main, l'homme se leva d'un bon, regarda au loin, puis courut dans la direction des détonations.

Quand celui-ci fut loin, Renata souffla.

— Il était proche! Je pouvais sentir son parfum.

— Je ne vois pas Jab, tenta Capucine de le repérer sur le terrain.

— Tu le connais... Il va trouver le moyen de foutre en l'air la journée de tout ce beau monde. Où est cette bâtisse? Je veux rentrer chez moi. Viens. Il va nous retrouver là-bas.

Les filles continuèrent de suivre les indications sur le plan, quand elles s'arrêtèrent devant un grand mystère. À l'endroit où la bâtisse figura sur le feuillet, aucune structure ne s'y trouva dans la réalité.

— Elle devrait pourtant y être, tourna Capucine le plan dans tous les sens.

— Maman! Là! Un toit!

À peine visible, non éclairée et masquée par une lourde végétation, une toiture piqua l'horizon dans la partie basse du terrain. Capucine plongea aussitôt le pamphlet dans sa poche et le petit groupe s'y dépêcha. Afin d'accéder à la vieille construction, elles traversèrent une épaisse broussaille qui cumula les plaintes de Renata. Quand elles atteignirent enfin la bâtisse, elles prirent un certain temps avant de parler.

— Maintenant, on sait pourquoi elle n'est pas ouverte au public, envoya Renata. Cette place me fait peur. Jab! maugréa-t-elle.

Le cachet de la résidence se résuma à des fenêtres condamnées par de la brique et un extérieur gravement lavé par le temps.

CETTE LETTRE EST POUR VOUS

Haby tira quelque peu la main de sa mère afin de reculer.

— Maman, est-ce ici qu'on enterre les morts?

— Non, ma chérie. À l'époque, cette place devait être très jolie. Elle a besoin d'un peu d'amour, c'est tout.

Renata toucha l'un des murs.

— Des camions d'amour. Cette place est abandonnée. Où est l'entrée?

Dans une pénombre qui devint de plus en plus profonde, au fur et à mesure qu'elles s'engagèrent derrière le bâtiment, elles ne trouvèrent aucune porte. Seule une alcôve de pierre créa un renfoncement dans l'un des murs extérieurs.

— Jab et ses idées en papier! On aurait dû s'en douter. On est fichu, souffla Renata. Qu'est-ce qu'on fait?

À toute vitesse, un homme roula au sol à travers la broussaille et atterrit aux pieds de Renata avec la valise du duc dans les bras.

— Jab? envoya Capucine.

— Ça va, ça va. Je n'ai rien, se secoua-t-il en se levant.

Renata le repoussa au sol.

— Il n'y a pas de porte dans ton plan!

Haby accourut vers Jab et l'aida à se relever en de petits gestes gentils.

— Merci, Haby. Une approche sensorielle, m'a dit Hortense. Il n'y a jamais eu d'espace public autour de ce bâtiment, car c'était un secret gardé. Poussez ou tournez les pierres. Si quelque chose bouge, avisez-moi et faites vite, car je crois qu'on m'a filé.

Capucine s'approcha de Jab et lui parla de manière à ce que lui seul l'entende.

— Quelques minutes seulement. Ensuite, je sors d'ici avec Haby. Nous ne sommes pas en sécurité.

CATHERINE STAKKS

Il la regarda un instant, acquiesça et s'activa à étudier la structure à deux mains. Plus il toucha les murs, plus des morceaux s'effritèrent et tombèrent.

— Comment peut-on dire que quelque chose bouge si tout se brise sous nos doigts? maugréa Renata. Qu'est-ce qu'on cherche au juste?

— Une serrure, parla Jab à voix basse.

— Il n'y a pas de porte! Même si l'on trouva ta serrure... on n'a pas la clé!

Dans un bruit clinquant, il lui montra l'immense trousseau de clés.

— Ton plan dégrade au fur et à mesure, tu es incroyable. Et moi, je t'ai suivi. Dis-moi qu'une de ces clés va me ramener chez moi.

Les mains sur le mur, Jab doubla sa vitesse et se rapprocha de Capucine et Haby qui tâtonnèrent également la structure extérieure du bâtiment. Quand il se trouva à la hauteur de Capucine, celle-ci lui parla à l'oreille.

— J'ai regardé autour et il n'y a pas d'issues. Nous sommes dans un trou. Si les hommes nous entourent, nous sommes pris au piège.

— Je sais.

— Comment présumes-tu l'existence d'une serrure?

— La dame aux cafés.

— Tu mets notre vie en jeu dans les mains de ce que t'a raconté la serveuse?

Renata s'engagea sur le mur suivant et trouva un morceau décoratif qui pivota près de l'alcôve.

— Par ici! Ici! J'ai quelque chose!

Au même moment, sur le terrain, un homme pointa dans la direction des cris. Dans la pénombre difficile, Jab se rendit à l'endroit indiqué par Renata et manipula la pierre à la forme d'une fleur. En quelques secondes, il amena la pierre à exécuter une rotation qui engendra un déclic ainsi qu'un nouveau mouvement. Une cavité de la grandeur d'une main apparut. Jab se dépêcha d'y retirer les débris accumulés par le temps et de toucher son intérieur, pendant que Capucine et Haby arrivèrent à leur tour.

— J'ai besoin d'une clé ancienne, dégagea-t-il le trousseau qu'il remit à Capucine.

Une à une, Capucine tourna les pièces métalliques emprisonnées sur un large anneau sans trop voir les détails. Derrière eux en hauteur, un homme signala aux autres de descendre vers la vieille bâtisse. Une main dans l'enfoncement, Jab tourna le visage vers les alentours.

— Je ne voudrais pas te presser, mais il y a des gens qui arrivent. Ça serait bien d'être de l'autre côté de ce mur.

— Je ne sais pas laquelle prendre. Elles se ressemblent toutes!

— Je te fais confiance. Je vais prendre celle que tu vas me donner.

À souffle rapide, Capucine en sélectionna une, ouvrit le trousseau, la dégagea, puis la déposa dans la main de Jab. Sans attendre, il l'inséra dans la serrure au fond de la cavité et rien ne se passa, à part le faisceau de lumière qui éclaira le derrière du bâtiment.

— Ce n'est pas celle-là, la lui redonna-t-il. À tout hasard, tu en aurais une autre?

— Ils sont juste là! battit Renata l'air de ses mains. Ils nous ont trouvés.

Le regard arrondi, Capucine en sélectionna une seconde, allongea la main vers Jab et lâcha la clé trop rapidement. Celle-ci tomba dans les herbes longues. Jab y passa les mains, pendant que Capucine fit de même de son côté.

— Je ne la trouve pas, parla-t-elle à voix sèche.

Jab échangea un sourire avec Haby.

— Cette clé a décidé de jouer à la cachette avec nous.

Les voix d'hommes s'entendirent de plus en plus clairement ainsi que le craquement des branches. Jab tourna la tête un instant.

— Ce n'était pas celle-là. Je crois qu'elle devrait être plus longue, car l'accès est difficile.

Capucine éleva le trousseau à deux mains afin d'obtenir un peu de luminosité et celui-ci déversa sa charge d'un trait sur le sol. Le bruit assourdissant qui suivit immobilisa tous les gens présents pendant un moment.

— On a encore du temps, parla calmement Jab.

À ses côtés, Renata se tira les cheveux de sur la tête.

— Quoi? Non! On n'a plus de temps. On n'a plus plus de temps et on n'a plus de clés. On doit sortir d'ici, maintenant!

À rythme lent, Jab toucha la serrure et précisa ce qu'il chercha.

— Son accueillage devrait être large.

Pendant que Capucine tenta de se concentrer sur les clés qui reposèrent au sol, la végétation bougea derrière le bâtiment. À mains tremblantes, elle en saisit une qui correspondit à la description demandée et la remit à Jab. Celui-ci l'échappa.

— Mon erreur.

— Vous faites exprès! lança Renata.

Jab leva les épaules.

— Tu en aurais une autre de disponible?

Capucine plongea la main dans le lot, lui en remit une sans façon, prit la petite contre elle et se replia contre le mur.

— Merci.

Avec soin, Jab l'inséra dans la serrure et arrondit le regard. La clé tourna. Capucine, Renata, Haby et Jab entendirent ensuite une longue suite de bruits sourds. Sous un filet de poussière, une nouvelle ligne se dessina dans la pierre à l'intérieur de l'alcôve.

— Tu vois, tu fais toujours de bons choix, sourit-il dans la direction de Capucine.

Crument, des faisceaux de lumière les trouvèrent.

Jab poussa le mur épais.

— Mesdames! invita-t-il les siens à entrer dans la bâtisse.

À la hâte, celles-ci s'avancèrent et il remit la valise du duc à Renata.

— J'en ai pour une minute.

— Jab? parla doucement Capucine.

Celui-ci ne se trouva déjà plus là.

Sous le bruit du mouvement des hommes, Renata, Capucine et Haby pénétrèrent dans la bâtisse à la lueur d'un téléphone portable. Leurs pieds trouvèrent un plancher de bois poussiéreux et des tapis tissés, quand la luminosité d'une lampe torche avança vers l'ouverture et éclaira partiellement l'endroit. En vitesse, Capucine se déplaça à l'écart avec sa fille, pendant que Renata se posta près de la porte et éleva la valise du duc au-dessus de sa tête. Dès que l'homme entra dans la bâtisse, le cri de Renata égala la force qu'elle prit pour le frapper. Avec une extrême agilité, combinée à une grande vitesse, l'homme évita l'impact, passa son bras dans le dos de Renata, orienta ses épaules autrement, lui fit perdre sa prise sur la valise, la bascula sur son bras et contrôla sa descente vers le sol. Capucine et Haby arrondirent le regard devant leur posture qui ressembla à un mouvement de danse.

— Jab? chercha Renata à mieux voir son visage.

Celui-ci s'éclaira rapidement, aida Renata à se redresser et se dépêcha de fermer l'ouverture. À la course, deux hommes joignirent leurs forces et poussèrent en contresens. Jab gémit sous la tension.

— Un peu d'aide ne serait pas de refus!

CATHERINE STAKKS

À ces mots, Renata et Capucine accoururent et poussèrent avec lui. La force de Renata impressionna Jab et Capucine. Dans un bruit sourd, la porte s'enclencha. Comme un grand calme après la tempête, le silence les entoura.

Haby vint trouver Jab et Capucine, pendant que la curiosité de Renata l'amena à capter la lampe torche et éclairer la place. La tapisserie, les meubles et les tableaux encore droits au mur leur donnèrent l'impression de marcher dans le passé. Dans le coin du salon, un petit cheval de bois reposa. Haby s'en approcha doucement, puis le caressa.

— Maman, il y avait un enfant ici? Le regard attendri, Capucine acquiesça et lui montra une ancienne poussette non loin. Qu'est-ce qui est arrivé à la famille? avala-t-elle difficilement.

— Je ne sais pas Haby, ils ont peut-être dû partir rapidement.

Bien dissimulé et entouré par trois murets, Jab donna son attention à l'escalier qui mena sous la vieille construction. Derrière lui, Renata admira la vaisselle d'époque, quand celle-ci s'entrechoqua sous d'effroyables coups. Peu à peu, des pierres tombèrent des murs.

Rapidement, Jab fit reculer les siens, demanda à prendre la lampe torche et la dirigea vers les nouveaux bruits. En plus de la poussière qui dansa devant le faisceau lumineux, des débris tombèrent du toit.

— Ils vont défoncer les anciennes ouvertures condamnées. Venez, éclaira-t-il la descente blanchie de toiles d'araignée. Mesdames, les invita-t-il à descendre en premier.

— Jamais dans cent ans! envoya Renata qui nia à outrance.

— D'accord, je vais y aller le premier. Je voulais simplement être poli.

Sous le bruit accablant des blessures qui s'accumulèrent à la structure, Jab descendit les premières marches et offrit sa main à Capucine qui tarda à la prendre. Immobile, elle plongea son regard dans le sien. Celui-ci acquiesça discrètement. Sa respiration s'approfondit et elle acquiesça à son tour.

— Tu veux venir dans mes bras, Haby? allongea Jab ses bras vers elle.

Ses petites mains tordirent son vêtement et elle garda les pieds collés ensemble de manière à ne pas avancer.

— D'accord, je vais descendre aller voir et je reviens.

Plus celui-ci descendit, plus l'endroit plongea dans l'obscurité. En quelques secondes, les filles n'arrivèrent plus à voir quoi que ce soit. Capucine patienta avec Haby contre elle, quand une lueur apparut dans la cassure nouvellement créée dans la brique.

— Je descends! envoya Renata. Jab? Jab?

À partir de ce moment, les battements de cœur de Capucine s'accélèrent au même rythme que les coups qui agrandirent le passage dans la brique. Le temps d'une respiration et la lampe de l'un des hommes se refléta dans son regard.

— Je les vois! hurla une voix forte. Ils sont là!

Pendant que Renata descendit les premières marches en se guidant avec la lumière de son téléphone portable, Capucine tourna la tête à nouveau et vit des mains qui poussèrent les briques. Quand elle tourna les yeux vers la descente à nouveau, elle sursauta. Jab se trouva devant elle. À travers le brouhaha, la voix de Renata résonna fortement.

— Jab! J'ai vu la maison de poupée la première! C'est à moi!

Le regard de Haby s'arrondit.

— Il y a des jouets en bas?

— Oui, des lits également. En fait, ça ressemble un peu à ici. Ensuite, il y a un long passage. Tu veux voir? allongea-t-il les bras à nouveau.

Cette fois, la petite accepta les bras de Jab et ils descendirent jusqu'au long couloir creusé à l'énergie du bras. Devant une maisonnette joliment décorée, Renata patienta avec la valise du duc. Jab s'y arrêta un instant avec Haby qui s'en émerveilla. Discrètement, il remercia Renata. Ensuite, ils avancèrent lentement dans le passage. Après quelques pas, un grand vacarme s'entendit et un nuage de poussière emprunta la descente.

— Ils ont fait exploser l'entrée! lança Jab. Où ont-ils trouvé ce genre de matériel? Dépêchons-nous.

Éclairés par la lampe torche que Jab tint, ils progressèrent rapidement dans le souterrain. Au loin, ils virent que celui-ci se divisa.

— Lequel prenons-nous? s'interrogea Renata qui tenta de reprendre son souffle.

— Je vais aller voir. Attendez-moi ici, descendit-il Haby de ses bras devant les deux ouvertures.

Plus Jab s'enfonça dans le passage de droite, plus les filles plongèrent dans l'obscurité.

— Maman?

Capucine utilisa son téléphone portable afin d'obtenir un peu de lumière. Pendant qu'elle patienta, elle crut voir le reflet de sa lueur dans le passage de gauche pendant un instant. Quand elle regarda une seconde fois, elle distingua clairement une source de lumière dans le couloir non emprunté par Jab et se dépêcha d'éteindre la sienne.

— Jab! lança Renata à voix basse dans le couloir de droite.

La lueur continua d'avancer vers eux.

Capucine aiguisa son regard et discerna la silhouette d'une femme. Sa lanterne éclaira ses bottes de caoutchouc qui devinrent graduellement plus claires.

— Madame Muller? répéta la femme.

Renata mit la main sur le bras de Capucine et la tira dans l'entrée du deuxième tunnel.

— C'est le duc de Valorin qui m'envoie, enfin son majordome,

Henry! dialogua-t-elle comme si elle n'eut peut-être pas d'auditoire.

— N'avancez plus. Restez là où vous êtes! ordonna Capucine d'un ton ferme.

— Que fais-tu? grommela Renata.

— Enfin, vous voilà. Ne restez pas là, suivez-moi!

Le ton de la voix de la dame montra un grand soulagement. Malgré son manteau de laine, Capucine put voir qu'elle porta un tablier de service, car celui-ci dépassa à la hauteur de ses genoux. Enfin, la forte lumière annonça le retour de Jab. Lorsque celui-ci vit la dame, il s'exclama.

— Hortense! Que faites-vous ici?

— Henry m'a contacté et j'ai accouru le plus vite que j'ai pu. Il m'a dit que vous alliez emprunter le passage à partir de la vieille bâtisse. J'ai cru bon de vous y rejoindre, car c'est un vrai labyrinthe ici dedans. Plusieurs tunnels sont des impasses et certains des pièges, si je peux me permettre de les décrire ainsi. On y entre certes, mais on n'en ressort pas vraiment. C'était au cas où les ennemis s'y aventureraient. J'ai dit à Henry que je vous guiderais jusqu'à la chapelle.

— Nous n'avons plus beaucoup de temps, Hortense. Je crains qu'on aille de la compagnie.

— Suivez-moi.

Jab chercha le regard de Capucine et sourit.

— C'est la dame aux cafés dont je te parlais.

Munie de sa lanterne, Hortense guida le petit groupe à travers de nombreux passages, puis s'arrêta devant une impasse. Sur le mur se trouva un cadrage en bois, sur lequel elle passa les mains à la recherche de quelque chose.

— C'était ici, pourtant.

— Qu'est-ce qu'on cherche? éclaira Jab la structure de bois.

— Le loquet pour entrer dans la chapelle. On y est, c'est de l'autre côté de ce mur.

Jab s'avança et tâtonna avec elle.

Hortense se gratta le front.

— J'étais certaine que c'était à droite, vers le haut. Je crains que ma mémoire ne soit plus aussi bonne.

— Quand l'avez-vous activé pour la dernière? demanda Renata.

— Ah… il n'y a pas si longtemps, peut-être trente ans. Si l'entrée n'est pas ici, c'est que je me suis égarée et qu'on n'est pas à la bonne place.

— On a qu'à suivre les lapins! résonna la petite voix de Haby.

Capucine s'avança.

— Non, chérie, il n'y a pas de lapin ici. C'était seulement dans le jardin.

— Tu as vu des lapins? s'en intéressa vivement la vieille dame.

— Oui, je vais vous montrer un exemple.

La dame, ainsi que tous les autres la suivirent jusqu'au bout de la portion du tunnel où elle pointa de sa petite main le plafond du couloir. Jab y dirigea aussitôt le faisceau de sa lumière. À tour de rôle, ils étudièrent la créature illuminée.

— Ce n'est pas qu'un lapin! s'exclama la vieille dame, c'est un code pour se repérer. S'il est ici, c'est signe que nous ne sommes pas sur le bon chemin. Nous devons aller dans la direction de ses pieds, toujours ses pieds, et prendre le tunnel qu'indique sa lance. C'est tout près.

Plus ils avancèrent et plus les voix d'hommes résonnèrent. Hortense pressa le pas.

— Nous devons continuer en espérant arriver avant eux à la jonction.

— En route, Haby! Suivons la dame, envoya Jab avec le sourire, pour ensuite la félicité en privé.

L'un derrière l'autre, Hortense, Renata, Capucine, Haby et Jab se dépêchèrent de parcourir le long passage jusqu'à ce que celui-ci se divise. Dans le couloir de gauche, une lueur dansa sous le déplacement des hommes. Jab éteignit sa lampe et demanda à Hortense d'en faire autant. La main sur le mur, ils se passèrent le mot de garder leur droite et continuèrent d'avancer en silence.

Jab s'assura que Haby tienne bien la main de Capucine et se positionna derrière le groupe, à l'entrée du passage de droite. Peu à peu, les voix des hommes s'entendirent clairement et plusieurs silhouettes se dessinèrent sur la paroi du tunnel de gauche. Au même moment, Jab s'enfonça dans celui-ci de droite. Quand les hommes parvinrent à la jonction, ils éclairèrent aussitôt le second tunnel.

L'un d'eux crut voir quelque chose.

Les mains sur le mur de droite, Hortense, Renata, Haby et Capucine avancèrent à dents serrées, quand une impasse les amena à se presser les unes sur les autres. Hortense redonna vie à sa lampe et éclaira le mur orné d'un cadrage. À la presse, Jab les rejoignit, passa à l'avant et tâtonna en vitesse le pourtour du cadre avec elle. Derrière lui, de nouveaux sons résonnèrent.

— Je pense qu'ils viennent par ici, se retourna la vieille dame.

— Ouais… ils envoient des hommes dans chaque passage.

Le bruit du déplacement des hommes augmenta. Sans relâche, Jab continua d'étudier la poutre de bois solide, pendant que Capucine s'accola contre le mur avec Haby. Renata copia son geste et enroula ses bras autour de la valise du duc. Devant le mouvement des faisceaux lumineux, la vieille dame n'arriva plus à se concentrer.

— Hortense? chercha Jab son attention. Vous vous souvenez si vous deviez tirer ou pousser?

La dame afficha un air confus.

— Je… Ce n'est pas en haut! Cela me revient! C'est en bas!

Avec ardeur, Jab passa le doigt sur chaque détail, quand une lumière autre que les leurs l'éclaira brutalement.

— Merci, mon ami, tu viens de me donner les chandelles qui me manquaient!

Dans un cri d'alarme, un homme s'époumona et pointa droit devant lui.

À grande vitesse, les lampes se déplacèrent dans l'étroit passage et se bousculèrent devant l'impasse. Personne ne s'y trouva. Le signaleur n'arriva pas à expliquer la situation.

— Ils étaient là! Je vous le dis! Juste là…

À force de frapper le mur, l'un d'eux trouva le loquet.

Au même moment, Hortense, Renata, Capucine, Haby et Jab passèrent devant l'autel d'une ancienne chapelle souterraine qui comporta encore des offrandes ainsi que des meubles.

— Où sont-ils? cria un homme à forte carrure.

Rapidement, un autre s'avança avec un document.

— Nous sommes en dessous de l'église qui se trouve sur la rue Saint-Louis, près de la rue du Parc.

— D'accord, envoyez des voitures! Go! Go! Go!

Au-dessus d'eux, Hortense ouvrit la porte de la sacristie de l'église.

— Nos routes se croisent ici. Henry devrait vous attendre dans le stationnement. Vous n'avez qu'à sortir. Dépêchez-vous les enfants.

Jab posa sa main sur le bras de la dame.

— Merci pour votre aide et je dois le dire : votre café est excellent.

— Tu es gentil, mon garçon. J'y retourne, je n'ai pas encore fini mon service.

Assis au volant de la luxueuse voiture, Henry remarqua l'ouverture de la porte arrière de l'église et reconnut

Capucine. Aussitôt, il signala sa présence en jouant avec les phares. Jab sortit et créa un signe de la main que Henry sembla comprendre. Celui-ci approcha la voiture et demeura derrière le volant, pendant que Jab s'assura que tous grimpent rapidement. Ensuite, il demanda à Henry d'appuyer sur l'accélérateur. À vitesse modérée, la voiture quitta le stationnement et se perdit dans la nuit.

— Je vous conduis à la résidence de monsieur le duc. Nous passerons par des chemins peu fréquentés. Ils nous permettront de circuler à l'abri des regards. Je regrette d'avoir à vous dire que votre confort sera amoindri. Puis-je vous suggérer de bien vous attacher.

Renata remit la valise du duc à Jab, qu'il plaça à ses côtés et Capucine s'avança sur son siège.

— Pouvez-vous nous dire qui sont ces gens et pourquoi ils en ont après nous?

Jab propulsa sa voix à son tour.

— On m'a assurément pris pour quelqu'un d'autre à l'hôtel. Qui sont les Arthaux? J'ignore ce qu'a fait cette famille, mais ils ne font surement pas dans la pâtisserie.

Henry jeta un simple regard dans le rétroviseur et souffla devant leur peau et leurs vêtements ternis, leurs traits tirés ainsi que leurs regards éprouvés.

— Ils n'en ont pas après vous, parla-t-il en douceur.

— Oh! J'en doute fortement! contesta Renata devant sa blouse endommagée.

— C'est votre sac qu'ils veulent.

— Mon sac à main? Pourquoi le voudrait-il? se tourna Renata vers le conducteur. Il n'est même pas de l'année! En plus, il pourrait ne pas être le vrai modèle.

— Par le vôtre, Madame, mais celui de monsieur.

11

En voiture, tous les regards se posèrent sur le sac de cuir qui reposa près de Jab. La voix de Henry résonna fortement, alors l'attention de tous retourna rapidement vers l'avant.

— À l'hôtel, il semblerait qu'on vous ait pris pour un membre de la lignée des Arthaux, l'une des familles les plus riches et prospères de la région. Elle est connue principalement par le peuple mondain et ils ont l'habitude de s'afficher dans les évènements de prestige. Votre sac contient des artéfacts d'une valeur supérieure aux avoirs de cette famille, historiquement parlant. Nous assurions votre sécurité à l'hôtel. Il y a eu une fuite d'information. On ignore comment.

— Alors, pourquoi nous les avoir donnés? demanda Capucine avec une certaine irritation dans la voix.

— Pour les mêmes raisons que monsieur le duc vous a mentionnées plus tôt, rien n'a changé. La valeur monétaire de ces coffrets n'a pour lui aucune importance. Le mois dernier, on a pénétré dans la résidence et l'on a volé des objets de grands prix pouvant ressembler à ceux contenus dans ces coffrets. Nous n'avions pas fait le lien avec les sceaux, car personne n'est au courant pour cette collection… à part vous.

Renata se tourna vers Jab.

— Tu nous as mis en danger et tu m'as fait tenir la valise!

— Votre ami n'y est pour rien, lança Henry tout en regardant la route. Vous devez savoir que monsieur le duc a pris beaucoup de précautions pour vous les offrir. Il connait la valeur de ce présent. Il sait également que vous saurez comment le protéger et à la fois subventionner votre travail pour une très longue prospérité. Assurer à la correspondance une continuité malgré la technologie n'est pas une tâche facile.

— Pour l'instant, c'est ma propre continuité qui m'intéresse, offrit Renata un regard grave à Jab.

Dans le stationnement de l'église, un homme regarda au loin et parla aux siens.

— Cherchez partout! Ils ne doivent pas être loin, ils ont un enfant avec eux.

À grande vitesse, une dizaine d'hommes scrutèrent l'église et les alentours maladivement avec des lampes torches.

En forêt, seuls les phares de la voiture éclairèrent le chemin en terre battue. Henry conduisit nonchalamment, pendant que les branches d'arbres égratignèrent le toit et les portières. Plus loin, Jab et lui sortirent en vitesse afin de retirer un tronc d'arbre qui bloqua la route. Malgré les secousses, tous gardèrent le silence, jusqu'à ce que le ciel dévoile ses étoiles à nouveau. Enfin, ils reconnurent l'endroit. Sous la lueur de la lune, la demeure du duc se présenta sous un nouvel angle.

Dans une belle vitesse, la voiture roula sur le terrain arrière, s'engouffra dans le garage et s'arrêta à côté d'une vieille décapotable dont les années furent traitées avec soin. Les mains gantées, Henry les invita à entrer par la porte des domestiques, près de laquelle il accrocha les clés de la voiture. Sur le crochet voisin, un vieux trousseau de clés à l'effigie de la décapotable dormit paisiblement. Éprouvés, Capucine, Haby, Jab et Renata se retrouvèrent en cuisine devant une femme qui prépara le thé. Elle les salua avec le sourire, puis baissa les yeux sur les traces qu'ils laissèrent sur le plancher pâle. Au premier salon, le duc marcha les cent pas à l'aide de sa canne. Quand il les vit, il ouvrit les bras.

— Enfin! Vous voilà. Venez, venez… Quand la lumière du grand lustre éclaira mieux ses invités, ses épaules s'abaissèrent. Peut-être aimeriez-vous passer à la salle d'eau ou prendre un bon thé?

Renata posa son sac à main lourdement abimé sur une table où des objets délicats tombèrent.

— Pouvez-vous nous dire ce qui se passe, enfin?

— Pour la nuit, je vais vous offrir mes chambres de fortune, juste au cas. Vous trouverez matelas, baignoire et autres facilités. C'est la place la plus sure de la maison.

— Monsieur? s'exclama Capucine d'un ton plus pressant.

— J'ai bien peur qu'on cherche à prendre les coffrets.

La main sur le front, le duc se laissa choir dans le fauteuil de lecture. Devant lui, Jab poussa le sac de cuir sur le plancher, puis recula aussitôt.

— C'est drôlement dangereux de se promener avec ça. Mettez-les à la banque ou quelque part très loin de vous. C'est un conseil d'ami. À moins que vous aimiez courir et vous faire poursuivre par des gens qui veulent légèrement… Vous savez…

— Je n'avais aucune idée de la situation avant aujourd'hui. Vous m'en voyez profondément désolé. Je vous aiderai à sortir de ce trépas.

Dans la même pièce où ils reçurent les sceaux, soit le bureau de Marguerite, le duc ouvrit un panneau dissimulé encore une fois dans le mur. Renata roula les yeux.

— Pourquoi cela ne m'impressionne plus? Est-ce trop demander d'avoir une simple porte?

Le duc grimpa l'escalier le premier et présenta la petite salle à manger, la cuisinette, les deux chambres ainsi que les salles de bain à ses invités éreintés.

— En cas d'urgence, il y a plusieurs sorties, leur montra-t-il les directions avec sa canne. L'une passe dans la maison et l'autre descend directement au garage.

Renata nia, chassa une poussière invisible de la main et se trouva une chambre. Le duc souffla lourdement.

— Je trouverais comment vous offrir ceci en toute sécurité. D'ici là, les coffrets resteront dans le bureau de Marguerite. Je ne veux pas que vous soyez en danger à nouveau. Dormez bien.

En penchant la tête en guise de pardon, le duc se retira et referma la porte de la suite derrière lui. Capucine s'approcha aussitôt de Jab.

— Je crois qu'on devrait s'en aller, se trouver un hôtel près d'un aéroport et partir loin d'ici. Je ne me sens pas en sécurité. Je vais chercher Renata.

D'un geste doux, il la retint, puis retira quelques débris de ses cheveux.

— Haby est exténuée. On est à l'abri ici. Si c'est ce que je pense, ces hommes sont déjà venus dans la maison auparavant et n'ont jamais trouvé le bureau de Marguerite. Alors, ils ne nous trouveront jamais ici. Demain, on pensera à une solution.

— Tu crois qu'on peut faire confiance au duc?

Jab la regarda d'un air amusé.

— Pourquoi pas? Il est l'ami de Hortense!

Capucine baissa le regard un moment et Jab perdit ses traits joyeux. Dès qu'elle replongea son regard dans le sien, il lui offrit un sourire rassurant. Elle nia d'abord, puis un grand bâillement l'entraina dans une nouvelle décision. Elle marcha jusqu'à la salle de bain et actionna l'eau de la vieille baignoire sur pattes.

Afin de se défaire de leurs vêtements poussiéreux, ils mirent les robes de nuit apportées par Sophia, la dame de la maison. Elle prit leurs habits et promit de les rendre bien pressés pour le déjeuner, en plus de leur offrir des biscuits chauds, du lait et du thé. Pendant ce temps, Renata dormit paisiblement dans la chambre du fond. La seconde chambre présenta un grand lit ainsi que deux demi-lits superposés, ce qui égaya le visage de Haby. Ayant eu assez d'émotions pour la soirée, Capucine refusa qu'elle dorme dans le lit du haut.

Depuis l'arrivée dans la suite, Jab colla aux talons de Capucine. De manière à l'aider avec la petite, ses gestes nuisirent malgré ses bonnes intentions. À plusieurs reprises, elle le remercia afin que celui-ci recule. Dans la chambre, elle remonta les couvertures sous les bras de sa fille, ferma les lumières, pour ensuite terminer sa tasse de thé à la table. Jab qui tenta de se faire petit dans la pièce, trouva un vieux tourne-disque à l'aiguille encore stable et fit jouer de la musique à un volume près du murmure.

— Il y a longtemps que je n'en avais pas vu un qui fonctionne, se tint Capucine derrière lui. Je suis désolée pour tout à l'heure avec Haby.

— Une sacrée soirée! se tourna-t-il vers elle.

Une serviette à son cou, les cheveux humides et une posture qui étala son vêtement de nuit, lui attirèrent un drôle de regard de la part de Capucine.

— Oh! réalisa-t-il la situation. La robe de nuit te va beaucoup mieux qu'à moi. Cependant, je dois admettre qu'elle est vraiment confortable.

En douceur, il éleva l'aiguille, ferma l'appareil et l'observa un moment. Celle-ci porta ses deux mains sur sa tasse et sembla absorbée.

— Tu repasses la soirée dans ta tête?

Sans répondre, elle se déplaça à l'évier et nettoya sa tasse. Jab pressa les lèvres et jeta un coup d'œil à la chambre.

— Je vais prendre le lit du haut et te laisser le grand lit.

Les mains dans l'eau, Capucine acquiesça, quand de forts craquements résonnèrent dans la suite. Son regard s'éleva. Lentement, elle essuya ses mains, puis jeta la serviette de

CETTE LETTRE EST POUR VOUS

cuisine pour courir dans la chambre où elle retira Haby du lit. Celle-ci demeura endormie dans ses bras.

— Jab! Descends!

Sur le lit du haut, celui-ci tenta de garder l'équilibre malgré la structure qui vacilla. Habillement, il posa ses pieds au sol, pour ensuite malmener le lit afin de s'assurer que la petite se trouve en sécurité.

— C'est parfait pour Haby, mais pas pour un homme.

En douceur et avec l'aide de Jab, elle déposa sa fille dans le lit, puis souffla. Les deux se tournèrent ensuite vers le seul lit qui resta. Le malaise amena Capucine à balayer la pièce du regard à la recherche d'une autre proposition pour la nuit, quand Jab enjamba le grand lit.

— Je prends le fond!

Pendant qu'il s'installa sans gêne sous la lourde couverture, le grand lit grinça davantage que l'atroce concert des lits superposés. Capucine tenta à plusieurs reprises de l'amener à faire moins de bruit, en plus de surveiller de près le sommeil de sa fille. Quand il fut confortable, elle demeura dans la chambre à étudier d'autres possibilités. Jab replia la couverture et l'invita à s'étendre. À bout de raisonnement, elle se blottit lentement sous les couvertures en tentant de faire craquer le lit le moins possible. Satisfaite de sa performance, elle ferma les yeux. Peu à peu, elle sentit le matelas remuer, puis le lit grinça à nouveau. Jab se tourna vers elle.

— Hé! Toi et la petite avez été braves ce soir.

— Je n'ai pas envie de parler, Jab. Déjà que dormir dans le même lit est plutôt...

— D'accord. Bonne nuit.

Une minute plus tard, le lit craqua. Capucine se tourna vers lui.

— J'ai eu très peur.

— Qui n'aurait pas eu peur?

— J'ai encore peur. Les coffrets sont à quelques mètres de nous.

Jab replaça la couverture de Capucine.

— Tu peux dormir tranquille, je ne crois pas que les sceaux vont venir t'attaquer cette nuit.

— Ne te moque pas.

Dans une longue suite de craquements quelques fois perturbants, Jab s'appuya sur ses coudes et trouva son regard.

— Tu n'as rien à craindre.

— Je suis censée être tranquille?

Les vibrations du lit augmentèrent ainsi que les bruits. À grands mouvements, il passa par-dessus elle, agrippa la chaise antique et bloqua la porte avec celle-ci.

— Voilà!

— Évidemment, ça change tout!

À son retour dans le lit, il repassa par-dessus elle, pendant qu'elle lui demanda de réduire ses mouvements pour ne pas réveiller la petite. À gestes calculés, il replongea sous les couvertures, puis le silence de la chambre devint leur nouvelle chanson que tous les deux écoutèrent à yeux ouverts. Après un moment, la voix de Capucine s'y mélangea.

— Pourquoi ne m'a-t-il rien dit au sujet des sceaux? On n'aurait jamais dû venir. J'ai mis la vie de ma fille en danger, la tienne, celle de Renata... Ce n'est pas un cadeau qu'il veut nous offrir, mais une responsabilité. Je fais encore de mauvais choix.

La respiration de Jab s'accéléra.

D'un mouvement extrêmement lent, il glissa sa main sous la couverture. Dès qu'il frôla celle de Capucine, il arrêta tout mouvement. Le silence joua encore une fois. Dans un geste timide, il capta doucement son poing fermé. Les yeux rivés au plafond, celle-ci ne bougea point. À petits gestes, il caressa sa main jusqu'à ce qu'elle arrive à détendre ses muscles, puis il croisa ses doigts avec les siens. Le silence joua plus fort.

12

Quand le soleil réchauffa les couleurs de la chambre, le son d'un ronflement réveilla Capucine. Sa main glissa sur le drap blanc en direction de Jab, puis elle ouvrit grand les yeux. Personne ne s'y trouva. En position assise, elle remarqua la porte ouverte de la chambre ainsi que la chaise antique posée plus loin. À ce moment, elle réalisa que les ronflements parvinrent de la chambre de Renata. À ses côtés, Haby se réveilla lentement à son tour.

L'odeur du petit déjeuner ainsi que les bruits estompés des mouvements de Capucine et Haby entrainèrent Renata jusqu'à la table.

— Où est Jab? but-elle une gorgée de café bien chaud.

— Je l'ignore. Il ne doit pas être bien loin en robe de nuit.

— Tu parles de cette chose sur la chaise? pointa Renata la tenue soigneusement pliée.

Comme promis, leurs vêtements les attendirent propres et bien pressés sur des cintres. Capucine apprécia l'appartement. Un peu comme un chalet confortable, elle s'y sentit bien. Des vitraux colorèrent la cuisine d'une multitude de jets lumineux et la chaleur du soleil réchauffa la pièce. Tout à coup, son regard trouva le tourne-disque. Elle baissa les yeux sur sa main qu'elle tint fermée, puis la relâcha.

Assises toutes les trois à la table, elles discutèrent des derniers

CATHERINE STAKKS

évènements. Sophia les informa que Jab se trouva avec le duc à l'atelier et que la police française fut en route afin de prendre leur déposition.

— La police met toujours beaucoup de temps à se rendre ici. Leur présence est plus probable en fin de journée ou demain. Le duc souhaite bien faire les choses cette fois. Il a également veillé à ce que vos bagages soient récupérés. Henry les a transportés très tôt dans le bureau de Marguerite, afin de vous laisser dormir. Vous n'avez qu'à les récupérer.

À ces mots, Renata, Capucine et Haby descendirent dans la salle merveilleusement éclairée et aperçurent leurs bagages près du mur. Quand elles traversèrent la pièce, des brillances attirèrent leur attention sur la grande table.

Bien disposés sur des carrés de velours, Renata observa de son côté la dorure et les pierres précieuses incrustées dans des outils de calligraphie, pendant que Capucine se pencha sur les encriers en cristal, les lots de cires et les anciennes pièces en bois utilisées pour créer des enveloppes. Au bout de la table, les deux femmes se rencontrèrent devant le sac de cuir vidé de ses coffrets. Des gants blancs gardèrent le silence.

Renata éleva le regard vers Capucine.

— Qu'est-ce Jab a encore fait?

Capucine, Haby et Renata se pressèrent de prendre leurs bagages, se préparèrent, puis descendirent à la cuisine où Sophia les accueillit avec le sourire.

— Bonjour, vous avez besoin de quelque chose?

— Vous avez dit plus tôt que Jab se trouvait à l'atelier avec le duc?

— Je vous y mène, déposa-t-elle son plateau.

Un escalier ici, un couloir là, Capucine, Haby et Renata marchèrent derrière Sophia jusqu'aux quartiers de Henry où de beaux habits reposèrent sur des cintres en attente d'être retouchés. Aussitôt, Haby porta ses mains à ses oreilles. Ce même court passage amplifia des bruits d'impacts qui se mélangèrent à ceux de machineries. Plus loin, une porte donna accès à une pièce remplie d'outils. Sophia pointa de la main dans cette direction, se courba quelque peu, sourit, puis les laissa. Capucine la remercia d'un signe de la tête, puis s'avança vers l'ouverture. C'est alors qu'elle vit Jab qui exécuta un travail de précision. Au fond de l'atelier, un homme frappa une pièce de métal tout près d'un four. Quand celui-ci se déplaça, elle reconnut la personne de Henry. Les filles patientèrent jusqu'à ce que les machines respirent, puis la petite voix enjouée de Haby résonna.

— Jab!

Celui-ci leva les yeux, afficha un sourire radieux, puis vint à leur rencontre.

— Que faites-vous ici?

— Vous, qu'est-ce que vous faites? porta Renata ses mains sur ses hanches.

— Attendez, je vais vous montrer.

Au cœur de la pièce, Capucine remarqua que les coffrets de Marguerite reposèrent sur une table. Jab s'approcha d'elles et présenta deux sceaux dans la paume de sa main gantée.

— Lequel est l'original à votre avis?

Capucine et Renata examinèrent attentivement les deux objets, puis Jab s'abaissa afin que la petite puisse les regarder également. La ressemblance les bouleversa.

— Vous reproduisez les sceaux? fronça Capucine quelque peu le regard.

— C'est exact. Nos valises nous ont vendu, alors j'ai dû penser rapidement.

— Mes excuses encore pour avoir fait transporter vos effets personnels pendant la nuit, envoya Henry. Nous voulions nous racheter.

Capucine chercha à comprendre.

— Nos valises nous ont vendu?

— Les gens, hier soir, ont perdu notre trace, grâce à Henry, sourit-il dans sa direction. Mon hypothèse est qu'ils ont surveillé la dernière chose qui aurait pu pointer notre position : la route de nos bagages.

Le regard de Capucine s'obscurcit, sa respiration s'accéléra et ses mains se fermèrent.

— Quoi?

Jab lui offrit un sourire flamboyant.

— Tout va bien.

— J'en doute fortement, s'imposa Renata dans l'ouverture. Lequel est le vrai?

À regard amusé, Jab murmura la réponse à l'oreille de la petite, puis présenta les deux sceaux à sa hauteur.

— C'est lui! pointa Haby l'un d'eux, car il sent la colle.

Jab rit et la félicita, pendant que le duc se dépêcha dans l'atelier avec d'autres objets de valeur qu'il déversa sur une table.

— On a besoin d'or, d'argenterie… On copie en ce moment les sceaux jusqu'à la moindre égratignure. Les copies vont vivre dans les coffrets de Marguerite et les sceaux authentiques vont voyager avec nous jusqu'en Amérique dans la mallette que vous voyez. Ils veulent les sceaux, on va leur donner. Quand ils auront réalisé que ceux-ci sont faux, les vrais seront en sécurité très loin d'ici, parla Jab.

— Ça, c'est s'ils s'en rendent compte! ajouta le duc, car la ressemblance est étonnante. Il y a longtemps que je n'ai pas eu autant de plaisir. Madame Muller, vous avez un homme extrêmement talentueux. À ces mots, les joues de Capucine rougirent légèrement. Mesdames, s'approcha le duc en vitesse. J'aurais une faveur à vous demander. Voici la correspondance que Marguerite gardait dans ses coffrets, remit-il à Capucine un lot de lettres entourées d'un ruban rouge. Pouvez-vous vous occuper de trouver quelque chose de semblable dans son bureau. Fouillez dans le secrétaire. Celles-ci iront avec vous.

Pendant que le duc conversa avec Capucine et Renata, Jab grimpa Haby dans ses bras et lui offrit un tour guidé de l'atelier. Ensuite, la petite main de Haby retrouva celle de sa mère et avec Renata elles grimpèrent à l'étage afin de remplacer la correspondance remise par le duc. Dans le bureau de Marguerite, Haby demanda à voir le joli ruban. Avec une extrême douceur, Capucine déposa les lettres sur la grande table.

— Tu peux regarder Haby, mais je préfère qu'on les touche le moins possible. Tu m'aides à les compter pour qu'on sache le nombre d'enveloppes à échanger?

Le chiffre nouvellement en tête, les deux femmes ouvrirent les tiroirs du secrétaire et figèrent devant la quantité volumineuse de lettres conservées. De manière à manipuler le courrier avec soin, la concentration de Capucine s'avéra si intense qu'elle ne remarqua pas que sa fille s'amusa avec le pendentif à chainettes qui se trouva sur le bureau. Bien installée sur la chaise de Marguerite, la petite le porta à son cou, chantonna et fit danser la breloque. Quand le regard de Capucine s'y arrêta, elle perdit le souffle un moment.

— Haby!

Aussitôt, Renata et elle se dégagèrent les mains pour tenter de lui soutirer en douceur, mais celle-ci ne céda pas sa prise. Le duc entra au même moment.

— Laissez-lui le collier, je vous en prie.

Satisfaite de son sort, Haby le reprit.

— Ma femme le portait très souvent. C'était l'emblème de la correspondance qu'elle et ses amis avaient créé. On peut voir ici... d'une plume à l'autre par le biais du ruban avec lequel ils entouraient souvent leurs envois. Il se pencha vers Haby. C'est pour toi ma belle fille. Si tu as envie de me tenir compagnie, je vais voir le chat qui se prélasse devant la fenêtre de mon bureau.

Devant le regard illuminé de Haby, Capucine accepta. Le passage ouvert entre le bureau de Marguerite et celui du duc laissa le son du crépitement du feu voyager à sa guise ainsi que la conversation qu'il entretint avec Haby.

D'une extrême délicatesse, Capucine plongea les mains dans le premier tiroir du secrétaire, puis apparut peu de temps après dans le reflet de la fenêtre où le chat paressa. Le teint pâle, la mâchoire ouverte et le regard arrondi, elle n'arriva pas à parler devant le duc et sa fille.

— Que vous arrive-t-il ma très chère?

— Maman?

— Monsieur? lui montra-t-elle le carnet d'adresses de Marguerite. Votre femme a-t-elle entretenu des correspondances avec ces gens?

Il la regarda, sourit, puis acquiesça. Capucine s'échoua aussitôt sur le premier fauteuil.

— Votre femme a entretenu des correspondances avec des personnalités légendaires… même la papauté, posa-t-elle le petit cahier sur ses genoux.

— En effet, vous les trouverez en haut dans le meuble de gauche, lança-t-il avec indifférence.

Capucine avala.

— Vous dites que ces correspondances sont ici?

Le duc se leva de son siège et l'invita à le suivre dans le bureau de sa femme. Haby attrapa la main de sa mère et monta avec elle.

D'un geste franc, le duc retira le grand tissu blanc posé sur un meuble haut, ce qui impressionna la petite. Ensuite, il réveilla les tiroirs qui sommeillèrent depuis très longtemps en les tirant juste assez pour dévoiler des centaines de lettres.

— Encore ici et là, tira-t-il les autres draps.

Le dernier grand voilage qu'il retira recouvrit une armoire qui sonna la fin d'une époque. Quand le duc se retourna, son regard balaya la pièce avec émotion. Le bureau de sa femme reprit vie comme dans ses souvenirs. Aussitôt, ses yeux se mouillèrent, puis il trouva le sourire de la petite assise à la chaise de Marguerite.

— Encore des lettres? le sortit Capucine de ses songes.

Il se tourna vers elle avec un regard nouveau.

— Cette journée est merveilleuse. Oui, elle avait un système de classement bien à elle. Prenez ce que vous voulez. J'ai enfin le cœur léger.

Capucine faillit s'évanouir quand elle lit la signature de la première lettre trouvée, soit V. Hugo

Derrière elle, le duc bascula un cadre sur le mur et dévoila un coffre-fort à combinaison.

— Ici se trouvent les correspondances les plus anciennes que Marguerite chérissait. Il est temps qu'elles sortent, car je crains qu'elles ne se conservent plus très longtemps.

À ses côtés, Capucine étudia les lettres jaunies, craquées et effritées. La décomposition exécuta son travail et l'odeur ne se montra plus aussi agréable. Malgré sa manipulation soignée, les lettres se brisèrent. Quand elle lut une autre signature, elle fixa le duc du regard.

— Monsieur, parle-t-on de Rousseau, Rousseau?

— Il semblerait, lui accorda-t-il un regard approbateur.

— Attendez. Si je me souviens bien de mon histoire, comment votre femme aurait pu avoir une correspondance avec lui? Elle n'était pas née.

— Vous voyez ici la correspondance de sa mère et sa grand-mère.

CATHERINE STAKKS

Capucine recula un instant, pendant que Renata s'avança.

— Pourquoi les tiroirs et même les murs sont pleins de lettres et seules quelques-unes se sont retrouvées dans les coffrets?

Le duc leva les épaules.

La curiosité amena vite les deux femmes à retourner à la grande table et étudier intensément les lettres enroulées d'un ruban rouge. La première chose qu'elles remarquèrent se trouva au verso des enveloppes : le sceau. Le symbole se montra le même que celui du collier de Haby, avec de légères différences en fonction de l'envoyeur.

— Je crois avoir vu ce sceau dans l'un des coffrets, se redressa Capucine.

En retrait, le duc se mordilla la lèvre inférieure et tapa nerveusement ses doigts sur sa canne. Renata remarqua le comportement de celui-ci et le pointa discrètement à Capucine. Quand les deux femmes se tinrent droitement devant lui en silence, son menton trembla.

— Très bien, très bien, souffla-t-il fortement. On dévoile tout aujourd'hui, ma foi! Ma femme et ses amis ont, il y a de nombreuses années de cela, créé une société secrète de correspondance. Ces lettres avaient un but bien spécifique, marcha-t-il vers la table. Ayant tous des contacts significatifs... Je vais faire court. La plupart des amis de Marguerite possédaient de grands moyens tant au niveau politique que financier, ils ont donc décidé de s'unir afin d'aider les gens. Ce cercle de correspondants a comme ça changé la vie de peut-être... des centaines de personnes.

— Le sceau des deux plumes? avança Capucine.

— S'unir était la force! Imaginez que vous avez une amie qui vit des épreuves. Elle manque de nourriture, d'instruction, elle essaie de réaliser un rêve et avec l'aide d'un réseau vous savez comment l'aider. Eh bien, ils s'écrivaient et trouvaient des moyens d'amasser de l'argent, de publier des artistes, de

CETTE LETTRE EST POUR VOUS

faire changer une loi et même d'aider à l'élection de certaines personnes. Il n'y avait pas de besoins trop petits pour être aidé. J'ai déjà vu ma femme coudre des vêtements d'enfants et les faire parvenir à une parfaite inconnue, ramasser des vivres pour des gens dans d'autres pays, publier un artiste qui a maintenant fait l'histoire... Ils ont compris que leur lien était une richesse importante, qu'ensemble ils pouvaient s'entraider et aider à la fois. Ils ont même été jusqu'à sauver la vie d'un homme pour qui la condamnation était sa seule issue. Plus ils en aidaient, plus ils voulaient en aider, jusqu'au jour où leurs correspondances a été démasquées et que quelqu'un s'est emparé de l'un des sceaux. Cette personne a ensuite écrit des lettres mensongères afin de s'enrichir. La confiance qu'ils avaient les uns envers les autres était telle qu'ils ne soupçonneraient jamais l'authenticité d'une lettre. Puis, les demandes devinrent de plus en plus importantes, jusqu'à ce que ma femme apprenne que son ami, le propriétaire du sceau, était décédé depuis des années.

— Qu'en est-il arrivé par la suite? Est-ce qu'ils ont arrêté d'écrire? se captiva Renata de l'histoire.

— Je crois que ma femme ne l'a jamais réutilisé par la suite, mais va savoir?

— Qui est cet artiste maintenant célèbre? chercha encore Renata à désaltérer sa soif de curiosité.

Le duc ne répondit point, alors elle tenta de trouver réponse à travers les lettres, quand Capucine l'arrêta d'un geste doux. Le vieil homme baissa le regard.

Quelques étages sous eux, Henry et Jab continuèrent de travailler dans une dynamique hautement fonctionnelle. Un mot, un geste, un acquiescement, ils se comprirent comme deux frères.

Capucine avança la main vers le duc. Elle et Haby marchèrent ensuite avec lui à travers la maison où elles écoutèrent les histoires de celui-ci. L'odeur de la viande rôtie, du pain frais

CATHERINE STAKKS

et du gâteau aux pommes parfuma l'air tel une journée en famille. Dans l'escalier, le duc s'arrêta devant les photographies encadrées au mur.

— Tellement de sourires! C'est curieux, je n'avais jamais remarqué ça avant aujourd'hui.

— Vos enfants avaient-ils la passion de l'écriture? Vous auriez pu leur remettre la collection? sourit Capucine.

— Nous n'avons pas eu d'enfants. Nous aimions beaucoup les voyages, l'aventure, les amis et notre tranquillité à notre retour. En fait, le besoin ne s'est jamais vraiment senti. Un peu comme si à notre rencontre notre monde s'était complété. J'aimais lire et elle écrire. Le match parfait! Les enfants que vous voyez sur ces photos sont ceux de mon frère. Ils vivent en Angleterre. Je crois que je suis leur oncle préféré. Je les gâte sans merci, sans merci, rit-il. Quand je leur offre un présent, aucun d'eux n'ouvre la carte qui s'y rattache.

Pendant le reste de la journée, le duc s'affaira en atelier avec Henry et Jab. Il veilla à faire monter les repas pour Renata, Haby et Capucine dans la suite. Quand le soleil grilla ses derniers rayons, le vin se présenta dans l'appartement du grenier en même temps que le duc.

— Je gardais cette bouteille pour une occasion spéciale. Que diriez-vous de la partager avec moi?

Le vieil homme alla lui-même dans l'armoire pour y dégager des verres et s'occupa de faire couler le précieux liquide. Ses histoires amenèrent les femmes à s'essuyer les yeux avec leur serviette de table tellement elles rirent. Capucine apprécia l'humour du duc et Haby prit plaisir à regarder les images et photographies qu'il apporta de son bureau.

— Vous n'êtes pas un duc, mais un conte! Un conteur! se tapa Renata les cuisses de rire. Je vous adore ou c'est le vin, je n'arrive plus à dire.

Le temps s'écoula au même rythme que le vin. Le duc tira une

CETTE LETTRE EST POUR VOUS

cordelette sur le mur et Sophia se présenta avec un boitier que le duc déposa au centre de la table. Le sourire aux lèvres, il tenta de faire deviner à Haby ce qui s'y cacha. Ensuite, il l'ouvrit et une théière un peu particulière apparut. Capucine reconnut un bec verseur, cependant la poignée de bois qui ressembla à un manche de chaudron l'intrigua. Haby, quant à elle, s'intéressa aux pattes de l'objet.

Sophia prit l'intéressante théière et demanda à Haby de l'accompagner en cuisine, avec la permission de sa mère. Pendant ce temps, le duc posa une petite assiette devant Renata, une devant Capucine, une pour Haby et une devant lui. Dans la même suite, il plaça de fines cuillères en porcelaines.

— Vous devinez?

— Du café? essaya Renata.

— Non.

Le duc éclata de rire, quand il remarqua que Capucine essaya de trouver la réponse sous l'assiette.

— Monsieur, c'est légal toujours? demanda Renata d'un regard grave.

Il retira ensuite du boitier des pots en argent qu'il fit circuler un à un. Elles respirèrent les odeurs et goutèrent.

— Cannelle! devina rapidement Renata.

— Très bien!

Ce que Capucine gouta l'amena à arrondir le regard.

— Piment broyé, envoya le duc d'un air amusé.

Aussitôt, il leur présenta la badiane, la cardamome, la muscade, le gingembre, les écorces d'oranges confites, la réglisse en bâton, la vanille en gousse ainsi que les liqueurs et les thés tels que le matcha et le chai. Il y alla avec ses recommandations, où les acheter, dans quelle province et même les préférences de sa femme.

— Voulez-vous bien nous dire ce qui en est? se tint Renata sur le bout de sa chaise.

Haby arriva avec un tablier semblable à celui de Sophia, mais l'attention se dirigea plutôt à ses lèvres barbouillées.

— Qu'as-tu mangé? essuya sa mère son visage avec sa serviette de table, pendant que la petite tenta de retenir le secret. Du chocolat?

— Bien vu! envoya le duc. Je vous présente la seconde passion de Marguerite. Aussitôt, il versa le liquide onctueux dans les petites tasses. Quand elle écrivait, elle se versait souvent une tasse de chocolat et le buvait lentement. Elle disait que ça stimulait le fabuleux! Quand il devenait froid, elle l'approchait du feu. Alors, Mesdames, on attise votre chocolat comment? passa-t-il le doigt au-dessus des épices.

— Le piment broyé pour moi, formula Capucine.

— Oh, la fougue du feu et le courage du guerrier. Et vous, Madame Renata?

— Vous permettez? souhaita-t-elle se servir.

— Certainement, allez-y!

Elle huma les contenants, gouta les épices et les aromates, en déversa dans son chocolat, en ajouta encore, passa au prochain pot, puis en versa davantage sous l'œil attentif du duc.

— Elle y met de tout! Ça ne goutera guère le chocolat! rit-il. Vous êtes unique ma très chère... goulue certes, mais très intéressante.

Haby utilisa la petite cuillère et mangea son chocolat qu'avec un peu de sucre.

— Certains disent que le chocolat aide au bonheur. Vous en dites quoi, ma très chère Haby?

— Je ne veux pas me coucher de bonne heure, envoya-t-elle avec une moustache de chocolat.

Après les rires et le merveilleux moment, le duc leur souhaita une belle nuit et s'en alla pour le cigare avec les hommes.

Sophia s'occupa de dégarnir la table et peu à peu, les lumières de la suite se tamisèrent. Haby se frotta les yeux et accepta de se laver et de se brosser les dents sans broncher, baignée dans la beauté de l'endroit.

La petite couchée pour la nuit, Capucine marcha devant la bibliothèque de la suite, sélectionna un livre rapidement, puis s'installa dans le grand lit à gestes très lent afin que les bruits ne la réveillent pas. Malgré les pages qu'elle tourna, son esprit vagabonda : l'histoire du sceau avec le symbole des plumes, le chapitre de la police qui n'afficha pas sa présence, le travail sans fin de Jab en atelier... Elle souffla, ferma le livre, le posa sur la table de chevet et éteignit.

Dans le ciel, la lune grimpa hautement et Jab monta dans la suite bien cachée. Dans la chambre, une main toucha le livre posé sur la table de chevet, puis le grand lit s'enfonça peu à peu, mais surtout grinça. Capucine ouvrit les yeux.

— Désolé de t'avoir réveillé, parla la voix masculine. Tu veux que je pose une chaise devant la porte? Les coffrets sont dans l'atelier.

— Peut-être refermer la porte, car Renata ronfle.

— C'est ça que j'entends? Définitivement deux chaises devant la porte, se releva-t-il dans de nombreux bruits qui éclata à la fois du matelas et de la structure de bois.

Capucine tourna la tête vers Haby qui ne se réveilla point, puis laissa aller l'air de ses poumons. Au retour de Jab dans le lit, celui-ci s'installa avec encore plus d'aisance, ce qui en plus de secouer Capucine sonna comme un concert d'instruments désaccordés. Haby émit quelques sons et remua. Aussitôt, Capucine posa ses mains sur Jab de manière à l'arrêter. Quand elle réalisa qu'elle toucha sa peau, elle retira ses mains. Dès que Haby retourna dans une position confortable et respira profondément, Jab plongea au fond du lit et tira les couvertures sur lui.

— Jab?

CATHERINE STAKKS

— Oui.

— Tu es nu?

— Pas totalement.

— Ça t'embêterait de porter la robe de nuit?

La voix de Capucine résonna à son oreille avec une empreinte de nervosité.

— Je voudrais bien, mais tu portes la mienne en ce moment. Je n'ai pas réussi à entrer dans celle qui est sur la table de chevet.

À ces mots, Capucine prit un moment pour évaluer la situation. L'évasement de son vêtement dénuda l'une de ses épaules. Sous les couvertures, elle retira la robe de nuit pendant que Jab tenta de garder le regard droit. Ensuite, elle allongea le bras vers le court bureau, mais n'arriva pas à atteindre l'autre vêtement de nuit. Le bruit engendré par son déplacement perturba le sommeil de la petite encore une fois.

— Ne bouge pas, envoya Jab à son tour. Je crois que je peux y arriver en moins de mouvement. Tout en demeurant sous les couvertures, il se rapprocha d'elle et allongea le bras. Je l'ai presque.

Capucine sentit la chaleur de son corps contre le sien et arrondit le regard. Le vêtement que Jab tira entraina lentement le livre avec lui. Dès qu'il eut une bonne prise sur la robe de nuit, le livre chuta. Le bruit de l'impact combiné aux mouvements de Jab dans le lit à tenter d'atténuer le vacarme réveillèrent quelque peu Haby. D'un geste assuré, Capucine tira Jab contre elle, colla sa joue contre la sienne et lui parla à l'oreille.

— Ne bouge plus, je crois qu'elle va se rendormir.

Peau à peau avec elle, il tenta de garder la pose en l'encageant entre ses bras.

Tous les deux écoutèrent.

Progressivement, Capucine prit connaissance du souffle de Jab à son cou, de leur position extrêmement intime et de la chaleur qui traversa son corps.

— Tu peux y aller… doucement.

À ses mots, Jab plaça son visage devant le sien.

— Oui?

Capucine tourna la tête vers sa fille qui dormit paisiblement et répondit.

— Oui.

La respiration de Jab s'accrut. Capucine sentit le mouvement de son torse contre son corps. En douceur, il caressa le côté de son visage, plongea vers elle et pressa ses lèvres contre les siennes.

Elle le repoussa légèrement.

Jab recula aussitôt et chercha une réponse dans son regard. Capucine remua les lèvres.

— Je voulais dire que tu pouvais bouger, pas…

Un souffle retenu, un déplacement respectueux, les deux se retrouvèrent à regarder droit devant eux.

Le silence sonna faux.

Un mouvement soudain de nuages sombres étouffa la lueur de la lune et la chambre plongea dans l'obscurité.

— On ne reparle jamais de ça, parla Capucine à voix basse.

Jab reçut sa robe de nuit tel un colis qu'on envoie en express.

13

Au petit matin, les deux chaises utilisées pour bloquer la porte longèrent le mur de la chambre. Rapidement, Capucine reconnut la robe de nuit de Jab méticuleusement pliée sur l'une d'entre elles ainsi que le livre qui créa leur rapprochement. Elle tourna ensuite le regard à côté d'elle et le drap blanc se montra parfaitement replacé. Le sentiment qui la traversa l'amena à baisser la tête et à se cacher le visage de ses mains pendant un moment.

Au même moment, quelqu'un secoua une jolie note dans l'ouverture de la chambre.

— Bon matin, trouva Renata le regard de Capucine, en plus de celui de la petite. Nous sommes invitées à prendre le petit déjeuner à la salle à manger. J'ai terminé de la salle de bain. Est-ce que Jab est encore dans l'atelier?

Capucine leva les épaules.

— Nous allons être prêtes dans quelques minutes, merci.

Peu de temps après, habillées, bien coiffées et le sourire aux lèvres, les filles descendirent dans la maison et admirèrent les rayons du soleil qui traversèrent les grandes fenêtres. À l'approche de la salle à manger, la voix du duc résonna fortement dans le couloir. La beauté du jour ne s'harmonisa pas avec la conversation qu'il tint au téléphone. À ses côtés, Henry scruta les dizaines de journaux étalés sur la longue table. Quand Capucine, Renata et Haby se présentèrent, Sophia leur livra la dernière parution. Capucine déplia le journal et reconnut Jab sur la page principale. Aussitôt, le rire de Renata attira tous les regards.

— Mes excuses.

Les yeux ouverts rondement, la bouche crochue et une expression d'épouvante à son visage, le grand titre n'arriva pas à camoufler le malaise de l'homme photographié. À l'intérieur de la gazette, les choses ne s'arrangèrent guère.

— Que disent-ils? chercha le duc des réponses chez Henry.

— Ils ne savent que très peu, Monsieur.

Capucine tourna les pages et identifia le jardin de l'hôtel sur l'une des photographies. Le journaliste annonça qu'une ancienne bâtisse, la plus vieille enregistrée dans la région, se trouva maintenant au sol. Il accusa une faiblesse dans la structure. Ni coups de feu ni blessés et surtout aucune course folle ne furent mentionnés.

— L'information est filtrée! parla doucement Capucine.

Henry acquiesça, occupé à lire d'autres grands titres.

Dans une douce suite de tonalités, le carillon de la résidence s'entendit ainsi qu'une voix d'homme qui tonitrua. Un chapeau à la main et un pardessus foncé par-dessus le bras, Sophia s'avança dans la salle à manger, suivie d'un homme à forte barbe. Le duc conclut aussitôt son entretien au téléphone et offrit un accueil chaleureux à celui-ci. La politesse l'amena également à lui présenter Capucine, Renata et Haby. Le nouveau venu ne put s'intéresser moins aux personnes dans la salle. Sans tarder, il énuméra des évènements et déballa d'immenses registres. En quelques minutes, le duc réclama la présence de Jab.

Renata se pencha près de l'oreille de Capucine.

— La note disait : petit déjeuner. Je ne le vois pas.

Avec des gestes élégants, Sophia installa les effets personnels de l'invité à ses côtés.

— Puis-je vous offrir un thé, un café ou un rafraichissement?

La réponse de l'homme se résuma à un balayage de la main, ce que le duc se dépêcha de reprendre.

— Merci, ma très chère Sophia, pour votre excellent service encore une fois. Je me considère extrêmement chanceux de vous avoir parmi nous. Mon cœur ne pourrait être plus heureux.

La dame retrouva le sourire et répéta sa demande à Renata, Capucine, ainsi qu'à la petite, en ajoutant la grande sélection disponible pour le petit déjeuner, ce qu'elle apporta dans l'immédiat.

— Ah! Le voilà! sourit le duc vers le couloir.

Avec des gants de travail qui dépassèrent de sa poche arrière, le visage sali et des vêtements poussiéreux, Jab entra dans la salle à manger. Sa gentillesse, sa belle humeur et son bon cœur trouvèrent rapidement le regard de Capucine et Haby, vers qui il sourit davantage. Sa présence chassa instantanément l'amertume apportée par l'homme à la voix forte qui déversa sur lui des informations ainsi que des questions telles des seaux d'eau glacée. Des plis apparurent rapidement au front du propriétaire des gangs de travail qui envoya un clin d'œil discrètement à Haby. De manière à adoucir l'entretien, le duc se leva et répéta des prénoms ainsi que des noms, pendant que l'homme à la barbe en demanda toujours plus. Jab reçut tellement de questions que celles-ci devinrent un bruit de fond à la voix de Henry qui expliqua la situation à Capucine.

— À notre grande surprise, des gens auraient fait des liens généalogiques au sujet de notre ami, porta-t-il son regard vers Jab. Nous sommes peut-être en présence d'un héritier direct de la grande famille Arthaux.

— Qu'est-ce que cela implique? se renseigna-t-elle discrètement.

— Plusieurs milliards, Madame, ainsi que des domaines, des actions et peut-être même des héritiers qui viennent de se faire couper l'herbe sous le pied, suivit-il la discussion à la table.

— Attendez, déposa Renata sa tasse. Vous dites que les hommes qui étaient à nos trousses ne voudraient peut-être pas les sceaux, mais s'intéresseraient à sa personne?

— Nous ne savons plus, Madame, c'est l'incertitude.

La voix portante du barbu éteignit l'élégance de la pièce. Entre la colère et la discipline, ses questions éraflèrent comme du papier de verre, ce que Jab utilisa avec aisance afin de peaufiner ses réponses. À travers son déjeuner, Renata suivit la discussion tel un feuilleton télévisé.

— Monsieur votre père est né aux États-Unis ou en France? avança l'interrogateur à la joie mourante.

Le calme de Jab ramena la lumière dans la pièce.

— Aux États-Unis.

— J'ai besoin d'une confirmation… verbale suffira.

Jab tourna la tête légèrement.

— Je confirme.

— Pas de vous! De votre père!

La luminosité offerte par les grandes fenêtres éclaira le regard de Jab auquel Capucine s'attarda un instant, quand le duc déposa sa tasse de thé.

— Serait-il possible pour vous de contacter monsieur votre père en ce moment afin de vérifier?

Simultanément, Sophia déposa un cabaret devant Jab où un téléphone demeura silencieux. Complètement absorbée par la scène et irrationnellement impliquée, Renata vota pour qu'il appelle son père. Jab l'observa quelques secondes, mais préféra rencontrer le regard de Capucine et de Haby. Ensuite, il baissa la tête dans un certain rire et retira son téléphone portable de sa poche pour le montrer.

— Oui! Je le savais! prit Renata une grande bouchée. Ça va être bon!

Jab se tourna vers le duc.

— Ici? Maintenant?

— Si cela vous convient, ça va de soi.

Le sourire aux lèvres, Jab acquiesça, puis composa une suite de numéros.

— Bonjour maman! Désolé de t'appeler à cette heure. Oui, je vais bien. Qu'est-ce qui se passe? C'est ce que j'essaie de comprendre. Devine quoi? Je suis en France! Oh, voyage d'affaire, dernière minute. Est-ce que papa est près de toi? Je patiente. Allo papa. Oui, c'est bon de t'entendre. En effet, on fait un peu de généalogie pour se divertir et... Maman t'a dit que je me trouve en France en ce moment? Voilà, notre nom de famille semble intéresser les gens par ici. J'aimerais savoir si tu es née aux États-Unis. Oui, moi je le sais, mais les gens devant moi aimeraient l'entendre. Qui demande? Le duc leva la main et sourit. Le duc de Valorin, un ami. Oui, un duc. Oui... hmm, intéressant. Renata lui demanda de passer en mode-conférence. Attends papa, ils veulent t'entendre.

La voix du père de Jab résonna dans la pièce.

— Bonjour! Oui, je suis bel et bien né aux États-Unis et oui, je suis le père de Jab.

L'invité aux mille-et-un papiers acquiesça et demanda à ce que celui-ci se nomme, ce que le père de Jab exécuta. La conversation retourna en mode privée et à partir de ce moment que des mots vagues se promenèrent sur les lèvres de Jab. Soudain, son intérêt grimpa en flèche. Il s'intéressa grandement à ce qu'il entendit à l'autre bout du fil. Le mystère amena Renata à se tenir sur le bout de sa chaise.

— Qu'est-ce qu'il dit? Jab? Sois plus explicite!

Jab recula l'appareil un instant.

— Je parle à ma mère. Il lui a remis l'appareil.

CETTE LETTRE EST POUR VOUS

Quand celui-ci termina son appel, il rangea son téléphone dans sa poche et demeura muet.

— Il va me rendre fou. Et puis? avança Renata.

— Mon père est né aux États-Unis.

— On a tous compris ça, mais qu'est-ce qu'il y avait de si intéressant?

— Oh! Ils attendent de la visite ce weekend et elle pensait faire sa fameuse soupe aux légumes.

— C'est ça qui te captivait autant?

— C'est une bonne soupe.

Renata ferma les yeux, nia, puis se tint le front un moment, pendant que Jab s'adressa au duc avec un immense respect.

— Je ne suis pas la personne que vous cherchez. Mon père est américain ainsi que ma personne.

Puis, il nomma son arbre géologique aussi loin qu'il le pût. L'homme au sourire manquant passa d'un document à l'autre tout en continuant de prendre des notes, puis d'un geste raide ferma ses livres.

— Messieurs, je crois que la recherche est singulière. Je ne vois pas comment il pourrait être de cette lignée.

Jab lui serra la main ainsi qu'au duc, salua rapidement Capucine d'un signe de la tête et se dirigea vers l'atelier. Dans le couloir, son téléphone sonna. Le duc se leva de table et remercia l'homme bien portant de s'être déplacé aussi vite, quand la voix de Jab résonna de la porte.

— Cherchez Honoré-Louis Arthaux, mon père vient de ce souvenir de ce détail. Oh! Et ma mère vous fait dire «bonjour», se tourna-t-il vers le duc, pour ensuite s'éclipser.

L'homme aux documents rangés, au manteau sur les épaules et au chapeau à la main patienta. Un simple regard du duc et il reprit son investigation.

— Je ne trouve rien, Monsieur, personne de ce nom dans

123

CATHERINE STAKKS

l'histoire.

Le duc se releva.

— Très bien! Alors, oublions cet évènement. Je compte sur vous pour informer les médias, insista le duc.

— Assurément, il en sera fait dès mon retour chez moi.

— Désolé, encore une fois, pour vous avoir fait déplacer.

— Ce fut une excellente rencontre, Monsieur. Passez une magnifique journée, resserra-t-il la main du duc.

— Vous aussi.

Accompagné par Henry, l'homme quitta la grande pièce.

Le duc en profita pour informer Renata, Capucine et Haby que son avion fut paré pour un décollage imminent. Renata le félicita sur la nourriture et le remercia davantage sur le fait de pouvoir rentrer chez elle, ce qui le fit rire.

— Ma très chère, se tourna-t-il vers Capucine, pourriez-vous s'il vous plait vérifier auprès de votre ami en atelier le temps dont il a besoin pour terminer notre projet? Je vais aviser le pilote.

— Bien sûr. J'y vais à l'instant. Tu viens, Haby? On va aller voir Jab dans l'atelier.

— Oui! s'exclama la petite.

Dans le couloir, Capucine et Haby marchèrent main dans la main, pendant que le duc exprima une seconde faveur à la personne de Renata.

À l'atelier, les filles trouvèrent Jab accoudé au comptoir de bois à étudier des pièces de près. Celui-ci entendit d'abord un son de jointures qui se cognèrent sur le cadrage de la porte, puis reconnut la voix de Capucine.

— On peut entrer? lui sourit-elle avec la petite.

— Oui, entrez!

Haby courut le rejoindre et grimpa aussitôt dans ses bras.

— Et puis, comment se sent-on après être passé si près

d'être un héritier? s'approcha Capucine à son tour. D'abord un rire, ensuite un acquiescement, il ne trouva pas à répondre, alors Capucine poursuivit la conversation. Le duc fait préparer l'avion et il aimerait savoir le temps que tu as besoin pour terminer ici?

— À toi de me le dire, lui laissa-t-il sa place afin qu'elle puisse regarder le sceau en morceaux sur le comptoir.

Haby répondit la première.

— Il est brisé en petits, petits morceaux. Ça va prendre pour toujours! Je ne te dis pas!

— C'est ce qui est fascinant! On dirait que les morceaux ne vont pas ensemble, mais regarde bien, installa-t-il Haby près de lui, pour ensuite manipuler les pièces qui s'insérèrent les unes dans les autres. En douceur, il remit le sceau en parfait état dans la main de Capucine, avala difficilement et plongea son regard dans le sien. Cela forme un tout. Il y a quelque chose que je veux que tu voies. Je peux? lui demanda-t-il à reprendre le sceau.

Capucine acquiesça et ouvrit la main.

Adroitement, il démonta le sceau, étala les pièces sur le comptoir et tint une lentille grossissante au-dessus de l'une d'entre elles.

— C'est vraiment petit, tu vas devoir t'approcher.

Haby demanda à voir, alors il le lui montra la première, mais celle-ci s'intéressa davantage à la lentille et aux poils présents sur le bras de Jab. Après avoir rigolé avec elle, il invita Capucine à s'installer sur le banc. Plus loin, il offrit à la petite des petits blocs de bois pour jouer.

Avec un certain malaise, Capucine s'installa, puis Jab s'approcha afin d'ajuster la lentille. La chaleur de son corps, son souffle sur sa peau et le contact presque imminent amenèrent Capucine à reculer du plan de travail.

Jab remarqua ses lèvres pressées, ses mains qui tordirent son vêtement ainsi que les plis à son front. De manière à la rendre plus confortable, il lui offrit une description extrêmement précise du détail à regarder, s'éloigna et plaça ses mains dans son dos. À tête baissée, Capucine s'avança à nouveau et observa les morceaux de près.

— Je ne remarque rien. Où disais-tu que c'était encore?

Muni d'un outil de précision, il s'approcha à ses côtés. Celle-ci leva la tête aussitôt. Jab leva les mains, montra le tournevis miniature et se pencha sur le plan de travail.

— Regarde de plus près sur la tige de métal que je pointe. Je ne te toucherais pas. On a réglé ça, je crois, garda-t-il le regard bas.

Quand elle distingua des chiffres et des lettres gravées à la main, son intérêt grandit.

— Ah! Maintenant, tu le vois. C'était là depuis le début pourtant.

Son regard s'arrondit, quand Capucine se pressa contre lui afin de mieux lire. La position qu'il observa, soit le bras ouvert afin de pointer la pièce, amena la femme devant lui à occuper son espace personnel. Il respira le parfum de ses cheveux et posa son regard sur elle, pendant qu'elle tenta de lire les inscriptions.

— 14 AR du Peuplier gris, Paris. Qu'est-ce que c'est? Une adresse? se pressa-t-elle davantage contre lui.

Jab ferma les yeux un moment, posa l'outil et recula au fond de l'atelier.

— C'est le dernier sceau à dupliquer. Les matériaux sont différents.

— C'est le sceau des deux plumes!

En rafale, elle lui expliqua les propos du duc à ce sujet. Il écouta attentivement tout en répondant aux demandes de Haby qui chercha à jouer avec quelques outils. Du marteau en caoutchouc, en passant par les éponges, il lui trouva une belle sélection d'objets sans danger. Ensuite, il s'approcha lentement de Capucine.

— Au fait, j'ai quelque chose d'autre à te dire.

Le regard de celle-ci s'arrondit. Elle figea quelque peu, puis nia pauvrement.

— Je sais, tourna-t-elle l'œil vers sa fille qui écouta. Le livre est tombé, il y a eu confusion et c'est sans aucun doute une histoire à oublier.

Jab la fixa du regard un instant, puis lui montra le sceau des deux plumes.

— Quand j'appuie ici et que je crée une empreinte dans la cire, j'obtiens des lignes différentes dans l'image. C'est vraiment parce que je l'ai démonté... Il expira. C'est un dispositif très discret.

— Quelle est l'image ajoutée?

— Je dois approcher.

Capucine acquiesça, puis accepta sa présence. Tous les deux, côte à côte, partagèrent ensuite le même point de vue devant la grande lentille de rapprochement. Dans des manœuvres agiles, Jab fit fondre un peu de cire et essaya le sceau à nouveau. Un trait ici et là s'ajouta, mais ils ne purent pas en déduire quoi que ce soit.

— Pourquoi avoir fait un mécanisme complexe pour un résultat aussi piètre? se questionna Capucine.

— Est-ce que tu veux que je le copie de base comme les autres ou je me lance dans les gros travaux? Ça ne m'effraie pas, lui parla-t-il d'un ton plus intime.

— Notre vol est dans quelques heures. Il vaut mieux le reproduire de base.

Jab acquiesça.

— Tu as encore un peu de temps? chercha-t-il à converser avec elle.

Les sourcils de Capucine s'élevèrent et aussitôt son sourire égaya la place.

— Qu'est-ce que tu as découvert d'autres?

— C'est au sujet de l'histoire d'hier. Il y a un chapitre que j'aimerais discuter avec toi.

Les battements de son cœur se fracassèrent en elle. Elle baissa les yeux vers Haby qui se trouva absorbée dans le jeu, puis trouva le regard de Jab. À ce moment, elle découvrit des rougeurs à ses joues.

Comme un coup de vent, Henry se précipita dans l'atelier et plaça les sceaux dans leurs espaces respectifs, soit les copies dans les coffrets de Marguerite et les vrais dans la mallette.

— La police est ici. Monsieur le duc discute avec eux dans le premier salon. Il m'a demandé de soustraire à la vue nos intentions. Je vous suggère de monter à l'étage à l'instant.

— Je n'ai pas terminé celui-ci, lui montra Jab le sceau plus tôt observé par Capucine.

— Un peu de colle, ça va devoir faire, Monsieur.

Malgré la tension, Jab termina les procédures qui demandèrent une grande précision, donna la pièce à Henry et se pressa de ranger l'atelier en laissant la petite jouer. Dans un claquement soudain, Henry ferma la petite valise et la remit à Jab, puis cacha les coffrets dans le fond d'un immense coffre à outils.

— Il serait maintenant souhaitable que vous montiez.

— Vous ne vouliez pas ma déposition? s'intéressa Jab aux bruits dans la maison.

— Le duc va tenter de vous exclure de l'affaire. Il veut savoir ce que la police sait avant tout.

Jab s'avança jusqu'à être aux côtés du majordome.

— Qu'est-ce qui vous pèse, Henry? Vous pouvez me le dire.

Henry se permit de souffler un moment.

— On nous envoie toujours des policiers en fin de carrière, des volontaires, Monsieur. Le dernier qui est venu s'est endormi

CETTE LETTRE EST POUR VOUS

pendant qu'il prenait ses notes. Heureusement, nous avions un thé bien fort, celui-ci s'est même réjoui de sa visite.

— Henry? offrit Jab un regard sincère.

— Bien. Les deux hommes qui sont ici sont vigoureux et fiers.

— Vous voulez dire qu'ils sont jeunes et arrogants?

— C'est exact, Monsieur.

— Je vais les rencontrer.

— Je préfèrerais que vous, madame et la demoiselle soyez en sécurité dans la suite. Je vais tenir compagnie à monsieur le duc.

— Très bien, Henry, mais sachez que je suis disponible à votre demande, grimpa-t-il Haby dans ses bras en plus de tenir la mallette.

Dans le couloir, Jab écouta les faibles résonances des voix d'hommes et invita Capucine à passer la première dans les ouvertures secrètes qu'il referma chaque fois avec soin. Dans la grande suite du grenier, Renata vint à leur rencontre.

— Pourquoi fermez-vous la porte?

Sans répondre, Jab ouvrit la mallette sur la table et étudia rapidement les sceaux. Son regard s'éleva aussitôt. Capucine capta sa réaction.

— Qu'est-ce qu'il y a?

— Ils sont vraiment bien copiés. Henry n'a pas réussi à voir la différence.

Dans le premier salon, le duc éleva le ton.

— Je ne vois pas de quoi vous parlez, Messieurs! Je n'ai jamais signalé le vol de sceaux, mais de pièces de collection. Alors, si vous voulez m'excuser, nous n'avons plus rien à nous dire.

Tout d'un coup, l'un des policiers braqua son arme vers le duc, pendant que l'autre fit de même avec Henry. Sophia qui s'approcha avec un cabaret recula furtivement.

129

CATHERINE STAKKS

Dans l'atelier, Jab dégagea les coffrets en bois et les étala à côté de la mallette.

Au même moment, du bruit en cuisine attira l'attention des deux policiers. L'un d'eux signala à l'autre d'aller voir. De manière à garder leur attention plus longtemps, le duc laissa tomber sa canne.

— Ça m'arrive continuellement. Vous pouvez m'aider?

Concentré, Jab termina le transfert des sceaux, cacha les faux à la base du grand coffre à outils et ferma la mallette, quand des bruits de pas l'amenèrent à regarder vers le couloir. Malgré les vêtements sur les cintres, il vit Sophia courir à toute allure vers le bureau du duc, suivie de près par un homme vigoureux et fier. Presque qu'aussitôt, un fort sifflement résonna dans le couloir. Le policier en mouvement tourna la tête, puis arrêta son avancement quand un fort bruit de machinerie éleva son regard au loin. Caché derrière les vêtements, Jab observa l'homme pénétrer dans l'atelier. Celui-ci avança ensuite devant une machine qui s'articula seule. Le regard sérieux, il ferma l'appareil et courut à nouveau dans le couloir. Dans le bureau du duc, Jab referma l'ouverture secrète, puis le policier entra.

Au grenier, Capucine et Renata tentèrent de réconforter Sophia qui répéta la situation en boucle.

— Ah! Vous êtes là, exprima-t-elle un grand soulagement en voyant Jab entrer dans la pièce. Henry m'a dit qu'en cas de problème, je devais vous retrouver, que vous sauriez quoi faire.

Jab ne répondit pas, remit la mallette à Capucine, lui parla à l'oreille de rassembler leurs bagages en vitesse, embrassa Haby sur la tête, puis marcha vers la porte.

— Qu'est-ce que tu fais? le rattrapa Capucine.

— Je vais leur rendre les sceaux, les faux. Il souffla et baissa le ton de manière à être compris que par elle. Si je ne livre pas ce qu'ils cherchent… le duc et Henry, joua-t-il du regard pour ne pas en dire davantage. Ils sont jeunes et arrogants, on ne peut pas prédire leurs mouvements. Écoute attentivement ce que je vais te dire. Dans exactement vingt minutes, si je ne suis pas de retour, vous descendez dans le garage par la sortie là-bas, vous prenez la voiture et je vous rejoins à l'avion. J'ai besoin d'aller chercher de l'information.

Capucine ne reconnut pas son regard soutenu ni son timbre de voix assuré. Juste avant qu'il ne referme le mur derrière elle, il laissa aller quelques mots.

— À propos du livre, la citation placée au début du troisième chapitre m'a beaucoup plu.

La porte se referma et Capucine se retourna devant l'appartement sans savoir quoi faire. Après une bonne respiration, elle regarda sa montre, demanda à Haby de mettre son manteau, avisa Renata et fonça dans la chambre pour fermer les valises.

— Qu'est-ce que Jab a encore fait? maugréa Renata en avançant ses valises près de la table.

Dans la chambre, Capucine s'arrêta un instant devant le fameux livre et vit une capucine en papier dépasser de l'une des pages. Elle l'ouvrit où la fleur garda le silence, puis lut le passage.

«Un baiser partagé, un moment savouré, un rapprochement si longtemps désiré, donnent au cœur ce que le soleil est à la vie.»

Délicatement, elle tourna la fleur entre ses doigts.

— Depuis combien de temps? s'impatienta Renata.

Capucine se réveilla de ses songes et regarda sa montre.

— Dix minutes.

— Non, pas ça. Depuis combien de temps qu'il te pousse ces foutues fleurs?

— Je... je l'ignore.

— Je n'aime pas ça.

— Je vais la ranger.

— Non, pas ça. Le fait qu'il ne soit pas de retour. Il va tout foutre en l'air, encore une fois. On était bien ici.

Dans les quartiers de Henry, une main ramassa des vêtements suspendus. Un peu plus loin, la même main ramassa quelques outils dans l'atelier et peu de temps après, le capot de la voiture mal stationnée devant la demeure s'éleva.

Soudain, le carillon résonna au cœur de la maison et annonça un visiteur à la porte principale. Quelque peu déstabilisés, les deux policiers se consultèrent. La somptueuse sonorité s'entendit à nouveau, suivie de bruits de jointures qui s'acharnèrent sur la porte. Les mains dans les airs, le duc confirma pour la deuxième fois qu'il n'attendit personne, quand une voix voyagea à travers la maison.

— Hé oh! Il y a quelqu'un? Je suis de retour avec l'expertise et je suis prêt à vous faire une offre plus que généreuse. Monsieur Henry?

L'un des deux hommes signala à Henry d'y aller, puis le garda à l'œil.

— Ah! Henry! Vous voilà, mon cher! J'ai ici les sceaux de correspondance, montra-t-il un sac en cuir, et croyez-moi, ils sont en parfaite condition. Est-ce que monsieur le duc est disponible pour qu'on puisse parler affaires?

À ses mots, les malfaiteurs se montrèrent ainsi que leurs armes et demandèrent qu'on leur remette les sceaux. Jab déposa le sac devant lui et leva les mains.

— Messieurs, savez-vous comment valent ces sceaux? Ma fortune est bien plus élevée que ceux-ci. Vous aurez mal agi en tirant sur un héritier Arthaux.

L'un des hommes prit le sac et exécuta un court appel à l'écart, pendant que l'autre fouilla Jab.

— Vous venez avec nous, revint celui qui tint encore son téléphone à la main.

Jab garda les mains dans les airs.

— Vous laissez monsieur le duc et son employé quitter la pièce et je vous serais très docile financièrement à vous deux personnellement. Je dois également vous parler d'un détail sur l'un des sceaux.

Le duc prit la parole.

— Monsieur Arthaux! Ce sont les secrets de ma femme. J'y tiens, ne leur dites rien!

Plus le duc se plaignit du comportement de Jab, plus les policiers demandèrent à savoir. Jab nécessita donc à accéder au sac de cuir, accueillit un refus, le fit évoluer à une hésitation, pour ensuite obtenir une demande pressante d'ouvrir le sac.

— Celui qui nous intéresse, Messieurs, se trouve dans la suite avec les dames, c'est comme ça que je les nomme. Vous voyez l'image des deux plumes? Ça me rappelle votre avion, Monsieur le Duc, qui n'attend personne pour partir. Bref, son image est différente, créa-t-il un contact visuel avec Henry.

Pendant que les deux policiers furent penchés sur la fausse pièce, Henry entraina le duc dans le couloir, pour ensuite disparaitre.

La montre sous les yeux, Capucine tint la main de Haby devant la sortie vers le garage. À un tour d'aiguille de descendre, elle entendit des bruits. La porte de la suite s'ouvrit.

— Nous devons partir immédiatement! haleta le duc qui essuya son front avec son mouchoir de poche, pendant que Henry referma l'ouverture derrière.

— Où est Jab? aida Capucine le vieil homme à s'assoir.

— Il nous sauve la vie. Nous avons peu de temps, il ne les occupera pas toute la journée.

— Je préfère qu'on l'attende.

— Ma très chère, tenta le duc d'adoucir ses mots, il va venir vous rejoindre plus tard.

Henry s'approcha de Capucine et de Renata et leur parla de manière à ce que la petite en soit exemptée.

— Il a parlé en code. Il nous a demandé d'aller avec les dames et de prendre l'avion.

— Quoi? plissa Renata le regard avec exagération.

Le duc ouvrit la main.

— Il leur a vendu l'idée qu'il était le membre le plus influent de la grande famille Arthaux. Je dois dire qu'il était très crédible avec mon meilleur veston. Il a les copies des sceaux.

Renata s'avança devant le duc et posa ses mains sur la table.

— Appeler vos gardiens de sécurité.

Dans un mouvement d'empathie, celui-ci sourit, puis baissa les épaules.

— Je n'ai que quelques employés à temps plein et ils sont avec nous en ce moment. Mon manoir n'a jamais attiré l'attention de qui que ce soit, jusqu'à dernièrement. Mes contacts sont malheureusement rendus à un âge où aller au lit est une récompense. Même si j'ai les moyens, je ne saurais pas à qui exposer l'affaire. Vous m'en voyez désolé. La solitude me tient compagnie depuis déjà trop longtemps.

Jab jeta un coup d'œil à la grande horloge de l'entrée et avec un enthousiaste démesuré pointa de nombreux détails ridicules sur les sceaux. Quand les faux objets reçurent leurs lots de compliments, Jab n'eut d'autres choix que de jouer le même jeu avec le veston qu'il porta. L'un d'eux s'en lassa et lui ordonna de tout remballer, même ses mots.

Avec une lenteur suprême, Jab rangea le matériel qu'il prit soin d'étaler grandement autour de lui à cet effet.

Pendant ce temps, la voiture du duc sortit du garage et emprunta une route de terre près de la maison. La mallette à ses côtés, Capucine serra la main de sa fille.

Au manoir, les mains des malfaiteurs poussèrent Jab vers la

sortie et l'invitèrent contre son gré à s'installer en voiture. Quand Jab remarqua le véhicule du duc toujours visible au loin, il devint l'homme le plus maladroit du monde. Après sa chute, il exécuta un dépoussiérage exhaustif de sa personne. Le regard tourné vers le paysage, son comportement changea brutalement lorsque la voiture n'apparut plus dans le décor : il s'installa lui-même dans la voiture des malfaiteurs.

À bout de nerfs, les hommes tentèrent encore et encore de donner vie au moteur, quand le capot se referma brutalement.

— Comment êtes-vous arrivés ici? se pencha l'un des hommes vers Jab.

— En voiture?

— Non, on l'aurait su si un taxi avait fait la course à cette adresse.

Jab copia leur mimique faciale d'autosuffisance.

— Ma voiture est dans le garage. Henry me laisse toujours la mettre au chaud. Je ne tolère aucune feuille d'arbre ou samare sur ma peinture. Je viens hors de moi!

— Alors, prenons votre voiture, Monsieur Arthaux.

Jab accepta sans bouger.

Devant le regard dur des deux hommes, il s'excusa et mentionna qu'il eut l'habitude qu'on la lui apporte.

Sans façon, deux mains le tirèrent d'un coup de la voiture.

Au même moment, Henry tourna les roues de l'élégant véhicule sur une route asphaltée en direction d'un petit aéroport commercial. À son bord, Renata, Capucine, Haby, Sophia et le duc ne parlèrent point. À leur arrivée à la porte grillagée, quelqu'un reconnut le véhicule. À partir de ce point, des gens guidèrent leur déplacement jusqu'à un avion où l'embarquement débuta rapidement. À la demande du duc, Sophia repartit avec la voiture.

— Donnez-lui encore quelques minutes, s'il vous plait, tarda

Capucine à grimper dans l'engin.

Le duc acquiesça. Quand les dernières procédures se présentèrent, il approcha Capucine avec une grande douceur.

— J'ai informé l'administration de l'aéroport que nous accusions le retard d'un passager. Ils vont s'occuper de le ramener aux États-Unis. Je les ai payés grassement. Nous devons y aller, ma très chère.

Capucine ferma les yeux un instant, puis acquiesça à son tour. Peu de temps après, un agent de bord ferma la porte de l'avion et l'appareil gagna le ciel.

Au volant de la vieille décapotable, accompagné par deux policiers, Jab conduisit à très basse vitesse sur une route de campagne tout en chantonnant. Au bout de dix minutes, il se vit offrir le siège arrière ainsi qu'un ruban sur la bouche. Quand dans le ciel au-dessus de lui dévoila un avion privé, des plissures apparurent à ses yeux. À partir de ce moment, il allongea ses jambes et apprécia la ballade.

Pendant le vol, Haby, Renata et Henry dormirent paisiblement, pendant que Capucine s'accrocha à son breuvage. Le duc vint s'assoir devant elle.

— Vous devriez dormir.

— Je n'y arrive pas. Je l'ai laissé. Je l'ai abandonné.

— Il va très bien. Ne vous inquiétez pas.

— Il est trop tard pour ce conseil, souffla-t-elle. Il doit bien y avoir quelque chose que je peux faire?

Pendant qu'elle tint sa tasse à deux mains, le duc posa ses mains autour des siennes.

— Est-ce que votre café a besoin d'être tenu par deux personnes en ce moment?

— Non, comprit-elle le message.

Doucement, il retira ses mains, lui montra ses paumes de manière à accueillir l'état d'esprit et sourit.

CETTE LETTRE EST POUR VOUS

— Prenez du repos, c'est la meilleure chose que vous pouvez faire. Si je pense que votre ami est qui il est, je m'inquièterais davantage pour ceux qui veulent les sceaux.

Capucine fronça les sourcils et le duc retrouva son siège.

Les heures sans Jab s'additionnèrent à la montre de Capucine, puis l'avion toucha le sol quelque part à Chicago. Après de belles accolades, Capucine, Haby et Renata s'éloignèrent vers une voiture jaune dans laquelle Henry s'occupa d'y installer les bagages. Mi-chemin entre l'avion et la voiture, Capucine arrêta le pas. Dans un mouvement d'ampleur, elle nia. Sa fille qui tint sa main leva les yeux vers elle. Le regard soutenu, elle posa un genou au sol et parla à Haby qui acquiesça. Ensemble, elles marchèrent ensuite vers Renata qui prit grand soin d'écouter ses dires. Au loin, le duc vit la petite prendre la main de Renata et Capucine qui retourna sur ses pas jusqu'à lui.

— Donnez-moi une heure. Je confie ma fille à ma mère, je place les sceaux dans un lieu sûr et je reviens avec vous. Je dois essayer de sortir Jab de là. Je ne peux pas rester là sans rien faire, plongea-t-elle son regard dans celui du vieil homme. Je ne peux pas.

Le duc demeura immobile un instant, puis signala à Henry d'approcher.

— Henry, vous pourriez parler au pilote pour retarder le vol? J'ai besoin de prendre l'air.

— À l'instant, Monsieur.

— Faites vite, Madame Muller! Dans une heure, nous décollons avec ou sans vous.

— C'est compris! Merci, courut-elle vers le taxi où Renata et Haby patientèrent sur la banquette arrière.

Pendant le trajet, Renata tâcha de retenir ses pensées, mais au premier feu de circulation ses mots éclatèrent.

— Tu es complètement insensée!

Capucine se trouva en conversation téléphonique.

— Haby, que dirais-tu d'aller chez grand-mère quelques jours?

— Oui! cria-t-elle de joie.

La petite se tourna vers Renata et lui annonça la bonne nouvelle.

— Yé! envoya Renata un sourire à la petite, pour ensuite offrir un regard perçant à sa mère. Dis-moi que tu ne retournes pas là? Tu manques probablement de sommeil, donc je vais raisonner pour toi : non, non et non.

— Les autorités ne peuvent pas l'aider, le duc ne peut rien faire… Il n'a que nous. Et si c'était toi qui étais là-bas?

Renata regarda au loin un instant, puis éleva la voix.

— Chauffeur! Appuyez! Nous avons une princesse à sauver. C'est comme ça que je voudrais que tu le fasses pour moi. Tu prends les grands moyens, car quand ils vont faire le film plus tard… Oh! Ça va être bon.

14

En peignoir, la mère de Capucine attendit sur le porche de sa maison. Quand elle vit Haby descendre de la voiture jaune, elle ouvrit les bras. La petite courut aussitôt vers elle. Capucine s'avança à son tour et de belles accolades s'éveillèrent. Ensuite, elle s'agenouilla devant sa fille.

— Maman va aller chercher Jab et le ramener à la maison le plus vite possible, remarqua-t-elle la brillance au cou de sa fille. Haby, est-ce que je peux t'emprunter ton collier? Je vais te le rendre à mon retour.

Sans hésitation, la petite accepta, puis entra dans la maison avec sa grand-mère. Le cœur lourd, Capucine se dépêcha en voiture et demanda un arrêt à son appartement où elle paya le chauffeur afin qu'il conduise Renata chez elle.

— Tu me contactes à ton arrivée là-bas, sortit Renata sa main par la fenêtre du véhicule. Et tu m'appelles si tu as besoin, même au milieu de la nuit!

Capucine la salua et prit un moment pour absorber leur dernier contact avant d'entrer chez elle. Devant sa porte, la neige s'accumula et lui rappela l'absence de Jab.

Peu après, la lumière d'un hangar laissa paraitre la silhouette d'une jeune femme. Henry parla au duc qui s'avança dans la porte de l'avion.

D'une démarche décidée, bottes et manteau foncés, les

cheveux noués, un foulard bien enroulé, la mâchoire contractée et le regard perçant, Capucine n'afficha plus l'image d'une amoureuse de la plume.

Le duc l'accueillit en silence, geste qu'elle lui retourna. Durant le trajet du retour, ils ne parlèrent que très peu. À atterrissage, elle demanda une voiture et donna une adresse au chauffeur : 14 du Peuplier gris.

15

Sous un soleil confus par les nuages, Capucine descendit de la voiture devant une maison qui présenta des fenêtres recouvertes de panneaux de bois. Quand son pied trouva la première marche qui mena au porche, son regard repéra l'immense trou en son centre. D'un mouvement de la main, elle malmena la rampe qui tint encore la garde, s'y agrippa, puis monta de manière plutôt créative. Sur le porche, seule l'odeur d'humidité répondit au son de ses jointures contre la porte.

— Il n'y a personne ici. La résidence est abandonnée, parla-t-elle à Renata au téléphone.

— Je ne comprends pas que tu aies misé sur cette adresse. Henry et le duc n'ont pas essayé de t'en dissuader?

— Le duc n'a aucun souvenir rattaché à cette adresse. C'est moi qui a tenu à venir.

— Pauvre enfant. Je ne sais pas si je veux le savoir, mais pourquoi tu es sur cette rue?

— C'est quelque chose que le duc a dit.

— Okay... Et c'était?

— Il a mentionné qu'il n'avait pas les contacts pour nous aider.

— C'est pour cette raison que tu es allée à cette adresse? Aide-moi un peu, veux-tu?

— Marguerite a demandé à ce que les sceaux soient légués. C'est peut-être un engagement que tous les propriétaires du même sceau ont également embrassé. Je pense que les contacts de Marguerite sont encore en vie.

— Oh! Chérie! Je ne veux pas briser ta belle bulle, mais j'ai l'image à l'écran de la résidence où tu te trouves. Comment pourrais-je te dire ça? Attends! Tu m'as dit «AR» 14 du Peuplier gris?

— Oui.

— L'adresse est située derrière ton affreuse maison. Reste en ligne, je veux vérifier quelque chose. Capucine garda l'appareil à son oreille, marcha vers l'arrière de la maison et ne perçut qu'une vieille clôture. Tu es encore là?

— Oui.

— Je crains qu'on soit en retard de peut-être... cinquante ans. Je vois ici qu'à l'époque, plusieurs résidences avoisinantes possédaient un bâtiment à l'arrière pour loger les domestiques, mais celle qui nous intéresse n'existe plus. Je suis désolée.

Capucine la remercia et plongea son téléphone dans sa poche. Les lèvres pressées, les joues légèrement bombées, elle expira longuement quand son œil capta une vieille boite à lettres dissimulée sur le côté de la maison avec l'adresse recherchée.

Intriguée, elle s'approcha, toucha légèrement les numéros, l'ouvrit et arrondit le regard devant le courrier daté du jour. À ce moment, elle perçut des pentures dans la clôture ainsi qu'un loquet. Le cœur battant, elle poussa le vieux bois.

Au loin, de la fumée se dégagea par la cheminée d'une jolie maisonnette.

Capucine sourit.

Plus elle s'avança, plus ses yeux captèrent des détails qui l'amenèrent à sourire davantage : des fleurs en pot, un morceau de textile accroché sur une corde près de la galerie, des coussins moelleux sur les chaises... Elle monta les quelques marches solides en bois et tourna la sonnette antique.

À l'intérieur, une vieille dame posa sa bouilloire, s'avança à la fenêtre de la salle à manger, observa Capucine, mais surtout reconnut le médaillon qu'elle porta à son cou.

— Où avez-vous pris cette parure? entendit Capucine une voix résonner de la porte à peine ouverte.

— Oh! Bonjour! Cela appartenait au duc de Valorin ou plutôt à sa femme, Marguerite. Il a été remis dernièrement à ma fille. Capucine Muller, avança-t-elle la main.

— Que voulez-vous? se garda la dame d'ouvrir plus amplement la porte.

— On m'a remis les sceaux de Marguerite, pour que je les fasse revivre. En mettant ces objets en sécurité, j'ai découvert votre adresse. Est-ce que je peux discuter avec vous un instant? J'arrive tout juste de faire l'aller-retour entre deux continents et... ce que j'essaie de vous dire : c'est que j'ai besoin de votre aide.

— Vous dites que Marguerite vous a légué ses sceaux?

— Son mari. Une promesse qu'il lui a faite. Il m'a vu à la télévision dans un reportage au sujet de ma compagnie de correspondance, ma passion pour cet art, et je crois que mon prénom l'a également fait sourire. Une simple lettre que j'ai reçue de lui et me voilà, je le crains, embarquée dans une aventure.

— Une magnifique aventure, extraordinaire serait le mot le plus approprié. Entrez.

Quand Capucine pénétra dans la demeure, elle eut l'impression de faire un bond dans le passé. Extrêmement bien conservées, les années semblèrent encapsulées entre les murs. La dame poussa une bouilloire sur son poêle et entama la conversation. Elle chercha à savoir qui se trouva à sa table. Avec plaisir, Capucine lui raconta son histoire, l'aventure avec les sceaux, et cacha d'une serviette de table ses cuisses ainsi que la raison de son retour.

Après un moment, les deux femmes se retrouvèrent l'une face à l'autre séparées par deux tasses de thé.

— Pourquoi votre adresse se trouve-t-elle au cœur du sceau de Marguerite? accepta Capucine un biscuit.

— Tout comme toi, nous avons eu notre lot d'épreuves, alors nous avons changé notre méthode de correspondance afin de la sécuriser. Nous avons, depuis, deux codes pour authentifier une lettre.

— Je ne comprends pas?

La dame alla dans la pièce d'à côté et rapporta un paquet de lettres enroulé d'un ruban rouge.

— Regardez le sceau, Madame Muller, lui présenta la dame une enveloppe.

Capucine s'y pencha, puis plissa le regard.

— Ce n'est pas l'image que j'ai vue, c'est curieux.

— Pourtant, elle l'est! Ce sceau est notre sécurité. Les lettres sont acheminées uniquement à l'adresse à l'intérieur. C'est une chaine de lettres dans un ordre bien précis.

— J'ai pourtant vu devant moi l'image que le sceau de Marguerite presse dans la cire et ce n'est pas ce qui se trouve sur cette table.

D'un regard amusé, la vieille dame fit fondre de la cire, pressa le sceau une fois, activa le mécanisme et pressa une seconde fois. Un dessin autre que celui représenté sur le sceau s'y forma. Le regard de Capucine s'arrondit, pendant que celui de la dame s'illumina.

— Je suis celle qui peut authentifier l'écriture de Marguerite ainsi que la phrase dissimulée. Si cette phrase n'est pas dans la lettre, malgré le sceau, elle est éliminée. C'est pour nous protéger. Des choses très importantes sont faites avec ces lettres. Après la mort de Marguerite, on n'a pas su quoi faire de son courrier, c'est moi qui l'ai. Vous le voulez? Capucine acquiesça avec un grand respect. Vous me dites la phrase que je veux entendre et les lettres sont à vous.

— La phrase dissimulée? Votre système d'authentification? J'ai cru comprendre que cela s'exécutait que dans un sens.

— Je sais, mais c'est tout ce que j'ai pour m'assurer que vos intentions sont bonnes.

— Je ne possède pas cette information.

— C'est malheureux en effet, savoura la dame une gorgée de thé. La plupart du temps, la phrase reflète le quotidien de la personne. Je dis ça comme ça. L'ordinaire passe inaperçu dans une lettre, car c'est l'art de la répétition. Vous vous souvenez peut-être de quelque chose que Marguerite pratiquait souvent quand elle écrivait?

— Le duc m'a parlé un peu d'elle, chercha Capucine dans sa mémoire. Je crois me souvenir qu'elle buvait du chocolat en écrivant. Peut-être qu'elle en fait mention?

— Non, ce n'est pas ça. J'ai envie de vous aider, je crois que vous avez bon cœur. À la fin de ses lettres, elle joignait des salutations de la part de quelqu'un d'autre. Qui était cette personne?

— Je ne vois pas d'autres personnes que le duc.

— Voilà! posa-t-elle les enveloppes devant elle. Il ne faut pas toujours réfléchir très longtemps. La phrase clé ne devait pas être remarquée. Si le duc n'envoyait pas ses salutations, la lettre était automatiquement détruite. Il y a bien longtemps qu'elles attendent ici, alors la chaine ne s'est jamais poursuivie.

— Dès qu'un membre disparait, la chaine de lettres n'existe plus?

— C'est le principe des chainons. Nous avons quand même continué d'aider les gens à notre façon, car nous avons de beaux réseaux. Comment croyez-vous que je réussis à vivre ici? J'ai beaucoup de gens autour de moi, grâce à mes lettres. On s'aide les uns les autres, on se confie, on se rencontre. Je prends l'avion plusieurs fois par année, même à mon âge, et je rends visite à mes correspondants. Nous avons un malin plaisir à nous raconter, nous croiser et nous entraider. Je ne suis jamais seule. Je reçois encore au moins une lettre par jour et j'en écris tout autant. J'ai appris beaucoup également. Chacun a une expertise et des expériences différentes. Ensemble, nous avons une richesse que seule... je n'aurais jamais eu. Il faut continuer à s'écrire, à se lier, à communiquer. Le monde en a besoin plus que jamais. Moi aussi, je dois me trouver un héritier et ils sont difficiles à trouver. Les gens qui ont la flamme sont comme des joyaux. Ils sont rares.

Capucine lut le nom de l'expéditeur sur la première enveloppe et leva les yeux vers la dame.

— Arthaux?

La dame ricana.

— Le nom a fait jaser dernièrement.

— Vous avez lu les journaux?

— J'avoue que c'était plutôt divertissant.

— Si je vous dis que ce monsieur Arthaux est la raison de ma visite...

La dame plissa le regard. En détail, Capucine ajouta les informations manquantes à son aventure. Pendant que la dame refit du thé, les mots volèrent librement, puis les serviettes de table terminèrent leur service.

— On nous a poursuivis pour avoir les sceaux.

— Qu'est-ce que vous dites? alla la dame aussitôt à la fenêtre.

— Soyez tranquille, personne ne s'intéresse à ma personne. Jab a fait en sorte de les intéresser davantage. Il a fait ça pour nous, parla Capucine avec le cœur serré. Vous auriez une idée sur qui voudrait autant ces objets?

— C'est ennuyeux! J'ai qu'une vieille histoire. Il y a de ça de nombreuses années, l'un des sceaux a été volé par le fils d'un politicien. Son nom m'échappe. Il y voyait là un moyen de s'octroyer des votes ou un certain pouvoir, encore là, cela n'a jamais été prouvé. Malgré ses efforts, après un temps, nous avons vu dans son jeu. De là, les nouveaux principes de sécurité pas tout à fait à la fine pointe, mais jamais déjoués. Par contre, il a réussi à faire beaucoup de tort. Ç'a été une bonne leçon pour nous. Les gens sont bons de nature, mais certains sont parfois plus attirés par une voie plutôt qu'une autre. On ne juge pas. On ne connait pas leur vie et s'ils ont agi de la sorte, c'est qu'ils devaient sans doute le faire. Chaque personne à son évolution et sa manière parfois plus noire.

Capucine ouvrit ses mains sur la table.

— Si j'écris une lettre en utilisant cette chaine d'entraide, vous croyez que je peux réussir à retrouver mon coéquipier?

— Oh oui! Vous pourriez le retracer, peu importe où sur la terre!

— Vraiment? Vous auriez du papier?

La dame s'offrit aussitôt pour écrire la lettre.

— Je connais la vitesse de mon réseau, parla-t-elle ensuite au fur et à mesure qu'elle écrivit. Je demande de l'aide pour madame Capucine Muller, nouvellement héritière des sceaux de Marguerite. Elle souhaite retrouver monsieur Jean-Baptiste Arthaux, vu pour la dernière fois hier au château du duc de Valorin. Il se trouvait en possession des copies des sceaux de Marguerite. Celui-ci a dupé les malfaiteurs pour sauver la vie du duc ainsi de son majordome en leur faisant croire qu'il était le riche héritier de la grande famille Arthaux. Le problème réside dans le fait qu'il n'est aucunement un descendant et le temps est compté avant qu'ils ne le découvrent. Nous croyons que la police française est infiltrée. Madame Muller est la fondatrice de Cette lettre est pour vous, entreprise spécialisée en correspondance située dans la ville de Chicago aux États-Unis. Vous trouverez comment la rejoindre. Nous devons agir vite. Je vous remercie de tout cœur.

Capucine observa la dame qui écrivit devant elle avec une plume de calligraphie à cartouche d'encre. Son écriture se distingua avec ses très longues barres sur les «t» et de belles courbes sur la jambe de certaines lettres. Celle-ci cacheta la lettre avec la méthode du sceau estampé deux fois et invita Capucine à l'apporter au bureau de poste.

— C'est tout? Je mets un timbre et je l'envoie?

— C'est ça.

— Ça ne sera jamais assez rapide.

— Alors, prenez le service express! Avant de partir, Madame Muller, pourriez-vous me dire la nouvelle phrase de sécurité? Je suis votre destinataire primaire. Tout ce que je recevrais en votre nom sera authentifié et je transmettrais cette phrase, à mon tour, à un héritier. Pensez-y soigneusement.

— Vous me prêtez votre plume?

Capucine écrivit sous l'inspiration de Marguerite.

«Haby vous envoie également ses salutations.»

— Qui est Haby?

— Ma fille. Celle à qui le duc a offert ce collier.

— Mentionnant ce collier, il n'est pas qu'un beau bijou. Vous me le prêtez un instant? Capucine le lui remit et la dame détacha les plumes l'une de l'autre. J'ignore si le duc vous a transmis également son fonctionnement, mais c'est votre clé.

— Vous dites?

— Vous avez accès à de nombreuses pièces avec cette clé, partout dans le monde. Elles sont principalement dans des bibliothèques, musées et bâtiments historiques. Vous reconnaitrez ce symbole et au fur et à mesure de vos correspondances, vous allez apprendre leurs localisations. On en parle souvent dans nos lettres.

— Qu'est-ce qu'il y a dans ces pièces?

— Ah! J'y ai vu de tout. L'idée de base est d'échanger de

la documentation importante, des livres anciens, des faits historiques, des artéfacts... C'est à la fois un partage commun et une manière de conserver l'histoire. Dans la région, il y en a quelques locaux. J'ai fait celui de la bibliothèque, pas très loin d'ici. J'y vais périodiquement pour y faire le ménage et voir ce que les gens m'ont laissé. Vous y trouverez également un refuge, literie et autre si besoin est. Le local possède une porte à l'extérieur du bâtiment. On s'est fait un réseau d'entraide comme ça.

— Avec cette clé, je peux entrer dans des lieux?

— On peut voyager à peu de frais. Il y a des livres que je n'aurais sans doute jamais lus de ma vie. Il y a de la précieuse information entre ces murs. Apprendre des gens fait qu'au bout du compte, on en sait beaucoup plus sur nous-même. La correspondance n'est pas juste un lieu d'échange littéraire, mais un partage psychologique, spirituel, sociologique, financier, physique, intellectuel et j'en passe. Ceci, Madame Muller, est une clé pour voir le monde, remit-elle le bijou entre les mains de la nouvelle héritière. Bon voyage et surtout n'oubliez pas de m'écrire, j'adore recevoir du courrier!

— Combien sommes-nous avec ces clés?

La dame raccompagna Capucine vers la porte.

— Nous sommes près d'une centaine.

— Comment faites-vous pour garder tout ça secret?

— Ah, nous avons déjà dû changer les clés. Vous savez, nous sommes un réseau basé sur la confiance mutuelle, ce n'est pas parfait.

Au bas de l'escalier de la maisonnette, Capucine se retourna un instant et remarqua la plume gravée au-dessus de la porte.

— Je vous remercie.

— Je suis très contente d'avoir fait votre connaissance, Madame Muller. Oh! Et au fait, tenta la dame de projeter sa voix. Je crois que votre ami fait bel et bien partie de la grande famille

Arthaux, celle dont le prestige fait rêver.

Capucine adopta le même sourire amusé que la dame.

— Qu'est-ce qui vous fait dire cela?

— C'est sans doute les gènes... Les Arthaux ont des traits distinctifs. Votre ami possède les mêmes traits.

— Je ne comprends pas.

— Ils sont beaux.

— Oh. Je vois.

La vieille clôture de bois se referma doucement sur le passé et en peu de temps, Capucine se retrouva devant une préposée de la poste à qui elle remit précieusement la lettre. Celle-ci la pesa, la retourna, puis son regard s'arrondit. Elle passa ses doigts sur le sceau et acquiesça en direction de Capucine. Ensuite, elle cria vers l'arrière pour un transport immédiat. En vitesse, un jeune homme se présenta avec son manteau et prit la lettre. Quelques secondes plus tard, par les grandes fenêtres, Capucine le vit partir à moto.

Dès sa sortie de l'immeuble, elle s'installa sur un banc et inventoria les lettres enroulées d'un ruban rouge que la vieille dame lui remit plus tôt. Rapidement, elle remarqua qu'elles furent toutes envoyées par la même personne, soit Xavier Arthaux II. Alors, elle dégagea son téléphone.

— Renata! Non, je n'ai toujours pas de nouvelles de Jab. Est-ce que tu pourrais vérifier quelque chose pour moi?

— Vas-y?

— Peux-tu faire une recherche au sujet de monsieur Xavier Arthaux le second?

— Des courriels n'arrêtent pas de rentrer! Tu entends ça?

— Tu as l'information?

— Monsieur Xavier Arthaux est le membre le plus influent de la grande famille Arthaux, celle que Jab s'est vu mêlé.

Pendant ce temps, Capucine ouvrit l'une des enveloppes et lut la lettre.

«Chère Marguerite,

La société d'édition prendra d'autres livres aux conditions suivantes : que le dernier se vende à 10 000 exemplaires, qu'on arrangera, que l'ouvrage soit de même taille et que les pages soient écrites à la machine. Je peux vous aider pour cette partie. Nous pourrons y lire la liste des salles, les derniers changements, certains codes et bien sûr continuer de promouvoir la correspondance.

Xavier A. II»

— Les livres de Marguerite ne sont pas de simples livres non plus!

— Quoi? Qu'est-ce que tu racontes?

— Taxi! leva Capucine la main vers la rue.

Dans un véhicule compact, celle-ci donna au chauffeur l'adresse qui figura sur les enveloppes, puis redonna son attention à Renata qui lut à haute voix les courriels qui entrèrent en quantité. Au bout d'un moment, elle l'interrompit.

— Ils parlent de la lettre que je viens d'envoyer?

Renata fronça les sourcils.

— Je ne sais pas, mais un mouvement est enclenché. La technologie le reflète en ce moment.

Capucine tenta de donner un sens à la situation, quand le chauffeur lui annonça l'approche de la demeure.

— Renata, je vais te rappeler.

Quelques secondes plus tard, le chauffeur tourna dans l'entrée de la résidence de Xavier Arthaux II et s'immobilisa devant les grandes grilles richement ornementées. Capucine appuya sur l'interphone, se nomma et mentionna que l'affaire fut urgente. Une voix lui répondit que monsieur Arthaux se trouva absent et lui demanda de prendre un rendez-vous. Elle paya alors le

CATHERINE STAKKS

chauffeur et demeura seule devant l'émetteur.

— Dites-lui que c'est l'héritière de la plume de Marguerite de Valorin et que je viens tout juste de recevoir ses lettres.

L'interphone demeura inactif pendant un moment, puis la voix lui souhaita une bonne journée. Capucine accepta le refus, lui offrit également ses meilleures salutations et marcha vers la rue, quand un homme sortit de la maison et l'interpela de manière à ce qu'elle ne parte pas. Avec intérêt, elle avança jusqu'à la grille. Discrètement, celui-ci lui remit un mot plié entre les barreaux.

«Rendez-vous à la salle des deux plumes Arthaux, dans une heure. Ne parlez à personne».

Dès qu'elle leva les yeux, l'homme claqua déjà la porte de la résidence.

Elle marcha alors vers la rue et se trouva une voiture de taxi qui la mena devant une bibliothèque publique encadrée de magnifiques arbres matures. À la hâte, un homme sortit les bras chargés de livres. Dans le même rythme, Capucine entra et se déplaça d'une rangée à l'autre et ne trouva rien en lien avec le collier qu'elle porta. Elle se rappela ensuite que la dame de la maisonnette lui avait dit que l'endroit posséda une entrée extérieure. Elle sortit donc de la bibliothèque et d'un œil attentionné contourna l'immeuble qui compta plusieurs portes. Avec gêne, elle défit son collier et essaya la clé dans les serrures sans obtenir de succès.

Plus loin, difficilement distinguable et non accessible par le trottoir de béton, une simple dalle au sol annonça une ouverture. Afin de s'y rendre, Capucine marcha sur le gazon. Au-dessus de la nouvelle porte figura le symbole des deux plumes entourées d'un ruban.

Le collier ouvrit l'accès avec une telle facilité que Capucine demeura béate pendant un moment. Quand la réalité la rattrapa, elle cogna fortement sur la porte et s'annonça.

Au premier regard, elle vit une causeuse, puis s'avança un peu. Deux lits, une cuisinette, une salle de bain ainsi qu'une immense bibliothèque remplie de livres attirèrent son attention. Ensuite, elle retourna sur ses pas et s'empressa de refermer la porte.

Au milieu de la place, le plancher comporta des incrustations de différentes essences de bois qui représentèrent un soleil et ses rayons. Il y eut quelque chose à regarder partout : autant des notes laissées par les visiteurs que des objets qui reflétèrent la culture de la région. Après un court moment de contemplation, elle chercha de l'information au sujet des autres salles. Dans un rythme rapide, les tiroirs s'ouvrirent et se refermèrent ainsi que les armoires dans lesquelles elle trouva de la nourriture non périssable, des produits d'hygiène personnelle ainsi que des vêtements de nuit. Près de la bibliothèque, elle souleva une pile généreuse de devises européennes qu'elle reposa avec surprise. Quand elle termina de faire le tour de la place, elle s'appuya contre un meuble et regarda droit devant elle. Une grande carte épinglée sur le mur accumula le symbole des deux plumes. Ses épaules se relâchèrent.

— Dire que je l'avais sous les yeux depuis le début, mit-elle le doigt sur la salle Arthaux pour ensuite chercher quelque chose pour noter l'adresse. Près d'elle, le bureau d'écriture offrit un choix de papier à lettres tellement élaboré qu'elle hésita un instant à faire son choix. L'adresse griffonnée, elle verrouilla la porte et héla une voiture sur une rue déserte.

Le temps passa et elle traversa plusieurs rues, jusqu'à un boulevard. Malgré ses nombreuses demandes à main levée, les voitures de raccompagnement ignorèrent sa personne. Elle continua donc de marcher. Brusquement, l'une d'entre elles freina à ses côtés et klaxonna. Sans attendre, Capucine grimpa à l'arrière et livra au chauffeur l'adresse de sa destination.

— Oh! Je connais cette place, tourna celui-ci le volant avec assurance. J'y conduis ma mère chaque semaine.

Quand le chauffeur appuya sur l'accélérateur, Capucine s'enfonça raidement dans son siège.

Échevelée et nauséeuse, elle régla la note quelques minutes plus tard devant une structure plus qu'imposante.

— Vous êtes certain que c'est ici? regarda-t-elle l'église d'un drôle d'œil.

— Oui, il n'y a pas de doute.

— Je ne vois pas l'adresse.

— On met rarement un numéro de bâtisse à l'avant des églises, Madame, car ce n'est pas beau sur les photos de mariage.

Capucine descendit de voiture et suivit du regard le véhicule qui s'éloigna tout en essayant de marcher droitement. Devant la glorieuse façade, elle leva les yeux jusqu'au clocher, chassa le léger vertige, puis chercha la présence de monsieur Arthaux. Seule une vieille dame marcha tout près avec des provisions dans un charriot. Tout d'un coup, les cloches sonnèrent l'heure du rendez-vous avec force. Capucine sursauta. Quand le balancement termina, personne ne vint à sa rencontre et personne n'entra dans l'église.

À pas hésitant, elle s'accrocha à la ganse de son sac à main et exécuta un tour complet de l'édifice, sans trouver le signe des deux plumes.

La sensation d'être à la mauvaise place grandit en elle.

Dans un dernier essai, elle entra par l'une des grandes portes à l'avant de l'église et atterrit dans le vestibule. Hormis l'odeur d'encens, seule une grande sculpture qui pointa le tapis en caoutchouc en demande d'être remplacé l'accueillit. Sur le mur, de nombreux livrets bougèrent tel un champ de blé sous le déplacement de l'air. Capucine continua son avancement et tira la première porte qui donna accès à la salle de la messe. Verrouillée, celle-ci n'invita personne à la prière.

Debout au centre de l'entrée, elle capta son téléphone quand un léger bruit en provenance de l'escalier bâti pour atteindre le second niveau attira son attention. Lentement, les premières marches se levèrent et une tête apparut.

— Madame Muller?

— Monsieur Arthaux? arrondit-elle le regard.

— Oui! Descendons avant que l'on nous voie. Nous pourrons faire connaissance en bas, lui offrit-il sa main.

En douceur, l'accès se referma sous le regard silencieux de la statue qui pointa dans leur direction.

Dans les entrailles de l'église, une lumière éclaboussa le couloir devant elle. Peu à peu, ses yeux s'adaptèrent, puis elle regarda autour d'elle sans trop comprendre où elle se trouva. Il l'invita à le suivre.

— Je suis surprise. Je cherchais une bibliothèque, parla Capucine.

— Anciennement, cet endroit en était une! Cette partie du sous-sol était la réserve de livres de la communauté religieuse. Je l'ai acheté pour conserver les écrits d'époque.

Ensuite, il poussa une lourde porte et invita Capucine à entrer la première dans l'immense pièce dont les vitraux colorèrent magnifiquement l'espace. Il alluma quelques cierges et lui approcha une chaise confortable devant une table. L'homme de forte carrure, chemise et veston distingué, apparut maintenant devant elle en position de conversation.

— Alors, qui êtes-vous et quelle est l'urgence que vous avez à discuter avec moi? Vous savez que j'étais avec mes petits enfants? Vous avez intérêt à avoir de bonnes raisons.

— Je vous remercie de m'avoir donné la possibilité de vous rencontrer.

— Oui, bon, passons.

— Mon ami, qui porte le même nom de famille que vous est peut-être dans une situation difficile. On cherche à obtenir les sceaux de Marguerite.

—Qui? Les quoi? Rappelez-moi votre nom encore?

— Capucine Muller, héritière des correspondances de Marguerite, lui raconta-t-elle l'histoire de son séjour. Bref, Jab a fait diversion afin que nous puissions quitter le manoir. Il a sauvé le duc et son employé avec son acte que je qualifierai de stupide, mais dans le doute, je vais opter pour courageux. J'ai besoin de votre aide pour avoir le plus d'informations possible au sujet des sceaux, car je souhaite retrouver Jab?

— C'est toute une histoire ma petite dame et je ne suis pas certain de vouloir y être mêlé. Je crains que je ne puisse pas faire grand-chose pour vous, s'apprêta-t-il à se lever.

Le ton de la voix de Capucine s'abaissa et le rythme de ses paroles diminua.

— Il a fait croire qu'il faisait partie de la grande famille Arthaux, votre famille.

— Attendez. Est-ce l'homme qu'on a vu partout dans les journaux? Jean-Baptiste, je crois?

—J'aurais dû commencer par ça.

L'homme retrouva son siège.

— Il nous a pris par surprise ce petit! Nous ignorions que nous avions un héritier sorti de nulle part.

— Ils l'ont confondu. Il n'en est rien.

Au manoir de Valorin, un homme élancé, vêtu d'un long manteau foncé, entra dans le manoir d'un pas décidé. Dans la grande salle, le duc dialogua avec le service de police, afin de rapporter le vol de sa voiture ainsi que la disparition de Jean-Baptiste Arthaux. Encore une fois, la police nia avoir envoyé une unité. De son côté, Henry s'affaira à donner des détails à un technicien qui travailla graphiquement sur un ordinateur portable. Quelques minutes plus tard, celui-ci lui montra une esquisse presque qu'identique à la photographie douteuse de Jab en manchette. Quand le dessinateur réalisa l'erreur sur la personne, il demanda la description des deux malfaiteurs.

— Ils étaient vigoureux et fiers, envoya élégamment Henry.

Devant le duc, l'enquêteur en chef, petit homme grassouillet, relut ses quelques notes.

— Voyons, voyons... Vous, deux domestiques et 4 invités dont un enfant, en provenance des États-Unis, déjà de retour dans leur pays, hier vers les... Le grand homme dans l'entrée attira l'attention de l'enquêteur en brandissant un document, mais celui-ci lui fit signe de patienter et reprit son énumération. Deux hommes, se faisant passer pour des policiers avec l'une de nos voitures, sont entrés... En fait, comment sont-ils entrés?

Le duc soupira lourdement.

— Par la porte à l'avant et l'un des invités est revenu avec nous.

— J'y reviendrais. C'était ouvert? pointa-t-il l'entrée.

Sophia qui raconta sa version à un autre policier se vit interpelée par l'enquêteur en chef.

Au sous-sol de l'église, le cellulaire de Capucine retentit. Elle s'excusa à monsieur Arthaux et prit l'appel.

— Dis-moi que tu es assise? émit Renata avec un léger tremblement dans la voix

— Oui.

— J'ai en ce moment le président en ligne.

— Demande-lui de rappeler, s'il vous plait.

Renata chercha son air.

— Est-ce que je ne peux demander ça... au président des États-Unis?

Capucine plissa le regard.

— Quoi?

— Je transfère l'appel, reste en ligne.

— Madame Capucine Muller? parla une voix forte à son oreille.

— Oui, c'est moi.

— Je suis enfin en contact avec vous. Madame Muller, je crois que vous savez qui je suis.

— On vient de m'en informer, en effet.

— Bien. J'ai reçu une lettre très importante et j'aimerais vous donner un numéro à composer. Cela pourrait surement vous aider. Vous avez de quoi noter?

Capucine tarda à bouger, reprit rapidement ses esprits et capta le nécessaire.

— Oui, allez-y.

À voix posée, il lui donna une série de chiffres, un mot de passe, lui souhaita bonne chance et raccrocha. Renata rappela aussitôt.

— Que voulait-il? Qu'est-ce qui se passe? Ici, le téléphone sonne sans arrêt! En plus, je reçois des courriels que tu devrais sérieusement lire. J'ai le cerveau qui crame!

Assise dans le salon de coiffure, le téléphone accroché à l'oreille et son ordinateur portable sur les genoux, Renata se fit presque bruler le cuir chevelu par le fer qui épousa sa mèche trop longtemps.

— Renata, je dois te rappeler.

Capucine rangea son téléphone et remercia monsieur Arthaux pour sa patience. Celui-ci s'en amusa.

— C'est votre première fois avec notre réseau?

Avec soulagement, Capucine acquiesça.

— Je sais que c'est beaucoup demander, mais je n'ai pas d'autres choix. Pourriez-vous prétendre que vous connaissez Jean-Baptiste, qu'il est de la famille, si jamais quelqu'un vous contacte?

L'homme devant elle décroisa les mains et s'avança légèrement.

— Pourquoi voudrait-on me contacter?

— Pour vérifier son identité. Ç'a été le premier réflexe du duc. De son côté, il connaissait un expert dans le domaine. Je prends toutes les routes en ce moment.

— Avant de demander quoique ce soit à qui que ce soit, vous devez trouver le pourquoi, ma petite dame!

— Le pourquoi? Nous le savons déjà. Ces gens veulent les sceaux.

— Vraiment? se recula monsieur Arthaux sur sa chaise. J'ai bien connu Marguerite. Je sais très bien qu'elle possédait les sceaux de sa famille. J'en ai aussi de mon côté. Et puis après? De nos jours, il n'y a plus de titre de noblesse, de grade relié à la naissance ou bien peu. Ce que je veux dire, c'est qu'il n'y a pas d'effet juridique. Ils ne peuvent pas faire grand-chose avec ceux-ci à part les vendre. Et qui veut des sceaux dans son musée qui sont volés? Soit on se trouve devant un très grand attachement sentimental, dont je doute, soit ces gens cherchent quelque chose et ce n'est surement pas l'argent. Les petits bandits du mardi prennent ce qui brille, ce qui se revend bien. Ils n'en ont rien à faire de Jean-Baptiste, à mon avis.

— Vous croyez que quelqu'un recherche le sceau de la société?

Bras et jambes liées, la bouche cachée d'un ruban collant, Jab trôna sur une chaise extrêmement confortable au centre d'une grande pièce décorée avec gout. Dans la chambre adjacente, des hommes savourèrent leur café devant des moniteurs. À l'écran, l'un d'eux remarqua une voiture qui s'engagea dans la cour de la résidence. Aussitôt, les tasses se posèrent et les hommes mirent leurs vestons en vitesse. Le même individu aux vêtements sombres, qui plus tôt se trouva au manoir, sortit de la voiture ainsi que trois autres personnes.

Au sous-sol de l'église, Capucine composa le numéro de téléphone que le président lui dicta quelques minutes auparavant.

— Bonjour?

CATHERINE STAKKS

Un silence ainsi que quelques bruits dansèrent sur la ligne avant qu'une voix féminine retentisse.

— Mot de passe?

La gorge sèche, Capucine répondit nerveusement.

— Simone, carte blanche.

— Madame Muller?

— Oui?

— J'attendais votre appel. Dites-moi le numéro du portable de votre ami.

— Qui êtes-vous? Où est-ce que j'appelle? envoya Capucine.

— Vous avez contacté la base française de communication.

— Vous êtes de la police?

— La police ne sait pas que nous existons, Madame. Je vais trianguler le cellulaire de votre ami. Cela nous donnera un périmètre plus ou moins exact.

Capucine lui donna le numéro.

— Vous devez m'écouter attentivement, parla la même voix. Voici votre plan d'action pour l'extraction de la personne. Vous et votre équipe allez vous diriger...

— Attendez! Non, il a erreur. Je ne vais pas... Je suis seule. Le silence revint sur la ligne. Allo?

— Cette conversation est à sens unique, Madame Muller. Je donne les informations seulement. Chaque seconde compte, alors écoutez. Capucine scella ses lèvres. Je vous envoie les coordonnées de la région où se trouve votre ami. Ce numéro n'est déjà plus en fonction. Je vais couper la ligne dans quelques secondes.

Capucine se pressa de parler, mais la dame raccrocha. Peu de temps après, elle et monsieur Arthaux examinèrent la localisation envoyée.

Le regard perdu dans la grande fenêtre qui donna sur un boisé,

160

CETTE LETTRE EST POUR VOUS

Jab patienta sur sa chaise moelleuse, puis tourna le visage vers la caméra. Soudain, un éclat lumineux l'amena à grimacer.

16

La lumière du jour, qui tira ses derniers rayons, se refléta sur le lustre de la voiture du duc ainsi que sur les carreaux de la grande porte de l'église où Capucine surveilla la rue. Dès que le véhicule s'immobilisa, elle dévala l'escalier et grimpa sur la banquette arrière. À Chicago, Renata appliqua son rouge à lèvres minutieusement. Telle une couronne, elle posa son téléphone en cerceau sur sa tête et prit les nombreux appels. Dès que monsieur Xavier Arthaux revint chez lui, il reçut un appel ainsi qu'une photographie de Jab qui tint le journal du jour. Sans attendre, il entra en contact avec Capucine.

Cette fois, les grilles devant sa demeure s'ouvrirent afin de laisser passer la voiture du duc. Attablés à son opulente salle à manger, le duc, Henry, Capucine et monsieur Arthaux étudièrent la photographie. Renata reçut une copie de l'image, l'examina en même temps qu'eux, puis grimaça légèrement. L'image présenta Jab sous le même angle peu flatteur que tous les journaux l'eurent fait plus tôt.

La voix de Renata résonna par la fonction hautparleur du téléphone posée sur la table.

— Pauvre garçon. Il doit souffrir.

—Je sais, ça doit être affreux, seconda Capucine le cœur serré.

— Non, je dis ça, car ses vêtements ne sont aucunement

assortis avec le décor. Ça doit le rendre cinglé.

— C'est mon plus beau veston! parla fortement le duc afin d'être entendu sur la ligne.

Le sourire de Renata tira vers le bas.

— Le veston est très bien, c'est tout le reste qui ne va pas.

Henry tint la photo à son tour.

— Elle a raison. Je connais ces rideaux.

— Quoi? Où est-ce? s'exclamèrent-ils tous en même temps.

— Je n'en ai aucune idée, envoya Henry sur un ton élégant.

La voix de Renata, malgré la distance, enterra toutes les autres.

— … mais vous venez de dire que vous connaissiez ces rideaux!

— Je sais seulement que ce sont des rideaux de style espagnol. J'en ai installé beaucoup dans ma jeunesse. C'est un choix qui est souvent relié au style de la maison. Dans cette région, des fenêtres de cette grandeur sont plutôt rares. Je crains qu'ils aient abimé les ganses, car notre ami les porte autour de ses poignets.

Le duc prit la loupe que monsieur Arthaux approcha et examina la fenestration de l'endroit, ensuite il capta un détail.

— Qu'est-ce qu'il y a à la poche de mon veston? On dirait une fleur.

Renata grandit l'image et roula les yeux.

— C'est encore une de ces foutues capucines qu'il fabrique tous les jours. Ignorez-là. C'est ce que je fais pour garder ma santé mentale.

La loupe changea de main pour celle de monsieur Arthaux. Celui-ci survola la personne de Jab, quand son œil géant capta un autre élément.

— Vous voyez ses mains? Vous tenez votre gars, les amis! Monsieur Arthaux éclata de rire. J'ai fait l'armé quelques années et je peux vous dire que Jab donne de l'information. Il replie deux doigts sur son pouce dans une main et quatre dans l'autre. Vingt-quatre! Il penche également son corps pour que vous voyiez les livres à l'arrière ainsi que les fenêtres.

Capucine demanda à voir l'image, pendant que Renata identifia quelques ouvrages sur les étagères.

— Renata, peux-tu faire une recherche avec le chiffre vingt-quatre, dans cette région, ainsi que sur les auteurs?

— Voilà, j'ai de l'information, intervint Renata rapidement. Ce sont tous des ouvrages dans le domaine de la psychologie. Il y en a beaucoup. Les collections sont complètes. Attendez! Il y a également un peu de poésie.

Le duc répliqua.

— J'adore la poésie, c'est tellement une belle compagnie. Je possède quelques éditions que je chéris.

Capucine capta son appareil téléphonique et retira la fonction mains libres.

— Renata, recherche un psychologue dans cette région ou quelqu'un relié aux arts qui a un certain prestige, un métier qui rapporte. Capucine questionna monsieur Arthaux. Combien ont-ils demandé?

Lourdement, il déposa une valise sur la table, l'ouvrit et la tourna vers Capucine. Aussitôt, son regard s'arrondit. Seuls quelques billets habillèrent le fond. Monsieur Arthaux la referma et la remit au sol.

— Ils n'ont vraiment pas été demandants. Je crois que vous avez vu juste Madame Muller, ils cherchaient simplement à savoir s'il était de la famille, car ils n'ont donné aucune autre consigne. Lorsqu'ils ont mentionné le montant, je me suis retenu pour ne pas rire.

— C'est bien peu payé pour un prince, ajouta le duc d'un œil brillant.

— Un prince? hurla la voix de Renata à l'oreille de Capucine.

— Vous avez choisi le bon, Madame Muller. Il se trouve que Jean-Baptiste est bien né. Monsieur Arthaux, vous voudriez bien jeter un coup d'œil à ceci?

Le duc glissa un document au propriétaire de la valise presque vide.

— Je me souviens d'avoir entendu cette histoire. J'ignorais qu'elle était vraie!

Le duc leur raconta.

— L'un de vos ancêtres, plutôt le premier fils de celui-ci... Bon, vous savez comment l'histoire fonctionne. Sa famille n'a pas approuvé le choix de sa fiancée. C'était le premier à renier l'héritage et à quitter le pays afin de s'établir en Amérique pour épouser sa belle. La famille Arthaux aurait alors caché la chose et même falsifié les documents officieux afin que personne ni maintenant ni jamais n'ait parfum de ce déshonneur. À cette époque, la fierté et la réputation familiale n'avaient pas de prix. Jean-Baptiste n'est donc pas dans les registres. Par contre, les traces de son arrière, arrière... arrière-grand-père y sont. Malheureusement, il ne pourra jamais toucher à quelques titres que ce soit. Les documents sont tels que c'est impossible de refaire l'histoire. Sergio l'a découvert grâce à un vieux document non officiel. Toutefois, il en est convaincu. Moi, ça me suffit.

— Et si c'était ça? posa Capucine ses mains sur la table. Je ne parle pas de Jab. Si la personne qui souhaite avoir les sceaux avait pour but d'avoir accès à d'anciens documents. Vos salles et bibliothèques en sont pleines. Monsieur Arthaux, excusez-moi de parler de ceci devant mes amis. Je sais que le secret sera bien gardé et je doute que plusieurs sachent déjà, regarda-t-elle le duc. Comment fait-on pour obtenir le sceau et le collier?

— On ne l'obtient que par héritage et je ne parle pas de succession familiale. On le remet à une personne qui continuera la tradition ou sinon la respectera. Le duc acquiesça. Au début, c'était simplement des correspondances,

CATHERINE STAKKS

mais à force d'échanger, de se rendre visite, de s'emprunter des bouquins, de s'entraider... On a créé un système de conservation du savoir. Les propriétaires de ses clés et des sceaux du même symbole ont investi dans des ouvrages littéraires ou des documents destinés à être liquidés. De nos jours, il coute cher de prendre soin d'archives et quand les gens ou les établissements n'ont plus les fonds : ils les détruisent. D'un mot à une lettre, aux cœurs des hommes et des femmes, à ce qu'ils savent de la vie; notre cercle a trouvé plus d'une fonction. Nous avons essayé de rendre nos documents publics et même d'en publier. La vie est à la consommation rapide, la technologie progresse à grande vitesse. Prendre le temps d'écrire une correspondance à la main ou lire un récit est un luxe. On a plus le temps! Je ne blâme pas, car j'adore mon portable. C'est merveilleux. Il y a un monde derrière nos lettres. Tout un monde! rit-il.

La voix de Renata résonna à l'oreille de Capucine.

— Je tiens quelque chose. Il y aurait une maison au 2424, du grand chemin. Le propriétaire serait monsieur Nazario Gabinoli, psychologue, anthropologue... et quelque chose en éthologie. Ce monsieur offre des conférences un peu partout dans le monde et si je regarde pour m'inscrire, ce n'est pas donné!

À peine l'adresse dévoilée, le duc, monsieur Arthaux, Capucine et Henry se levèrent de table.

— Merci, Renata de ton aide. Tu es extraordinaire.

— Appelle-moi quand tu y seras.

D'un sourire radieux, le duc allongea le bras et toucha le sol avec sa canne devant monsieur Arthaux, de manière à lui bloquer le passage.

— Je crains vous avoir déjà assez importuné. Je suis responsable d'eux et j'ignore les risques de la soirée. Je vous propose de rester bien au chaud. Henry et moi irons à la campagne chercher notre ami.

— Il est trop tard, je suis investi dans cette histoire, secoua-t-il la valise.

— L'argent n'est pas un problème, Monsieur Arthaux.

Le ton solennel du porteur de la valise changea drastiquement pour une voix amusée.

— Ça va me faire tellement une bonne histoire à raconter à mes petits enfants! La fois que grand-papa a sauvé un des héritiers Arthaux.

Son émerveillement, en plus de faire briller ses yeux, devint contagieux. Le duc sourit généreusement.

— Je peux comprendre l'envie de créer des souvenirs intéressants. Nous sommes tous les deux à un âge, disons intéressant, alors n'imaginez pas que nous allons prendre des risques inutiles.

— Est-ce que quelques photographies captées au hasard seraient un risque trop grand pour vous, Monsieur le duc?

— Mon profil droit est à vous. Ne perdons pas de temps, j'arrive à peine à contenir ma fébrilité.

Le temps s'allongea ainsi que les jambes du duc à l'avant du véhicule. Quand le son sous les pneus changea pour s'adapter au chemin de terre, le duc ouvrit sa fenêtre et huma le parfum des végétaux.

— La nuit sera douce.

Au bout de la rue, la lune prit son élan et éclaira le chemin sinueux qui se dessina devant la voiture. Le duc, qui étudia les adresses, annonça l'approche de la résidence, en plus de demander à Henry de fermer les phares de la voiture. Ensuite, il allongea le bras à l'extérieur et pointa la résidence.

— La voilà, c'est surement elle!

— Ce n'est pas tout à fait discret comme geste, envoya monsieur Arthaux.

Le duc s'excusa et entra sa main à l'intérieur du véhicule.

— C'est l'enthousiasme.

Le rythme des battements de cœur de Capucine s'accéléra. La maison au style particulier s'éleva en hauteur devant son regard. Peu à peu, la voiture ralentit. Monsieur Arthaux se pencha à la fenêtre.

— Elle n'est pas clôturée, aucune grille... C'est bon pour nous.

— J'ai repéré un système de surveillance à l'avant, pointa Henry.

À phares éteints, la voiture repassa une deuxième fois.

L'œil de Capucine s'aiguisa sur la résidence avec appréhension. Dans le sens contraire, les hommes qui l'accompagnèrent se sentirent jeunes à nouveau, bombèrent leur torse et accueillirent l'adrénaline comme un vieil ami enfin de retour. Quand ils repassèrent pour la troisième, le duc et monsieur Arthaux crièrent afin de laisser sortir un peu d'énergie. En ligne, Renata demanda à savoir ce qui se passa.

— Henry tourne la voiture, encore une fois, parla Capucine.

Renata ferma les yeux.

— Vous allez vous faire repérer.

— Une dernière fois! propulsa le duc sa voix avec exaltation.

Le véhicule passa devant la résidence et ils levèrent le poing dans les airs en chantant aussi modestement qu'une fanfare. Plus loin, Henry calma leur ardeur en garant la voiture près d'un sentier. En vitesse, les deux hommes d'âge mûr descendirent et prirent possession de la nuit.

— Vous l'avez vu comme moi, la maison est entourée d'une forêt, rit monsieur Arthaux. Ils ont dégagé seulement ce dont ils avaient besoin pour la construire. On peut donc circuler autant qu'on veut.

Le duc planta sa canne dans le sol.

— On peut s'approcher sans perdre notre élégance.

Près de la voiture, Capucine referma sa veste, souffla, baissa la tête, cacha ses mains dans ses poches, piocha le sol du bout du pied, puis regarda les trois hommes qui préparèrent l'excursion. L'un laissa tomber par mégarde les lunettes d'approche au sol, l'autre se prit les pieds dans une racine d'arbre et le dernier acquiesça aux demandes farfelues du duc.

— On pourrait nommer cette nuit : la grande lune.

— Bien sûr, Monsieur.

— Henry, prenez de l'avance afin qu'il n'y ait pas d'objets encombrants sur notre route. Monsieur Arthaux, ce soir nous devenons des voyous!

— Oui, Monsieur! Notre moralité sera forte douteuse.

— Je ne sors plus vraiment après huit heures. Alors, cette soirée est mémorable.

— La même chose de mon côté. Je vais m'assoir un peu en voiture, le temps que Henry revienne.

— J'allais dire la même chose. C'était assez d'excès pour une première tentative.

Les sourcils de Capucine s'élevèrent.

Au bout de quelques minutes, Henry revint derrière le volant de la voiture et offrit au duc de le conduire avec la voiture sur le sentier, ce que celui-ci refusa.

— Alors, Monsieur sera content de savoir qu'il n'y a pas de chien, que les lumières sont allumées dans la maison et grâce aux grandes fenêtres : nous voyons très bien les activités des occupants. C'est une marche très agréable. J'ai pris la liberté de vérifier et Jean-Baptiste se trouve à l'intérieur. Il a l'air bien.

— Allons-y sans attendre! lança monsieur Arthaux.

Tous sortirent de la voiture, sauf le duc.

— Je vais être près dans cinq minutes. Ma jambe me tiraille un peu.

Quelques gorgées versées d'une bouteille argentée plus tard, l'entrain habilla le duc d'une nouvelle énergie. Il demanda à être le premier en ligne sur le sentier. Monsieur Arthaux savoura le précieux liquide également et courut quelques secondes sur place. D'un geste de la main, Capucine refusa l'offre alcoolisée et suivit les anciens occupants de la voiture à travers la forêt. Arrivés derrière la maison, sans se cacher ni faire attention, le duc et monsieur Arthaux se promenèrent sur le terrain afin de voir à l'intérieur de la résidence. Henry accompagna Capucine tout en veillant sur les deux curieux.

Comme des enfants, les deux hommes d'âge respectable dont l'équilibre manqua quelques fois rirent pour la moindre bricole. Malgré tout, ils reconnurent le décor de la somptueuse pièce qui se montra fidèle à la photographie plus tôt reçue.

— Ne faites plus un bruit, s'approcha rapidement Capucine des deux hommes à l'enthousiasme démesuré. Il y a quelqu'un qui vient de sortir par la porte de service.

À l'écart, un individu consuma sa cigarette sous quatre paires d'yeux camouflés grossièrement par du feuillage. Quelques minutes plus tard, le même individu retourna à l'intérieur et le commando improvisé savoura l'idée d'entrer.

— Un fumeur ne sort jamais qu'une seule fois, envoya monsieur Arthaux.

— La porte sera favorablement déverrouillée, tomba le duc dans le ravissement. Nous devrions ne rien tenter pour la prochaine heure.

— C'est un excellent plan, Monsieur, envoya Henry un regard complice à Capucine. J'ai repéré un siège confortable non loin. Laissez-moi vous guider.

Pendant près d'une heure, monsieur Arthaux et le duc se reposèrent sur un tronc d'arbre et échangèrent des souvenirs entre eux. Plus ils parlèrent, plus leurs rires s'amplifièrent. Quand ceux-ci en vinrent à chercher leur air, Henry suggéra de retourner à la voiture afin de se réchauffer. Les deux commères acceptèrent.

Pendant leur déplacement, le duc imagina des scénarios que monsieur Arthaux compléta.

— Nous allons passer à l'action à trois heures du matin! Ils seront endormis, acquiesça le duc avec assurance.

— Nous aussi. Que diriez-vous d'une offre splendide à deux heures?

— Je prends. Nous allons devoir nous battre… pour ouvrir les yeux!

Inspiré, le duc chercha à revoir quelques manœuvres d'autodéfense. Près de la voiture, il demanda à Henry de les lui rappeler. Intéressé, monsieur Arthaux leur montra les quelques mouvements qu'il maitrisa et la fête reprit. Discrètement, Capucine s'approcha de Henry.

— Veuillez excuser mes propos, mais je ne crois pas que ces gestes peuvent aider qui que ce soit.

— Je viens d'inventer les techniques, Madame. Ils sont d'aucune utilité, en effet.

— Qu'est-ce qui leur arrive? les regarda-t-elle se battre avec une épée imaginaire.

— Je crois qu'une nouvelle amitié est née, Madame.

La mâchoire de Capucine s'entrouvrit, puis ses épaules tombèrent. Elle recula quelque peu en forêt, afin de se reposer d'eux. Henry leur enseigna une nouvelle pratique inefficace et retrouva Capucine.

— Il y a longtemps que je n'ai pas vu monsieur aussi enjoué.

Elle pressa les lèvres et leva le regard vers les hommes qui s'étouffèrent presque avec leur rire.

— Nous ne sommes donc pas ici pour la même raison, vous et moi?

Toujours aussi neutre et au maintien droit, Henry sourit à Capucine.

— Je suis ici à la demande de mon maitre et je vais approuver ses requêtes. Cela ne veut pas dire que je ne vous serai pas utile. La nuit est encore jeune, Madame Muller.

Vers les deux heures du matin, les deux hommes sommeillèrent en voiture. Henry les réveilla, suggéra un retour au manoir et un recrutement de plus d'hommes. Capucine embrassa l'idée, pendant que monsieur Arthaux poussa la couverture de laine.

— Voici un rappel du plan : on entre, on va le chercher et on sort.

Le duc repoussa également sa couverture.

— Il faut bien faire les choses : il nous faut une stratégie.

D'une phrase à l'autre, d'une idée à l'autre, leur planification tourna rapidement au cauchemar. Capucine porta ses mains à son visage, puis arrêta leur conversation.

— Un système de poulie? Vous voulez qu'on utilise du cordage et des poulies?

— N'oubliez pas le trampoline! Oh! Ça va être tellement amusant, s'en délecta monsieur Arthaux.

Capucine nia, éleva les mains pour les arrêter, mais les deux hommes continuèrent de se nourrirent l'un et l'autre de moyens de plus en plus discutables. Par-dessus tout, Henry approuva le duc.

Bien sûr, ils discutèrent de situations qu'ils pourraient affronter. En cas de mésaventure, la solution gagnante fut proposée par monsieur Arthaux..

— Lancer votre écharpe, Madame Muller. Une demoiselle en détresse gagne toujours les cœurs.

— Ne l'écoutez pas, envoya tranquillement le duc.

— Je vais le faire! naquit un sourire sur le visage de monsieur Arthaux. Quand ils vont me voir arriver de cette façon, avec le système de poulies...

— N'oubliez pas le trampoline, mon cher!

— Et le trampoline, s'esclaffa-t-il. Ils ne se douteront jamais du piège à ours! Jamais!

— ... ni du comédien qu'on aura engagé avec l'armure de chevalier.

— On doit trouver plus dramatique. Peut-être une machine à brouillard?

Henry annonça les trois heures du matin en approche.

— Nous avons fait attendre notre public assez longtemps. Que le spectacle commence!

17

Monsieur Arthaux sortit de voiture et but l'air frais comme une bonne bouffée d'adrénaline. Le cœur heureux, il exécuta quelques exercices afin de réchauffer ses muscles et signala le début des procédures à son nouvel ami qui éleva sa canne telle une épée. À ce moment, la nuit se montra sur son vrai visage : froide et obscure. En marche vers la résidence ciblée, l'énervement fit presque trébucher Capucine qui se vit rattrapée par le bras solide de Henry. Celui-ci se positionna ensuite derrière elle et annonça les branches.

En position de retrait, derrière la maison, les deux hommes se tournèrent vers Capucine et replacèrent droitement sa veste, retirèrent les poussières invisibles à ses épaules et tapèrent doucement ses bras.

— Ça va bien aller, envoya l'un.

— Un simple aller-retour, seconda l'autre.

Capucine fronça les sourcils.

— Quoi?

— Vous y aller seule, ma chère, sourit largement monsieur Arthaux.

— Je ne comprends pas.

— On ne va pas entrer illégalement dans une résidence.

Les traits du visage de Capucine se durcirent.

— Cela fait des heures que je vous entends planifier avec… des poulies et je ne sais quoi!

— On disait ça que pour passer le temps. C'était amusant.

Après les avoir foudroyés du regard, elle observa la résidence. Aussitôt, les hommes s'éloignèrent d'elle en lui signalant d'y aller. Capucine ferma les yeux un instant et serra les poings. Malgré son avancement, elle entendit encore leurs voix qui l'encouragèrent.

— On n'a pas toute la nuit!

Elle nia fermement, pendant qu'eux acquiescèrent et gesticulèrent grandement de manière à la pousser vers la maison. Un lourd soupire plus tard, elle se tourna vers les grandes fenêtres plongées dans la noirceur. Aussitôt, elle entendit les voix d'hommes se multiplier derrière elle, quand les mots vinrent clairement à son oreille.

— Il y a quelqu'un qui sort! Là! Là!

À découvert, elle chercha du regard autour d'elle, ne remarqua rien, puis se tourna vers les hommes dont les gestes pointèrent vers la porte de service. Elle y dévia le regard et vit un homme qui referma la porte lentement. Celui-ci longea ensuite la maison en direction opposée. Dans un geste doux, l'homme se fit capter le bras par Capucine. Sans sursauter ni même se retourner, il arrêta le pas.

— Où est Haby? se tourna Jab face à elle.

En forêt, les hommes gardèrent le silence.

— Chez ma mère.

— Henry doit être près? chercha-t-il du regard.

— Tu savais qu'on était ici? froissa-t-elle le sien.

— Toi, non? Henry est venu me trouver à l'intérieur et m'a demandé de sortir à trois heures. Il m'a même apporté un repas.

— Il a quoi?

— Cet homme circule où il veut et personne ne le remarque! C'est fascinant. Mais toi? Qu'est-ce que tu fais ici?

Tout à coup, les lumières de la résidence s'allumèrent l'une après les autres. Jab capta le mouvement, repéra également Henry qui secoua le bras au loin et garda Capucine près de lui.

— On doit bouger, l'entraina-t-il avec lui vers le boisé, pour ensuite rejoindre le groupe où le duc l'accueillit à bras ouverts.

Aussitôt, Henry les invita à retourner à la voiture en communiquant à Jab son emplacement. Celui-ci demanda quelques minutes, se déplaça à l'écart et observa le mouvement des hommes qui circulèrent nouvellement sur le terrain. À pas rapides, il revint vers eux et les pressa sur le sentier. Capucine laissa passer monsieur le duc et adapta sa marche à celle du majordome.

— Henry? Un mot? Celui-ci accepta sa requête et marcha avec elle. Vous saviez? ouvrit-elle les mains devant l'incompréhension.

— Je ne vous aurais jamais laissé aller à l'intérieur, Madame. Votre ami m'a fait promettre de veiller à ce que vous et la petite restiez à l'écart. Alors, c'est ce que j'ai fait. Je dois également préciser que j'ai parcouru vos identités avant que le duc vous envoie sa requête. Jab aurait très bien pu s'occuper de l'intrusion au manoir, du groupe d'hommes à l'hôtel ou ceux dans la maison derrière nous. Vous, la petite, votre amie et les sceaux ont toujours été en sécurité.

Des lignes se dessinèrent sur le front de Capucine. Jab revint sur ses pas et les amena à accélérer.

— J'écouterais ses consignes si j'étais vous, envoya Henry. Il est venu ici que par curiosité.

Plus confuse que jamais, Capucine s'installa en voiture aux côtés de Jab, pendant que Henry réveilla le moteur et roula avec les phares allumés vers la ville.

CETTE LETTRE EST POUR VOUS

— Nous sommes tous venus vous sauver, mon cher! se tourna le duc vers l'arrière.

— C'est bien gentil. Je vous remercie.

Jab regarda les occupants de la voiture à tour de rôle et perdit le sourire quand il rencontra le regard troublé de Capucine.

— Dire qu'elle était prête à lancer son écharpe pour vous, se moqua monsieur Arthaux qui ne put retenir son rire.

— Qu'est-ce qu'il raconte? Je peux y retourner, vous savez. C'est l'histoire de quelques minutes.

Tous s'esclaffèrent, sauf Capucine bien sûr qui nia. Monsieur Arthaux rectifia aussitôt ses dires en mentionnant qu'il s'était porté volontaire. Ensuite, il enfonça sa fatigue confortablement dans le siège et se détendit enfin. Capucine éprouva un grand soulagement de voir Jab sain et sauf, cependant elle se garda de l'exprimer. Elle échangea avec lui un regard, sans plus.

Plus tard, la voiture du duc tourna en douceur devant le portail de la résidence de monsieur Arthaux. Celui-ci offrit instantanément l'hospitalité à tous pour la nuit, ce que le duc accepta, surtout à la mention du petit verre d'alcool hors de prix. Capucine trouva bon de se retrouver à la chaleur et en sécurité, mais par-dessus tout respira profondément grâce à la présence de Jab, ce que le duc remarqua. Il sourit et acquiesça en la regardant.

— Tenez, remit Jab le veston au duc. Je lui ai fait très attention. Oh! J'ai repris les clés de la voiture. Elles sont dans la veste. La voiture est dans le garage et j'ai débrayé l'ouverture. Vous y avez accès de l'extérieur.

— Merci. On ira la chercher demain.

Le duc entra la main dans la poche poitrine de son veston et trouva une fleur en papier. Jab répondit promptement.

— Ils m'ont fouillé et se sont amusés à me faire beau pour la photo. J'en avais plein les poches.

Monsieur Arthaux coula les verres, tous trinquèrent et les histoires remplirent le temps entre chaque gorgée. Les plus vieux ne mentionnèrent jamais la poulie, mais parlèrent sans arrêt du plaisir d'avoir chevauché la nuit. Après le dernier verre vide, monsieur Arthaux raccompagna le duc et Henry à la suite d'amis, pendant que Jab et Capucine restèrent à la table. Le silence demeura intouché, jusqu'à ce que le propriétaire des lieux revienne et les invite à le suivre.

— Je vous ai gardé la maison de la piscine, à l'arrière. Vous allez être tellement bien.

Au rythme lent et intoxiqué de monsieur Arthaux, Capucine et Jab contournèrent la piscine avec lui, puis aperçurent une petite bâtisse qui posséda deux entrées distinctes. Au même moment, le téléphone de Capucine sonna. Elle reconnut le numéro de sa mère et accepta l'appelle.

— Maman! sonna clairement la petite voix de Haby. As-tu trouvé Jab?

— Oui, ma chérie. Il est à côté de moi.

— Est-ce que je peux lui parler? Passe-le-moi, s'il te plait, s'il te plait…

Capucine avança le téléphone vers Jab.

— C'est Haby, elle aimerait te parler.

Il capta l'appareil, tout en continuant de suivre monsieur Arthaux.

— Haby! Oui, je vais bien et toi? Oui, ta maman est venue me chercher. Moi aussi, je suis content de t'entendre. On rentre le plus tôt possible. Oui, il fait nuit ici. On s'en va dormir. Je raccroche moi aussi.

— Elle a raccroché, lui remit-il l'appareil pour aussitôt serrer la main de monsieur Arthaux, le remercier, entrer dans la chambre, se retourner, souhaiter bonne nuit à tous et fermer la porte.

Capucine demeura devant la porte close un instant, jusqu'à

ce qu'elle entende la voix de monsieur Arthaux qui l'invita à continuer.

— Je vous ai gardé la meilleure chambre. Une bonne nuit de sommeil va vous faire du bien. On s'est bien amusée n'est-ce pas? lui ouvrit-il la porte.

— Bonne nuit, Monsieur Arthaux, et merci infiniment pour tout.

Le regard sincère qu'elle lui offrit l'amena à sourire, puis il serra les dents.

— Ce n'est pas l'accueil que vous auriez espéré, pointa-t-il la porte voisine.

— Il est sain et sauf, c'est tout ce qui compte.

— Ouep, sembla-t-il compatir avec elle.

— Bonne nuit, recula doucement Capucine.

— Bonne nuit.

Dès la porte refermée, elle fondit en larme contre celle-ci. Quelques bonnes inspirations plus tard, elle regarda droit devant elle, se leva et noya ses pensées sous le jet de la douche. Plus tard, allongée dans le lit à se repasser les derniers évènements, ses questions sans réponse devinrent secondaires : il était là.

Dans un geste final, elle tira les couvertures sur elle et ferma les yeux. Peu à peu, un faible bruit l'amena à ouvrir les yeux. Dans des mouvements légers, quelqu'un cogna à sa porte. Elle releva la tête pour mieux écouter. Les mêmes jointures frappèrent sa porte plus fortement. Ses pieds touchèrent le sol. Ensuite, elle se leva et regarda par la fenêtre : Jab patienta devant sa porte.

D'abord un pas vers l'arrière, Capucine avala difficilement. Puis, elle avança devant la cloison de bois qui la sépara de lui. Sa main tourna la poignée et elle entrouvrit la porte.

— Désolé, tu dormais? parla Jab à voix basse. Je peux entrer un instant?

Sans parler, Capucine le laissa pénétrer dans la pièce. Pendant qu'elle referma derrière lui, celui-ci regarda les draps défaits, observa rapidement sa tenue de nuit, ses cheveux défaits et demeura debout devant elle.

— Alors, vous êtes allées aux États-Unis et tu es revenue pour moi? En guise de réponse, elle pressa les lèvres. Tu n'avais pas à venir me chercher. La prochaine fois, tu te mets en sécurité toi aussi. Capucine fronça le regard. Peu importe la situation dans laquelle je peux me trouver, je veux que toi et Haby restiez toujours à l'abri. Ne viens jamais me chercher. Je me sortirais de là. J'aimerais que tu t'en souviennes.

— Que je m'en souvienne?

— J'avais réussi à vous donner la liberté. Haby et toi étiez en sureté.

Elle lui coupa la parole.

— Tu étais en danger!

À ces mots, Jab nia et marcha dans la pièce. Capucine le regarda faire malgré la noirceur.

— Non, parla-t-il de dos à elle.

— Jab… Je ne te reconnais pas. Est-ce que tout va bien? Ils t'ont fait du mal?

Il arrêta le pas.

— Bien sûr que non. Ils m'ont attaché les mains en glissant une ganse à rideau jusqu'à mes poignets. Je me suis retenu pour ne pas rire.

À cette phrase, plus tôt entendue par la voix de monsieur Arthaux, Capucine leva le regard.

— Tu aimerais t'assoir un instant?

Il baissa la tête et respira lourdement.

— Tu ne te souviens vraiment pas? Rien?

— De ne jamais venir te chercher? C'est encore frais en mémoire.

— Pas ça. Avant ça. Des années avant ça.

Jab sentit la main de Capucine se poser sur lui et il ferma les yeux.

— Qu'est-ce qui se passe? parla-t-elle à voix meurtrie. Devant le silence qu'il lui octroya, elle acquiesça. D'accord, merci de soulever que j'ai pris une mauvaise décision. On peut en parler autant que tu veux. Il semblerait que je fais beaucoup d'erreurs en effet, pas juste aujourd'hui, mais avant ça également.

À ces mots, Jab lui souhaita bonne nuit et s'en alla en refermant la porte durement.

Dans la pénombre, le reflet de l'eau de la piscine se brisa contre le mur de sa chambre. Capucine demeura assise au centre du lit, baignée dans ses pensées.

En matinée, elle éprouva une lourdeur dans la gorge. Elle rejoignit le duc et Henry qui mangèrent avec la famille Arthaux sous la véranda. Le jus d'orange coula à flots, le soleil brilla et les fleurs au centre de la table sublimèrent les invités. Monsieur Arthaux se leva et tira une chaise pour elle. Ensuite, il salua Jab qui arriva derrière. Le sourire aux lèvres, il lui offrit la place à côté de Capucine. Ni elle ni lui ne parlèrent. Afin de contrer le malaise, le duc additionna les compliments sur la nourriture.

— Je ne me souviens pas d'avoir mangé une aussi bonne confiture! Vous devez l'essayer, avança-t-il le contenant vers les deux nouveaux arrivants.

Jab saisit le pot, en offrit à Capucine et se servit ensuite. En même temps, ils goutèrent et complimentèrent la délicate préparation, pour ensuite garder le silence le reste du repas.

18

Sous le bruit des klaxons, des moteurs et des nombreux déplacements des gens, la voiture luxueuse du duc longea l'entrée de l'aéroport, puis s'arrêta devant les portes principales. Le duc et Henry offrirent leurs plus belles salutations à Capucine et Jab qui leur rendirent les bons mots. Leur retour en Amérique s'annonça sur un vol commercial et les sièges qu'ils obtinrent ne se trouvèrent pas ensemble. Le duc s'excusa encore pour l'inconvénient. Sans histoire, les deux voyageurs montèrent à bord de l'avion et se séparèrent. Capucine boucla sa ceinture et pensa aux retrouvailles avec sa fille. Jab boucla sa ceinture et leva le regard.

Le vol se déroula en douceur.

Comme deux avions, Capucine et Jab ne se croisèrent jamais.

Par contre, lui l'observa continuellement.

Assis au fond de l'avion, il ne la quitta pas des yeux. Quand elle se tint sur ses orteils, afin d'attraper son sac, il se leva d'un trait, puis remarqua un passager qui l'aida. Jab retourna en position assise le dernier.

Les kilomètres en ciel s'additionnèrent et l'occupant du siège voisin de Capucine descendit l'allée. En catimini, Jab en profita pour prendre sa place un instant et la trouva en sommeil profond. Il replaça sa couverture et retourna au fond de l'engin.

L'atterrissage et la roulade terminée, les passagers ainsi que le personnel procédèrent au débarquement. Les sièges se vidèrent, l'allée se dégagea et Capucine eut plus d'aisance pour tirer son bagage qui ne remua que très peu.

— Un coup de main?

Elle reconnut la voix derrière elle.

— Oui, s'il te plait, se recula-t-elle afin de lui laisser l'espace disponible devant le porte-bagage.

En une simple manœuvre, il dégagea sa valise et la porta au plancher.

— C'est la grandeur, ça aide.

— Merci, évita-t-elle son regard.

Ensemble, ils remercièrent l'hôtesse, sortirent de l'avion, puis marchèrent sans entretenir de conversation. Renata, son mari, ses trois enfants, la mère de Capucine ainsi que Haby les attendirent tout sourire. Dès qu'ils apparurent, les mains s'élevèrent et la joie éclata. Haby courut dans les bras de sa mère et demanda ensuite ceux de Jab. Avec grand plaisir, il garda la petite dans ses bras et salua Renata qui ne se gêna pas pour lui dire qu'il lui avait fait peur.

— Je n'ai pas dormi avec vos histoires.

Son mari serra la main de Jab et les enfants se tinrent timidement à l'écart. Jab les salua ainsi que la mère de Capucine à laquelle il offrit un câlin.

— Haby s'est beaucoup inquiétée, lui parla-t-elle avec le cœur lourd.

— Je sais, j'en suis désolé.

— Et moi, je me suis inquiétée pour vous deux.

Ils échangèrent un regard silencieux.

— On dirait que tu as grandi, regarda Capucine sa fille dans les bras de Jab. Merci encore, maman.

De retour à l'appartement, tous tinrent à célébrer leur retour.

La mère de Capucine apporta un repas en mijoteuse et le café accompagna un gâteau commandé par Renata sur lequel elle fit écrire : Bienvenue à la maison. Entre les assiettes, les ustensiles et les serviettes de table, les questions rebondirent sur Capucine et Jab qui demeurèrent flous dans leurs réponses.

— Henry a fait en sorte que tout se déroule bien. J'étais à l'écart, parla Capucine.

— On a tellement ri, envoya Jab. Personne ne s'est fait mal. Une simple confusion.

Renata serra sa tasse fortement.

— Est-ce que tu as eu peur?

Jab repéra les petits yeux préoccupés de Haby qui cherchèrent à voir sa réaction.

— Non, au contraire! J'ai aimé ma ballade. Je vous ai vu voler au-dessus de moi. C'était génial! Les gens étaient très gentils. Ils ont les copies des sceaux, alors tout le monde est content.

Les conversations se multiplièrent entre les invités. Pendant ce temps, Jab vit la petite assise en silence dans sa chambre, alors il s'avança dans l'ouverture.

— Est-ce que je peux entrer?

— Oui, parla timidement Haby.

Celui-ci porta son genou au sol et chercha à la faire rire, en faisant parler un jouet en peluche.

— Tu n'as pas beaucoup aimé ça, hein? déposa-t-il la peluche pour lui parler avec sa vraie voix.

La petite éclata en sanglots. Il la grimpa aussitôt dans ses bras et la laissa pleurer au creux de son épaule. De la cuisine, Capucine observa la scène discrètement, pressa les lèvres, puis apporta un plateau de nourriture au salon. Jab parla doucement à Haby.

— Ce que j'ai vécu là-bas était très facile. J'y ai été parce que je savais qu'il n'y avait rien à craindre. Je peux prendre deuxmillions de fois plus que ça.

Elle recula son visage rougi.

— C'est beaucoup.

— C'est parce que je suis formé pour ça. Je pourrais faire ça encore et encore, écouter la télévision en même temps, te faire des dessins, beaucoup de dessins, remplir ta chambre de dessins et le faire encore. Ce n'est pas difficile pour moi.

— Non?

Il nia, puis sourit.

— Je te regarde et c'est vrai que tu as grandi. Et si l'on te mesurait?

Quand Capucine repassa devant la chambre, Haby appuya son dos contre le cadrage de la porte et Jab tint la marque avec son doigt.

— Ouep! Tu as encore grandi.

Fière, elle leva le menton et courut jouer avec les enfants de Renata. Les tasses vides s'accumulèrent dans l'évier, Renata demanda aux enfants de mettre leurs manteaux, le demanda une seconde fois, puis la mère de Capucine les informa qu'elle aussi allait retourner chez elle.

En quelques minutes, après des accolades et une seconde rasade d'affection envers Jab, les invités quittèrent l'appartement. Capucine, Haby et Jab leur envoyèrent la main par la fenêtre du salon.

— Maman, est-ce que Jab peut rester avec nous? On peut lui faire une place pour sa valise. J'ai de l'espace dans ma chambre.

La petite tira déjà sa valise dans sa chambre et joua avec la poignée télescopique. Capucine échangea un court regard avec Jab.

— Non, il a un chez-lui et je crois qu'il aimerait bien rentrer se reposer.

— Tu es gentille Haby, s'empressa-t-il de la rejoindre. Où vais-je dormir? Il n'y a qu'un lit!

—Je vais mettre un petit matelas au sol pour toi.

Ils jouèrent ensemble un instant, puis il tira sa valise jusqu'à l'escalier.

—On se voit demain? prit-il son manteau et son foulard.

Son regard se posa silencieusement sur Capucine.

—Oui, on a beaucoup de retard avec les correspondances.

Il s'approcha d'elle de manière à ce que leur conversation ne soit entendue que par elle.

—Les sceaux sont ici?

Capucine baissa la voix.

—Non, je les ai mis en lieu sûr.

La proximité ne sembla pas vouloir les séparer. Jab demeura près d'elle, sans parler, à simplement absorber l'intimité. Puis, son regard tomba sur elle comme une pluie de bienveillance.

—Tu m'appelles, s'il y a quoi que ce soit. Je suis ici en moins de deux minutes.

La petite trotta gaiment jusqu'à eux, s'accrocha à sa mère, puis tint la main de Jab en même temps. Il baissa la tête, sourit et replongea son regard dans celui de Capucine.

—On va te raccompagner jusqu'à la porte, défit-elle le contact en l'entrainant vers la sortie, tout en gardant Haby près d'elle.

Dans l'entrée, Jab toucha la poignée de la porte, se retourna, les regarda toutes les deux et baissa le regard, pendant que Capucine continua d'afficher un sourire de courtoisie. Il éleva ensuite la tête, capta son sourire, le copia, puis retoucha la porte.

—Oh Haby! se retourna-t-il encore. J'ai quelque chose pour toi, sortit-il d'une de ses poches une tour Eiffel miniature. Je l'ai acheté pour toi de la passagère à côté de moi dans l'avion. Oh! Ça ne vaut jamais ce que j'ai payé, roula-t-il les yeux, mais c'est à toi.

— Oh! C'est joli. Merci.

Son sourire radia autour d'elle, se refléta dans le visage de Jab et enfin dans celui de Capucine. Il échangea un dernier regard avec les filles et opéra la porte. À l'extérieur, il gratta la neige devant l'entrée, replaça la pelle, puis s'en alla. À la fenêtre du salon, Haby agita sa petite main dans les airs. Il en fit autant du trottoir et lui souffla un baiser. Capucine le regarda traverser la rue avec son foulard qui vola au vent, ce qu'il replaça d'une main en marchant avec sa valise.

Ce soir-là, Haby s'endormit en regardant sa petite tour Eiffel. Capucine trouva bon d'être de retour à la maison et en même temps éprouva de la difficulté à absorber les derniers évènements. Avant d'éteindre, elle découvrit une fleur en papier sur la table de la cuisine. Elle s'assit un instant, la tourna doucement entre les doigts, puis les traits de son visage se durcirent. La fleur retrouva sa place d'origine et les lumières de la maison s'éteignirent.

19

Malgré le son du réveil-matin, la maisonnée dormit profondément. Peu à peu, un rayon de soleil trouva le visage de Capucine et l'amena à ouvrir l'œil. Elle distingua l'heure et se leva d'un bond.

Pendant que Haby traina les pieds, se frotta les yeux et tarda à se préparer pour l'école, sa mère se précipita sur les tâches.

— Allo, il y a quelqu'un? résonna une voix d'homme de l'entrée.

— Jab! cria de joie la petite en pyjamas.

Celui-ci monta l'escalier et Haby se pressa aussitôt contre lui. L'appartement ne ressembla en rien à celui qu'il eut quitté la veille. Son œil trouva les sacs de voyage ouverts sur la table, des vêtements et effets personnels étalés un peu partout, la vaisselle entassée dans l'évier, le lait encore sur le comptoir, les rideaux ouverts de manière asymétrique…

— Que s'est-il passé ici?

— Maman dit que ça va prendre un peu de «justes moments».

— De l'ajustement, je vois ça. Vous êtes en perte de vitesse, jeta-t-il un coup d'œil à sa montre.

Vêtue de sa robe de nuit, les yeux cernés et les cheveux mêlés, Capucine se présenta devant lui avec la brosse à cheveux et des accessoires afin de peigner Haby pour l'école.

— Ah! Ça explique tout. Votre capitaine n'a pas bien dormi.

— Qu'est-ce qu'il raconte, Haby? On a très bien dormi! Nous sommes simplement en période «postvoyage». C'est tout à fait normal.

Capucine installa Haby sur le banc, noua ses cheveux joliment et lui tendit son manteau.

— Maman! Je suis encore en pyjamas.

— Oui, c'est vrai. Viens avec moi.

Rapidement, elle revint avec la petite habillée, puis attrapa son manteau à son tour.

— Maman, tu viens me porter à l'école comme ça?

— Oh! baissa-t-elle le regard sur son allure.

— Postvoyage? s'en amusa Jab. Je vais y aller.

Capucine regarda l'heure et acquiesça. Il capta le sac d'école de la petite, veilla à ce que tout son matériel s'y trouve et aida Haby à fermer son manteau.

— Bonne journée, embrassa Capucine sa fille.

— Bye, Maman. On fait la course? envoya la petite un regard illuminé vers Jab.

Capucine les entendit discuter ensemble, puis quand la porte de l'entrée se ferma, l'appartement replongea dans un profond silence. Ce fut à ce moment qu'elle réalisa l'ampleur des dégâts, commença à ramasser et fit couler l'eau de la baignoire.

Quelques minutes plus tard, une forte vibration annonça l'arrivée de Jab qui se présenta rapidement en cuisine.

Les bras chargés d'objets de toutes sortes, Capucine s'arrêta devant lui.

— Tu as fait drôlement vite!

— On a couru et c'était une bonne chose, car on est arrivé juste à temps.

À travers les nombreux déplacements de Capucine, Jab prépara le café et il lui tendit une tasse bien chaude.

— Je crois que tu en as plus besoin que moi, ce matin.

— Merci.

Il lui signala de la main quelque chose, ce que Capucine ne comprit aucunement, alors il parla.

— La baignoire.

— Oh! Non! lui redonna-t-elle le breuvage chaud, pour courir vers la salle de bain où elle ferma les robinets en vitesse.

Avec le sourire, Jab s'approcha et glissa la tasse sur le tabouret près de la baignoire.

— Prends ton temps. Je vais être dans le bureau.

Plus tard, quand elle sortit de la salle de bain, Capucine marcha dans un appartement étincelant de propreté. Jab ne rangea pas que la cuisine, mais les chambres également. Capucine trouva son lit fait avec soin, sa valise défaite et son contenu rangé avec minutie.

Un deuxième café entre les mains, elle se présenta dans le local réservé pour la compagnie de correspondance et le remercia. Celui-ci leva à peine les yeux et lui présenta le matériel déjà prêt pour l'écriture. Comme un geste naturel, elle s'installa à son bureau. À ce moment, Jab leva la tête et l'observa.

Devant elle, reposa à la fenêtre un vase rempli de fleurs en papier fraichement faites du matin. L'appel de Renata qui entra défit le charme du moment.

— C'est important, je dois te parler de la demande d'aide que tu as faite pour retrouver Jab?

— Je t'écoute.

— Nous avons reçu des centaines de courriels et d'appels. J'en reçois encore! Je crois que ça serait bien de leur donner un compte rendu ou du moins un remerciement... au plus vite. Ce que j'essaie de dire, c'est que ça doit s'arrêter.

Capucine parcourut rapidement le nombre important d'envois qui continua d'entrer.

— Tu as raison. Merci d'avoir apporté ce détail à mon attention. Je m'en occupe à l'instant.

Jab observa Capucine sortir du bureau, pour revenir avec son manteau sur les épaules.

— Je vais chercher les sceaux. J'en ai pour quelques minutes.

Il acquiesça paisiblement, puis dès que la porte de l'entrée se referma, il courut à la fenêtre afin d'observer son déplacement. À pas rapides, Capucine se rendit à l'épicerie située à quelques rues de chez elle.

De la main du superviseur du commerce, le coffre-fort s'ouvrit et la mallette du duc apparut parmi des documents et autres. Des sourires, une courte conversation, puis Capucine réapparut à travers les fleurs en papiers à la fenêtre du bureau de la petite compagnie. Jab remarqua le nouveau sac au logo de l'épicerie à sa main, puis réentendit la porte. De retour dans le local, il l'attendit.

— Ce n'est pas bête : à l'épreuve du feu, du vol et difficile de faire le lien. Tu dois avoir confiance en le monsieur!

— Le monsieur?

— L'épicerie. Je ne veux pas dire que cette place est mauvaise, mais j'aimerais te suggérer un endroit plus sécuritaire.

— Comment le sais-tu? Je n'ai eu que quelques minutes à mon retour en Amérique pour trouver une solution. J'ai dû penser vite. C'est un ami de la famille. Il prend sa retraite le mois prochain. Alors, je dois trouver un autre endroit de toute façon.

Dans la journée, elle et Jab en discutèrent avec Renata. Malgré les vœux de Marguerite, ils reconsidérèrent l'idée de garder les joyaux à la maison, partant simplement du point de vue de leur conservation. Cependant, les solutions n'aboutirent point et Renata mentionna les appels qui continuèrent d'entrer, alors la conférence se termina rapidement.

À son bureau, Capucine écrivit une admirable lettre avec un résumé de l'histoire afin de remercier l'aide apportée par la société liée au sceau des deux plumes. Pendant qu'elle écrivit, un sentiment étrange la traversa. Elle sut que ses mots auraient une portance qui irait au-delà de son imagination. En toute fin, elle mentionna également son espoir de trouver un musée qui voudrait bien prendre la collection de Marguerite, hormis le sceau de la société secrète. Ensuite, elle glissa la feuille dans une enveloppe et se tint droitement devant Jab. Celui-ci leva les yeux vers elle.

— J'ai besoin de ton aide. Il se leva aussitôt. Elle sourit. Je ne t'ai pas encore dit de quoi il en retourne.

Elle lui montra le sceau des deux plumes.

— Tu veux que je le reproduise?

Elle nia.

— Je veux que tu m'aides avec la cire et l'estampage. J'ai vu la dame le pratiquer devant moi. Elle avait une cire spéciale qui lui permettait de presser le sceau deux fois. La seconde impression était exécutée avec une légère rotation.

Jab s'intéressa aussitôt au sceau qu'il manipula devant elle.

— Avec ce que tu viens de me dire, je pense que je viens de comprendre le mécanisme. C'était l'information qui me manquait.

D'une grande facilité, il exécuta la manœuvre dans la cire et tous les deux arrondirent le regard devant la nouvelle image obtenue.

— C'est ça! compara Capucine l'empreinte fraichement faite avec ceux derrière les enveloppes de Marguerite. Tu as réussi.

— Nous avons réussi, renvoya-t-il à voix basse.

Avec lenteur, il lui montra comment faire. Vivement intéressée, Capucine se pressa contre lui afin de mieux voir.

— Il faut marier les deux marques, chercha-t-il son regard.

L'enveloppe scellée, la lettre ne demanda plus qu'à voyager, alors Capucine mit son manteau.

— Je vais au bureau de poste.

— Attends, marcha Jab rapidement dans l'appartement pour revenir avec son propre foulard. Dans un geste aimant, il le glissa à sa nuque et l'ajusta avec son manteau. Tu avais le cou à découvert tantôt. Voilà, c'est beaucoup mieux.

En guise de remerciement, Capucine acquiesça pauvrement, puis le laissa seul à nouveau entre les murs de la petite compagnie. À l'extérieur, elle se retourna et leva le regard vers les grandes fenêtres de l'appartement. Jab lui envoya la main. Sans y répondre, elle marcha directement au bureau de poste.

Au contraire de ce qu'elle vécut de l'autre côté de l'océan, la préposée ne lui donna que partiellement son attention et la lettre se mélangea avec les autres dans l'immense contenant sur roues. À ce moment, elle douta de l'efficacité du sceau dans son territoire.

Sur le chemin du retour, elle vit son reflet dans la fenêtre du commerce de beignets, s'arrêta et caressa le foulard à son cou.

Dans le bureau de la petite compagnie, Jab n'entendit pas la porte de l'entrée, ni les pas de course de Capucine jusqu'au bureau, ne sentit pas le sac de beignets chauds, n'entendit pas sa lampe de travail tomber au sol et capta encore moins la voix alarmée derrière lui.

À gestes rapides, Capucine éteignit les flammes dans le contenant de métal, souffla les nombreuses mèches enflammées qui dansèrent d'insouciance et ouvrit les fenêtres pour laisser sortir la fumée. Les joues colorées et le regard dur, elle se tourna vers Jab.

— Mais, qu'est-ce que tu fais? Tu aurais pu détruire la place! Son regard capta le détecteur de fumée sur le meuble dont les piles reposèrent plus loin. Tu as mis le détecteur hors fonction?

Elle ne le laissa pas le temps de s'expliquer et tourna les blâmes sur sa propre personne. Jab replaça la lampe sur son bureau et tenta d'amoindrir les blessures faites à l'abat-jour. Dans son monologue, Capucine s'immobilisa devant le travail de celui-ci.

À travers les nombreuses bougies dont certaines laissèrent aller une dernière fumée d'étouffement, elle vit les images de tous les sceaux de Marguerite immortalisées dans la cire et remarqua un changement dans le dessin.

— Tu as...

— Oui.

— Il n'y a pas que le sceau des deux plumes qui produit une nouvelle image avec la rotation?

Jab nia.

Le manteau encore sur le dos, Capucine donna son attention aux incrustations faites dans la cire et n'entendit plus les paroles de Jab ni le téléphone qui sonna. Elle retira son manteau qui échoua sur sa chaise. Jab prit l'appel et fixa du regard la main de Capucine qui caressa doucement le foulard qu'elle garda à son cou.

Envoutée par les nouveaux dessins figés dans la cire, elle retira enfin le foulard et le remit à Jab en le poussant doucement contre son torse. Celui-ci saisit la main qui tint le fin textile. Capucine sentit sa chaleur, tourna la tête, tira sa main et se concentra à nouveau sur les nouvelles marques.

— Tu as vu les lettres? Il y en a une sur chaque image! C'est incroyable! Je distingue un T, E, L, U... Est-ce un triangle? C'est pointu. Définitivement un O sur celui-là. D'accord, on a également un C. Il y a une suite de chiffres! Tu as vu la suite de chiffres?

— Oui, j'ai...

— 1725, ne patienta pas Capucine pour entendre sa réponse. La dernière incrustation me semble être des initiales en lettres scriptes, soit : A et D.

Un quart d'heure plus tard, un beignet à la bouche, Renata contempla les images avec eux.

— Qu'est-ce que c'est? Et qu'est-ce que ça signifie?

— Je n'en ai aucune idée. Tu en as un peu ici, pointa Jab le bas de son menton.

Renata essuya sa joue.

— Merci.

— De rien, grimaça Jab légèrement.

Au téléphone, Capucine échangea courtement avec le duc qui s'avoua aussi surpris qu'eux.

— C'est extraordinaire!

— Pourquoi Marguerite gardait-elle précieusement ces sceaux? Peut-être que c'est ça que les hommes recherchent? souligna Capucine.

Jab tomba sur sa chaise.

— C'est embêtant.

— Qu'est-ce qui est embêtant? parla Renata la bouche pleine.

— Les copies que j'ai faites...

— Et... qu'est-ce qu'elles ont les copies?

— Elles sont malheureusement exactes. Ils ont les mêmes informations que nous.

— Qu'as-tu fait encore? J'imagine que tu leur as dit bonnement comment faire?

— Non, mais ce n'est pas sorcier à trouver. Ces sceaux ne possèdent pas de mécanisme. Ils se sont simplement inspirés du principe. J'imagine que plusieurs le savaient à l'époque.

Tous s'abstinrent de parler un moment. Puis, dans un jeu de regard, les images s'agrandirent. Renata se prit un deuxième beignet, Capucine utilisa l'ordinateur du bureau, Jab étudia les originaux et le duc demeura sur la ligne sans réponse.

— Allo! Il y a quelqu'un?

À l'étroit dans le bureau, Jab, Capucine et Renata tentèrent de composer des mots avec les lettres. Chaque essai échoua,

CATHERINE STAKKS

sans compter que les données sur le chiffre 1725 penchèrent vers le néant. Pour le fameux A.D., ils écartèrent la possibilité de : après la mort. Ils s'entendirent également sur la langue : française.

Ce qui ressortit principalement de leurs recherches, considérant que les sceaux furent un héritage familial localisé en France, s'annonça dans un registre de la météo. Un été pluvieux aurait marqué l'année de 1725. Les sites internet à saveur historique parlèrent d'un grand déficit céréalier et de disette. Bref, beaucoup de pluie durant plusieurs mois. Ils étudièrent certains grands mariages, toutefois rien ne concorda avec les initiales ni avec le reste. Après plus d'une heure, les trois tournèrent en rond dans le petit local.

— Je suis encore là, parla le duc sur la ligne.

Tous arrondirent le regard. Capucine le remercia de sa patience et conclut l'appel.

À contrecœur, Renata quitta le bureau pour se rendre au salon de coiffure, car la correspondance dut reprendre son cours.

Devant les grands soupirs de Capucine, Jab lui remit un nouveau papier à lettres où figura le dessin d'un sceau au nom de sa compagnie.

— C'est encore en esquisse.

Le sourire de Capucine le rétribua avant même qu'elle ne parle.

— J'adore. C'est exceptionnel.

— Je me suis dit que ça t'aiderait à passer à travers la journée.

— Merci. C'est gentil.

De temps en temps, furtivement, elle le regarda travailler. De temps à autre, sans retenue, il la fixa du regard. Peu à peu, ils redevinrent les personnes qu'ils étaient avant l'aventure des sceaux. La ligne d'intimité changea quelque peu, mais leur histoire commença déjà à vieillir. Capucine regarda l'heure, attrapa son manteau à la hâte et traversa le salon.

— Je vais chercher Haby!

— On peut y aller ensemble, se parla Jab à lui même.

Sur le chemin du retour, la petite devint surexcitée quand elle sut que Jab se trouva à la maison. Elle cria dans l'entrée dès son arrivée.

— Jab!

— Je suis dans le bureau, Haby.

Aussitôt, elle jeta son sac d'école et son manteau au sol, retira lâchement ses bottes et courut l'escalier afin de le rejoindre. Capucine la rappela, mais celle-ci n'écouta point. Soudain, elle vit Jab apparaitre avec la petite dans le haut de l'escalier. Ensemble, ils descendirent et placèrent chacun des articles.

— Tu permets? avança-t-il sa main vers Capucine afin de prendre également son manteau.

Le regard de Capucine n'arriva pas à cacher sa surprise. Haby et Jab exécutèrent les tâches avec légèreté, tout en conversant sur leur journée. Les vêtements rangés, elle monta l'escalier derrière eux. À l'étage, elle regarda la nouvelle scène d'un drôle d'œil. Haby s'installa nonchalamment au salon, pendant que Jab prépara sa collation.

— La cuillère rose, tira-t-il le tiroir en sachant exactement où elle se trouva.

Il continua de parler avec Haby, puis tourna le regard vers Capucine.

— Tout va bien?

Celle-ci acquiesça et marcha vers le bureau. De sa chaise de travail, elle vit sa fille absorbée par un film d'animation, quand Jab entra dans la pièce.

— Elle va se reposer un peu devant la télévision et je regarderais ses devoirs avec elle un peu plus tard. Je sais que tu as beaucoup de retard avec les correspondances, alors que dirais-tu que je commande une pizza ce soir?

La première réponse de Capucine fut un long silence, puis elle offrit quelques mots.

— Il y a de l'argent dans l'armoire.

— C'est moi qui invite. Haby! C'est pizza ce soir!

— Yé! envoya-t-elle du salon.

Capucine se frotta la nuque devant l'amas de travail devant elle, tourna la tête vers le salon et sourit devant le bienêtre de sa fille. Une à une, les lettres s'additionnèrent. Quand la noirceur arriva, Jab alluma la lampe de travail près d'elle.

— La pizza est arrivée... depuis un bon moment déjà. On t'a appelé, mais...

— J'arrive, j'en ai pour une minute.

Au comptoir de la cuisine, Haby et Jab se remplirent la panse, pendant que Capucine ouvrit une autre enveloppe. Les deux mangeurs de pizza échangèrent des plaisanteries, quand Capucine s'avança vers eux avec un air d'effroi au visage et une lettre à la main.

— Jab, est-ce que tu crois au destin?

Le regard de celui-ci s'aiguisa sur elle et son timbre de voix devint profond.

— Oui.

Elle lui tendit aussitôt un joli travail sur un carré de tissu.

— C'était dans la lettre de madame Dawson.

— Ah oui, la dame qui coud!

— Tu t'en souviens?

— Il n'y a que pour elle que j'apporte les lettres au bureau pour y faire des broderies.

— Oui, elle adore ça. Tu sais qu'elle s'en sert après?

— Tu m'en vois flatté.

Capucine s'assit avec eux.

— Tu savais que sa mère était française? Jab nia. Écoute ça, éleva-t-elle la lettre. Nous avons beaucoup à faire ces temps-ci. Je couds, avec les dames du comité, une courtepointe qui sera vendue afin d'amasser des fonds pour nos activités sociales. Nous aimons engager de bons musiciens et encourager les entreprises locales pour les repas. Tous les jours, celles qui le peuvent se rassemblent au sous-sol de l'église où nos hommes nous ont fabriqué un cadre en bois avec lequel nous pouvons coudre à plusieurs mains. La création est complètement faite à l'ancienne, comme on se plait à le dire. Nous sommes des «bees»! Ma mère appelait ça une coulte-pointe. C'est un peu comme une mauvaise prononciation qui avec le temps s'est transformée en un mot. Nous avons dans la famille une liaison étroite avec cette tradition ou puis-je dire : cet art. J'ai, dans mes coffres de cèdre, l'histoire de la famille en petits bouts de tissus que je conserve précieusement. J'espère bien les remettre à mes enfants. Il y en a une en particulier, la plus vieille, qui possède des mots brodés qu'on n'arrive toujours pas à lire. À l'époque, mon arrière-grand-mère ne savait pas lire ni écrire, alors elle avait demandé au curé de bien vouloir lui écrire les mots sur un bout de papier. On en rit aujourd'hui, car il semblerait que celui-ci écrivait au son.

Les deux mangeurs de pizza l'écoutèrent avec appétit, quand Capucine tourna la lettre vers eux.

— C'est en voyant sa signature «A.D.» que j'ai fait le rapprochement avec ce que l'on recherche. C'est peut-être un nom! Elle se nomme Adelle Dawson. Si je regarde le reste des lettres sur le mur, tout y est pour non pas le mot courte, mais coulte.

Jab se lava les mains et s'intéressa à la qualité du travail de la dame.

— C'est magnifique.

— Jab, tu ne m'écoutes pas. Les mots changent avec le temps. Nous n'avons pas considéré l'ancien français. Le passé nous offre toutes les lettres du mot : coulte. Ceci n'est pas un A, mais...

— Une pointe! reprit-il une nouvelle portion de pizza. Tu sais, on peut faire des tonnes de liens, prendre la lettre de monsieur Pelletier et essayer le nom de son chien.

— Existait-il des courtepointes en 1725?

— Je ne suis pas un spécialiste en la matière, mais j'imagine que cet art peut remonter aussi loin qu'on a bien voulu se garder au chaud.

En vitesse, la pizza déménagea dans le bureau, puis ils se jetèrent sur l'ordinateur. En quelques cliques, ils trouvèrent un musée en France qui exposa un ouvrage daté de 1725. Jab et Capucine se resserrèrent devant le même écran. Plusieurs courtepointes passèrent devant leurs yeux, la plupart anonymes.

— Ils expliquent ici qu'ils n'ont pas pu retrouver la ou les personnes derrière les réalisations, précisa Jab.

— Tu lis la même chose que moi? C'était un moyen par excellence de léguer quelque chose à la famille à cette époque. Les courtepointes étaient conservées précieusement et ensuite transmises de mère en fille, de génération en génération.

Capucine tourna le regard vers sa fille un instant, pendant que Jab souligna que cela put également tenir comme moyen d'expression artistique ou être une simple nécessité.

— Regarde ici, déplaça Capucine le curseur. Ils disent qu'il y avait beaucoup de petites communautés et de familles regroupées à ce médium. Cela a également été utilisé comme un moyen de communication.

— Communication? recula Jab son visage de l'écran.

Peu à peu, ils commencèrent à faire un parallèle entre la correspondance et les courtepointes d'époques.

— Les créations pouvaient contenir des informations, lut Capucine. Ici, ils décrivent l'utilisation de carreaux de tissu

CETTE LETTRE EST POUR VOUS

d'une couleur précise pour livrer un message. Oh! Regarde! C'est écrit ici! On les appelait les «bees» ou les «piqueuses» les dames qui les fabriquaient.

Jab se rapprocha d'elle afin de lire.

— Comme madame Dawson disait, envoya Jab.

— Exactement.

Haby demanda à grimper sur les genoux de Jab, alors il la prit dans ses bras dans un geste si naturel que Capucine eut du mal à se concentrer.

Tout à coup, le petit bout de courtepointe devint de l'or dans leurs mains. Haby demanda à le voir et sa mère le lui remit.

— Il y a dix enveloppes avec des cœurs, compta encore ses petits doigts.

— Des enveloppes? se pencha Capucine plus près de Jab pour mieux voir.

Celui-ci ouvrit le bras.

Concentré lui aussi sur le tissu, il passa sa main autour de la taille de Capucine. À ce geste, elle recula et accrocha la lampe de travail de Jab à l'allure défaite qui se retrouva au sol une seconde fois. La lumière mourut.

Avec douceur, il déposa Haby et s'avança vers Capucine.

— C'est bon, je vais m'en occuper.

Comme si rien ne s'était passé, il félicita Haby pour sa trouvaille.

— Mes excuses, souffla sincèrement Capucine.

Il lui envoya un sourire généreux.

— Ce n'est rien.

— C'est la deuxième fois aujourd'hui.

— Ça va.

— Je vais te la remplacer.

Le sourire de Jab s'élargit.

— Hé! Tout va bien. Haby va bien. Tu vas bien. Je vais bien. La pizza est excellente et on a un bon moment.

— Maman! Je vois des cœurs sur la vieille couverture à l'écran également.

Jab et Capucine se rapprochèrent de la petite.

— Tu as encore raison, Haby! sourit Jab dans sa direction.

La courtepointe voisine à celle pointée par Haby afficha une grande étoile qui ressembla à une rose des vents. Sous l'image figura un nom ainsi qu'une date : Augustine Domond, 1725.

Les deux adultes captèrent le détail en même temps. L'échange d'un regard s'en suivit, ainsi qu'un sourire contagieux. Ce soir-là, la joie émana à travers les grandes fenêtres du bureau, dans une lueur qui parfois vacilla grâce à l'état de la lampe de Jab. L'image de la courtepointe imprimée, les trois s'y attardèrent.

— Je vais devoir y mettre plus de temps plus tard, souffla Jab. Je dois y aller. Mon quart de travail va commencer.

Il éteignit sa lampe de travail, geste que la petite ne quitta pas des yeux.

— De mon côté, je suis exténuée, poussa Capucine sa chaise tout en gardant en main l'image de la courtepointe. Le voyage, le retard dans mon travail, les heures chamboulées... Comment fais-tu pour couvrir deux emplois?

— Être avec vous deux n'est pas du travail, c'est des vacances.

Capucine l'accompagna au bas de l'escalier où elle demanda à lui parler rapidement. Celui-ci accepta et lui donna son attention intensément.

— C'est délicat. J'aime ce que tu fais pour l'entreprise de correspondance, je n'ai rien à redire. Cependant, nous avons là-bas, passé outre... J'ai besoin que la distance entre nous redevienne professionnelle. Que dirais-tu, pour un certain temps, de travailler du bureau de Renata ou de chez toi?

CETTE LETTRE EST POUR VOUS

Jab feutra sa voix.

— Je te remercie de t'inquiéter pour nous, mais ça ne sera pas nécessaire, tint-il son regard.

— Je pense que ça serait bien.

Sans remuer, il absorba sa demande.

Capucine lui présenta la main afin de sceller le marché et de replacer la ligne d'intimité à un niveau acceptable. Jab ne broncha pas, la regarda un court moment, avança sa main lentement, puis saisit la feuille coincée sous son bras. La courtepointe s'y trouva imprimée.

— Je peux t'emprunter ça?

— Oui.

Il la salua et referma la porte. Quand Capucine remonta, elle trouva son foulard sur la table, le tint un moment, puis respira son odeur.

20

Dès que la lumière du jour colora les murs de l'appartement de Chicago, la course effrénée du matin se poursuivit jusqu'à l'école où Capucine marcha le chemin du retour à bout de souffle. Le silence de l'appartement l'accueillit dans un nouvel univers. Inaccoutumé à si peu de présence et de bruits, elle alluma le téléviseur.

Sans attendre, elle sortit deux tasses de l'armoire et prépara le café. Quand elle réalisa son geste, elle replaça la seconde tasse à sa place. Ensuite, elle parcourut l'appartement afin de ranger le remue-ménage du matin, puis s'arrêta en comprenant que personne ne viendrait travailler à part elle.

Debout dans l'ouverture du local de la petite compagnie, elle ne trouva personne à son poste.

Malgré le froid à l'extérieur, elle ouvrit la fenêtre du salon et inspira profondément. L'air du changement l'amena à regarder la pièce sous un nouvel angle. La présence de Jab se dessina sur les murs, les étagères, le réfrigérateur...

Au salon de coiffure de Renata, malgré le rythme ensoleillé de la musique, la journée commença dans le déplaisir. La personne de Jab apparut dans l'entrée. En vitesse, Renata vint à sa rencontre.

— Qu'est-ce que tu fais ici? Il dégagea de son sac des enveloppes et des feuilles. Non, non et non! Tu ne viens pas travailler ici.

— C'est temporaire.

— Qu'est-ce qui s'est passé?

Jab garda ses lèvres scellées, pendant que celle-ci tint son regard un moment. Ensuite, elle nia.

— C'est bon, approche-toi une chaise à mon bureau, car c'est complet aujourd'hui.

Sous l'ambiance hautement festive, Jab retira son manteau et s'installa à la station de Renata. Rapidement, des œuvres de toutes sortes prirent vie. À l'appartement, Capucine retira de ses fenêtres une longue guirlande qu'elle allongea par-dessus une pile de dessins dans une boite de rangement. Dès que la pièce se trouva dénudée de cartons colorés, sa plume trouva sa main et sa signature apparut déjà à la fin de sa première lettre. Pendant ce temps, Renata tenta encore de se trouver une place pour écrire à travers les créations de Jab. Le temps avança, les clientes changèrent de tête, le rythme de la musique augmenta ainsi que son impatience.

Dans le bureau de Cette lettre est pour vous, les lettres prêtes à être postées s'empilèrent en hauteur. En un temps record, Capucine passa à travers sa correspondance journalière, alla faire l'épicerie, cuisina un plat qui alla au four, chassa les dernières œuvres de Jab de sa vie, passa un dernier coup de balai et se rendit à l'école. Quant à Renata, elle scella péniblement sa première lettre de la journée.

En soirée, les nouveaux changements à la maison inspirèrent Haby à en faire autant dans sa chambre. Avec un sentiment de nouveauté au cœur, les deux filles décidèrent qu'après les devoirs, elles feraient de l'espace. En imitant sa mère, Haby empila sur son lit les vêtements qui ne lui allèrent plus. Sous la musique de la station de radio, elles emballèrent le tout dans de grands sacs qu'elles descendirent dans l'entrée, prêts à être livrés dans un centre d'aide. Ce que Capucine ne remarqua pas fut les nombreuses visites de la petite dans le bureau de la compagnie, afin de prendre les dessins de Jab de la boite de rangement.

La maison sentit bon et elles étaient bien les deux ensemble.

— Hé, Maman! Jab va pouvoir mettre ses choses ici et là, fit-elle le tour de l'appartement.

— Non, chérie, il a son chez-lui.

Quelques minutes avant l'heure du coucher, Jab téléphona et Haby répondit en reconnaissant le nom du studio sur l'afficheur.

— Jab! On t'a fait plein de place à la maison! Capucine ouvrit les mains de manière à l'arrêter et nia. Tu dois revenir allumer ta lampe. J'adore quand ta lampe est allumée, car cela veut dire que tu es là. Quand vas-tu me faire visiter ta maison? Si maman veut? Haby regarda sa mère du coin de l'œil. Elle est d'accord! Capucine demanda à parler à Jab. Maman veut te parler. Bonne nuit à toi aussi, remit-elle l'appareil à sa mère.

— Allo, je suis désolée pour... Oui, bien sûr. Tu veux que je te prépare ça dans l'entrée? Tu vas... Oui, d'accord. À demain.

Dès que Capucine termina l'appel avec Jab, elle borda sa fille dans un doux moment. Quand elle prit le chemin de la porte, elle vit toutes les œuvres de Jab plus tôt retirées, collées à l'aide de rubans colorés sur son grand mur. Elle s'y arrêta un moment. Avec un œil attentif, elle réalisa que sa fille eut participé à la création de chacun d'eux.

Le lendemain, lorsque le salon de coiffure afficha ouvert à nouveau, Renata nia en voyant Jab dans la porte. Ensuite, elle l'accueillit chaleureusement.

— Non. En aucun cas.

— Bon matin, à toi aussi. Il leva un sac en papier. Je t'ai apporté des beignets.

Elle serra les dents et capta le sac.

— Prends la table de manucure, c'est sa journée de congé. Voulez-vous bien me dire ce qui se passe entre vous deux? Tu n'as pas à m'expliquer quoi que ce soit. Je vois très bien le problème, le fixa-t-elle du regard.

Jab fronça les sourcils.

— Je vais chercher du matériel chez elle en matinée.

— Arrange ça au plus vite et ne reviens plus. Je dis ça avec toute l'amitié que je peux trouver.

Celle-ci s'installa à son poste de travail avec les beignets, puis se concentra sur sa correspondance. Peu de temps après, ses grands coups de crayon lors de sa signature en bas de lettre firent tourner les têtes fraichement vaporisées de fixatif. À court de café, elle se leva et vit Jab qui s'occupa d'une cliente à la table de manucure. Munie d'un sourire forcé, elle se présenta à l'avant.

— Qu'est-ce que tu fais?

— Comme tu peux le voir, je viens de terminer d'appliquer des couleurs. Il y a un temps de séchage à respecter d'après...

— Bien sûr. Jab?

— Je dois le dire, vous avez une belle sélection de nuances.

— Hmm, acquiesça Renata poliment. Jab, tu peux venir avec moi un instant? J'ai besoin d'aide avec le café, le tira-t-elle vers l'arrière du local en s'excusant à la cliente. Quand ils se retrouvèrent à l'écart, les traits du visage de Renata devinrent durs.

— Est-ce que tu peux me dire ce que tu fais?

— J'applique des couleurs?

— Non, tu n'appliques pas des couleurs, car... Écoute bien ce que je vais te dire : tu ne travailles pas ici!

— Je travaille ici depuis hier.

— Je pense que tu n'as pas saisi.

— Elle s'est assise devant moi et m'a demandé si j'étais bon avec les couleurs. Elle m'a ensuite tendu les mains et m'a demandé d'opérer ma magie. Que voulais-tu que je fasse?

— Tu souris et tu la diriges vers un employé du salon.

— C'est ce que j'ai fait, mais elle avait déjà choisi sa nuance.

— Et?

— Elle n'a pas voulu se diriger vers toi.

— Quoi?

— J'ai entendu dire, expira-t-il lourdement, que tu faisais peur aux clients. Les rumeurs parfument la place.

— Qu'est-ce que tu racontes? Je ne travaille pas ici. Hé! Toi! cria-t-elle à une artiste de la coiffure qui s'avança la main vers ses beignets. Pas touche! Je suis superbe avec la clientèle. Jab, je loue la chaise, tu comprends? Je loue également les chaises de mes employées. Ça me revenait moins cher que de louer un local. Et qui a dit qu'on ne pouvait pas mélanger le plaisir avec le travail. Jab se retourna et vit les autres écrivaines avec des rouleaux sur la tête. Techniquement parlant, nous ne travaillons pas pour ce salon.

La cliente de Jab marcha jusqu'à la caisse et se pencha vers la propriétaire des lieux afin de lui glisser une confidence.

— Gardez-le, celui-là! avança-t-elle ses mains en éventail. C'est du travail à un million de dollars.

La dame s'y pencha.

— Vous avez fait faire ça ici?

— Oui, le jeune homme, pointa-t-elle dans la direction de Jab et Renata. Il est bon.

— Il est un dieu, vous voulez dire! Qui est cet homme? se parlat-elle à voix basse.

Avant de partir, la cliente glissa quelques billets sur le plan de travail de Jab. Renata jeta un coup d'œil et remarqua l'état emballé de celle-ci.

— Tu t'en es bien sorti pour cette fois. Maintenant, ramasse tes choses et va régler, peu importe ce que c'est… avec Capucine. J'ai besoin de mon espace.

Il demeura muet quelques secondes, puis acquiesça. Dans le reflet de son miroir, Renata observa Jab ramasser ses effets personnels.

— Merci, lui envoya-t-il au loin.

Elle pinça les lèvres, marcha jusqu'à lui et remarqua le pourboire sur la table.

— Tu as oublié quelque chose.

— C'est bon, tira-t-il la porte. Tu t'achèteras d'autres beignets.

— Je veux être très clair sur un point : tu ne reviens pas.

Jab leva les yeux et les employés se servirent à même le sac de beignets de Renata. Il la salua d'un geste de la tête, puis peu après pelleta la neige devant la porte de chez Capucine.

Un tissu dans les cheveux, elle ouvrit avec le sourire.

— Bonjour! Entre, accompagna-t-elle l'invitation d'un geste de la main.

Les yeux de Jab parcoururent son visage radieux, puis il pointa ses cheveux.

— C'est nouveau ce style? Ça te va très bien.

— Oh! J'ai fait du ménage.

Comme un invité, elle prit son manteau et lui fit la bise. Surpris, celui-ci s'y adonna maladroitement.

— Tes choses sont encore à leur place, tu n'as qu'à les prendre. Tu n'as pas de boites?

— À ce sujet, Renata refuse que je revienne travailler là-bas, car nous avons établi que nous ne travaillons pas là.

— Je ne comprends pas.

— Une question de chaise, je crois.

Celui-ci suivit Capucine dans l'escalier et dès son arrivée à l'étage remarqua les murs dégarnis de ses créations. Il se garda de l'exprimer et donna son attention à la femme devant lui.

— J'ai justement ces deux contenants de libérés depuis peu.

Tu crois que ça fera l'affaire? lui présenta-t-elle des paniers de rangements.

Il les accepta, marcha avec elle dans le bureau et les surchargea d'objets pris au hasard, tels que l'abat-jour brisé.

— C'est bon, je pense que j'ai tout.

Capucine se tourna vers son espace de travail qui lui parut intouché.

— Tu n'as presque rien pris.

— Je peux fonctionner avec un crayon pour ton entreprise. Le reste, c'est que pour mettre un peu de magie. D'accord, j'ai simplement rempli les contenants que tu m'as remis. Mon intention n'est pas vraiment de m'éloigner. Je voulais simplement discuter avec toi.

Le regard de Capucine vagabonda dans le local et le malaise ne sembla pas trouver le chemin de la sortie. De manière à briser le silence, elle lui remit son foulard.

— Tu l'avais oublié.

Il ne le capta pas, alors elle le glissa près de l'abat-jour dans son panier et descendit dans l'entrée avec l'autre. Jab respecta sa réaction et descendit à son tour.

— Je vais faire deux voyages, capta-t-il l'un des paniers.

Capucine se dépêcha de lui remettre son manteau et s'habilla également.

— C'est bon, je vais t'aider.

— Tu vas marcher avec moi jusque chez moi?

— Oui. Comme ça tu n'auras pas à revenir.

— En effet.

Sans dire un mot, ils marchèrent ensemble à bras chargés vers la résidence de Jab qui se situa à quelques rues plus loin.

— C'est ici, pointa-t-il une bâtisse à trois logements, pour ensuite déverrouiller la porte du rez-de-chaussée.

CETTE LETTRE EST POUR VOUS

D'un geste poli, il invita Capucine à entrer la première. Avant de s'avancer à son tour, il l'observa à bouche entrouverte. Celle-ci se retourna et sourit. Il manqua de laisser tomber son panier, se ressaisit, entra, se pressa contre elle afin de fermer la porte, la regarda encore, posa le panier au sol, desserra son foulard, puis chercha à être utile.

— Je vais le prendre. Capucine lui poussa le panier d'articles qu'elle tint en main. Je parlais du manteau, mais je vais prendre ça également.

La femme devant lui demeura dans l'entrée à examiner l'endroit. Le studio offrit au premier regard un lit imposant et au loin une cuisinette.

— C'est joli, parla-t-elle avec le sourire.

— Merci.

— Je m'attendais à…

— Tu t'attendais à quoi?

— Pas à des murs blancs. À la maison, tu nous offres tellement de créations. Je ne vois aucun matériel artistique.

Jab regarda l'endroit à son tour.

— Ce n'est pas vraiment chez moi. Je sous-loue l'appartement à un ami qui travaille à l'extérieur. Il me l'a prêté pour un an et j'y suis depuis maintenant deux ans et demi. Ce ne sont même pas mes choses. Je crois que le comptoir de cuisine sera mon nouveau bureau, capta-t-il l'un des paniers.

Capucine retira ses bottes et traversa l'appartement à sa suite. Dans un second coup d'œil, elle réalisa que la place ne comporta pas de chaise. Quand Jab se balança également d'une jambe à l'autre, il lui offrit de s'assoir sur le lit. Le regard bas, Capucine s'installa sur le coin du matelas et serra ses mains l'une dans l'autre.

— Tu ne peux pas travailler ici. C'est juste bon pour dormir et déjeuner.

— C'est principalement ce que j'y fais et je déjeune chez vous la plupart du temps.

Elle souffla lourdement, se leva, éleva les sourcils devant la petitesse de la cuisine, puis fixa Jab du regard.

— Si ce n'est pas indiscret, comment payes-tu ce logement par mois?

Il s'avança vers elle et lui dévoila le montant à l'oreille.

— Quoi? Tu me donnes cette somme et je te laisse le divan-lit!

— Très bien, alors prenons ces deux paniers avec nous.

— Non, c'est une façon de parler. Je suis surprise, c'est tout.

— Je suis sérieux. Si cela peut vous aider financièrement, toi et Haby, le divan-lit sera parfait!

— Tu vois, c'est ça que je ne comprends pas chez toi. Pourquoi ferais-tu une telle chose? Nous avons établi qu'il n'y aurait pas… de nous, mais tu serais prêt à vivre sur mon sofa?

Incapable de répondre, Jab recula et s'appuya contre le mur, pendant que les joues de Capucine se teintèrent.

— Je suis désolée. Je te rends inconfortable. Je ne sais pas ce qui m'a pris.

— Je t'offre quelque chose à boire? Thé, café? En fait, je n'en ai pas. De l'eau? grimaça-t-il.

Elle avala, puis ferma les yeux un instant. Quand elle les ouvrit à nouveau, elle nia et chercha à prendre son manteau. Les épaules de Jab s'écroulèrent sous le poids de la déception. Capucine se chaussa, ne prit pas le temps de fermer son manteau et ouvrit la porte.

— Une bonne journée à toi.

— Attends. Est-ce qu'on peut parler un moment? Je vais aller nous chercher du café ou ce que tu veux.

— Je crois qu'on a fait le tour, regarda-t-elle l'appartement avant de trouver son regard.

Jab pressa les lèvres et laissa son regard tomber doucement sur elle. Capucine le salua une seconde fois et s'éloigna. Appuyé contre le cadrage de la porte, il la regarda disparaitre dans la ville, puis expira lourdement.

Sur le chemin du retour, le téléphone de Capucine sonna. Elle s'arrêta et capta l'appel de Renata.

— Capucine! Je te transfère un appel en provenance du directeur du musée de Chicago. Il est intéressé par les sceaux. Il y a également des courriels qui entrent du Caire, de la France, et… l'Afrique demande à avoir plus d'informations. Ta fameuse société secrète de correspondance fonctionne ma belle!

21

Devant les grandes fenêtres de son bureau, Capucine parla affaires depuis maintenant deux jours, sans mentionner ses inscriptions qui grimpèrent encore. Elle fixa un rendez-vous vidéoconférence avec le duc et prépara le local afin de recevoir Renata et Jab. Dès que ceux-ci se présentèrent, elle leur remit des documents et prit la parole à la fois devant eux et devant le duc via internet.

— Vous avez en main les offres reçues avec leurs conditions et ils ont tous accepté les nôtres. La meilleure offre vient de Chicago. En addition, le directeur demande une rencontre et un temps d'observation du matériel par ses spécialistes. Il est le seul à nous démontrer un intérêt personnel pour les sceaux. Ceux-ci viendraient compléter une exposition sur laquelle il travaille depuis près de cinq ans. Il aurait aimé avoir les coffrets originaux. Il nous a quand même donné une échelle de prix.

Quand Renata tourna la page et vit les chiffres, elle s'étouffa quelque peu avec son breuvage. À l'écran, le duc éclata de rire, il connut la valeur des pièces. Quant à Jab, il demanda plus de détails.

— C'est pour la collection des sceaux, les papiers anciens... l'ensemble?

— En fait, ce prix n'est que pour un sceau.

Renata disparut de l'écran.

— Monsieur, vous êtes encore certain de vouloir nous les offrir? se tourna Capucine face à la caméra. Vous pouvez revenir sur votre décision ou nous pouvons vous remettre l'argent.

— Je suis certain. Prenez. C'est ce que Marguerite aurait voulu. Vous aurez quelque chose pour écrire très longtemps mes amis, très longtemps.

D'un commun accord, Renata, Jab et Capucine acceptèrent le rendez-vous au musée de Chicago. De plus, ils habitèrent à environ une vingtaine de minutes de l'endroit, ce qu'ils avouèrent être un avantage apprécié. Pendant l'entretien avec le duc, la petite équipe lui divulgua la nouvelle piste avec les sceaux et mentionna que cela pourrait mener à une courtepointe d'époque. Le vieil homme rit de bon cœur, puis leur assura qu'il n'eut jamais entendu une histoire de la sorte. Ce qu'il savait, il leur avait dit. Capucine s'approcha de l'écran.

— Peut-être que vous pourriez regarder les correspondances de la famille.

— Oh! Ça serait une recherche exhaustive. Je vous laisse jouer avec ça les enfants, c'est votre cadeau! Faites-en ce que vous voulez.

Capucine le remercia plusieurs fois avant de terminer la conférence et dès que l'écran passa au noir, Renata s'exclama.

— Si ça se trouve, on est riche!

Capucine conserva un ton neutre.

— Il n'y a encore rien de fait. Personne ne les a examinés et j'ignore ce que le musée en pensera. Ce que je sais, c'est que les sceaux sont maintenant à temps plein à la maison et ce n'est pas sécuritaire. Plus vite ils seront là-bas, mieux ça sera. J'ai accepté de les rencontrer demain en fin de journée et j'ai insisté pour vous inclure dans toutes les étapes. Maintenant que je sais que vous êtes d'accord, qui veut venir avec moi?

Tous levèrent la main, même Haby assise dans le fond du bureau.

— D'accord. Renata, peux-tu nous prendre avec ta voiture, ici, demain vers seize heures?

— À ce prix, je viens vous chercher au milieu de la nuit mes chéries!

En chantant et en s'exclamant fortement, Renata quitta l'appartement. Au même moment, la petite tira sur la manche de Jab et lui demanda pourquoi la lampe ne porta plus sa robe.

— Tu parles de l'abat-jour. Je l'ai apporté chez moi pour la réparer. Elle sèche en ce moment. Je la rapporterai demain ou ce soir, tourna-t-il les yeux vers Capucine qui tint son manteau ainsi que son foulard.

Jab se gratta nerveusement le derrière de la tête avant de capter le vêtement.

— Est-ce que je peux t'appeler plus tard?

— On se revoit demain, Jab.

— Demain, acquiesça-t-il à regret, pour se retrouver rapidement sur la rue.

À l'extérieur, Renata passa en voiture devant la résidence, ralentit, baissa sa fenêtre, interpela Jab, puis s'arrêta en bordure de la rue.

— Tu veux que je te raccompagne? Je suis d'une humeur radieuse.

Il pointa dans une direction.

— Je n'habite pas très loin, mais d'accord, je peux bien grimper.

En voiture, Renata le regarda à quelques reprises en gardant le rythme de la musique dans ses épaules.

— Avec ce montant, tu n'es pas plus excité que ça?

— Tourne ici, c'est juste là.

— Qu'est-ce qui ne va pas chez toi? Tu as vu le montant comme moi!

Renata freina si brusquement devant la résidence de Jab, que celui-ci dut placer ses mains sur le tableau de bord afin d'amortir le choc. Ensuite, elle lui offrit un regard grave.

— On est ami, hein?

— Ouais, hésita-t-il à parler, tout en se replaçant droitement et en détachant sa ceinture de sécurité.

— Depuis combien de temps travailles-tu avec Capucine?

— Plus de trois ans, adopta-t-il le même ton qu'elle.

— Combien de foutues capucines lui as-tu faites?

— Quelques-unes.

— Tu sais ce qui me plait le plus depuis que je ne suis plus dans le même cube que vous deux?

— Non, Renata, qu'est-ce qui te plait depuis que tu n'as plus à nous voir?

— Je n'ai plus à te voir lui en placer une tous les jours. Je ne sais pas ce qu'il y a avec toi, mais tu devrais sortir de ton beau monde en papier et plonger dans quelque chose qu'on appelle la réalité. Tu penses que je ne le sais pas que tu l'as dans ton radar? J'ignore ce qui s'est passé entre vous deux dernièrement, mais elle ne semble plus te vouloir dans ses petits souliers. Oh que non! Et arrête ce foutu air que tu as tout le temps, comme si tu avais fait un vœu de silence. Elle est une femme et également une mère. Elle a besoin que tu lui montres que tu es un homme, pas juste... un ensemble de pinceaux. Tu comprends?

— Je ne suis pas...

— Engage-toi avec elle ou dégage! Ne tiens pas le fil imaginaire! Tu vas rendre tout le monde fou, moi la première! Je dis ça pour ton bien, même si ça peut avoir l'air un peu sec comme vérité. Maintenant, sors de ma voiture.

Jab poussa la portière. Aussitôt, Renata descendit la fenêtre et se pencha afin de mieux propulser sa voix.

— Demain, au rendez-vous, je veux voir monsieur Jean-

CATHERINE STAKKS

Baptiste Arthaux et non sa statue parce que je vais la casser. On s'est bien compris? lui lança-t-elle son sac messager.

— Merci, Renata, et bonne soirée à toi aussi.

— C'est ça! embraya-t-elle la marche avant.

Jab regarda la voiture tourner le coin de la rue, puis entra chez lui. Quand il ouvrit les lumières, les paniers de chez Capucine brillèrent de mille feux dans la cuisinette. Il rangea son manteau et ses souliers dans le placard, puis y retira un grand sac sport qu'il poussa sur le lit. De celui-ci, il retira un cadre qui mit en valeur une œuvre faite par un enfant.

Quelques profondes respirations plus tard, il composa un numéro sur son téléphone portable. Ensuite, il courut à la salle de bain et crut être malade pendant un instant. Contre le mur, il respira profondément. Puis, à gestes pauvres, il humidifia son visage. À ce moment, il entendit cogner à la porte. Son teint pâle et ses mains moites l'accompagnèrent jusqu'à l'entrée où il ouvrit la porte.

— Qui a-t-il de si urgent? se montra Capucine à bout de souffle ainsi que Haby.

Il remarqua les vêtements de nuit de la petite.

— Entrez, entrez.

Le regard brillant, Haby ne put retenir sa joie d'enfin voir la demeure de Jab. Son sourire compensa l'état d'abattement de Jab et l'éreintement de Capucine.

— Tu as un chat? s'emballa Haby.

— Je n'ai pas d'animaux de compagnie.

Jab se débarrassa de leur manteau, les invita à se déchausser et leur offrit de s'installer confortablement. Capucine demeura debout.

— Dépêche-toi de me dire ce qui se passe. Je n'ai rien de cuisiné et on a faim.

Haby apprécia la musique douce qui joua dans l'appartement,

218

les lumières tamisées et tira vers elle la couverture de laine qui reposa sur le lit.

— Madame, remit-il son foulard à Capucine.

Elle le roula dans ses mains sans comprendre. Puis, il lui mima de cacher ses yeux.

— Je n'ai pas envie de jouer, Jab.

— Ça va ne durer qu'une minute. J'ai besoin de te montrer quelque chose.

— Je ne pourrais rien voir les yeux fermés.

— C'est exactement comme ça que je veux que tu regardes.

— Tu as vu quelque chose sur la courtepointe?

— Non.

Malgré son désenchantement, Capucine noua le foulard autour de sa tête et perdit la vision. Pendant ce temps, Jab offrit à Haby une belle sélection de feutres ainsi que des images à colorer. La petite s'y adonna sans attendre.

Doucement, Jab amena Capucine à se tourner de manière à ce qu'elle soit dos à sa fille, puis il s'approcha. Sa gorge s'assécha et ses lèvres tremblèrent quelque peu.

— Je crois que… j'ai besoin de te demander ton consentement.

D'un geste franc, Capucine retira le foulard.

— Non.

— D'accord, laisse-moi réessayer… sans le foulard. J'ai besoin que tu te souviennes et je ne sais pas comment le faire autrement. Il faisait noir cette nuit-là. Tu peux fermer les yeux?

— Et que vas-tu faire?

Il baissa la tête un instant.

— Tu te souviens de l'histoire, le livre au manoir?

Capucine s'approcha de lui, de manière à ce que lui seul entende.

— Tu veux m'embrasser? Tu m'as fait venir ici pour ça? Je croyais que tu étais en difficulté ou que tu avais découvert quelque chose d'étonnant au sujet de la courtepointe!

— Non. Je...

Haby éclata de rire.

— Ton abeille est vraiment drôle. Je crois que je vais colorer ses ailes multicolores.

— Ça va être magnifique, Haby.

— Regarde, Maman, mon abeille, tourna Haby son dessin.

— C'est très beau, ma chérie.

Capucine se retourna vers Jab avec les sourcils froncés, la mâchoire contractée et les dents serrées. Ensuite, elle le confronta en silence. Il l'approcha le premier.

— C'était maladroit, je m'excuse.

Capucine riposta en lui poussant son foulard contre le torse.

— Ne refais jamais ça et encore moins devant ma fille.

Le regard troublé, Jab n'arriva pas à répondre. Capucine invita sa fille à partir.

— J'essaie de te dire quelque chose ici, en douceur, souffla-t-il anormalement. Ça fait très longtemps que je tente de te...

— Vient Haby, on s'en va?

— Qui veut du restaurant? C'est moi qui invite, envoya Jab avec un enthousiasme démesuré.

Haby accepta sur le champ et demanda à apporter ses dessins, ce que Jab approuva.

Capucine serra les poings.

— Dis-moi ce qui se passe? Est-ce le montant qui te monte à la tête?

— Non, je n'en ai rien à faire de ça. Allons manger, acquiesça-t-il d'un regard meurtri.

À la hâte, ils mirent leur manteau. Jab aida Haby à mettre ses bottes, plaça son foulard, son bonnet et se tourna vers la mère à qui il glissa son foulard de soie à son cou.

— C'est froid dehors, porte-le.

— Et toi?

— Oh! Je vais porter ma honte. J'en ai plusieurs épaisseurs. Ça va aller.

Il grimpa Haby dans ses bras, sourit et posa sa main dans le dos de Capucine pour le premier pas à l'extérieur. Au restaurant, la serveuse remit quatre craies de cire à la petite afin de passer à travers l'attente plus facilement, mais celle-ci préféra les feutres que Jab dégagea de ses poches. À ce moment, Capucine s'intéressa aux craies de cire.

— Qui peut arriver à faire quelque chose de beau avec ça?

L'amusement se présenta à la table ainsi que les verres d'eau. Jab regarda devant lui.

— J'avais peut-être onze ans, dans un restaurant à New York. Un ami m'a dit que mon œuvre est toujours affichée au mur du commerce.

— Qu'as-tu dessiné? s'en intrigua Haby.

— Des dinosaures.

— J'aime bien les lapins et les abeilles.

— Je sais, sourit-il à la petite.

Capucine remarqua aussitôt que tous les dessins tracés pour Haby en continrent. Elle échangea un premier sourire avec Jab. Ensuite, ils discutèrent de tout et de rien, pendant que celui-ci agrippa les craies de cire furtivement et gratta le derrière de son napperon dans de grands traits non définis. Capucine soupira fortement.

— Je suis désolée pour l'habillement, nous avions prévu rester à la maison ce soir.

— Il n'y a rien de plus mignon qu'un enfant en vêtements de

nuit.

Les assiettes chaudes arrivèrent et les trois y plongèrent avec appétit. Pendant le repas, Haby regarda l'un et l'autre et sourit.

— Quoi? devint Jab curieux.

— J'aime ça quand vous êtes là.

Capucine sourit et baissa les yeux. Elle comprit que sa fille apprécia la présence de Jab.

— J'aime ça, moi aussi, envoya Jab nerveusement. Il tourna ensuite le regard vers Capucine qui ne s'ajouta pas au court bonheur. Afin de chasser le malaise, il reprit la parole. Hé! Si je ne me trompe pas, il n'y a pas d'école demain. Que diriez-vous de faire une soirée cinéma sur le divan-lit?

— Hourra! On fait une soirée cinéma!

— Si maman est d'accord, moi je suis partant, copia-t-il la joie de la petite.

Le sourire de Capucine manqua.

— Si tu l'avais demandé à maman d'abord…

Elle regarda sa fille qui se délecta de plaisir et céda. Sans attendre, Jab demanda l'addition.

— Allons-y!

Haby éclata de rire.

— On n'a pas terminé de manger!

— Oh! J'étais trop content. C'est mieux qu'on finisse de manger, en effet.

Quand tous abandonnèrent la serviette de table, ils marchèrent ensuite les rues familières du quartier où Haby glissa sa main dans celle de sa mère et l'autre dans celle de Jab.

Derrière eux, dans la vitrine du restaurant, la serveuse trouva un dessin sur leur table et arrondit le regard. Sans trop y croire, elle examina les craies de cire durement usées. Comme un trésor, le dessin de Jab circula entre les employés et se retrouva épinglé sur le mur des prix et récompenses.

De retour à la maison, Haby courut au salon afin de choisir le film. Capucine en profita pour parler à Jab en privé.

— Que t'arrive-t-il? Explique-moi?

— Depuis très longtemps, j'attends que le bon moment se présente, que les bons mots me viennent, mais cela se termine toujours par une page blanche. Je ne suis pas comme toi, les mots sont difficiles à trouver. C'est trop important pour que je risque quoi que ce soit, tu comprends?

— Non.

— Il n'y a rien de plus important que vous deux et je ne veux pas perdre ça.

— Je t'aime bien, sans aucun doute, mais pas... Elle nia sans terminer sa phrase. Je suis désolée. En fait, j'espérais qu'à la suite de la vente des sceaux... tu prennes l'argent et que tu te dissocies de la compagnie.

Les traits du visage de Jab se durcirent, mais demeurèrent empreints d'affection.

— Tu voudrais que je ne travaille plus avec toi?

Capucine souffla quelque peu et étira les sourcils.

— Les choses ont changé. J'ai envie de m'investir dans la correspondance, c'est certain, mais j'ai également envie de voyager. Je projette d'aller jeter un coup d'œil à la courtepointe, à ce musée, là-bas. Et ici, je veux acheter une maison et avoir de la place pour des écrivains de correspondance. J'aimerais sécuriser de l'argent pour Haby, ses études, et placer mes jetons pour un avenir intéressant. Ce que je vais te dire va être un peu direct, je m'en excuse : tu ne fais pas partie de mes plans. Jab l'écouta sans réagir. Tu n'as nullement besoin de moi ni de cet emploi. Avec ton talent, tu peux avoir des offres beaucoup plus payantes. C'est peut-être une bonne chose que je fais pour toi.

— C'est amusant, moi aussi je compte aller voir cette vieille couverture. Depuis peu, je suis devenu un grand adepte de dessus de lits. Plus elles sont vieilles, plus je les aime.

— Vraiment?

Il s'avança d'un pas.

— Je compte bien sécuriser ton avenir et celui de Haby également, en fait j'y travaille depuis des années maintenant. Si tu ne l'as pas encore figuré, je ne suis pas ici pour le travail. Et oui, je peux facilement trouver du boulot ailleurs, mais c'est pour nous que j'ai envie de créer. Je suis ici et je fais ça que pour une seule raison : je veux vivre avec vous deux.

Capucine n'arriva plus à détendre les traits de son visage. Ses lèvres tremblèrent quelque peu.

— Ton amour soudain… pour les couvertures me trouble.

— Vous êtes ma famille. Je t'aime et j'aime être le père de Haby.

Le regard de Jab ne quitta plus celui de Capucine. Rapidement, des plis apparurent au front de celle-ci. Dans un geste doux et ferme, elle entraina Jab dans sa chambre et ferma la porte.

— Là, tu vas trop loin.

Jab nia.

— Elle a un père et c'est moi.

Les narines de Capucine s'arrondirent, ses joues tournèrent au rouge et son regard s'aiguisa. Sans un mot, elle ouvrit la porte et tira son bras avec grand respect dans une nouvelle direction : la sortie. Dans l'entrée, elle roula son manteau en boule, ainsi que son foulard et les lui remit dehors comme un paquet improvisé. La porte se referma, la lumière s'éteignit, le froid trouva Jab ainsi que la douleur du rejet.

Lentement, il mit son manteau comme on accepte un prix de consolation et glissa son foulard à son cou en revivant la scène avec Capucine dans sa tête. Le regard bas, il demeura devant la porte pendant un instant. Tout à coup, le bruit d'une voiture le sortit de ses songes et il traversa la rue à grandes enjambées. À la fenêtre du salon, une petite fille lui envoya la main.

CETTE LETTRE EST POUR VOUS

Jab ne se retourna jamais.

22

Le reflet du visage de Haby se dessina à la fenêtre. L'émotion qui traversa Jab quelques secondes plutôt se copia dans le regard de la petite qu'elle baissa, dans ses lèvres qui courbèrent vers le bas, dans le relâchement de ses épaules et dans son déplacement pesant vers le sofa.

Quelques minutes plus tard, son nom résonna dans la rue. Capucine qui s'occupa de la lessive dans la petite pièce ne perçut pas l'appel. Les sourcils contractés et la curiosité au fond du regard, Haby s'avança à la fenêtre. Son sourire s'élargit lorsqu'elle vit Jab de l'autre côté de la rue. Celui-ci lui envoya la main à grandes gestuelles et attira son attention vers l'abat-jour qu'il tint en main. Dans un moment de magie, il l'installa sur sa tête, tira une grande chaine et la lumière apparut. Le rire de Haby résonna si fortement dans l'appartement que Jab l'entendit et sourit sous son accoutrement. Capucine entendit les rires de sa fille qui augmentèrent, étira la tête d'abord, puis s'avança à son tour à la fenêtre. Personne ne s'y trouva, par contre elle trouva chez sa fille un regard illuminé.

— Qui a-t-il?

La petite retourna vers le divan en trottant de joie et se lança dans les coussins moelleux les bras dans les airs.

— Jab, sourit-elle.

— Il est venu ici?

CETTE LETTRE EST POUR VOUS

Elle soupira de bonheur en revoyant la scène dans sa tête.

— J'aime quand il est là, Maman.

Capucine s'avança à la fenêtre encore une fois. Appuyé contre l'immeuble, bien terré dans l'obscurité, Jab garda le regard rivé sur elle.

23

Le klaxon de la voiture de Renata hurla devant la résidence de Jab. Celui-ci s'installa dans le siège passager et reçut des salutations qui s'harmonisèrent avec le timbre de l'avertisseur sonore.

— Idiot! éleva-t-elle la voix. Capucine m'a raconté. En fait, je l'ai fait parler. Qu'as-tu fait encore une fois? Pauvre femme.

— Bonjour à toi aussi, Renata.

— Tu ne fais rien comme les autres, toi! reprit-elle la route avec ardeur. Tu n'aurais pas pu lui offrir des compliments, la faire danser, l'amener au cinéma…

— Nous sommes allés au restaurant.

— Pas ce genre de sorties! Tu n'as vraiment rien saisi. Avec une femme qui a un enfant, on ne décide pas de notre place : on laisse le temps. C'est petit pas par petit pas. Tu n'as aucune idée de ce qu'elle a vécu. J'en ai eu des ouï-dire, gara-t-elle la voiture devant la maison de Capucine, pour ensuite se tourner vers Jab. Laisse cette pauvre femme tranquille! Tu m'entends?

— Je t'entends.

— Bien.

Avec le sourire et une voix mielleuse, Renata accueillit Capucine et Haby qui s'installèrent sur la banquette arrière et écrasa la capucine en papier que Jab tint à sa main. À son tour, Jab salua les nouvelles arrivantes, qui lui répondirent poliment. Malgré sa bonne humeur, Capucine évita le regard de Jab.

Rendus au musée, l'architecture impressionnante de la bâtisse grimpa leur taux de fébrilité. Pendant quelques secondes, Capucine oublia le malaise et échangea un sourire avec tous. Les vestiges de leur dernière aventure vécurent dans la petite valise que tous protégèrent. Quand ils descendirent de voiture, Haby attrapa la main de Jab. Capucine baissa les yeux et avala difficilement. Renata se pointa devant eux et voulut revoir les technicités de l'entente.

— Alors, on rencontre leur spécialiste en premier? C'est ça?

— C'est exact. Le directeur veut son opinion avant de poursuivre.

Jab avança sa main libre vers la mallette, afin de prendre la charge, ce que Capucine ne lui céda point. En plus, elle demanda à sa fille de prendre sa main. Jab acquiesça devant le regard grave de Renata. Ensemble, ils grimpèrent l'imposant escalier en parlant au début et en soufflant à la fin. À leur arrivée à l'intérieur, un employé les dirigea vers un second grand escalier, soit celui pour accéder aux bureaux.

— Non, non, et non se tourna Renata. Où est l'ascenseur?

Jab demanda poliment à Capucine la possibilité de grimper Haby dans ses bras pour la montée, ce qu'elle accepta. Quand la petite se reposa sur lui, il allongea la main vers sa mère.

— J'ai une main de libre, je peux prendre la mallette. Tu pourras monter à ton rythme avec Renata.

Capucine acquiesça et lui tendit les sceaux, pendant que l'employé chercha à obtenir son attention.

— Je dois demeurer avec vous en tout temps, car nous allons accéder à la zone sécurisée du musée.

En vitesse, l'homme passa devant eux. Tantôt avec sa carte, tantôt avec un code numérique et à la fin avec une clé, il les fit circuler en silence dans des couloirs sans couleur. Arrivé devant le bureau du spécialiste, il pointa de la main la simple chaise qui reposa contre le mur. Renata roula les yeux devant celui-ci.

— Désolé, nous recevons habituellement que des objets.

Jab posa Haby au sol et remit la mallette à Capucine qui le remercia pour l'aide.

— Il n'y a pas de quoi.

Presque aussitôt, du bruit s'entendit et la porte s'ouvrit. Un homme qui porta un sarrau blanc se présenta. Le regard arrondit, il n'arriva pas à cacher son étonnement.

— Je crois qu'on a omis de vous dire qu'une personne est autorisée à être sur place, blâma-t-il du regard l'employé qui les accompagna.

Renata murmura à l'oreille de Jab.

— Cela explique la chaise.

L'homme à l'uniforme gonfla son torse et s'avança.

— J'ai une autorisation écrite pour tous ces gens.

— Bon. Qui d'entre vous est Capucine Muller?

Capucine s'avança.

— Bonjour, Capucine Muller, avança-t-elle la main.

Un premier contact, une poignée de main, un regard sincère et le spécialiste pointa rapidement la mallette.

— Suivez-moi, mais les autres vous devez demeurer dans le couloir. Je vous explique pourquoi.

Dans son énumération exhaustive et surtout technique, il parla des appareils utilisés, de la grandeur du local, des lois sur la sécurité, de leur responsabilité par rapport aux objets... puis obtint un acquiescement d'épuisement de tous. Capucine se recula près de sa fille et invita Renata à y aller. Celle-ci s'avança, mais le spécialiste l'arrêta d'un geste de la main.

— Je m'excuse, mais l'autorisation est pour madame Capucine

CETTE LETTRE EST POUR VOUS

Muller.

— J'ai pourtant demandé à ce que l'équipe soit présente et nous avions un accord, parla doucement Capucine.

Un pas en avant, Jab s'offrit pour veiller sur Haby.

— Nous allons attendre ici.

Renata roula les yeux une seconde fois et se laissa choir sur la chaise. Comme on fait ses adieux avant un grand départ, Capucine vit à ce que chacun soit confortable, serra sa fille dans ses bras et tarda à la laisser. Jab s'agenouilla à ses côtés.

— Oh! Qu'est-ce que je viens de trouver dans mon manteau? retira-t-il des feutres et des papiers.

— Yé! Tu as des abeilles et des papillons?

— Oh! J'ai plus que ça. Vas-y, envoya-t-il à Capucine. On va colorer ici.

— Haby, je vais être de l'autre côté de cette porte. S'il y a quoi que ce soit, vous entrez.

— La porte sera verrouillée, Madame.

— Ça va aller, envoya Jab avec le sourire, pendant que la petite se trouva déjà concentrée avec les nouvelles images.

— Je les ai à l'œil, envoya Renata.

Une longue expiration plus tard, Capucine disparut derrière la porte. À l'intérieur du petit local, elle leva le regard vers les cadrans numériques qui enregistrèrent le niveau d'humidité de la pièce ainsi que d'autres technicités qu'elle n'eut aucunement le temps de lire, car l'homme lui demanda de porter un recouvrement sur ses chaussures, de mettre un sarrau et la félicita pour avoir attaché ses cheveux.

— Je n'ai pas le droit de toucher aux objets avant que vous ne les posiez sur la table lumineuse. Sur ma demande, le contenant ne fait pas partie des pièces à examiner. Je n'ai pas le droit d'y poser les mains. Est-ce que vous pouvez séparer les objets du contenant et les déposer sur la table, s'il vous plait?

— Bien sûr.

Sous les lumières dirigées, Capucine dégagea les sceaux un à un. Ceux-ci brillèrent comme jamais. L'homme mit des gants, ajusta ses appareils et prépara le dossier.

— C'est complet, émit Capucine.

— Merci. Vous pouvez reprendre le contenant et retourner derrière la ligne que vous voyez au sol. Prenez un siège si vous voulez, j'en ai pour un moment.

Pendant de longues minutes, le spécialiste examina les sceaux à l'aide d'une caméra, dont l'image se projeta sur un écran que Capucine admira en silence. Plusieurs fois, des flashs apparurent. Elle devina la prise de photographies. Puis, des chiffres naquirent sur les images. Chaque sceau se trouva mesuré et pesé. De différents balayages lumineux s'opérèrent devant ses yeux. Celui-ci lui expliqua aucune des procédures. Dans une longue et fastidieuse valse, chaque sceau tourna sur la table, de manière à ce que les pierres précieuses, le travail fin des métaux et la matrice soient plusieurs fois photographiés. Ensuite, des images du bois se virent grossies plusieurs fois à l'écran. Capucine accepta la chaise.

Au bout d'un moment composé de dizaines d'étapes, le spécialiste recula de son plan de travail, vint à la rencontre de la propriétaire des sceaux et lui donna un nouveau rendez-vous.

— Je ne comprends pas. Je croyais que nous allions rencontrer le directeur à la suite de cet entretien.

— Ça arrive très rarement. Je n'ai pas reçu de notes à cet effet.

— Pourquoi dois-je revenir? Vous venez de voir les sceaux?

— Je viens seulement d'enregistrer les pièces. Je ne les ai pas encore examinés. Moi et mon équipe allons les étudier et cela prendra plusieurs jours. Il remit une pile de feuilles à Capucine. Vous devez signer ces documents pour la concession.

Dans un mouvement rapide, Capucine tourna les pages et évalua rapidement la tâche demandée.

CETTE LETTRE EST POUR VOUS

— C'est beaucoup de lecture.

— Vous avez beaucoup d'objets. Chacun d'eux est détaillé et vous devez en prendre connaissance. Je dois vous regarder signer.

Le regard de Capucine s'éleva vers l'homme qui lui livra un crayon enregistré au laboratoire du musée.

Dans le couloir, une porte s'ouvrit et un homme flamboyant parla fortement à son assistant. Jab et la petite se retournèrent vers eux.

— La famille Muller? les interpela-t-il.

Jab confirma.

— Super, envoya Renata à contrecœur. Je suis surement la grande sœur Muller.

Le sourire aux lèvres, l'homme s'avança rapidement vers eux, leur serra la main et se présenta à titre de directeur du musée. Renata en profita pour rectifier qu'elle ne fut pas Capucine Muller et ne se trouva aucunement reliée à Jab, exceptée pour le fait qu'ils travaillèrent ensemble. Bon rieur, l'homme démêla les cartes et échangea courtement avec eux.

— Madame Muller est à l'intérieur? pointa-t-il le bureau du spécialiste. Renata et Jab acquiescèrent. D'accord, donnez-moi un instant, cogna-t-il fortement à la porte. Le spécialiste ouvrit, n'arriva pas à cacher sa surprise, invita le directeur et son assistant à entrer et juste avant qu'il ne referme, Jab repéra Capucine penchée sur de nombreux documents.

À l'intérieur du local, le directeur rencontra Capucine, tint sa main anormalement longtemps et traversa de l'autre côté de la ligne afin de jeter un coup d'œil aux sceaux.

— Magnifique! Le spécialiste lui montra quelques détails intéressants notés à sa première observation. Ils sont en parfaite condition, continua le directeur de s'enthousiasmer. Où encore avez-vous trouvé ceci?

— Marguerite de Valorin, en France. J'en suis l'héritière.

233

— Ils étaient dans cette mallette?

— Non. Je n'ai malheureusement plus les coffrets originaux.

— J'aurais voulu les voir, car leur condition va au-delà de tout ce que j'ai pu voir dans ma carrière par rapport à leur âge. Il a dû être très difficile d'accumuler cette collection. Une sacrée acquisition, Madame Muller! Vous avez peut-être hérité de la plus grande histoire illustrée de correspondance de tous les temps. Tout est en ordre, se tourna-t-il vers son employé qui acquiesça. Bon et bien, je vous appelle dans quelques jours, retraversa-t-il de l'autre côté de la ligne. Merci encore de nous avoir choisis.

Il avança la main vers elle.

L'oreille appuyée contre la porte, Renata se plaignit.

— Je n'entends rien.

— Renata! envoya Jab.

— Tais-toi, j'essaie d'écouter.

— Renata! se reprit Jab, en plus de se racler la gorge.

Un gardien de sécurité demanda à Renata de reculer. Aussitôt, elle se tourna vers Jab avec un regard sévère.

— Qu'est-ce que tu as encore fait?

Au même moment, le spécialiste ouvrit la porte du bureau, annonça la fin des procédures pour la journée, résuma les étapes parcourues aux autres rapidement, puis garda en main les documents signés de la main de Capucine. En même temps, Haby courut rejoindre sa mère qui se trouva encore à l'intérieur du local. Alarmé, l'agent de sécurité tenta de poser sa main sur la petite, mais une manœuvre extrêmement rapide de Jab l'empêcha de l'atteindre. Haby trouva sa mère et Jab ramassa les feutres au sol en s'excusant à l'agent. Renata roula les yeux.

— Il n'y a pas plus maladroit. Je suis parfois gênée de dire qu'il est mon coéquipier. Ne cherchez pas à comprendre, Monsieur l'agent. J'ai essayé et c'est une perte de temps.

CETTE LETTRE EST POUR VOUS

— Madame, la petite ne peut se trouver à l'intérieur du bureau.

Capucine sourit, acquiesça et s'avança avec Haby dans le couloir. Ensuite, elle clarifia aux siens que les sceaux resteraient au musée jusqu'à leur prochaine rencontre. Le sourire qu'elle trouva au visage de Renata et Jab se teinta d'un soulagement. Dans un geste de salutation, le spécialiste lui serra la main.

— Vous avez eu la visite du directeur finalement.

— En effet. On se revoit bientôt.

De manière officielle, l'agent bloqua l'accès du bureau, jusqu'à ce que le spécialiste retourne à son poste et referme la porte à double tour. Un bras allongé dans une direction, il invita le groupe à avancer.

— Je vous accompagne jusqu'à la sortie. Vous êtes venus en voiture?

— Oui, se vit-il informé par plus d'un.

— Suivez-moi, je vous prie.

Celui-ci les guida vers l'ascenseur, entra avec eux, descendit jusqu'au sous-sol et les mena jusqu'à une porte qui donna directement sur le stationnement. Renata, Jab, Capucine et Haby le remercièrent et sortirent.

— Pourquoi ne pas nous avoir fait passer par là la première fois? Pas d'escalier! Aucun! s'exclama Renata.

L'équipe marcha devant l'immense escalier où plusieurs touristes prirent quelques arrêts afin de souffler. Jab pointa une petite affiche qui signala l'accès à l'ascenseur. À ses côtés, Renata porta ses mains à ses hanches.

— Vraiment? Ne me dis pas que tu l'as vu en arrivant.

Jab garda le silence.

En voiture, Capucine répondit aux questions avancées principalement par Renata, déçue de l'attente imposée. Jab parla du processus d'authentification quand la musique

235

CATHERINE STAKKS

grimpa graduellement, jusqu'à ce que Renata chante avec celle-ci et enterre complètement ses dires. Haby éclata de rire. Renata trouva son public.

Plus tard, la voiture s'arrêta devant la résidence de Capucine.

— Toi aussi, tu descends, Jab. Tu habites à deux rues! Bougez-vous! se fit-elle klaxonner. Oh! Ça c'est pour toi, tendit-elle une bouteille de vin à Capucine. Je pensais qu'on allait conclure aujourd'hui.

— Tu veux que je la mette au frais pour plus tard?

— C'est à toi, j'en ai une autre à la maison. Je vais ouvrir la mienne. Attendre n'est pas vraiment mon forté. C'est un fortifié. Je connais ta tolérance à l'alcool, alors le fond d'un petit verre serait approprié pour toi.

Capucine capta la bouteille, la remercia pour tout, aida Haby à descendre et ferma la portière. De l'autre côté de la voiture, Jab descendit. Puis, le véhicule disparut au coin de la rue avec au volant Renata qui chanta à tue-tête.

La bouteille en main, Capucine n'arriva pas à retenir son rire. Quand elle se retourna, la présence de Jab lui laissa un gout acidulé en bouche. Son sourire devint sec et complexe.

Au lieu d'élever le regard vers lui, elle se préoccupa de sa fille et de ses clés perdues dans son sac à main. Jab dégagea la sienne et ouvrit. Aussitôt, Haby s'engouffra dans la maison et laissa les adultes ouvrir le bouchon des politesses.

— Je suppose que je ferais mieux de marcher jusqu'à chez moi, envoya Jab en douceur.

— Tu as encore la clé? accepta Capucine un contact visuel.

Au creux de sa paume reposa son trousseau de clés.

— Tu veux que je la retire de l'anneau?

Haby appela sa mère au loin.

— On verra ça une autre fois.

D'une main forte, Jab retint la porte pour elle. Le regard qu'il

CETTE LETTRE EST POUR VOUS

lui offrit avant de refermer se montra si pur et vulnérable, qu'elle dût se recueillir un moment dans l'entrée. Elle respira profondément, quand le bruit de la pelle l'amena à regarder à l'extérieur. Celui-ci dégagea minutieusement la neige de son entrée. La répétition du geste la troubla et elle n'arriva pas à se l'expliquer. Elle grimpa ensuite en cuisine, afin de ne plus l'entendre.

Plus tard, quand elle prépara le repas du soir, elle repensa à la rencontre au musée. Le trésor de Marguerite qui brilla sur la table lumineuse en cacha peut-être un beaucoup plus précieux.

À la table, elle échangea des plaisanteries avec Haby, mangea avec appétit, puis elle s'attarda à l'image de la vieille courtepointe. Haby s'en lassa, ramassa son assiette et alla jouer dans sa chambre. Tard en soirée, sous le son des ronflements de sa fille, Capucine capta la bouteille de vin offerte plut tôt par Renata, chercha un petit verre et dégagea finalement le seul récipient à vin disponible, soit un verre ballon.

Comme dans un tête-à-tête, elle installa l'image de la courtepointe devant elle et versa le précieux liquide dans sa coupe à la taille généreuse. À sa première gorgée, elle ferma les yeux.

— Oh! Elle sait comment les choisir.

Après avoir soulevé sa coupe plusieurs fois, elle défit ses cheveux et desserra sa blouse.

— Ce vin a un corps…

Ses sourcils s'élevèrent, sa main caressa doucement la table, jusqu'à ce que ses doigts s'arrondissent, puis ses paupières s'agitèrent.

— C'est impossible! arrondit-elle le regard devant son verre.

Sous une diction molle, elle capta son téléphone portable et tenta-t-elle de lui donner une commande vocale.

— Appeler Rrrenada!

Sans succès, elle traina la bouteille dans le bureau et arriva à appuyer sur la touche de composition automatique du téléphone de la compagnie.

— Rrrenada! Qu'est-ce que... Le vin est vraiment, vraiment délicieux, se licha-t-elle les lèvres. Hip! Je vois des chiffres, des paquets de chiffres. Hip! Quelle heure est-il? Je ne sais pas, mais il faut que tu voies ça maintenant. Où est l'image? Je l'avais devant moi. Où est-elle partie?

Capucine s'endormit près du téléphone quand une main raccrocha le combiné.

Au petit matin, l'abat-jour de la lampe de travail de Jab tint fièrement à sa place et celui-ci déjeuna avec Haby au comptoir. Quand Capucine marcha vers la salle de main en se tenant sur les murs, les deux la regardèrent en silence. Soudain, elle se tourna vers eux.

— Hé!

— Hé! répondirent-ils en chœur.

Elle continua d'avancer, puis arrêta le pas aussitôt.

— Jab? Qu'est-ce que tu fais ici? Attends, s'engouffra-t-elle dans la salle de bain.

Quelques minutes plus tard, les cheveux noués, une posture fière et un air vanné, elle se représenta devant eux. Jab lui poussa un café. Elle le remercia d'un lourd soupir, le pointa sans être capable de formuler sa question à nouveau, puis se tint le crâne. D'un geste aidant, Jab l'invita à s'assoir.

— C'est toi qui m'as téléphoné. Tu m'as demandé de venir. En fait, je crois que tu tentais de joindre Renata. Depuis quand appelle-t-on les gens au petit matin?

Capucine froissa le regard.

— J'ai...

— Oui, et j'ai mis ton petit ami au frais.

Capucine expulsa l'air de ses poumons et baissa le regard.

Avec le sourire, Jab demanda à Haby d'aller chercher les

crayons afin qu'ils dessinent ensemble. Celle-ci courut dans le bureau. En douceur, il se tourna vers Capucine et parla à voix basse.

— La prochaine fois, invite-moi. Il y aura au moins un adulte responsable dans la maison. Il y a un enfant ici.

— Je sais ça, parla également Capucine sur un ton feutré. C'était la première fois que je buvais ce genre de taux d'alcool.

— Tiens, une assiette de fruits frais. Va au salon, il y a des couvertures. Je t'apporte du jus fraichement pressé.

Haby plongea dans son art et ne demanda plus l'assistance de Jab, alors il alla faire un tour au salon avec l'image de la courtepointe. Capucine l'invita à s'assoir à ses côtés. Avec une certaine nervosité, il accepta. Sa mâchoire s'entrouvrit quand elle capta sa main.

— J'aimerais m'excuser.

D'un coup sonnant, ses battements de cœur s'accélérèrent.

— Il n'y a pas de mal.

— Je suis responsable, j'ai toujours pris mes responsabilités, sembla-t-elle ailleurs tout à coup. Jamais je n'aurais...

Jab caressa sa main.

— Je sais. Tu n'as rien à te reprocher, afficha-t-il une risette à sa joue. Tu as bu une demi-coupe. J'ai examiné la bouteille et à peine si tu en as pris.

Elle posa son front contre son épaule.

— Je ne me sens pas très bien.

— Repose-toi, je vais m'occuper de Haby... et de toi.

Capucine ferma les yeux, s'enfonça dans le divan et se tint la tête à deux mains.

— Jab! Regarde le «gratté» de couleur que j'ai dessiné!

— J'arrive, Haby. Il plaça la couverture sur Capucine. J'ai un «gratté» de couleur à examiner, échangea-t-il un sourire avec elle.

Il se leva et rejoignit la petite. Capucine sourit sous la musique des rires qui s'harmonisèrent avec le ciel bleu et le soleil radieux à la fenêtre devant elle.

— L'intensité de la couleur doit diminuer graduellement, exécuta-t-il un parfait dégradé devant les yeux émerveillés de la petite. Ta mère devrait avoir la même sensation avec sa migraine et ne plus la sentir bientôt.

— Maman? Tu sens le gra... le dégradé? parla la petite voix de Haby.

— Étonnamment, oui.

— Les dégradés sont magiques, se parla-t-elle à elle-même.

Un sourire s'afficha au visage de Jab qui projeta ensuite sa voix vers Capucine.

— Hier au téléphone, tu me parlais «d'un paquet de chiffres». Tu peux éclaircir un peu sur le sujet? Où as-tu vu cela?

— Dans la cuisine. Jab observa rapidement autour de lui. Capucine expira. Les chiffres sont apparus à travers mon verre. J'avais l'image de la courtepointe devant moi...

— À travers ton verre? Dans la cuisine? À cette table? s'approcha-t-il de celle-ci.

— Ne te moque pas. C'est comme ça que c'est arrivé.

— Oh! Je ne me moque pas. Loin de là. Je veux répéter l'expérience ce soir, prendre le même poison et voir ce que tu as vu.

Capucine se tourna vers lui.

— Tu ferais ça pour moi?

— Je me suis déplacé ici en pleine nuit pour toi, je crois que je peux boire une demi-coupe de vin. Cependant, je réserve le divan pour la nuit. Je ne travaille pas au studio, c'est le moment parfait.

Capucine ne s'y opposa pas, ce qui l'amena à apprécier le vin avant même d'y gouter.

Dans la journée, malgré son air exténué, Capucine exécuta sa correspondance pendant que Haby flâna en pattes de laine. Seul Jab se montra reposé et bien mis, ce qui baigna Capucine dans la réflexion.

—Jab?

— Oui, lui répondit-il tout en travaillant.

— Tu peux m'expliquer comment je me suis retrouvée en pyjamas ce matin?

Il leva le regard vers elle.

— Peux-tu? lui retourna-t-il la question.

— Non.

— Tenons-nous-en à ça. Capucine serra les dents, alors Jab baissa le ton de sa voix. C'est toi qui m'as demandé de rester pour veiller sur Haby et tu t'es habillée seule.

— Je ne me souviens de rien.

Il avala difficilement.

— Tu m'as trainé jusqu'à la cuisine et tu as frappé le calendrier. Le mot est un peu fort, tu n'avais pas vraiment de coordination. Tu m'as également demandé d'aller commissionner des friandises chocolatées. Tout était fermé à cette heure. Qu'elles sont ces journées cochées d'un trait rouge un peu partout?

— Ce n'est rien. Tenons-nous-en à ça.

Jab fit une drôle de moue. De son côté, elle tua le sujet en lui demandant de confectionner davantage de papier à lettres pour la semaine prochaine.

Dans la soirée, après une courte marche en ville, ils retournèrent tous les trois à la maison avec un repas de la sandwicherie. Pendant l'heure du bain de Haby, Capucine se trouva assise dans la salle de bain à lire des histoires et Jab ouvrit le vin à la cuisine. Il cogna sur la porte de la salle de bain et passa une coupe de vin par l'ouverture.

— Tu en veux?

— Non merci, le cœur va me lever.

— D'accord, je vais donner mon corps à la science.

Il se montra reconnaissant que Capucine le tolère à nouveau et demeura discret. Le bouchon du bain termina son service et la petite se promena autour de Jab les cheveux mouillés. Dans un mouvement soudain, elle déchargea devant lui sa collection de poupées Barbie.

— Maman est dans la baignoire à son tour, c'est ça?

— Oui, et elle m'a dit de ne pas te demander de me confectionner une robe pour ma poupée, car il est trop tard, je dois aller au lit. Alors, je vais t'en demander plein! Elle n'a rien dit à ce sujet. On refait la garde-robe.

Jab éclata de rire.

— D'accord, et qu'est-ce qu'on a comme matériel, Madame la styliste?

— J'ai une boite de mouchoirs dans ma chambre. Il y en a vraiment beaucoup à l'intérieur. On pourrait faire une belle robe de mariée pour commencer.

— Pour commencer, hein?

La boite de mouchoirs atterrit durement devant lui, ainsi que le regard de Haby.

— Est-ce que tu vas marier maman?

La gorge de Jab se bloqua et il s'étouffa quelque peu, puis sa respiration devint souple.

— Oh! Je ne sais pas si ta mère voudrait porter ce genre de robe. C'est beaucoup de blanc en même temps, tira-t-il les mouchoirs de la boite.

Haby jeta devant lui une de ses poupées nues.

— Elle est belle comme maman.

Il souffla, sourit à la petite et couvrit en douceur le corps de la poupée en repliant avec soin le tissu de papier. Ensuite, il se leva, alla à son bureau et revint avec une multitude d'outils, d'adhésifs et autres.

— Tu as une image de ce que tu veux? Je peux être un peu excessif dans mes créations.

— Quoi?

— Tu veux que la robe soit comme ça? plaça-t-il ses mains ensemble de manière à former la lettre A. Comme ça? créa-t-il un espace en forme de ballon entre ses mains. Ou bien, tu souhaites quelque chose qui la couvre simplement?

Haby joua avec ses mains, puis pianota avec ses doigts.

— Tu veux du mouvement, je vois. Et j'ai des mouchoirs pour travailler...

— Ça va être beau, s'imagina-t-elle le résultat final en souriant.

Son sourire devint contagieux et Jab l'attrapa. Capucine sortit de la salle de bain et remarqua les regards qui brillèrent.

— Il n'est pas mauvais, envoya-t-il à Capucine tout en levant sa coupe un court instant.

— Je sais. Un mouchoir, s'il vous plait! tendit-il la main vers Haby.

La petite s'endormit dans la causeuse qu'il poussa près de lui, puis il aida Capucine à la mettre au lit. En douceur, les adultes revinrent à la table de la cuisine.

— Toujours rien, lui pointa-t-elle l'image de la courtepointe.

Il leva son verre, regarda attentivement à travers et nia. Ses mains retournèrent ensuite aux manipulations minutieuses. Enfin, il tourna la poupée de Haby et vérifia la finition. Le regard de Capucine s'arrondit.

— Tu as fait ça avec des mouchoirs?

— Il y en avait beaucoup, reprit-il les dires de la petite. Tu veux que je t'en fasse une? J'ai la soirée devant moi. Tu crois que Haby avait mentionné un voile?

CATHERINE STAKKS

—Un voile?

—Oui, c'est une robe de mariée.

—Tu es conscient qu'elle va la détruire en quelques minutes?

—C'est l'histoire de ma vie.

Capucine demeura avec lui un court instant, lui souhaita une bonne nuit et embrassa la bouteille.

—Je vous souhaite une magnifique soirée à tous les deux.

—Où est rendue cette image?

—Ouuu… Je vois que le venin commence à faire effet. Elle est devant vous, Monsieur Arthaux, devant vous.

Il accepta le jeu et lui souhaita également une belle nuit.

De son lit, Capucine l'observa un moment. Elle trouva drôle de le voir boire et ensuite regarder l'image à travers sa coupe. Sa naïveté l'amusa, sa patience l'impressionna et sa concentration la captiva. Elle le vit reprendre un nouveau mouchoir pour les créations des robes et s'endormit sous la douce lueur de sa présence dans la maison.

Quelques heures plus tard, le lit s'amoindrit à ses côtés et une voix masculine la sortit brutalement de son sommeil. Assis sur son lit, la bouteille à la main, Jab secoua le calendrier fraichement arraché du mur. Capucine passa en position assise.

— Que fais-tu? Tu as bu toute la bouteille? regarda-t-elle l'heure.

—Oui et non. La première oui, la deuxième… presque.

Son timbre de voix et l'articulation de ses mots démontrèrent une forte intoxication.

—Il n'y a qu'une bouteille, Jab.

— Vraiment? Bon. Je recompterai les bouteilles plus tard… si elles peuvent arrêter de bouger. Il y a que… Je regarde les journées barrées en rouge sur le calendrier et j'ai calculé : ce ne sont pas tes moments, tu sais, ce ne sont pas les premiers du mois ou des dates de paiement. Ces journées barrées de manière aléatoire, quelles sont-elles?

Capucine recula devant son haleine.

— Tu vas réveiller Haby. Donne-moi ça et va dormir.

— Tu me dis ce que c'est et je sors immédiatement.

— Non, c'est personnel, Jab. Qu'est-ce qui te prend?

— D'accord, alors je vais faire des statistiques et les compter toute la nuit... ainsi que les bouteilles. Je vais trouver ce qui m'échappe.

— Ce qui t'échappe c'est la ligne invisible de l'intimité. Tu n'as pas le sens critique de la chose et encore moins quand tu as absorbé...

Dans un geste vif, elle lui retira le calendrier des mains et le plaça sous son oreiller.

— La fête est finie! Va dormir.

L'homme devant elle trouva son regard, expira lourdement, s'excusa, puis retourna à la table devant l'image de la courtepointe.

Capucine ne le quitta pas des yeux, puis peu à peu, le sommeil la berça. Tout d'un coup, Jab plongea dans le lit, rebondit et montra l'image de la courtepointe.

— Alors là, j'ai de mauvaises nouvelles pour toi, Mademoiselle!

— Jab!

Il remua l'image de la courtepointe devant ses yeux.

— Je les vois, acquiesça-t-il.

Le sourire de Capucine se réveilla, suivit de près par le désir d'en savoir plus. Elle secoua les couvertures.

— Tu vois les chiffres?

— Un, je ne vois pas les chiffres. Deux, j'y vois maintenant des lapins qui courent.

Capucine s'enfonça la tête dans l'oreiller et passa sa main

CATHERINE STAKKS

dessous. Le calendrier ne s'y trouva plus. La voix de Jab résonna à ses côtés.

— Le bon côté est que j'ai percé le mystère de ton calendrier.

Elle avança la main de manière à attraper les mois, mais celui-ci les recula loin de sa portée.

— Ce sont toutes les journées où tu portes des vêtements mo... mous... moelleux. Je crois que c'est quand... Je l'ai compris quand tu m'as demandé des confiseries chocolatées. Capucine arrondit le regard. Tu as du mal avec ton taux de sucre, c'est ça? Tu n'as pas à cacher ça. Encore moins l'écrire. À moins que ce soit médical. J'aimerais beaucoup en parler, car je peux très bien composer avec ça. Je vais trouver des recettes qui...

— Non. Tout va bien, Jab. Tu veux le savoir?

— J'aimerais bien.

— Je vais te le dire, car de toute façon dans ton état, tu ne t'en souviendras pas. J'essaie de noter les fluctuations dans mon besoin d'affection. Certaines journées j'aimerais un câlin, tu comprends? Mais, je prends les plus mauvaises décisions du monde, de ma vie serait mieux dire. Le regard de Jab s'assombrit. J'ai fait basculer ma vie en entier à cause de mes erreurs, alors si je ressens le besoin, disons de proximité, je m'offre les meilleurs chocolats. J'essayais seulement de voir si je pouvais prévenir. Je crois qu'il n'y a pas de calculs à faire.

Les yeux de Jab se mouillèrent.

— Le besoin de proximité? Une erreur? Tu parles de Haby?

Le silence de la chambre se parfuma d'un lourd parfum du passé. Capucine s'allongea et lui tourna le dos.

— Laisse-moi dormir, maintenant. Tu peux garder le calendrier.

Il ferma les yeux un moment et respira profondément.

— Tu vas vouloir écouter ça : tu n'as fait aucune erreur. C'est tout le contraire! Tu as le plus beau cadeau du monde. C'est ton meilleur coup à vie! Tu m'entends? Ton meilleur coup. Il n'y a rien de plus beau sur cette terre. Elle m'émerveille tous les jours. Les lèvres et le menton de Capucine tremblèrent sous la couverture. Ceci n'est pas un calendrier, c'est une prison. Tu sais que le besoin de proximité est normal, hein? On en a tous besoin. Il y a même un mot pour ça : de l'amour. Et c'est magnifique. J'en ai plein les poches, si tu en veux. Haby n'est pas...

Elle se retourna raidement et l'affronta d'un regard dur.

— Ma fille n'est pas une erreur. Quelle affreuse chose à dire! C'est mon manque de discernement. L'erreur, c'est moi! J'ai fait l'action. J'ai eu les conséquences. J'ai appris. J'essaie simplement d'être une meilleure personne. C'est tout.

Jab l'écouta, mais principalement lut la douleur dans ses yeux. Capucine se retourna à nouveau et tira les draps sur elle de manière à conclure le sujet. La mâchoire de Jab s'entrouvrit, il chercha ses mots, nia, essaya encore, souffla, puis s'allongea à ses côtés.

— Okay, je comprends ce que tu me dis. Voici ce que je pense : le mot erreur va devoir être remplacé, car il n'est pas à sa place. C'est bonheur qui va là. Bonheur. Tu n'as aucun blâme à porter. Le silence de la chambre laissa danser la respiration de Jab et ses mouvements. Je sais que tu ne les veux pas, mais mes bras sont grands ouverts. Ils l'étaient dans le passé et ils le seront dans tous les calendriers que tu vas mettre sur ce mur... pour toi et Haby. Capucine ouvrit les yeux. Elle est ta plus grande réalisation. Je veux dire, regarde-là, elle est merveilleuse! Elle te ressemble tellement. Des larmes coulèrent des yeux de Capucine. Je ne te demande pas de m'accepter dans ta vie ou dans celle de Haby, mais j'aimerais que tu t'acceptes toi. Si tu pouvais seulement te voir avec mes yeux, se passa-t-il la main sur le front. Tu serais foudroyé! Ton souffle en serait coupé et tu aurais des papillons dans le ventre à chaque journée de ce calendrier. Tu n'en dormirais pas certaines nuits. J'ai tellement de choses à te dire.

Jab s'approcha en douceur. Elle sentit sa chaleur. Il appuya sa tête contre la sienne et allongea le bras autour de sa taille. Capucine ferma les yeux. Elle s'endormit sur les derniers mots de celui-ci.

— C'est merveilleux.

Au matin, Haby trouva sur la table de la cuisine une longue suite de robes fabriquées avec des mouchoirs. À yeux arrondis, elle trouva même une petite armoire en carton pour les ranger. Elle admira les petits cintres, sélectionna une robe, habilla sa poupée et grimpa dans le lit de sa mère. Assise entre Capucine et Jab, elle joua avec sa poupée qui porta une création remplie de minuscules enveloppes.

Capucine se réveilla lentement, observa sa fille et trouva le regard de Jab. Celui-ci porta le même sourire que sa fille. Elle s'intéressa à la robe de la poupée, quand elle réalisa qu'elle avait oublié les cours de danse. Haby s'en montra soulagée. À ce moment, elle se demanda pourquoi elle s'y rendit chaque semaine.

— Haby, tu aimes les cours de danse?

— Non.

— Et si l'on arrêtait d'y aller.

La petite serra sa mère dans ses bras.

— Merci, Maman!

Jab échangea un regard de bienveillance avec Capucine, puis sortit du lit afin de se rendre à la salle de bain. Une minute plus tard, Haby cogna à sa porte. Torse nu et habillé d'un pantalon, il lui laissa la place.

— Peux-tu, s'il te plait, te couvrir? résonna la voix de Capucine.

— Mes vêtements sont à l'intérieur. Il y avait urgence.

Haby sortit, alors il se retourna et marcha vers la salle de bain. Graduellement, le regard de Capucine s'arrondit, quand elle remarqua de grandes cicatrices à son dos.

— Jab? sortit-elle du lit.

D'un geste doux, elle posa sa main sur l'une des marques. Aussitôt, il se tourna de manière à lui bloquer la vue, sourit gentiment, atteignit son teeshirt et l'enfila. Elle réalisa à ce moment que malgré le fait qu'ils travaillèrent ensemble depuis longtemps, elle ne connut rien de sa vie. Dans le même bureau, des centaines d'heures et elle ne put rien dire sur lui à part ses compétences professionnelles. Ce qu'elle ne dévoila pas d'elle-même se refléta dans les marques d'un autre. La voix masculine qui traversa la pièce la sortit de ses songes.

— C'est dimanche! Qui vient à la soupe avec moi ce midi?

Capucine insista pour en savoir plus sur ce qu'elle venait d'observer, mais celui-ci tint son regard en silence. Elle acquiesça et accepta ce même silence. Puis, ils placèrent les couvertures du lit à deux, préparèrent le déjeuner à deux, exécutèrent certaines tâches ménagères à deux et passèrent du temps à trois. Le regard qu'elle lui porta s'intensifia et il le remarqua.

Les heures avancèrent et il réitéra sa demande.

— Qui vient à la soupe?

— À la soupe? sourit Capucine. Où ça?

— Chez la meilleure cuisinière de soupe aux légumes du monde entier : ma mère. Il se baissa à la hauteur de Haby. Il y a également un chien qui s'appelle Peanut, des poissons, mais ils n'ont pas de nom, et un monsieur rigolo qui fait de bons tours de magie.

Haby descendit chercher son manteau.

— Ça, c'est l'esprit que je recherche!

— J'ai du retard à rattraper dans mes correspondances et puis je ne vais pas aller chez tes parents?

— Pourquoi pas? Ils sont gentils.

— Est-ce qu'ils savent que tu nous invites?

— Un instant.

Il retira son cellulaire de sa poche et composa un numéro.

— Allo. Oui, j'arrive. Penses-tu que tu pourrais mettre un peu d'eau dans ta soupe? Oui, c'est parfait. Il replongea son téléphone dans sa poche. C'est fait. Ça lui fait plaisir.

— Elle ne demande même pas qui vient ?

— Crois-moi, elle le sait, parla-t-il avec une certaine émotivité.

Des plis poussèrent sur le front de Capucine, puis elle nia. Les épaules de Jab descendirent.

— J'ai beaucoup de travail et cette sortie est... trop personnelle.

Jab l'observa refuser sa demande, refuser d'avancer davantage vers lui, puis la voix de la petite résonna.

— J'ai chaud! On y va?

— Haby! parla Capucine. Que dirais-tu d'y aller avec Jab? Je sais que tu n'aimes pas ça quand je travaille le weekend et que tu t'ennuies.

La fillette cria de bonheur. Jab plissa le regard et baissa la voix.

— Tu me laisses y aller avec elle?

Le regard plongé dans le sien, elle acquiesça. Il avança la main vers elle.

— Je devine que tu ne viens pas.

— Non, je vais en profiter pour m'avancer et me rendre disponible pour elle à votre retour. Si cela ne te dérange pas et tes parents.

Il attrapa Capucine doucement et la tira vers lui, puis posa un baiser sur le côté de son visage, ce qu'elle accepta difficilement. Il recula aussitôt et vit l'image de la fameuse courtepointe sur la table.

— Tu me prêterais l'image de la vieille couverture? S'il y a quelque chose de nébuleux à voir, je connais quelqu'un qui le verra.

Elle le lui remit.

— Bon diner et ne rentrez pas trop tard.

Il put lire dans sa voix et son regard son inquiétude.

— Tu veux que je t'appelle rendu là-bas?

— Non, ça va aller. Où habitent tes parents?

— La rue derrière le studio. Je t'écris l'adresse, déposa-t-il rapidement une feuille sur la table. Tu ne peux pas manquer la maison, il y a une fontaine assez impressionnante devant. Bon, là elle est fermée et remplie de neige, mais c'est assez voyant.

— Je connais! C'est chez vous ça?

— Je leur avais dit de la mettre derrière la maison. J'étudiais les arts à cette époque et ma mère voulait une fontaine, alors c'est un peu éclaté comme style. Impossible de la lui reprendre. J'ai essayé.

— Jab, fais-lui attention.

— Haby, embrasse ta maman, on s'en va.

À peine si Capucine reçut un baiser que la petite tira la main de Jab pour partir. Dans l'entrée, il plaça sa mitaine manquante, noua bien son bonnet de laine, prit soin de bien placer ses cheveux à l'intérieur, vérifia son manteau et ses bottes, puis attrapa sa petite main.

Capucine les regarda s'enfuir ensemble et continua de suivre leur route de la vitrine du salon. Au loin, ils grimpèrent ensemble dans l'autobus. Elle trouva difficile de ne plus les voir, puis s'engouffra dans le bureau où les lettres prirent vie devant elle.

Au même moment, en France, Henry porta un journal sur un plateau. La première page mentionna une courtepointe volée dans l'un des plus vieux musées du pays.

Un peu plus tard, chez les parents de Jab, Haby se vit accueillie en reine. Mamie ici et Papi là, la famille s'en donna à cœur joie à lui montrer les attractions de la maison. Haby en profita pour donner des noms aux poissons de l'aquarium. Les deux poissons rouges furent nommés Henry et monsieur le duc, tandis que celui collé à la fenêtre reçut le prénom de Renata.

— Renata adore faire du lèche-vitrine. C'est ce qu'elle dit tout le temps, envoya Haby.

Jab pouffa de rire. Le chien se promena près de la petite et lui donna de grands coups de queue ce qui l'amusa. Avant de passer à la table, la mère de Jab prêta à Haby un petit tablier qui appartint à Jab dans son enfance. La petite adora sa soupe, ses craquelins, le fromage et s'exclama de bonheur devant la tarte aux cerises.

— Ç'a toujours été la tarte préférée de Jab, avoua la mamie du jour.

— Tout ce que tu cuisines est délicieux, Maman.

Le père de Jab seconda.

Après le repas, Jab retrouva son père au salon et lui demanda de jeter un coup d'œil à l'image de la courtepointe.

— Et puis, tu vois quelque chose?

— Je peux déjà te dire, avec certitude, que c'est une très mauvaise imprimante que tu as là, mon garçon.

— Pour les correspondances, on n'a pas besoin d'imprimantes comme au studio. Est-ce que tu vois des chiffres ou… des lapins qui pourraient sembler danser? poussa Jab la fin de la phrase à dents serrées.

— Ouep! reposa-t-il l'image pour ensuite redonner son attention au téléviseur.

— Papa?

— Oui?

— Je te connais trop bien. Dis-moi ce que tu vois.

Son père se retourna avec un large sourire.

— Regarde, ici il y a les chiffres 1,7, 3, 5 et là… je dirais que ce n'est pas un chiffre, mais une croix.

Jab se tint à ses côtés, les yeux plissés, incapable d'y percevoir quoi que soit, alors il lui donna un crayon pour qu'il les trace.

— Incroyable!

— Tu les vois? lui demanda son père intrigué.

— Non, pas du tout! C'est quand même incroyable!

Ils rirent ensemble.

Après avoir dit au revoir au chien, à Henry le poisson, au duc de l'aquarium, à Renata le poisson ventouse et aux parents de Jab, Haby glissa sa petite main dans celle de Jab. Tous les deux retournèrent à la maison où Capucine leur ouvrit la porte avec grand plaisir, contente de revoir sa fille.

— Et puis, comment ç'a été? prit-elle leur manteau.

— Très bien, ma mère t'envoie ceci.

Il lui tendit un sac.

— Qu'est-ce que c'est?

— Je crois que c'est de la soupe et de la tarte aux cerises.

— C'est gentil. Tu la remercieras pour moi.

— Mon père a également quelque chose pour toi.

— Ah oui?

Il lui montra la feuille avec les chiffres inscrits au crayon.

Le regard de Capucine s'illumina.

— C'est exactement ce que j'ai vu, dans ces mêmes espaces, mais je n'arrivais pas à… C'est incroyable!

— C'est ce que j'ai dit!

— Ton père était sobre?

Le rire de Jab répondit avant lui.

— Oui.

— J'ai également quelque chose pour toi. Il la serra fortement dans ses bras. Tu nous as manqué.

À lèvres pressées, le corps tendu et le sourire forcé, Capucine n'arriva pas à prendre l'affection de celui-ci. Son regard bas signala à Jab que le contact eut moins de succès que les autres cadeaux apportés.

— Est-ce qu'on peut… ne pas…

Jab acquiesça à la demande de celle-ci.

— Misons le tout sur la tarte.

— … et les chiffres. J'appelle Renata!

Dans un magasin à grande surface, Renata déversa son panier à achat sans façon sur le tapis roulant de la caisse avec l'aide de la marmaille. Ensuite, elle regarda ses messages qui entrèrent de la part de Capucine et demanda à son mari de conclure la transaction. À l'écart, elle effectua un appel.

— Capucine! Qu'est-ce que Jab a encore fait? Son père? La vieille courtepointe du musée?

Dans le local de Cette lettre est pour vous, Capucine s'installa devant l'écran de l'ordinateur et utilisa les moteurs de recherche internet sans trop savoir quelle direction prendre. Elle se hasarda à faire de multiples combinaisons avec les chiffres qu'ils détinrent tout en parlant avec Renata.

— Peut-être une date? Je me demande si cela pourrait être une évidence pour monsieur Sergio.

— Qui? envoya Renata

— Le généalogiste ou historien, je n'arrive pas à dire.

— Ah! La grosse voix.

— Oui. J'appelle le duc.

— Très bien. Rappelle-moi.

Ravi d'entendre la douce voix de Capucine, le duc l'informa aussitôt qu'il lui avait envoyé par avion le journal où l'on mentionna le vol d'une très ancienne courtepointe dans un musée de Paris. Il parla ensuite à Henry, alors Capucine patienta.

CETTE LETTRE EST POUR VOUS

— Henry me dit à l'instant que monsieur Sergio a reçu les informations. Il va surement vous contacter sous peu.

Après de belles salutations, Capucine libéra la ligne. Le téléphone sonna presque aussitôt et une voix tonitrua dans l'appareil.

— 1735, France. Un nom?

— Monsieur Sergio?

— Pas le mien, vous avez un nom avec ces informations, Madame Muller?

— Non, mais cela pourrait avoir un lien avec l'indélicatesse qui s'est produit dans le très ancien musée de France. Oui! D'accord, attendez, je prends ça en note. Merci beaucoup, Monsieur Sergio. Au plaisir.

— Et puis?

Capucine écrivit encore pendant que Jab tenta de lire.

— Il n'y a rien dans ses livres d'évènements à part la construction d'un presbytère.

— Quel presbytère?

Il prit la note de Capucine et s'activa sur l'ordinateur à son tour.

— Le presbytère est situé tout juste à côté d'un musée, le même qui nous intéresse. Son visage s'illumina. Tu imagines? Cette bâtisse est encore debout. Je dois voir l'intérieur.

Renata reçut l'information et trouva en ligne un vieux document sur l'historique de la bâtisse ainsi que la région.

— La courtepointe ainsi que plusieurs objets exposés au musée décorèrent auparavant ce presbytère.

Ils examinèrent une vieille photographie qui démontra la même courtepointe dans l'une des salles du presbytère. Ce soir-là, Jab et Renata auraient pris l'avion à la même vitesse que leur curiosité. De son côté, Capucine aima se retrouver bien au chaud avec sa fille dans les bras. Elle regarda Jab qui s'enthousiasma et se questionna si elle eut vraiment envie de

255

continuer. Puis, une main se posa sur son épaule.

— Ça va? déposa-t-il une fleur de capucine en papier dans son vase, pour ensuite s'accroupir à côté d'elle. Des soucis?

Elle expira et nia non pas de manière à lui indiquer que tout allait bien, mais d'une façon qui exprima l'écrasement ressenti. Jab acquiesça.

— Tu peux me donner toutes les charges que tu veux : la maison, le travail, les finances, le musée et même cette merveilleuse histoire qui continue... avec la courtepointe.

— Peut-être que tu pourrais arrêter de m'offrir ces fleurs.

Il sourit.

La sonnerie du téléphone brisa l'intimité. Le regard de Capucine capta la provenance de l'appel : le musée de Chicago. Jab invita Haby à jouer et Capucine parla avec le spécialiste. Du coin de l'œil, il surveilla sa réaction.

— Pourquoi une deuxième expertise? Que vous a donné la première?

— Madame Muller, il y a beaucoup d'informations à rassembler. En raison du montant de cet achat, les règles imposent également une authentification externe.

— Une authentification externe?

— Je croyais que le directeur vous avait parlé. Il y a un Italien, monsieur Nazario Gabinoli, qui s'est manifesté. Il mentionne posséder les coffrets antiques de correspondance probablement reliés aux sceaux et...

Le spécialiste tarda à parler. Capucine souffla.

— Dites-moi tout simplement ce qui en est.

— Il aurait possiblement également les sceaux originaux. Quand on parle d'objets contrefaits...

Capucine l'arrêta.

— Je refuse l'authentification externe.

Le spécialiste lui coupa la parole à son tour.

— Vous comprendrez que les experts sont peu nombreux dans le domaine. Grâce à ses mentions et son expertise, il pourra nous en dire plus. Le fait que monsieur Gabinoli possède les coffrets...

À l'oreille de Capucine, le nom sonna telle une détonation. Elle défigura Jab qui eut du mal à suivre la conversation.

— Nous avons eu des incidents avec monsieur Gabinoli. Il fait l'objet d'enquête policière en France. Les coffrets originaux nous ont été volés et les sceaux que cet homme possède sont d'exactes copies des nôtres. Comment je le sais? Car, j'ai à côté de moi celui qui les a conçus. Si vous souhaitez une personne pour les authentifier, je suggère monsieur Jean-Baptiste Arthaux et personne d'autre.

— Je vois que son nom figure dans l'enregistrement des sceaux. Je ne crois pas qu'il soit possible qu'il agisse comme expert, car cela ne respecterait pas le principe d'impartialité. Je parle au directeur et je vous rappelle.

Capucine termina la conversation et se demanda si un autre musée serait autrement intéressé, puis elle réalisa que la situation alla surement tourner de la même façon. À l'écran, elle changea le titre de ses recherches pour : Nazario Gabinoli. De l'autre main, elle contacta monsieur Sergio et ignora les questions de Jab.

— Monsieur Sergio, navrée de vous déranger. J'ai une autre requête à vous demander. Vous m'enverrez vos honoraires, bien sûr. Voici un nom : Nazario Gabinoli.

En courriel, le musée de Chicago demanda plus d'informations au sujet de l'enquête policière, ce qui amena Renata à grimacer quand elle lut le message de son côté. Elle contacta Capucine. En conservation à mains libres, Jab, Renata et Capucine discutèrent au sujet des nouveaux évènements.

— Ça regarde mal, pesta Renata.

Jab demeura extrêmement calme et posé.

— On a les vrais sceaux! Peu importe ce qui se passe autour, cela n'affecta jamais ce fait. N'importe quel spécialiste va voir la colle que j'ai utilisée sur les siens. Ils sont bien faits. Ils ont l'air vrais au premier coup d'œil, mais… ça n'a rien à voir avec ceux de Marguerite. Je veux dire, on est à des lieues de distance. Ce n'est même pas comparable. Un objet fabriqué il y a quelques jours n'a pas la marque du temps. Personne ne peut copier ça.

Capucine répondit au courriel et mentionna le nom du policier en chef. Elle reçut un retour en moins d'une heure : il n'exista aucune enquête à ce sujet ni même d'enquêteur sous ce nom.

— Qu'est-ce que ce manège? se répéta Renata.

Piquée, celle-ci appela le service de police afin de vérifier. Le résultat se trouva similaire. Capucine transmit les informations au duc, à qui cela n'impressionna guère.

Dans le bureau de Cette lettre est pour vous, Renata ventila sa rage en conférence virtuelle, pendant que Capucine tenta de trouver une solution.

— Attendons l'appel de monsieur Sergio, signons l'autorisation pour le deuxième expert, cependant il devra authentifier les sceaux ici, au musée de Chicago, en notre présence.

Renata accepta d'emblée ainsi que Jab.

— Je veux voir son visage, quand il va voir le type de colle que j'ai utilisé, sourit Jab.

— Ce n'est pas tout, ajouta Capucine. Je me trompe peut-être. Elle leva le regard vers Jab. Sauriez-vous garder un secret?

24

Sur une feuille blanche, Capucine traça des lignes à grands coups de crayon, ce qui attira l'œil de Jab. Puis, elle écrivit une liste de noms.

— Qu'est-ce qu'elle fait? Jab, dis-moi! Je n'arrive pas à voir!

Le regard piqué de curiosité, Jab étudia vigoureusement la démarche de Capucine.

— Intéressant!

De l'autre côté de l'écran, Renata se leva de sa chaise.

— Eee… Allo? Quelqu'un va me dire ce qui se passe?

Dans le coin de l'écran, Jab fit apparaitre une grenouille en papier, la fit disparaitre, puis réapparaitre, ce qui amusa Haby au plus haut point, pendant que Renata roula les yeux. Ensuite, il ajouta le décor ce qui émerveilla à la fois la petite et la grande. Cependant, la voix de Capucine chassa vite la féérie. Elle retourna sa feuille devant la caméra.

— Voici les gens qui nous entourent, les gens qu'on croise chaque jour, ceux qu'on a visités, leur entourage, etc. Personne ne savait pour le musée de Chicago à part nous. Comment monsieur Gabinoli l'a su?

— Je me posais la même question, avança Jab.

— Le directeur a mentionné qu'il a reçu son appel peu de temps après notre visite.

— Vous savez à qui vous avez dit que le musée de Chicago s'intéressait aux sceaux?

— Ça fait vraiment un tas de noms, s'approcha Renata le visage de l'écran. J'ai surement divulgué la chose à la plupart de ces gens, mis à part le duc et ses employés. Mais j'en aurais bien été capable.

Capucine abaissa la feuille et créa une grille par-dessus les noms. Avec un crayon d'une autre couleur, elle écrivit plusieurs phrases.

— J'ai besoin de votre imagination ici. Dites-moi des choses qu'on pourrait raconter.

Jab commença à comprendre et tira le crayon des doigts de Capucine pour ajouter les phrases de son cru. En vitesse, il numérisa le document et l'envoya à Renata.

— Qui a écrit ça? résonna aussitôt la voix de Renata. Jab tourna le dos à la caméra et cacha son rire. Je ne vais pas dire ça au salon de coiffure!

— La chaine de lettres de Marguerite va également être testée, mentionna Capucine ses intentions. Du mouvement va être créé autour de nous. Nous devons trouver la faille.

À grands soupirs et à sourcils élevés, Renata termina de lire la feuille, puis l'écran tourna au noir. Dans le bureau de Cette lettre est pour vous, Jab toucha le nom de ses parents et posa la main sur son cœur. Capucine le remarqua.

— Pour tes parents, Jab, j'ai écrit que des vérités. Ils auront le plaisir d'entendre des détails amusants de notre vie.

Celui-ci referma ses paupières doucement tel un remerciement, puis parla à son tour.

— À Renata, j'ai écrit que des mensonges, de très non souhaitables choses à dire et j'ai appuyé très fortement sur le crayon, si tu vois ce que je veux dire.

— Tu as quoi?

Au salon de coiffure, Renata leva les yeux au ciel et grimaça.

— Il faut ce qu'il faut! prit-elle une grande respiration, pour ensuite avancer vers la première correspondante nouvellement employée. Je ne t'ai pas raconté ça? Nous avons reçu une lettre d'un homme de Paris, qui aurait trouvé un très vieux… sous-vêtement… qui aurait sensiblement un lien avec l'un des sceaux de correspondance qu'on a. Il voudrait nous en faire cadeau.

— C'est totalement grossier!

— À qui le dis-tu? Je t'ai même épargné les détails impertinents.

À la machine à café, Renata relut sa grille et parla à une autre correspondante.

— Tu sais quoi? Je dois le raconter à quelqu'un. Quand nous avons été à Paris, nous avons mis la main sur un livre qui raconte comment ouvrir une porte de l'intérieur, quand on se trouve à l'extérieur. Ce n'est pas incroyable?

— Vous êtes allée à Paris? Fameux?

— Oui, on est allé à Paris. Bonne journée, expira-t-elle lourdement en marchant vers une autre dame.

— On a trouvé, dans un souterrain à Paris, un bijou sans prix, car il n'avait pas d'étiquette.

Sans broncher, Renata tint le regard de la femme qui accepta la platitude.

— Super. Je vais continuer d'écrire, si tu es d'accord.

Renata se retourna et maudit Jab secrètement. Avant de parler à sa dernière employée, elle se mordit la lèvre. La dame âgée dormit appuyée sur le comptoir. En douceur, Renata s'assit à côté d'elle et regarda sa feuille.

— Je n'arrive pas à croire qu'il ait écrit ça. Puis, elle murmura à l'oreille de la vieille dame. Si cela peut t'inspirer dans tes rêves, nous avons trouvé un sanglier magique. Elle ferma les yeux et se cacha le visage de ses mains un instant. À Paris, un sanglier en or et quand on lui met une feuille dans le..., dans la... Je passe! Elle hocha négativement de la tête, puis s'allongea le haut du corps sur le comptoir. Cela aurait un lien avec la vieille courtepointe volée dans un musée dernièrement.

Au téléphone, il fut maintenant interdit de communiquer des informations au cas où la ligne serait sous écoute. À coups de klaxon, Renata se présenta chez Capucine, monta au bureau et frappa Jab derrière la tête avec ses feuilles.

— Pourquoi m'as-tu fabriqué des carottes aussi stupides?

— J'aime bien celle-là, regarda-t-il la feuille à nouveau.

— Voilà! J'ai conté des histoires à tout ce beau monde et je me sens, à cause de lui, parfaitement inélégante.

Capucine confirma la transmission d'informations avec les siens ainsi qu'avec le duc. Bref, ils semèrent des histoires à travers leurs connaissances et patientèrent de voir ce qui alla pousser. Renata se gratta la tête.

— Qu'est-ce que je fais si les filles au salon se parlent et s'échangent les histoires? On ne saura plus qui est la fuite.

— Vous faites ça? envoya Jab nonchalamment.

— Nous sommes dans un salon de beauté! C'est ce qu'on fait, on échange. Ça fait partie du boulot.

— Laissons aller. On verra bien, intervint Capucine.

Plus tard, Capucine reçut une confirmation en provenance du musée de Chicago. Le directeur spécifia qu'une personne serait autorisée à participer à la rencontre avec monsieur Gabinoli. Devant les nouveaux faits apportés, il préféra diminuer les chances de conflits. Capucine nota le rendez-vous sur le nouveau calendrier qu'elle découvrit à la cuisine, créé par Jab. Celui-ci l'observa.

— Dans deux semaines, jour pour jour, parla-t-il derrière elle.

— C'est exact.

Les journées du nouveau calendrier filèrent au rythme de la

lampe de Jab qui s'illumina le matin et s'assombrit à son départ, tout comme le regard de Haby. Beaucoup de nouvelles inscriptions continuèrent d'affluer et gardèrent Capucine assise plus longtemps à son bureau. Jab la regarda masser sa main régulièrement devant la douleur causée par l'écriture. En addition, le succès de leur entreprise amena de nouvelles entreprises à offrir le même service. En conférence virtuelle, Renata leur montra les nouveaux sites internet à l'image de Cette lettre est pour vous.

— Ils ont copié nos couleurs, nos slogans et même le design. Les noms des compagnies ressemblent tous à la nôtre! Écoutez ça : Cette lettre est pour toi, Cette lettre est pour nous… Non! Ils n'ont pas le droit de faire ça! C'est trop semblable. Jab, tu peux nous ajouter un sceau officiel?

— Je m'en occupe.

— Il y aura davantage de lettres écrites à la main, trouva Capucine quelque chose de positif à dire avant de retourner à son écriture et répondre à l'invitation d'une des correspondantes qui demeura tout près.

Pour ses cent ans, la dame qui correspondit avec Capucine depuis de nombreuses années invita l'équipe de Cette lettre est pour vous à partager le gâteau. Alors, un après-midi, Renata, Jab, Capucine ainsi que Haby se rendirent à la résidence des ainées et y passèrent un agréable moment. Les gens de la famille se présentèrent à eux et leur expliquèrent le bienfait des lettres sur sa joie de vivre. En addition, l'équipe fut photographiée avec la fêtée, ce qui leur valut encore une fois une publication dans le journal. Haby éprouva une grande fierté de se voir sur l'impression quelques jours plus tard et l'accrocha dans sa chambre. Quant à Capucine, elle trouva remarquable de l'entendre lire l'article.

– «C'était la première fois que je rencontrais la personne derrière les mots. C'était un sentiment indescriptible, un peu comme deux mondes qui se rencontrent. Dans le premier regard, le silence fait tout le travail, un peu comme si notre correspondance parlait en premier. Ensuite, le sourire et l'accueil s'installent. On découvre à deux un nouveau monde. On s'y adapte peu à peu. L'amour s'occupe du reste.»

— Elle est vraiment bonne pour lire, l'écouta également Jab. Elle retient ça de toi.

— L'amour s'occupe du reste. J'aime bien, acquiesça Capucine.

Celui-ci s'approcha d'elle.

— J'aurais quelque chose à te montrer, si tu as deux minutes.

— Bien sûr.

Sur la table de la cuisine, Jab étala une nouvelle collection de papèterie et remit à Capucine un épais catalogue. Avec intérêt, elle examina ses créations.

— J'adore!

— Je suis content, car j'aimerais vendre la collection que tu as devant toi en exclusivité sur le site de Cette lettre est pour vous. Ce que tu tiens dans tes mains viserait un marché différent, disponible à une plus grande échelle. Ça serait un revenu additionnel pour nous.

— Pour la compagnie?

— Plutôt pour nous. Je n'aurais plus à travailler au studio. Je pourrais être avec toi et Haby en permanence. Les revenus vont nous permettre d'agrandir et…

Capucine déposa l'épais document et recula de la table. Jab ferma les yeux un instant.

— C'est trop? Quelle partie? Je peux réduire le nombre d'items et je vais m'occuper de la manutention, la comptabilité, la fabrication… Tu n'auras aucune charge de travail supplémentaire. Il s'arrêta un instant. Je peux faire tellement plus.

Elle copia le ton feutré de celui-ci.

— C'était plutôt le nous qui me posait problème. Je ne

comprends pas pourquoi tu voudrais t'investir de la sorte.

— À ce sujet, est-ce qu'on peut parler? Je pense qu'il est grand temps....

Capucine recula davantage.

— Pas maintenant, ce n'est pas le bon moment avec tout ce qui arrive.

— Pas le bon moment, je vois.

L'intimité se brisa comme une bulle qui éclata. Capucine reprit un ton impersonnel.

— Je suis d'accord que tu vendes tes produits au nom de la compagnie si tu le veux, c'est absolument sublime, regarda-t-elle encore le papier sur la table. Renata va surement être de mon avis. Jab? Celui-ci ne remua plus. Jab?

— C'est bon, seulement le papier à lettres, s'anima-t-il à nouveau. Je vais donc entrer au travail ce soir.

En quelques jours, ils obtinrent déjà plusieurs commandes. La fabrication et la manutention s'ajoutèrent aux tâches de Jab, en plus de ses emplois.

— Cela peut très bien fonctionner, plaça-t-il le catalogue devant Capucine une deuxième fois. Quand tu es prête à essayer, tu me fais signe.

Tout en jonglant avec ses nombreuses occupations, il ajouta au calendrier des petits moments d'intimités avec Capucine : un café pour deux dans le placard, une balade à pied entre deux correspondances et un massage de la main qu'elle accepta devant la douleur qu'elle éprouva. De plus, il insista pour passer chaque moment de congé avec elle et Haby. Le soir avant de quitter l'appartement, il demanda continuellement la même chose à Capucine.

— Est-ce qu'on peut parler? C'est un bon moment?

Et elle lui livra journellement la même réponse.

— Pas maintenant.

Ce qu'il accepta à contrecœur en misant sur le lendemain.

Un matin sans flocon, le téléphone de Capucine sonna en même temps que Jab illumina son coin de travail. La voix du duc résonna dans le bureau.

— Capucine, très chère! J'ai une grande nouvelle pour vous! Si vous aimez les festivités sous le signe de la correspondance, ça va de soi.

— Festivités?

— Une des amies de Marguerite, la fille de celle-ci en fait, organise chaque année le festival de la correspondance dans la région et vous excuserez mon audace... j'ai chaleureusement recommandé votre personne à titre de présidente d'honneur.

— Présidente d'honneur?

— Une apparition à la journée d'ouverture, billets d'avions compris.

Jab secoua l'image de la courtepointe devant ses yeux et acquiesça.

— Je ne sais trop quoi vous dire, Monsieur. Vous avez les dates? se déplaça Capucine devant son calendrier.

— C'est très bientôt. Il y a eu un désistement de la part de leur président d'honneur et l'on m'a contacté si je connaissais quelqu'un. C'est un peu à la dernière minute, mais combien enrichissant.

Capucine revint à son bureau, calcula l'échéance, le musée, ses correspondances et offrit un silence sur la ligne. Jab posa la main sur son agenda.

— Ça va fonctionner. Ne t'inquiète pas. C'est une opportunité. Plonge!

— Je vais y réfléchir, si vous permettez, parla-t-elle au duc.

— Très bien, je vais attendre votre appel.

Dès qu'elle termina sa conversation téléphonique, Jab s'enthousiasma à l'idée d'aller visiter le vieux presbytère.

CETTE LETTRE EST POUR VOUS

— Tu as toujours la flamme au cœur pour cette couverture? le dévisagea-t-elle.

À ces mots, les traits du visage de Jab devinrent sérieux.

— J'ai toujours la flamme au cœur, en effet, mais pas pour la couverture.

Au même moment, un message éclaira l'écran du téléphone portable de Capucine. Elle reçut un rappel pour le rendez-vous du musée, soit pour la journée du lendemain. Jab s'avança.

— Toujours aucune information au sujet de notre homme avec nos coffrets?

— Non. Monsieur Sergio n'a rien à son sujet.

— Toujours rien avec nos mensonges éparpillés à travers nos amitiés, familles et…

— Non plus.

— Jamais deux sans trois. Toujours pas le bon moment pour parler tous les deux?

— Si toi et Renata êtes d'accord, j'aimerais être la personne présente lors de la rencontre au musée. J'ai parlé à ma mère et elle va venir garder Haby.

— Je suis disponible pour Haby.

— J'aimerais que vous soyez tous les deux au musée. Vous savoir près de moi va me rassurer.

Jab acquiesça.

— Tu peux compter sur moi.

— Renata vient de me confirmer qu'elle accepte également. Vous êtes gentils. Je veux parler à cet homme.

Ce soir-là, après que Jab partit à son deuxième travail et que Haby dormit paisiblement, Capucine contempla la lune de la fenêtre du bureau.

Devant elle, tout juste à côté du vase rempli de fleurs en papier, reposa le sceau spécial de Marguerite, celui qui la relia à de nombreuses personnes dans le secret. Elle le prit un moment, le reposa, puis retira une fleur du vase. Dans un mouvement délicat, elle la fit tourner entre ses doigts. Elle tira ensuite vers elle le catalogue des créations de Jab et tourna les pages avec beaucoup d'attention.

Au petit matin, la sonnerie de la porte s'entendit dans la maison. Déjà présent, Jab ouvrit à la mère de Capucine, prit son manteau et l'invita à monter.

— Elle est un peu nerveuse, à peine trois changements de blouses, envoya Jab avec le sourire.

Haby sauta de joie et ses cris retentirent comme une fête dans la maison. Capucine se présenta avec le sourire aux lèvres, quand le klaxon de Renata la pressa à partir.

— Allez-y! Allez-y! les chassa la mère de Capucine.

Dans l'entrée, Jab tint le manteau de Capucine tel un gentil homme. En vitesse, elle mit le vêtement et se retourna vers lui. Aussitôt, il remarqua son visage pâle et sa respiration difficile. À gestes lents, il plaça son collet et respira avec elle profondément.

— Hé! Rien ne peut être pire que... tu sais quoi.

— Oui, Renata va tellement chanter à tue-tête!

— Ça va être intolérable! Tu penses que tu peux prendre ça?

Elle sourit.

— J'avoue qu'elle a le rythme.

— Oui, elle l'a. Approche un peu, la serra-t-il dans ses bras. Tout va bien aller.

La mère de Capucine et Haby les regardèrent du haut de l'escalier.

25

En direction du musée, la voiture de Renata traversa la ville dans un silence funèbre. Sans musique et sans parler, le trio vécut dans leurs pensées. Devant les marches de l'édifice, ils arrêtèrent leurs pas.

— On y est, soupira Renata.

Jab acquiesça.

— Si tu changes d'idée, je me ferai un plaisir d'y aller à ta place. J'ai deux mots à lui dire à cet homme, tourna-t-il la tête vers Capucine.

— C'est bon. Il est grand temps qu'on se parle.

À bras ouverts, le directeur les attendit à l'entrée, offrit à Renata et à Jab un laissez-passer de courtoisie leur permettant de visiter le musée, puis partit avec Capucine vers l'ascenseur.

— On ne nous a pas offert l'ascenseur la dernière fois, pointa Renata.

— Ça non plus, montra Jab son laissez-passer pour voir les expositions, sans quitter Capucine des yeux.

Dans le même bureau que sa première visite, malgré sa petitesse, Capucine remarqua que l'endroit grouilla d'encore plus d'équipements électroniques. Plus aucun siège ne s'y trouva. Elle chercha du regard la présence de monsieur Gabinoli, mais ne vit que le directeur ainsi que le spécialiste qui poussa un charriot sur lequel elle reconnut les sceaux. Derrière elle entrèrent deux agents de sécurité ainsi qu'un grand homme habillé d'un long manteau et de gants de cuir noir. Il sembla arriver à l'instant. Le directeur lui parla courtement, lui présenta Capucine à qui il serra la main sans retirer ses gants, signa un document et se pencha immédiatement sur les sceaux.

Le spécialiste lui donna la permission de les toucher avec des gants blancs, que celui-ci se dépêcha de mettre. La table fut grandement éclairée et surplombée de caméras de rapprochement reliées aux écrans. L'homme au regard ténébreux regarda les pièces longuement, ce que tous purent visionner en temps réel. Au bout d'un certain temps, il retira ses gants et présenta les coffrets. Le spécialiste s'y pencha sans attendre.

Après une courte discussion entre le directeur et monsieur Gabinoli, Capucine eut le simple spectacle de le voir quitter l'endroit le vent dans les longs pans de son manteau.

— Madame Muller, parla le directeur, vous m'avez bien dit que la collection était complète, n'est-ce pas?

— En effet.

— D'après monsieur Gabinoli, la collection est incomplète. Il nous a fait part de son mécontentement. Il manquerait un sceau. De ce fait, nous sommes un peu moins intéressés. Capucine le laissa parler. Le montant que je vous en offre s'en verra amoindri. Avez-vous ce sceau? Le sceau manquant?

Capucine utilisa le même ton neutre que celui-ci.

— La collection est complète. Il y a bel et bien un dernier sceau qui m'a été offert, mais il n'est pas à vendre ou à exposer. Il demeura en ma possession.

Dans le petit local de Cette lettre est pour vous, près du vase rempli de fleurs en papier, brilla le sceau des deux plumes. Le directeur demanda à Capucine de s'approcher de la table lumineuse.

CETTE LETTRE EST POUR VOUS

— Dans les coffrets démontrés par monsieur Gabinoli, il y a une marque. Vous voyez l'incrustation dans le tissu. Il nous a dit qu'il s'est fait dérober ces sceaux, il y a plusieurs semaines de cela.

— Il doit être extrêmement furieux, mais pas pour la raison que vous pensez. Comme je vous ai déjà dit, c'est nous qui avons copié les sceaux originaux et avons fait en sorte qu'il les obtienne, garda-t-elle un certain sourire. Je pense qu'il vient de comprendre qu'il s'est fait avoir. J'ignore ce que cette personne cherche, mais je ne crois pas qu'il soit un adepte de la correspondance. Maintenant, parlons affaires. Mon but n'est pas un montant d'argent, mais une manière de protéger ces sceaux. J'aimerais redorer le blason des mots écrits à la main et rendre ce médium aussi intéressant pour les nouvelles générations que ça l'est pour moi.

— Si ce que vous me dites est vrai, ce docteur réputé internationalement serait un menteur et je devrais croire votre version?

— Vous croyez qui vous voulez. Je vous suggère de parler à Jean-Baptiste Arthaux, qui est justement ici. C'est lui qui a créé les copies pour occuper monsieur Gabinoli. Il pourra vous décrire en détail chacun des sceaux. C'était notre seule option. Je vous épargne les aventures qu'on a vécues, depuis qu'on nous les a légués, mais on tente désespérément de nous les prendre. Que vous ayez confiance en moi ou pas n'est pas vraiment important, cependant vous devez comprendre que ces sceaux sont l'héritage légué de génération en génération depuis des décennies. Je crois que ces gens savaient ce qu'ils faisaient. Ils ont trouvé un moyen de les conserver, de les transmettre et nous avons beaucoup de choses à apprendre de ceux-ci. Je crois que les sceaux seront bien protégés ici, sous votre couverture. Capucine respira profondément. Faisons un marché : vous gardez les sceaux, vous les exposez, vous en parlez dans le monde entier, tout ce qui vous plaira et l'on parlera argent quand vous aurez confiance en moi. Ça vous va?

CATHERINE STAKKS

Il tint longuement le regard de Capucine, puis se tourna vers son spécialiste. Peu après, Renata et Jab reçurent un message texte et traversèrent le musée à grande vitesse vers l'entrée où elle les entendit.

— Et puis! Et puis! Comment on a? chercha Renata à savoir le montant tout en demeurant discrète.

Capucine garda le silence et marcha vers la sortie, pendant que ceux-ci la talonnèrent.

— Rien, finit-elle par leur dire.

Le trajet jusqu'à la maison se résuma à un long tiraillement de questions, d'exclamations et de suffocations. Capucine ouvrit sa fenêtre et laissa le bruit des klaxons parler à sa place. Renata se montra tantôt fâchée contre Capucine, tantôt insatisfaite du traitement offert par le directeur, pour finalement diriger sa haine envers Nazario Gabinoli. Jab, quant à lui, sembla saisir la situation.

— Tu as bien fait.

— Non! Que vas-tu dire là? Tu as tout sauf bien fait.

En tournant sur la rue de la résidence de Capucine, des voitures aux gyrophares en mouvement bloquèrent une partie de celle-ci. Plus ils avancèrent, plus ils réalisèrent que les véhicules de police se trouvèrent directement devant la maison de Capucine. Quand ils virent des agents sortir de chez elle, Jab tint déjà sa portière ouverte, pressa Renata à freiner, puis détala vers la résidence. À en perdre le souffle, Capucine courut à sa suite.

26

Derrière le volant, Renata regarda Jab courir. Sa vitesse fut si grande que même les policiers ne réussirent pas à l'arrêter. Il s'enfonça dans la maison, pendant qu'un agent capta Capucine et lui demanda de s'identifier. Elle montra une pièce d'identité et on la laissa monter. À l'intérieur, les portes d'armoires furent ouvertes, les tiroirs arrachés, les placards vidés, les meubles renversés, les animaux en peluche évidés, les matelas renversés... Capucine trouva sa fille dans les bras de sa grand-mère et courut les rejoindre. Aussitôt, Haby demanda ses bras.

— Tu vas bien? examina Capucine intensément sa fille, jusqu'au bout des doigts.

Quand Jab se présenta derrière, il lui donna les faits.

— Ils ne les ont pas touchées.

À ses mots, la mère de Jab se plaqua dans ses bras. À yeux arrondis, Jab accepta de la réconforter, pendant qu'elle déversa l'évènement sur lui.

— Ils sont entrés et ils ont tout ouvert! Ils m'ont dit de leur donner... J'ignorais ce qu'ils voulaient, alors j'ai donné mon portefeuille. Ils l'on jeté à terre. Haby criait quand ils ont soulevé une des lampes du bureau.

Jab et Capucine se regardèrent, puis un policier demanda l'autorisation pour une certaine Renata, ce que tous les deux

CATHERINE STAKKS

leur donnèrent.

—Jab! Qu'as-tu fait? parla fortement celle-ci.

Il lui tourna le dos et parla calmement à la mère de Capucine.

— Ce n'était pas un cambriolage. Ils ont pris beaucoup de trop de temps. C'est très long ouvrir la totalité des tiroirs, percer les coussins et autres. En plus, ils n'ont rien pris. Juste trois gars qui ont été payés pour venir chercher de l'information. Ils ne vous auraient fait aucun mal et... ce ne sont surtout pas des professionnels.

— Je n'ai pas dit au policier combien ils étaient, aiguisa-t-elle son regard sur Jab.

—La farine sur le plancher, baissa-t-il les yeux vers les marques distinctives. J'ai fait le tour après avoir vérifié votre état à toi et la petite.

Un policier s'approcha d'un autre.

—Il va rester à parler avec la locataire, pointa-t-il Capucine.

Devant le calepin du policier, Capucine éprouva un grand plaisir à mentionner Nazario Gabinoli. Toutefois, celui-ci posséda un alibi en or : il se trouva au musée, avec elle, pendant l'infraction. Le policier raya donc le nom.

Quand les hommes en uniforme partirent, Capucine marcha dans la maison afin de prendre connaissance des dégâts. Dans le bureau, à sa grande surprise, le sceau de la société de correspondance se trouva à sa place, tout juste à côté du vase dont les fleurs se virent éparpillées à la grandeur du sol.

— Jab? l'interpella Capucine. Celui-ci accourut. Je ne comprends pas, pointa-t-elle le sceau. Il était là, sous leurs yeux. Maman, ils ont dit ce qu'ils cherchaient?

— Je crois les avoir entendu parler d'une pièce en or. Je ne sais pas, porta-t-elle les mains à son visage.

Renata s'offrit pour reconduire la mère de Capucine chez elle.

—Merci, Renata, les accompagna Capucine jusqu'à la porte.

274

Jab qui tint Haby dans ses bras convainquit Capucine de passer la soirée chez lui.

— Vous allez être bien. Je serais au studio une bonne partie de la nuit et demain on ramassera.

Capucine marcha sur de nombreux objets brisés qui sonnèrent comme de la vitre cassée, trouva le nécessaire pour elle et sa fille et ils fermèrent l'appartement à clé.

Au logement de Jab, Haby refusa de descendre des bras de sa mère. Malgré les bons mots et les distractions qu'ils exécutèrent, elle garda les yeux fermés.

— Peut-être un peu de télévision, chercha Jab des dessins animés.

Haby ne réagit toujours pas, alors il éteignit.

— D'accord, vous venez toutes les deux avec moi au travail, remit-il le manteau à la petite.

Le regard de Capucine chercha à comprendre. Dehors, il les aida à grimper dans le taxi.

— Haby, je sais que tu vas adorer. Devine sur quoi nous travaillons ces temps-ci?

Il chantonna une mélodie de Noël. Au studio, il les guida rapidement à travers les couloirs et quand il ouvrit les portes de l'entrepôt, un grand vent poussa les cheveux de la petite. Elle leva la tête et regarda les sapins en papier mâché, la fausse neige, les tapis rouges, les guirlandes, d'autres décorations, encore d'autres décorations, toujours des décorations et s'attarda aux lumières. Ensuite, son regard s'abaissa vers les maisons de lutins, les jouets sur les tables, les chemins chatoyants et les décors grandeur nature.

— C'est magnifique! se vit Capucine aussi ébahie que sa fille.

Le sourire de Haby illumina le visage de Jab.

— Oui, ça l'est, regarda-t-il la petite. Tu veux voir mon poste de travail, Haby? Il est au milieu de tout ça.

La petite accepta de descendre des bras de sa mère, marcha main dans la main avec Jab, puis lâcha prise pour s'avancer vers une maisonnette.

— Tu peux entrer, lui ouvrit-il la porte.

Plus loin, il ramassa une couverture de laine et des coussins, puis entra lui aussi dans la petite maison. Haby se tailla une place contre lui et ferma les yeux.

— On est bien là. Tu as faim?

La petite acquiesça.

Jab se dégagea de la petite maison, lui apporta des animaux en mousse, puis roula son bureau tout juste à côté. Pendant de temps, Capucine se pencha à la fenêtre de la maison et parla un peu avec sa fille qui se trouva occupée à jouer. La voix de Jab résonna doucement derrière elle.

— Il y a un restaurant de pépites de poulet au coin de la rue. Tu pourrais aller en chercher pour nous, lui glissa-t-il des billets dans la main. Elle pourra manger dans sa petite maison et lentement...

Capucine regarda les billets dans sa main, figea pendant un moment, puis les lui redonna.

— Je peux payer.

— Je sais que tu peux, lui remit-il l'argent à nouveau. Je reste avec elle. Tu n'as pas à t'en faire.

Sur son passage, les employés la saluèrent gentiment. Quand elle revint avec le repas, Jab installa un endroit confortable pour eux. Capucine sourit en regardant sa fille manger avec appétit. Elle aima bien les peluches de Noël et les caressa d'une drôle de manière. Capucine comprit que la petite offrit le réconfort et la sécurité dont elle eut besoin pendant l'évènement. Puis, elle regarda Jab qui en plus de voir au confort de Capucine et Haby, dirigea une équipe d'employés, accomplit des tâches devant de multiples écrans, prit des appels, géra des dossiers et vit à la sécurité de tous. Après le repas, Capucine contempla le village enchanté de plus près.

— C'est toi qui as créé ces étoiles, là-bas?

Jab éleva le regard un instant.

— Oui.

— Et le sapin? Je reconnais ton style.

— Le sapin aussi, n'éleva-t-il pas les yeux de son écran.

Un employé qui travailla à décorer l'un des sapins parla à Capucine.

— Il a conçu tout ce qu'il y a ici, même nos emplois. Surchargé par tout ce qui l'entoura, le sourire de celle-ci perdit de sa force. Le jeune homme rit. C'est pourtant la vérité. On ne fait que l'installation. Ce que vous voyez est qu'une petite partie des créations. Il nous a parlé de vous, vous savez.

Le sourire de Capucine fondit et elle retourna auprès de sa fille qui bâilla et se frotta les yeux dans la maisonnette. Blottie à travers les peluches et les couvertures, elle s'endormit rapidement.

En quelques manœuvres, Jab tamisa les lumières d'une partie de l'entrepôt et demanda à Capucine de l'aide pour tenir une grande banderole qu'il accrocha sur un dispositif. Pendant qu'elle regarda le tissu grimper, celui-ci poussa un charriot de décorations.

— Tu as envie d'essayer? Tu descends la banderole comme ça, tu attaches chaque ornement avec les attaches qui sont déjà en place…

— Je ne sais pas faire ce type de chose.

— Tu n'as pas besoin, il y a un plan qui te dit exactement où les installer.

— Je veux bien essayer.

Jab revint la voir plus tard.

— Très bien! Beau travail. Maintenant, tu peux faire les autres.

— Quelles autres?

Elle se retourna et remarqua une vingtaine de guirlandes suspendues avec des caisses d'ornements à leurs pieds. Devant le regard atterré de Capucine, Jab n'arriva pas à cacher son amusement.

— Je te taquine, tu n'as pas à faire quoi que ce soit. Par contre, j'ai bien aimé te voir jouer dans mon monde pendant un moment. Il donna aussitôt le poste à une tierce personne.

— Je ne savais pas que tu avais autant d'employés sous ton aile.

— Je travaille à titre de directeur artistique de la compagnie. Tu savais ça, il me semble. Capucine fronça les sourcils. J'ai balancé mes heures pour être de jour avec vous deux. Le propriétaire n'était pas très d'accord avec ça au début, mais j'ai réussi à faire fonctionner l'idée.

Capucine le dévisagea.

— Non, je ne... Tu dors combien d'heures par nuit?

Comme réponse, il lui offrit un sourire généreux. À son écran, il lui montra la conception de ce qui s'imprimerait demain. Cela allait également être taillé avec une machine à laser et assemblé ici.

— Impressionnant!

— Nous ferons également les mêmes produits à différentes échelles pour les vitrines et la décoration de plusieurs magasins.

— Je n'arrive pas à croire que tu conçoives toutes ces choses? balaya-t-elle du regard l'immensité de la place où l'enchantement vécut sous plusieurs formes différentes.

Jab copia son geste.

— À part le panda que tu vois là. Les gars? Le panda en or?

Un jeune homme s'approcha.

— C'était avec les papiers métalliques du fournisseur. Je ne savais pas quoi en faire.

CETTE LETTRE EST POUR VOUS

Jab acquiesça et laissa aller. Le panda mesura environ cinq centimètres de hauteur. Capucine dut se pencher pour l'identifier. Ce détail insignifiant rendit l'univers autour d'elle encore plus impressionnant.

— Tout ça sort de cet ordinateur?

— Je ne commence pas à l'écran. En premier, je fais des croquis, des tests... J'en bricole un coup avant d'arriver à les envoyer en production.

— Où prends-tu toutes ces idées? joua-t-elle avec un lutin dansant.

— Je ne réinvente pas la roue et je ne suis pas doué avec les mots, afficha-t-il un demi-sourire.

Le lutin porta une veste en papier doré, tout comme le panda, ce qui rappela à Capucine ce que sa mère avait dit plus tôt : «de l'or, il cherchait de l'or.» Tout à coup, son regard s'aiguisa.

— Jab, as-tu encore la liste des histoires qu'on a racontées à notre entourage?

— Non, pas ici. Je crois qu'elle est chez toi.

— Je dois absolument la voir! Je crois que ces hommes cherchaient quelque chose qui aurait peut-être un lien avec ça. Peux-tu surveiller Haby le temps que j'aille à l'appartement?

— Bien sûr.

Pendant qu'elle enfila son manteau dans le noir, il attrapa son bras. Capucine sursauta.

— Sois prudente, veux-tu?

Elle ouvrit les immenses portes et se faufila dans la nuit.

À l'appartement, le désordre l'accueillit à bras ouverts. Elle ramassa quelques objets ici et là et continua d'avancer à travers les pièces. Quand elle se tourna vers la chambre de Haby, les jouets brisés lui pincèrent le cœur. Dans le bureau, l'ordre n'y résida plus. Les dossiers masquèrent le plancher et les nombreuses fleurs de capucine semblèrent y pousser comme

CATHERINE STAKKS

dans un champ. À son bureau, les tiroirs furent mis à nu. Ce fut près de la corbeille à papier qu'elle trouva la fameuse feuille. Debout au centre de la pièce, elle lut les phrases et éleva le regard droit devant elle.

Rapidement, sa main trouva les interrupteurs et elle repartit au studio. Dès qu'elle passa les grandes portes, elle vit Jab qui travailla près de la maisonnette, sous une lueur bienveillante.

— Regarde! lui montra-t-elle sa feuille, sans même retirer son manteau. Le sanglier plaqué or! L'histoire a été dispersée dans l'équipe de Renata. Ils ont brisé tous les jouets de Haby qui purent ressembler à ça. Les autres sont intactes. De plus, s'il ne cherche plus le sceau, cela veut dire que leur quête n'a pas de lien avec la correspondance. Peut-être même qu'ils n'ont aucune idée de ce qu'ils poursuivent. Mon hypothèse est la suivante : monsieur Gabinoli a réussi à se rendre jusqu'à la courtepointe et est bloqué là. Il croit qu'on en sait plus que lui et a une informatrice à l'interne. Nous devons trouver qui c'est. Je ne veux plus jamais que ma famille soit en danger. Tu aurais une nouvelle histoire qu'on pourrait raconter qui dit qu'on abandonne l'affaire et qu'on a laissé ce qu'on savait au musée? J'ignore comment je vais sécuriser ma maison, maintenant qu'ils entrent comme ils le veulent n'importe où.

— Vivez chez moi. L'appartement n'est pas à mon nom.

— À mon avis, il sait déjà toutes nos adresses et personne n'est à l'abri. C'est pourquoi je veux mettre fin à ce jeu. Demain, je vais parler au directeur du musée. Je crois avoir un plan. Tu peux faire une apparition au salon et attirer l'attention avec une nouvelle histoire?

— Bien sûr, je peux faire ça pour toi.

— Je payerais tes heures supplémentaires.

Il dévisagea Capucine un court instant.

— Je vais chercher du café, tu en veux? se leva-t-il.

— Oui, merci. J'ai apporté du travail.

— Vraiment? Ce n'est pas ça qui manque dans le coin pourtant.

Quand il revint avec les cafés, il roula sa chaise près d'elle.

— Par souci de sécurité, j'aimerais que vous veniez dormir chez moi ce soir. J'irais ranger l'appartement demain. Je ne veux pas que Haby se blesse là-bas. Il y a du verre cassé et... Ce sont des images difficiles à cet âge. Capucine accepta l'offre. Bien, s'éloigna-t-il aussitôt.

Assise sur une simple chaise, la locataire de l'appartement ravagé écrivit ses correspondances sur ses genoux. Quand Jab se rendit compte de la situation, il roula un bureau pour elle, tout juste à côté du sien et remplaça sa chaise pour une plus confortable.

— Merci, glissa Capucine à voix douce, mais je ne veux pas déranger.

— Alors, approche-toi un peu plus, sourit-il.

Les employés laissèrent échapper quelques taquineries amoureuses, ce qui fit sourire Jab un instant, puis il les envoya travailler en fond de l'entrepôt. Pendant qu'elle écrivit, Capucine entendit les appels qu'il retourna principalement sur des boites vocales, les conservations avec les employés, le nombre de projets qu'il jongla, la technicité de ceux-ci, puis elle l'observa travailler. Il dessina des esquisses si sublimes qu'elle crut réelle la réalité sur papier. Ensuite, il manipula une multitude d'appareils, d'outils, en plus de gérer la conception à l'écran. Quand il se déplaça plus loin dans l'entrepôt, il le signifia à Capucine en pointant la maisonnette de manière à ce qu'elle veille sur la petite. Au loin, elle le vit créer des objets plus grands que nature avec son équipe. Quand il revint s'assoir, elle ne put retenir son questionnement.

— Pourquoi travailles-tu pour la petite entreprise que j'ai bâtie? Ça n'a pas de sens.

Jab éteignit sa lampe de travail ainsi que ses écrans.

— C'est bon, j'ai terminé pour ce soir. Je ferais un peu plus

CATHERINE STAKKS

d'heures demain.

Il annonça aux équipes son départ, répondit à quelques questions, puis parla avec l'un d'eux de manière à ce qu'il s'occupe de la fermeture des lieux. Capucine rangea son matériel, mit son manteau et alla chercher Haby dans la maisonnette. Celle-ci continua de dormir pendant qu'elle l'habilla. Jab mit également son manteau, glissa quelques peluches dans ses poches et offrit à Capucine de prendre la petite dans ses bras. La tête bien appuyée sur son épaule, elle continua à dormir, pendant qu'ils quittèrent les lieux.

Dans l'humble appartement de Jab, Haby poursuivit son sommeil profond sur un petit lit qu'il lui fabriqua à l'aide de grands coussins. Avant de se mettre au lit, Capucine clarifia la situation.

— Jab, je te remercie de nous accueillir. Je me dois d'être direct.

Elle pointa le lit et nia. Les lumières de l'appartement bouclèrent la soirée et l'obscurité proposa une ambiance de repos.

Pendant que Capucine utilisa la douche, Jab replia les couvertures, ajouta un verre d'eau sur la table de chevet de celle-ci et plaça son téléphone tout près sur son chargeur.

— J'ai terminé, se présenta-t-elle dans l'une ses chemises. Tu peux prendre la salle de bain.

Celui-ci la regarda un moment avant de s'enfermer dans la petite pièce à son tour. Au cœur de l'appartement, Capucine s'arrêta devant le lit. Malgré la noirceur, elle contempla la finesse de ses petits gestes, puis se glissa au lit. La tête sur l'oreiller, elle écouta les bruits en provenance de la salle de bain. Quand l'eau cessa de jaillir, son souffle s'accrut et son rythme cardiaque sembla résonner à travers la pièce.

En silence, il s'allongea dans le lit en prenant soin de ne pas la toucher. Quand il vit du mouvement de sa part, il lui parla à voix basse.

— Tu es confortable?

— Oui, merci.

Les bruits de la rue, les lumières extérieures, la petite qui respira fortement et lui à ses côtés dans ce nouveau lit ne réduisirent aucunement la cadence de son cœur. Jab se leva, alors elle tourna la tête vers lui. Celui-ci ouvrit le placard et revint avec une lourde couverture qu'il posa doucement sur elle.

— Je connais ta manière de bouger quand tu as froid. Et oui, tu peux mettre tes pieds glacés sur moi.

Elle nia, sourit à la fois, puis se tourna vers lui. À ce moment, elle réalisa sa proximité. Elle observa le contour de son visage, la largeur de ses épaules, puis caressa nerveusement la couverture.

— C'est curieux, j'ai un déjà-vu... comme si l'on avait déjà vécu ce moment.

Jab retint son souffle momentanément, pour ensuite respirer lourdement.

— Tu te souviens?

Elle roula sur le dos.

— Ce que tu fais au studio... ça m'a impressionnée. Tu arrives à créer un monde tellement merveilleux que ça m'a fait oublier ma journée. Ça m'a fait du bien. La main de Jab glissa doucement vers elle, pendant qu'elle continua de parler. J'aimerais apprendre à te connaitre davantage, si tu es d'accord. Il arrêta tout geste. Merci d'être là pour Haby et moi.

— Je vais toujours être là.

— Jab?

— Oui?

— Que voulais-tu me dire? Cela fait plusieurs fois que tu demandes mon attention. J'aimerais m'excuser de ne pas te l'avoir donné. Je crois que j'étais en quelque sorte effrayée. Je t'écoute, trouva-t-elle son regard dans l'obscurité.

Sous les couvertures, les muscles de Jab se contractèrent, sa respiration devint saccadée et la moiteur trouva ses mains. Il n'arriva plus à parler.

— Jab? s'approcha Capucine. Est-ce que tout va bien?

Elle posa sa main sur son épaule.

Il baissa la tête, pendant que ses poumons accentuèrent leurs mouvements. Ensuite, il roula sur le dos, attrapa la main de Capucine qu'il pressa contre son cœur et remua les lèvres sans émettre de son. Capucine roula sur le ventre, s'appuya sur ses coudes et caressa son visage. Il ferma les yeux un instant et embrassa sa main.

— Maintenant est le bon moment? souffla-t-il.

— Si cela te convient. Je sais qu'il est tard. On peut dormir si tu préfères.

— Non, reste là. Je reviens, se leva-t-il d'un bon pour aussitôt s'enfermer dans la salle de bain.

Devant le miroir, il s'aspergea le visage d'eau froide et trouva son propre regard. Sa main s'avança vers la poignée de la porte, puis son geste avorta. Il marcha de long en large de la petite pièce, pour finir la tête entre les mains, assis sur le rebord du bain. Après un retour devant son reflet, il adopta une posture fière, prit une profonde respiration, acquiesça avec assurance, tourna enfin la poignée de la porte et avança dans la chambre. Avec une énergie nouvelle, il se glissa dans la douceur des draps et s'approcha d'elle.

— Cela fait très longtemps que je... Capucine?

Son souffle se fracassa contre des paupières closes. La femme devant lui dormit profondément. Il remonta donc la couverture et s'allongea sur le dos. À yeux ouverts, il contempla le moment dans un apaisement tellement savoureux qu'il laissa aller sa respiration. Puis, des pieds froids trouvèrent ses jambes.

Au matin, Capucine se réveilla dans les bras d'un homme, sous la voix de sa fille qui joua avec des peluches de Noël. Aussitôt, elle regarda l'heure et ses responsabilités l'habillèrent au même rythme que ses vêtements. Jab se réveilla sous un appel qu'elle exécuta à l'école, les avisant de la situation. Le professeur lui téléphona presque aussitôt, lui conseilla de reprendre les cours quand la maison serait de nouveau stable et que Haby se sentirait en sécurité. Capucine sentit qu'elle eut beaucoup de chance d'avoir ce professeur. Que du bonheur résulta de cette école. Jab rapporta à déjeuner et Haby s'installa sur une couverture tout juste devant le foyer avec ses nouveaux amis soyeux.

Quand Jab tenta de parler en privé à Capucine, celle-ci reçut le retour d'appel du directeur du musée qui accepta une rencontre à l'instant. Le manteau de Capucine le fouetta en plein visage, quand elle tenta de le mettre en vitesse.

— Je t'accompagne, enclencha-t-il lui aussi les procédures, mais Capucine l'arrêta et prépara sa fille.

— J'ai vraiment besoin que tu ailles du côté de Renata... et si tu peux passer à l'appartement, grimaça-t-elle devant la demande, juste passer un coup de balai pour quand je vais arriver avec Haby.

— C'était déjà dans mes projets.

Elle s'arrêta devant lui.

— Tes joues sont rouges, est-ce que tu vas bien?

— Oui, acquiesça-t-il avec un sourire nerveux.

Quelques instants plus tard, Jab grimpa l'escalier de l'appartement de Capucine. Malgré le décor défait, sa joie de vivre se glissa dans chacun de ses gestes. Il attrapa le premier objet sur son chemin, soit la chaise versée sur le côté dont le dossier lui resta dans la main. Il s'adapta aussitôt et alterna ses activités entre les réparations et la mise en place des possessions de Capucine. À travers ses manipulations, des idées émergèrent en lui auxquelles il donna vie en coupant des cartons. Ensuite, il bricola à la table de la cuisine, prit un café dans le fouillis, créa de grands croquis, regarda l'heure et s'éclipsa.

Au salon de coiffure, la caissière s'approcha de Renata avec une certaine réticence.

— Renata, il y a quelqu'un pour toi à l'avant.

— Je ne veux pas être dérangée.

— Je sais, je suis désolée, mais…

Renata leva l'œil vers l'entrée, reconnut Jab et marcha vers lui.

— Qu'est-ce que tu as encore fait? Il fallait s'y attendre, mon grand! Les fleurs en papier tous les jours… c'est lourd. Tu comprends? Peut-être que je peux parler en ta faveur avec la dirigeante du salon pour un poste en manucure. C'est le maximum que je peux faire.

Capucine et lui décidèrent plus tôt de ne pas la mettre au courant, afin de rendre sa réaction spontanée et plausible devant les autres. Jab lui tourna le dos un court instant, inspira profondément et se parla à lui-même.

— Que le spectacle commence!

À grandes enjambées et devant le regard arrondi de Renata, il s'installa au centre de la pièce.

— Renata! Tu dois savoir ce qu'on a découvert hier, parla-t-il anormalement fort en regardant les employés et la clientèle.

— Je suis ici, lui envoya-t-elle la main avec découragement.

— Bonjour. Je me présente : Jean-Baptiste Arthaux. Je travaille pour la compagnie de correspondance Cette lettre est pour vous, tout comme Renata ainsi que quelques-unes d'entres vous. Voici de la nouveauté dans notre collection de papier à lettres… quelques notes contemporaines, rien de bien méchant.

Il s'avança près des clientes et montra des exemplaires de sa collection de papier.

— Non, ne fais pas ça, parla Renata.

— Vous pouvez toucher. L'une des femmes effleura son bras au lieu de reconnaitre la qualité du papier, alors il recula. Dernièrement, nous avons fait un voyage en France. C'était magnifique. La chambre offrait une vue majestueuse sur une fontaine d'eau.

De son sac, il fit jaillir un très long papier scintillant tranché en de fines lanières qui se déplia jusqu'au sol, ce qui imita une cascade d'eau. Les clientes tournèrent leurs chaises et les employés cessèrent leurs activités. Une femme applaudit timidement.

— Je suis toujours ici, se parla Renata à elle-même, sans que celui-ci ne lui donne son attention.

— Dans les sentiers, on a suivi les lapins qui nous ont également guidés dans un certain tunnel.

Devant leurs yeux, il découpa une ribambelle de lapin dans du papier soyeux. Renata roula les yeux.

— Qu'est-ce que tu nous chantes?

À ce moment, les occupants de la place n'eurent d'yeux que pour lui et patientèrent sur le bout de leur chaise pour le prochain éblouissement.

— Eh bien, là-bas nous avons rencontré...

— Un chat! cria la dame coiffée de rouleaux.

— Presque! Un duc! Il a un chat, alors je vous donne le point.

Renata fronça les sourcils.

Jab dégagea de son sac une couronne scintillante qu'il déposa sur la tête de Renata. Elle sourit superficiellement, envoya la main au public, puis l'enleva en même temps que son sourire. La dame coiffée de rouleaux s'en empara.

— Chez lui, on a reçu des sceaux et quelque chose d'autre qu'on a pas encore mentionné a qui que ce soit. Alors, je viens vous

CATHERINE STAKKS

faire la surprise ce matin. Vous devinez?

— De l'or, lança la dame coiffée de la couronne de papier.

Aussitôt, Jab sortit de ses poches des confettis dorés qui virevoltèrent dans les airs.

— Cela doit s'arrêter, se croisa Renata les bras, pendant que Jab donna de l'ampleur à ses déplacements.

De son sac, il sortit une foule d'objets cartonnés en format géant.

— Un peigne? Non, le remit-il à une femme. Un coussin royal? Non, le déposa-t-il sur les genoux de la vieille dame. Il continua son cirque, jusqu'à ce que Renata lui signale d'arrêter. Une carte! On a trouvé une carte! Une très vieille carte qui indique un lieu important. Je vous la montre rapidement, car je dois aller la porter au musée de Chicago à l'instant. Alors, en exclusivité pour vous ce matin, la voici. Maintenant, je vous quitte pour le musée de Chicago. Je vais où? Au musée de...

— Chicago! répondirent les clients et les employés en chœur.

— Pour déposer quoi?

— Une carte! hurlèrent les gens de la place.

— Très bien, ce fut un plaisir! les salua-t-il en se courbant.

Pendant qu'il s'éloigna, une ovation se produisit. À l'écart, Renata téléphona à Capucine.

— Reprends-le! Je ne sais pas ce qu'il a fait, mais tu le reprends. Je ne veux plus l'avoir ici. Qui va balayer tous ses... éclats de création? baissa-t-elle le regard sur les papiers scintillants au sol.

— A-t-il réussi à attirer l'attention?

— Ce que tu entends, c'est l'attention qui le réclame à nouveau. C'est quoi cette carte?

— Je l'ignore. Je lui ai demandé d'inventer une histoire, car la fuite est dans ton quartier.

— Dans mon quartier? Non! Mes correspondances sont

CETTE LETTRE EST POUR VOUS

irréprochables! Son ton de voix devint tout à coup fragile. S'il te plait, non, elles sont tellement dures à trouver. C'est laquelle?

— Laisse courir l'histoire de Jab et rencontre-nous ce soir à la maison. Je suis en ce moment au musée avec le directeur. On se reparle.

Capucine déposa un document sur le bureau de celui-ci.

— Monsieur le directeur.

— Appelez-moi Samuel.

— D'accord. Samuel, je crois que la police vous a contacté. Vous savez qu'on est entré par infraction chez moi, hier, pendant notre entretien? On a mis en danger ma fille ainsi que ma mère. J'aurais besoin de votre aide et je crois qu'en échange vous aimerez ce que je peux apporter au musée.

Capucine lui montra l'image des sceaux tamponnés à plus d'une reprise, la photographie de la courtepointe et les journaux envoyés par le duc. Celui-ci s'activa sur-le-champ dans ses livres et questionna ses spécialistes. Pendant leurs déplacements, Haby tint la main de sa mère sans dire un mot, absorbée par les curiosités qui vécurent autour d'elle.

Après un moment de réflexion, Samuel invita Capucine et sa fille à descendre au sous-sol, dans la partie non ouverte au public.

Quand celui-ci entra un code à la porte et l'ouvrit, une longue suite de lumières prirent vie, l'une après les autres, dans une salle remplie d'objets de toutes sortes. Certains reposèrent sous des caissons vitrés, d'autres sous des protections de plastique, tandis que plusieurs dormirent dans des boites en bois. Sur les murs, des centaines de tiroirs de plusieurs dimensions s'élevèrent à la verticale. Le sourire aux lèvres et l'habitude au fond des poches, le directeur les guida à travers le matériel, jusqu'à une boite vitrée qu'il souleva avec soin. Muni de gants blancs, il manipula délicatement un livre ancien.

— J'ai souvenir d'avoir lu des informations sur ce genre de

legs familial dans ce volume. Par contre, ce n'était pas en France, mais en Grande-Bretagne. C'était une tradition rurale. Je crois que les femmes réussissaient à communiquer des informations par ce biais. Je n'ai rien, referma-t-il le livre ainsi que le caisson vitré. Venez.

Plus loin, il tira du mur un géant tiroir et présenta une pièce qui ressembla à un tapis antique. Il nia, puis en ouvrit un second.

— Vous avez ici une courtepointe en provenance d'Égypte et… si l'on regarde bien, on y voit le quotidien en images ainsi que des symboles dont on ignore encore le sens. Le plus intéressant est ce motif, lui montra-t-il un dessin qui ressembla à une maison avec des ailes d'avions. Il est unique. Il est camouflé. Vous savez où j'ai vu le même ?

— Non.

— Sur une planche de bois venant d'un bateau de marchandise qui apportait des pièces destinées au musée. J'ai eu beau questionner aussi loin que j'ai pu. Tous ignorent ce symbole. J'ai cru que c'était le logo de la compagnie qui a fabriqué le bateau. Je les ai contactés et l'image n'a rien à voir avec eux. Il y a des secrets autour de nous. Il y en a qui sont oubliés, toutefois il y en a encore beaucoup qui vivent. Sans aucun doute, il y en a qui se cachent dans cette pièce, néanmoins plusieurs circulent encore à l'extérieur de ces murs. Je crois qu'il y a des messages qui traversent le temps et que les gens réussissent encore à transmettre. Vous êtes surement sur la trace de l'un de ceux-ci. Comme une lettre qui continue de voyager. À savoir si vous trouverez ce que c'est, c'est une autre histoire. Pourquoi pas? Ce n'est pas parce que je n'ai pas réussi que vous ne trouverez rien. Hélas, je ne crois pas que ce soit comme dans les contes pour enfants, regarda-t-il la petite, où l'on trouve une caverne remplie de trésors. Ce sont plutôt des réflexions qui naviguent le temps ou des secrets de familles bien gardés.

— Samuel, nous venons d'en inventer un, à mon grand regret, et nous l'avons fait atterrir dans votre musée. Il arrondit le

CETTE LETTRE EST POUR VOUS

regard. Je m'explique. J'ai besoin de coincer l'homme qui est sur nos traces. Seriez-vous d'accord à nous aider ou plutôt à nous prêter la chambre la plus hautement surveillée par vos caméras? Ma préférence serait celle dont il est le plus difficile d'en sortir, un coup le système de sécurité enclenché.

— Vous voulez capturer votre chasseur de trésor?

— Non, je veux simplement qu'il soit occupé assez longtemps pour que je me rende en France et que j'aille au bout de cette histoire, quitte à ne rien trouver. Je veux découvrir ce qu'il cherche. Capucine abaissa le ton de sa voix ainsi que le rythme de ses paroles. Il va me traquer aussi longtemps qu'il va croire que je sais quelque chose. Alors, j'ai deux choix : soit je réussis à prouver que je ne sais rien, soit je vais en savoir beaucoup plus que lui et enfin m'extraire de cette histoire. Des deux côtés, il est toujours dans mon ombre. En ce moment, il croit que nous avons une pièce authentique. J'ignore ce que c'est, mon associé va vous l'apporter dans un instant. Je suis désolée, mais le musée sera en danger. Il va trouver le moyen d'entrer et la prendre.

Le directeur éclata de rire. Capucine recula d'un pas devant sa réaction.

— Vous croyez que c'est la première fois qu'on essaie d'entrer au musée? Il devra avoir un plan respectable, car c'est un château fort ici dedans. Dites à votre associé de m'apporter la pièce à mon bureau et on la rangera dans la galerie des glaces. Je ne parle pas de miroirs. C'est notre salle la plus surveillée. Demain, votre homme aura sa photo sur la banderole que tire l'avion. Les policiers arrivent ici en moins de trois minutes et mon équipe de sécurité ne pardonne pas. Ils sont bons. Ne vous en faites pas, vos sceaux sont intouchables. Parlant d'eux, j'ai vu les copies… Vous dites que c'est l'un des vôtres qui les a fabriqués?

— Oui, le même qui va vous remettre la pièce à retenir entre vos murs. Pour les sceaux, il a dû improviser avec l'aide du majordome du duc de Valorin.

— À tout hasard, il se cherche du travail?

— Je ne saurais vous dire, je crois que le duc prend bien soin de son majordome.

Le sourire s'élargit sur le visage du directeur.

— Je parle de votre associé. Il a jeté mes spécialistes en bas de leur chaise. Si cela n'avait pas été de l'adhésif... J'ai du travail pour lui.

— On se serre la main pour la salle des glaces et je lui parle à ce sujet. Ça vous va?

Après une poignée de main généreuse, Samuel reconduisit Capucine et Haby à l'entrée du musée où Jab se présenta. De son sac, il dégagea une fausse carte antique placée sous une protection transparente et la remit à Capucine qui l'examina un instant avant de la donner au directeur. Celui-ci l'accepta avec soin, puis se tourna vers Jab.

— Vous êtes celui qui a copié les sceaux?

— En effet.

— C'est un honneur de vous serrer la main.

— L'honneur est partagé.

— Vous avez un emploi en ce moment?

— J'en ai deux, merci.

— Merci encore pour tout, offrit Capucine ses salutations au directeur.

Haby le salua de la main, ce que le directeur lui renvoya avec le sourire.

— Madame Muller, si vous trouvez quelque chose là-bas, je suis le premier musée sur votre liste?

— Assurément.

À l'extérieur, Jab questionna Capucine.

— Étrange conversation. Pourquoi les gens pensent que je n'ai pas de travail?

— Il veut t'engager. Il a vu les copies des sceaux. Tu as conquis son cœur, s'en amusa-t-elle. Je crois que c'est pour cette raison qu'il accepte de nous aider. Ils descendirent le grand escalier extérieur. C'est curieux, la carte que tu as faite m'est familière.

— C'est ton appartement avec le plan pour trouver ma lampe de travail.

Capucine s'arrêta brusquement et se tourna vers Jab.

— La carte semblait avoir au moins cent ans.

— La lampe était vraiment difficile à trouver. Ne t'inquiète pas, elle est à sa place maintenant et fonctionne à merveille.

La petite voix de Haby s'entendit.

— C'est moi qui l'ai caché.

Capucine et Jab se tournèrent vers elle.

— C'était brillant, Haby!

— Je ne voulais pas la perdre. Je voulais que tu reviennes.

Capucine pressa les lèvres et Jab s'accroupit à sa hauteur.

— Je vais toujours être là, lampe ou pas, ça ne change rien du tout.

— Tu es là uniquement quand elle illumine.

— Tu voudrais que ça change?

— Oui.

— Moi aussi.

La petite lâcha la main de sa mère pour enrouler ses bras autour du cou de Jab. Il se leva ensuite avec elle dans ses bras.

— Allons à la maison, passa-t-il son autre bras derrière le dos de Capucine.

— Oui, nous avons des valises à faire.

— Des valises? s'intéressa Jab.

— J'ai un festival de la correspondance à présider.

— Le presbytère! J'en étais sûr! Je viens avec vous.

— Jab?

— Oui, sentit-il venir la réprimande.

— On commencera par le presbytère.

27

Quand Capucine et Haby retrouvèrent leur logis, l'endroit se trouva mieux rangé et organisé qu'avant. Jab garda le regard braqué sur la réaction de Capucine, quand un cri de joie résonna fortement de la chambre de la petite. La maisonnette de Noël s'y trouva. Haby oublia les derniers évènements et se promena dans sa chambre enjolivée par une multitude de décorations en provenance du studio.

— Les gars m'ont aidé, glissa-t-il à Capucine.

Sans s'y attendre, Jab reçut un câlin des deux filles en même temps. Il ouvrit grand les bras et les accepta avec joie.

En soirée, Renata se présenta avec son mari et ses enfants. Dans un moment émouvant, chacun des enfants donna à Haby l'un de leurs jouets, sachant que les siens avaient été brisés. Aussitôt, Haby les invita à jouer avec elle dans la maison de Noël, ce qu'ils apprécièrent au plus haut point. Les yeux mouillés de voir autant de gentillesses, Capucine déposa un nouveau plan sur la table de la cuisine : un voyage pour voir le vieux presbytère. Un breuvage à la main, le sourire aux lèvres, le cœur rempli d'enthousiasme, l'idée devint contagieuse.

Renata trouva des billets en ligne et l'argent accumulé pour ses vacances y passa, l'avoua-t-elle avec émotion. Elle décida d'amener la famille au grand complet. Jab s'offrit de payer pour Capucine et Haby, ce qui créa un certain malaise.

CATHERINE STAKKS

— Mon billet est une courtoisie du festival de correspondance, précisa Capucine. Je vais payer pour ma fille.

— Oh! J'avais déjà oublié ton obligation, se sentit mal Renata. Il faut m'excuser, je suis très curieuse pour le presbytère.

— Alors, c'est régler, envoya Jab. Je viens d'acheter les billets pour Haby et moi, eut-il son téléphone portable en main.

— Parfait, c'est fait! Nous sommes tous sur le même vol, remit Renata son ordinateur dans son sac à main.

Capucine plongea son regard dans celui de Jab, puis trouva les autres regards brillants autour d'elle.

— Je n'arrive pas à croire qu'après tout ça, vous voulez y retourner et voir ce presbytère.

— J'en rêve la nuit, se resservit Renata du café.

Capucine nia, puis expira lourdement.

— Les chances qu'on trouve de l'information sont assez minces. Si un jour nous recevons un montant pour les sceaux, j'aimerais vous rembourser ce voyage.

Elle eut que des signes d'indifférence et de bonnes paroles. L'attention se tourna vers Renata qui s'intéressa au salon.

— J'ai vu l'état des rideaux et…

— J'ai dû les retirer, avoua Jab. Ils étaient irrécupérables.

— Capucine, tu me diras si c'est trop, mais j'ai fait un arrêt à mon magasin de décor. De sa grande bourse, elle retira des tissus. Je pense que cela serait parfait avec les coussins à paillettes, avança-t-elle un large sac rempli d'objets décoratifs.

Son mari et Jab installèrent les rideaux qui immédiatement changèrent l'allure de la place. Pendant ce temps, Renata ajouta sa touche ici et là, pour ensuite grimper sur une chaise et placer un nouveau cadre.

— Comment trouves-tu ça?

— Je n'aurais pas osé moi-même, mais j'aime ça.

— Tant mieux, car je n'ai pas pu m'empêcher d'acheter ce qui allait avec. J'attendais de voir ta réaction. Les boites sont dans l'auto, se trémoussa-t-elle de plaisir.

Comme on dresse un sapin à Noël, les enfants sortirent les articles des cartons et Renata les déposa ou les accrocha méticuleusement dans la pièce. Un coup terminé, elle tourna sur elle-même et sembla très satisfaite. Jab s'approcha de Capucine.

— C'est l'heure des câlins. Vas-y.

Capucine serra très fort son amie dans ses bras et la remercia. Renata fondit en larme.

— Je ne savais pas comment t'aider. Si tu n'aimes pas, tu n'as qu'à tout enlever.

— J'adore ça. Ma maison n'a jamais été aussi belle. Merci.

— Tu as raison, c'est vraiment mieux!

Peu de temps après, Renata annonça aux enfants le temps du départ. Tout comme Capucine, Jab l'embrassa.

— Que je te voie changer mon décor! lui envoya-t-elle en douce.

Sous le rire et la bonne humeur, les manteaux trouvèrent leur propriétaire, les salutations s'échangèrent en quantité, les nombreuses voix continuèrent leur chemin à l'extérieur, la porte se referma, peu à peu les bruits cessèrent, les bottes sur le tapis disparurent et l'air glacial berça encore le parfum des autres. De retour à l'étage, Capucine souffla en regardant autour d'elle. Jab ferma les nouveaux rideaux, tamisa les lumières et ramassa la vaisselle, ce que Capucine tenta de freiner.

— Je vais m'en occuper.

Il expira, puis parla avec douceur.

— Je ne sais pas si tu as remarqué, mais les choses changent. J'aimerais bien que tu me laisses faire.

Capucine tourna sur elle-même sans trouver le sourire, quand

Jab s'approcha d'elle.

— C'est vrai que c'est mieux qu'avant. Elle a l'œil notre amie Renata. C'était très généreux.

Capucine tourna sur elle-même une seconde fois et sourit pleinement.

— C'est magnifique!

— Ça l'est.

Jab termina de ranger la cuisine et déposa une couverture sur Capucine qui se reposa au salon.

— Je me charge de mettre Haby au lit.

— Non, ça va. Je vais le faire.

— Je connais la routine, je peux le faire et tu es exténuée.

Capucine regarda autour d'elle.

— Les choses changent, c'est ça?

— Oui, pour le mieux.

— Merci.

— Tu n'as pas à me remercier. Ça fait partie de ma vie.

Il maintint son regard un instant, puis alla au-devant de la petite.

À yeux fermés, Capucine l'entendit lire à Haby une histoire fabriquée dans un livre dont les pages ressemblèrent à des ailes de mouche. La petite tourna les pages en soufflant.

Dans une dernière tournée de l'appartement, elle ferma les lumières et se prépara à aller dormir.

Assise sur son lit et éclairée par une simple lampe, elle réfléchit. La voix de Jab la sortit de ses songes.

— Elle dort. Tiens, c'est nouveau ça, pointa-t-il une sculpture qui reposa sur sa table de chevet.

— C'est surement Renata qui a… C'est très beau.

Jab s'intéressa à la pièce d'art.

— On dirait que c'est toi avec Haby.

Capucine reconnut trois personnes sur la sculpture : une femme, une jeune fille et un homme de la taille de Jab, mais se retint de le mentionner.

— Tu peux prendre le sofa. C'est la moindre des choses.

— Je dois aller travailler. Tu m'appelles, s'il y a quoi que ce soit.

Elle nia.

— Tu n'es pas fatigué?

— Oui, je le suis et oui, je peux le faire. Ne t'inquiète jamais pour moi.

Juste avant qu'il ne quitte l'appartement, elle lui demanda une faveur.

— Peux-tu apporter cette sculpture, lui pointa-t-elle l'ajout de Renata sur sa table de nuit. Je ne suis pas prête pour ça.

Jab acquiesça, l'empoigna d'une main et lui souhaita une belle nuit. À l'extérieur, il marcha rapidement avec la pièce sous le bras, quand la lumière de la rue éclaira la signature sous celle-ci : fait avec amour, Jab.

28

Le soleil brilla dans la vitrine du salon de coiffure où Renata loua ses chaises pour écrire. L'affiche «fermée» sourit encore aux passants, pendant que derrière celle-ci, elle donna aux correspondantes l'ordre des lettres pour la semaine. En voiture, son mari l'attendit avec les trois enfants ainsi que les valises.

Sous le même lever de soleil, la mère de Jab passa devant le studio où l'un des employés la salua et l'informa que son fils prendrait la semaine de congé. Intriguée, elle se rendit chez lui et vit une valise près de la porte. Ensemble, ils prirent un café au coin de la rue où il lui raconta l'histoire avec le duc, le tunnel, les sceaux, etc. En vitesse, elle retourna chez elle et revint avec son mari, valises en main.

Il contacta Capucine.

— C'est bon, Jab, conclut-elle rapidement la conversation devant sa propre mère qui se tint debout devant elle avec une valise à ses côtés.

Quand Renata se vit informée des gens qui s'ajoutèrent au voyage, elle se dépêcha d'appeler Jab.

—Qu'as-tu encore fait?

—Rien!

—Je veux être la première à poser les yeux sur ce presbytère. Tu m'entends?

CETTE LETTRE EST POUR VOUS

— Ce n'est pas une course, Renata. Je vais te donner une minute d'avance, pas plus.

Le passage à l'aéroport ainsi que l'embarcation s'exécuta tellement rapidement et de manière chaotique que Capucine fit connaissance avec les parents de Jab que rendue dans l'avion. En début de croisière, la mère de Jab vint voir Haby et finalement emprunta son siège pour la prendre sur elle. Quand elle mentionna son nom à Capucine, celle-ci n'arriva pas à cacher sa surprise.

— Madame Jesabelle Leblanc? Je corresponds depuis plusieurs années avec une femme de ce nom.

— C'est bien moi.

Jab s'ajouta à la conversation.

— Je l'ai inscrite quand j'ai commencé chez vous.

— Tu ne m'as jamais dit que c'était ta mère!

— J'ai cru que tu le savais.

— Pas du tout.

Les deux femmes se mirent à rire. Capucine connut très bien la mère de Jab et lui fit un immense câlin. Le vol s'étala en longueur à travers le rire des enfants, les blâmes de Renata, la mère de Capucine qui joua aux dés avec les parents de Jab, le mari de Renata qui ronfla et quelques moments tranquilles où Haby dormit dans les bras de Jab. Capucine s'étonna de voir les parents de celui-ci prendre autant soin de sa fille. Ils donnèrent à Haby le sentiment d'être l'une des leurs.

À l'aéroport de Paris, Henry les attendit avec un minibus de luxe.

— Content de vous revoir, Madame Muller.

— Contente de vous revoir, Henry.

Avec l'aide de Jab, celui-ci rangea soigneusement les bagages de tous à l'arrière du véhicule et ils prirent la route vers le manoir. Pendant que les enfants s'émerveillèrent par les nouveaux paysages, Jab, Renata et Capucine sourirent devant l'idée d'être aussi près du presbytère. À bras ouverts, le duc accueillit ses invités au manoir. Capucine s'étonna quand elle vit Renata le prendre dans ses bras. Son visage présenta ensuite quelques marques de rouge à lèvres qu'elle effaça gentiment quand vint son tour de le saluer. Avec une posture exemplaire, Henry et Sophia guidèrent les nouveaux arrivants à leur chambre. Le duc se réserva la joie de marcher avec Capucine, Jab et Haby vers la pièce secrète.

— C'est la meilleure chambre de la maison et je souhaite garder le secret.

Capucine le remercia d'avoir accueilli sa famille et ses amis, mais celui-ci refusa toute expression de gratitude. Ses yeux brillèrent, son sourire irradia et ses bras s'ouvrirent.

— Le plaisir est pour moi. Installez-vous, prenez un peu de repos et l'on se retrouve plus tard.

Aussitôt, le duc prit congé et Capucine se retrouva avec Jab qui installa Haby dans la même chambre qu'à leur dernier séjour.

— Une maison si grande et l'on ne t'a pas assigné une chambre pour que tu sois à ton aise? le questionna Capucine.

— Si, mais mes parents ont dit que j'étais rendu trop grand pour dormir avec eux.

Il poussa son sac près de la porte.

— Ne t'en fais pas. Je prendrais la chambre d'à côté où Renata dormait à notre dernière escapade.

Un peu plus tard, tous se rassemblèrent à la table de la grande salle à manger où ils dégustèrent un copieux repas avec le duc qui eut un malin plaisir à raconter ses dernières histoires de voyage. Entre deux aventures, Capucine lui montra l'image de la courtepointe et offrit les honneurs au père de Jab qui demeura humble devant sa découverte des chiffres. Ensuite, elle déposa sur la table la photographie de cette même courtepointe, lorsque celle-ci vécut sur le mur principal du presbytère. Henry les informa qu'il eut déjà communiqué avec les responsables du lieu et que les portes seraient ouvertes demain en matinée pour eux. Tous s'en montrèrent ravis.

— Qu'est-ce que les chiffres 1735 veulent dire à votre avis? envoya Renata. Et la croix?

— C'est ce que j'aimerais bien savoir aussi, pointa Jab.

Le duc se pencha sur les images.

— Alors, vous pensez trouver quoi au juste dans ce presbytère?

— C'est la beauté de la chose, parla Jab. On n'en a aucune idée.

Henry leva légèrement la main.

— Il n'y a un léger détail que j'ai omis de spécifier. Le presbytère accepte d'être ouvert au public sous un seul prétexte, alors je n'ai eu d'autres choix que de dire que nous allions effectivement y célébrer un mariage.

— Un quoi? recula Renata contre le dossier de sa chaise.

— Le presbytère est fermé depuis de nombreuses années. Il n'y a plus de visites d'autorisées. Il est gardé par les sœurs chrétiennes de la charité et elles ouvrent seulement le côté de la chapelle pour y célébrer les mariages privés contre une somme, disons-le, généreuse, ce que monsieur le duc vous offre avec grand plaisir. Je me suis dit qu'avec autant de gens, il serait facile d'y croire. Peut-être que quelqu'un accepterait de jouer le jeu.

Renata développa l'idée.

— On pourrait en profiter pour se glisser en douce et visiter, pendant que tous sont affairés aux épousailles.

Le duc reprit la parole.

— Alors qui veut se marier?

Certains cherchèrent une réponse dans le regard des autres, pendant que Capucine baissa le sien.

— Moi, je veux bien! résonna la petite voix de Haby.

CATHERINE STAKKS

Tous éclatèrent de rire. Aussitôt, les parents de Jab s'offrirent.

— On peut bien se marier une deuxième fois, ça ne nous ennuie pas.

— Voilà! Nous avons nos mariés. Madame Arthaux, suivez cette chère Sophia, elle vous trouvera une robe et Monsieur Arthaux, Henry s'occupera de vous dans un instant. Je conduirai la mariée à l'autel. Madame Muller mère et Monsieur, pointa-t-il de la main le mari de Renata, pourriez-vous vous assoir avec les enfants dans les premiers bancs? Je crois que vous trois, pointa-t-il Renata, Jab et Capucine, allez vouloir jeter un coup d'œil sur ceci, déroula-t-il les plans du presbytère devant eux. C'est le schéma le plus récent qu'on a pu trouver.

Aussitôt, Jab s'y pencha et trouva son chemin à travers les simples traits délavés.

— Nous voyons ici une cave, glissa-t-il les doigts sur le plan. L'entrée est située à l'extérieur. Il existe surement un accès intérieur, mais elle n'y figure pas. La chapelle est ici, ça va. Vous savez ce qu'il y a à l'étage? leva-t-il les yeux vers le duc et Henry.

Monsieur le duc parla le premier.

— Pendant des années, l'étage était occupé par les sœurs.

Puis, son sourire perdit de sa luminosité. Henry poursuivit.

— D'après mes recherches, il n'y a plus personne qui habite l'endroit, simplement parce qu'il n'y a plus assez de sœurs. Les dernières habitent dans une résidence plus récente et plus près des services.

Jab pointa un autre endroit sur le plan.

— Qu'est-ce que c'est?

Henry s'avança.

— Derrière la chapelle, il existe des pièces communautaires.

Devant eux, le duc poussa un cabaret.

— Henry nous a trouvé de petits… émetteurs pour que nous puissions communiquer entre nous.

— J'ai réussi à en obtenir quelques-uns, précisa Henry à regret.

— Alors, tenez-vous prêt à fêter les nouveaux mariés et à applaudir bien fort, dirigea le duc son regard vers les enfants. Ce soir, on va au lit tôt, car demain c'est le grand jour.

Jab prit le café avec ses parents, Capucine discuta avec sa mère, Haby joua avec le chat, puis accepta l'invitation de Renata à jouer avec ses enfants dans la grande salle du rez-de-chaussée.

Voyant les jeunes courir dans la salle qui anciennement tint de grands bals, le duc saisit l'occasion et fit jouer de la musique. Au milieu des petits, il dansa en tentant de leur enseigner quelques pas. Le mot se passa et les autres s'ajoutèrent au décor. Telle une invitation d'époque, le duc avança la main vers Capucine. Avec élégance, elle dansa avec lui sans faux pas. Haby sautilla autour d'eux ainsi que les autres enfants, alors Jab s'approcha de Haby et l'invita à danser. Renata et son mari s'y avancèrent, ainsi que les parents de Jab. Avec grâce dans ses manières, Henry invita la mère de Capucine.

Les yeux brillants, le duc dévisagea sa partenaire un instant.

— Vous me paraissez changée, ma chère Capucine.

Elle sourit.

— C'est la première fois que vous m'appelez par mon prénom.

— Si cela vous offense, je vais retourner à madame Muller.

— Je vous le permets, car j'ai peut-être une demande spéciale à vous soumettre.

— Vous avez accepté de danser avec un vieil homme, je crois que je vais agréer à votre demande à yeux fermés.

— Pendant que je suis ici, j'aimerais avoir votre permission pour parcourir les lettres de Marguerite, continua-t-elle à suivre le rythme.

— Accordé.

La fin de la chanson amena les partenaires à se faire une jolie révérence. Quand la musique s'entendit à nouveau, Jab exécuta des mouvements de danse loufoques au centre du plancher de danse, ce que les enfants singèrent, pour ensuite s'accrocher à ses bras et à ses jambes. Dans le rire, il se laissa tomber au sol. Habillée d'un tablier noué avec soin, Sophia se présenta devant eux avec un grand plateau de rafraichissements bien garni. Les enfants l'abandonnèrent aussitôt pour les jus de fruits. Le duc sélectionna donc une nouvelle chanson et suggéra à Capucine de faire danser Jab avant que celui-ci ne recommence son branlement de corps. Les deux rirent, puis elle marcha vers lui.

— Monsieur veut-il me faire l'honneur de m'accorder cette danse.

— Monsieur accepte volontiers, se releva Jab tout en retirant la poussière de ses vêtements.

Il prit sa main, s'avança sur le plancher avec elle et fixa que ses pieds.

— Je ne suis pas dans mon élément. Où as-tu appris? La mère de Capucine traversa le plancher avec Henry. Ha! C'est de famille.

Pendant un instant, ils dansèrent, jusqu'à ce que les enfants reviennent s'accrocher à lui à nouveau. Les rires et le plaisir se mélangèrent à la danse, puis la musique tourna à un rythme moderne. Chacun sortit des mouvements intéressants, mais le plus spectaculaire fut Henry qui exécuta le grand écart.

La soirée terminée, Renata regroupa ses jeunes, Henry raccompagna la mère de Capucine à sa chambre et Jab grimpa Haby dans ses bras pour monter à la suite. Dans le bureau de Marguerite, Capucine lui signala qu'elle alla tarder. Il acquiesça et continua son déplacement avec la petite. Dans un moment précieux, elle ouvrit un tiroir, sélectionna quelques lettres, encore d'autres, se chargea les bras, puis apparut dans la cuisinette où Jab lut le livre dont le vacarme se trouva à l'origine de leur rapprochement.

— Elle dort, l'informa-t-il. C'était une longue journée.

— Tu peux veiller sur elle encore un instant? Je veux retourner dans le bureau de Marguerite.

— Bien sûr.

Quand Jab tourna la dernière page du chapitre, Capucine revint avec une boite remplie de lettres.

— J'imagine que maintenant n'est pas un bon moment pour qu'on discute.

— Je veux vraiment en apprendre davantage sur Marguerite et je pensais qu'on avait agréé à ne jamais parler de cette histoire, dirigea-t-elle son regard vers la couverture du livre.

Jab referma le roman et le posa sur la table.

— C'est de la nôtre que j'aimerais discuter.

Capucine le fixa du regard pendant un instant, puis secoua légèrement les enveloppes en guise de réponse.

— Je vois.

Pendant qu'elle déplia les lettres, Jab prit sa douche et se revêtit de la fameuse robe de nuit. Quand il revint, il posa une main sur son épaule. À ce moment, elle prit connaissance de sa présence.

— Il est tard, lui parla-t-il avec le sourire.

— Oh! Je n'ai pas vu le temps passer.

— Viens dormir. Tu n'auras jamais assez d'une nuit pour lire tout ce qu'il y a ici.

— Tu as sans doute raison.

Elle garda en main le dernier paquet de lettres et l'apporta dans la chambre où la petite dormit profondément. Jab entra sur le bout des pieds et tendit à Capucine une robe de nuit identique à la sienne.

— Je te remercie, mais j'ai apporté mes vêtements de nuit.

— Non, ici on porte ceux du manoir. C'est trop confortable! Et puis, on se sait jamais ce qui peut arriver...

Capucine lut une certaine vulnérabilité dans son regard et

distingua que ses lèvres tremblèrent quelque peu. Elle lui souhaita une belle nuit et le regarda marcher vers la seconde chambre. Ensuite, tout en lisant, elle enfila rapidement le vêtement de nuit et se glissa au lit. Toujours aussi concentrée, elle continua de lire sous la lueur de la lampe de chevet. Les aiguilles de l'horloge de la cuisinette dansèrent et le reflet de la lune la trouva. Elle sursauta quelque peu quand elle vit une lettre s'avancer dans son champ de vision.

— Tu devrais lire celle-là, parla Jab à voix fatiguée.

Elle l'ouvrit et lut.

> «S'il te plait, dors maintenant.
>
> Jab»

Sans un mot, il ferma la lampe, prit les feuilles qu'elle tint en main, les déposa sur la commode, s'installa confortablement dans le lit, se releva le haut du corps et malmena le matelas.

— Ils ont changé le lit! Il ne fait plus aucun bruit, parla-t-il à voix basse.

— Que fais-tu? emprunta Capucine également un timbre de voix en sourdine pour ne pas réveiller la petite qui dormit non loin.

— Je ne peux guère te laisser sans surveillance avec ces lettres.

— Tu n'as qu'à les sortir de la chambre!

— Non, ensuite je vais devoir surveiller la cuisine et garder l'œil ouvert toute la nuit.

Capucine expira un rire discret.

— Est-ce que c'est la lueur de la lampe qui te tient réveiller? Tu es dans la chambre d'à côté.

— Et je ne vais surtout pas faire la conversation sur tout et rien. On dort maintenant.

Capucine s'allongea doucement, se tourna vers Jab et glissa son bras sur sa poitrine. Celui-ci cessa tout mouvement, sa respiration se crispa, il baissa la tête afin de visuellement confirmer le contact qu'il sentit, tourna ensuite la tête vers Capucine et remarqua ses yeux fermés. Il empoigna sa main et la caressa.

— Est-ce que j'ai la permission de…

— On pourrait, mais j'ai eu l'ordre de dormir.

La respiration de Jab s'approfondit. Capucine sentit le mouvement et sourit. Tous deux plongèrent dans un silence délicieux, jusqu'à ce que Haby se réveille en même temps que le chant des oiseaux. Aussitôt, la grande horloge du rez-de-chaussée donna le ton de la journée à venir : ses cloches sonnèrent comme celles du presbytère dont la mélodie s'entendit à des kilomètres.

29

La belle voiture du duc, décorée pour l'occasion, s'avança devant le monument historique. Sous les soins méticuleux des sœurs, les grandes portes du presbytère s'ouvrirent. Conduit par Jab, le minibus où tous les invités endimanchés se trouvèrent s'avança derrière la voiture du duc. Baignés dans la joie, tous descendirent rejoindre les mariés pour une photographie de groupe devant la bâtisse. Avec plaisir, les sœurs acceptèrent l'invitation de joindre leur sourire a les leurs, pendant que Henry s'improvisa photographe avec un appareil à soufflet.

Comme une danse bien répétée, le père de Jab s'avança à l'avant de la chapelle, les invités s'installèrent dans les bancs et les noces commencèrent sous le jeu d'archet de quelques musiciens préalablement engagés par Henry. Le duc sembla avoir beaucoup de plaisir à descendre l'allée avec Jesabelle qui rayonna dans sa robe soyeuse. Son passage créa un doux mouvement telle une brise en provenance de l'océan. À ses cheveux resplendit un bijou en forme d'étoile de mer ainsi que de menus joyaux perlés. Un ruban de soie déborda de son bouquet de marguerites et bougea au rythme de ses pas. Derrière elle, Renata prit des photos de tout, sauf des mariés.

À la recherche des chiffres 1735, Capucine n'entra pas dans la chapelle, mais longea la bâtisse vers l'arrière, en compagnie de Henry qui rangea son appareil photo en vitesse. Celui-ci l'aida également à descendre au sous-sol par la porte de service à même le sol et revint rapidement dans la grande salle. Aussitôt, il acquiesça à Jab qui se faufila avec Renata par la porte située derrière la longue série de lampions allumés. Au même moment, Capucine actionna sa lampe torche et balaya l'escalier de pierre de son large faisceau lumineux. Quand elle posa enfin le pied sur la surface plane, elle leva le regard vers un grand espace sombre rempli de sculptures recouvertes de toiles.

Au deuxième étage, Renata trouva des lits et s'arrêta devant la petitesse de ceux-ci.

— On peut coucher, quoi, une demi-personne là-dedans!

Des couvertures de laine poussiéreuses dormirent paisiblement dans une armoire. Dans les tiroirs, elle trouva que des bibles et des chapelets. À chacun de ses pas, le plancher craqua. Henry leva les yeux vers le plafond de la chapelle qui laissa aller un fin jet de poussière.

Au-dessus de Capucine, les parents de Jab se marièrent, pendant qu'elle marcha lentement à travers les nombreux objets recouverts.

— Pourquoi on n'a pas simplement demandé aux sœurs, encore? parla Renata dans l'émetteur.

La voix de Henry résonna à leurs oreilles.

— Cela a été fait, Madame Renata. Elles ont refusé fermement. Je me sens aussi mal que vous.

— Okay. Il y a des croix au-dessus de chaque porte. Je ne vois pas de chiffres.

Jab répondit de la petite pièce derrière la salle où la cérémonie se déroula.

— Il y a les croix ici aussi, sans numéro. Continuons de chercher.

Chaque placard que Jab ouvrit proposa des livres bibliques ou autres objets qui servirent à la messe. À son passage devant la fenêtre, il capta subitement du mouvement. À grande vitesse, une voiture sombre entra dans le stationnement du presbytère et freina brusquement devant l'entrée du sous-sol.

— Capucine, tu vas avoir de la compagnie, émit-il calmement sur les ondes. Il y a une voiture qui arrive vers ton entrée.

— Tu peux répéter? demanda-t-elle.

La voix de Jab sonna si posée qu'elle ne reconnut point sa prestance vocale.

— Ce sont les hommes de Gabinoli. Ils vont entrer à l'instant. Est-ce que tu vois une deuxième issue?

— Non. Je les entends, ils descendent.

— Regarde autour et trouve une porte. Le plan ne la mentionnait pas, mais je suis persuadé qu'elle existe.

Henry qui eut lui aussi une oreillette informa le duc. Devant lui, les mariés prononcèrent leurs vœux, pendant que Capucine chercha désespérément une échappatoire. À pas rapides, elle longea les murs et se retrouva face à des fenêtres munies de solides grillages. De plus, les murs épais ne lui offrirent aucune ouverture. Sous le son des pas qui descendirent en vitesse, elle éteignit sa lampe et s'accroupit.

— On a vu la fille descendre ici, alors trouvez-la, les gars! parla une voix affectée par la poussière.

Dos contre une sculpture, Capucine retint son souffle un instant.

— Ils sont ici, émit-elle à voix basse.

— Bien reçu, parla Jab également à voix retenue. Tu vois une issue?

— Non. Je les ai entendus parler. Ils me cherchent.

— Nous allons observer un silence radio. Garde ton profil bas. Je vais créer un peu de mouvement. Hé! On a encore du temps. Ne t'inquiète pas.

Dans la chapelle, tout sourire, le duc se présenta devant la sœur en chef qui se tint droitement au fond d'une allée. Avec

CETTE LETTRE EST POUR VOUS

délicatesse, il lui signifia que son majordome venait de lui confirmer la présence de visiteurs au sous-sol et souligna qu'il avait payé grassement afin que l'évènement demeure privé. Avec une extrême politesse, il demanda la permission que l'un des siens descende afin de les informer.

— Pas encore! porta la vieille dame ses mains à ses hanches.

Malgré son âge avancé, celle-ci marcha rapidement vers l'autel et disparut derrière le mur décoratif. Le duc nia en direction de Henry qui donna aussitôt l'information sur les ondes. La main à l'oreille, Jab grimaça devant le silence radio négligé.

— Jab? Qu'as-tu encore fait? ajouta Renata.

— Pas maintenant, Renata. Retrouve Henry et reste près de lui.

Un des hommes au sous-sol tourna la tête brusquement.

— J'ai entendu quelque chose par là!

— Où? s'intéressèrent les autres.

Celui-ci pointa la sculpture voilée d'une étoffe en jute, derrière laquelle Capucine se terra. À partir de ce moment, les hommes se parlèrent par gestes et avancèrent en groupe de manière à couvrir largement l'espace.

Le silence soudain des hommes amena Capucine à élever la tête. Sur le mur devant elle se dressa une croix en bois de la longueur d'un bâton de baseball. Discrètement, elle la décrocha.

À pas de velours, un homme s'approcha de la sculpture. Dans un mouvement brusque, il regarda derrière. Personne ne s'y trouva. Non loin, derrière une caisse de bois, Capucine respira fortement et serra la croix dans sa main. Quand elle baissa les yeux sur l'objet, elle y trouva les chiffres 1735 gravés à la main. Elle tourna la croix et trouva une clé.

Tout près, un bruit sourd retentit. Elle s'éleva quelque peu pour regarder. Du haut de ses cinq pieds, la sœur en chef actionna les lumières du sous-sol, repéra les hommes et les interpela fortement en élevant la main.

— Messieurs! Ceci est une propriété des sœurs de la Charité. Je vous demande de bien vouloir sortir. Les visites ne sont pas permises.

Capucine baissa la tête afin de ne pas être vue par la dame qui se tint à quelques pas d'elle, quand une détonation la fit sursauter. En réaction, la sœur en chef se coucha sur le sol, puis vit Capucine. Leurs deux regards apeurés se trouvèrent. La vieille dame chercha à parler, mais Capucine plaça rapidement un index sur sa bouche de manière à lui conseiller le silence.

— Henry, tu sais quoi faire, parla Jab sur les ondes.

Le son de la décharge alarma les autres en haut qui mirent fin à la cérémonie dans la panique. Les musiciens coururent sur la rue avec les instruments, pendant qu'en vitesse, Henry dirigea les invités vers le minibus. Malgré les bons mots de Henry, le duc refusa de monter.

— Monsieur, insista Henry, j'ai un accord à respecter avec notre ami commun. Je dois mener ces gens en sécurité à la maison.

— Je sais, Henry, mais je vais rester. Nous allons rentrer avec la voiture. Je ne suis pas inquiet. Je suis entre bonnes mains, sourit le duc.

— J'en suis certain, Monsieur. Laissez-moi l'informer de votre présence. Monsieur désire rester avec vous. La voiture est à votre disposition et les sœurs n'ont pas voulu partir, émit rapidement Henry.

— Bien reçu, répondit Jab.

Sans attendre, Henry grimpa dans le minibus, s'installa derrière le volant et prit la route avec un véhicule rempli de gens au regard inquiet.

— Où est la sortie? murmura Capucine à la sœur à ses côtés.

Celle-ci pointa la descente vers le stationnement.

— Où es-tu? s'amusèrent maintenant les hommes à trouver la sœur à travers les visages voilés. Tu ne peux aller bien loin.

CETTE LETTRE EST POUR VOUS

Capucine s'éleva juste assez pour surveiller la position des hommes, quand une main capta son bras. Le court cri de frayeur de la sœur s'ajouta. Près du sol, Jab ouvrit la main, montra son visage et sourit. Sans parler, il agita les doigts de manière à les inviter à le suivre. La vieille dame chercha des repères dans le regard de Capucine qui acquiesça.

— Il est avec nous.

Non loin, les hommes pointèrent dans leur direction. En position basse, Jab se déplaça excessivement bien et guida les femmes, tout en gardant l'œil sur les visiteurs qui brisèrent les statues dans leurs déplacements. La vieille dame bougea plus lentement, ce qui ne le gêna nullement. Il composa simplement avec le fait. D'un œil occupé, il lui demanda parfois de rester en place, puis d'avancer à nouveau. Arrivé à un placard, il s'éleva quelque peu, étudia la position des hommes, puis ouvrit la porte très lentement. Les directives qu'il livra ensuite à Capucine et à la dame s'exécutèrent en une suite incompréhensive de gestes de la main. Ni l'une ni l'autre ne remua, alors il parla en s'approchant très près d'elles.

— L'escalier, ensuite vous sortez par la chapelle et vous m'attendez dans la voiture. Ma sœur, rassemblez les vôtres et grimpez également en voiture. On vous expliquera plus tard. Allez-y, je vais jouer un peu avec eux, recula-t-il aussitôt pour refermer le placard afin de bloquer l'escalier qui communiqua avec le rez-de-chaussée, mais Capucine l'arrêta.

— Jab? nia-t-elle d'un regard troublé qui alterna entre sa personne et les hommes de Gabinoli.

Il replongea vers elle et lui parla près de l'oreille.

— Tout va bien aller, l'embrassa-t-il sur le côté du visage.

Capucine sentit deux petits coups à son épaule, exécutés doucement par Jab. Celui-ci recula son visage, acquiesça et créa un mouvement de la main afin de l'amener à bouger. Doucement, la porte se referma derrière elle.

315

CATHERINE STAKKS

Au sous-sol, Jab ferma les lumières et disparut dans la pénombre. Les hommes tirèrent quelques toiles qui recouvrirent les statues, ricanèrent devant les visages brisés, secouèrent les membres et se bataillèrent, quand un large morceau d'une des œuvres se détacha et tomba au sol. Sous le fracas, la mâchoire de Jab se contracta.

Dans un mouvement soudain, une grande toile de plastique qui recouvrit la plus grande des sculptures fut tirée. Instantanément, tous les regards s'y tournèrent. À la suite, une seconde statue se retrouva à l'air libre dans une autre partie du sous-sol. Les bruits occasionnés par ces nouveaux mouvements entraînèrent les hommes dans la confusion. Une à une, les statues exposèrent leur visage ainsi que leur vérité effritée. Les voilages tombèrent si rapidement que les hommes ne surent plus où tourner de la tête.

— Wo! Tu as vu ça? s'adressa l'un d'eux à son coéquipier. Qui est là?

Brusquement, les portes du sous-sol se fermèrent.

— Jack, ce n'est pas drôle.

— Ce n'est pas moi.

— Je n'ai plus mon arme, Jack!

— Moi non plus, s'agita un autre.

Un à un, les hommes réalisèrent tous la même chose.

— Qui est là? parla fortement le chef des opérations.

— Mes sœurs, Madame Muller, ouvrit le duc la portière de la voiture d'un sourire amusé, vous êtes maintenant officiellement invitées pour la réception.

La plus vieille des sœurs s'avança vers le duc.

— Pouvez-vous nous expliquer ce qui se passe? Nous aimerions pouvoir téléphoner à la police.

— Nous connaissons ces hommes et la police n'en fera rien.

Capucine leur montra l'objet qu'elle tint en main.

CETTE LETTRE EST POUR VOUS

— Est-ce que cette croix vous dit quelque chose? Les lèvres des sœurs se pressèrent. Et les chiffres?

Autour d'elle, les regards trouvèrent le sol.

— Mesdames, devant la situation quelque peu inusitée, il serait bon de ne pas trainer, rouvrit le duc la main.

Les sœurs nièrent, puis reculèrent de la voiture.

— Mes sœurs, respira calmement Capucine, attendez, je vous explique. Je me nomme Capucine Muller et j'ai hérité des sceaux que monsieur le duc, ici présent, m'a légués de sa femme feu Marguerite de Valorin. Ceux-ci m'ont mené jusqu'ici et nous avons quelqu'un à nos trousses.

La doyenne se tourna vers le duc.

— Quel était le nom de jeune fille de votre femme, Monsieur?

— Lhortie, Marguerite Lhortie.

— Épellation, je vous prie.

Le duc lui offrit un sourire généreux.

— L, H, O, R, T, I, E.

Les sœurs se regardèrent entre elles à nouveau.

— Nous acceptons l'invitation.

Dans le sous-sol du presbytère, l'un des hommes trouva l'interrupteur et éclaira l'endroit qui ne se ressembla plus. Les sculptures dévoilèrent leurs blessures créées par le temps. En attente d'une restauration plus que nécessaire, de nombreux textiles retinrent des membres ou des parties de leurs corps lourdement brisées. Les traits délavés des visages amenèrent les hommes à reculer. Tout à coup, l'endroit ressembla à un hôpital. Un frisson traversa le dos de l'un d'eux.

— Elle n'est pas ici et cette place me fout la trouille. Je sors.

Un autre qui parcourut le sous-sol à la recherche de son arme ne trouva que des pots de peinture, des outils et autres produits connexes.

317

CATHERINE STAKKS

— Moi aussi, je m'en vais.

L'homme qui monta la garde à l'extérieur descendit à la hâte.

— Tout le monde est parti! La salle est vide. Il ne reste que quelques personnes âgées dans la voiture devant la porte. On a perdu la trace de la femme.

Le dernier homme en fond de salle propulsa sa voix.

— J'ai vérifié et il n'y a personne ici. Hé! Ne me laissez pas seul, courut-il vers la sortie.

Derrière lui, Jab s'éleva d'entre les statues. De manière intéressée, il circula autour des œuvres et les examina de près. Sur les tables près des fenêtres, il inventoria rapidement le nécessaire disponible pour le nettoyage et la restauration des pièces. Délicatement, il ramassa le morceau de statue plus tôt tombé, utilisa les produits sur place et exécuta quelques manœuvres de premiers soins. Il se pencha ensuite sur chacune des statues de manière à trier et estimer les traitements demandés. Ses doigts touchèrent la surface de plusieurs cassures, rayures, granulations, puis il vérifia de nombreuses écharpes temporaires. Malgré leurs lésions, les personnages gardèrent le silence.

Sans que personne ne le vît arriver, Jab s'installa rapidement derrière le volant de la voiture du duc, mit le moteur en marche et déplaça la voiture avec une aisance remarquable. À côté de lui, le duc se comporta comme si de rien n'était.

— Attendez! résonna la voix d'une des sœurs. Je dois fermer les portes du presbytère.

Jab ne freina point. Dans le rétroviseur, il trouva le regard de Capucine un instant.

— C'est fait. La place est sécurisée. Le duc se tourna vers lui et allongea un geste discret dans sa direction. Aussitôt, Jab se reprit. Toutes les portes ont été verrouillées, ma sœur, et les hommes sont partis. J'ai fait le tour de l'établissement.

Capucine se retourna et remarqua effectivement que

les grandes portes qui quelques secondes auparavant se montrèrent ouvertes affichèrent maintenant leur patine extérieure, cependant elle ne reconnut point la voix de Jab qui fut rauque et basse.

— Mes sœurs, continua-t-il de parler, les œuvres rangées au sous-sol ont un besoin immédiat de restauration. Elles ne tiendront plus très longtemps.

La plus timide des trois parla doucement.

— Nous n'avons pas les fonds pour y voir. Nous avons tenté des démarches, il y a déjà quelques années de cela. Des bénévoles sont venus et ont reculé devant l'ampleur des travaux. Nous devons engager des spécialistes et c'est tout juste si on arrive à garder la bâtisse debout. Nous faisons de notre mieux.

— Le temps compte, envoya Jab un regard vers l'arrière.

— Le temps joue également contre nous, rétorqua la même sœur. Il ne reste que quelques-unes de nous.

Le duc, Capucine ainsi que les sœurs gardèrent le regard bas, tandis que Jab aiguisa le sien loin devant. À l'arrivée à la résidence du duc, il arrêta la voiture devant la porte principale où Henry se présenta. Dans une posture droite, le menton relevé et les bras de chaque côté de son corps, Jab se tint debout près de la portière, pendant que Henry aida les dames à sortir. Quand ce fut le tour de Capucine à descendre du véhicule, Jab capta sa main. Maintenant debout devant lui, elle rencontra que des traits durs, un regard froid, des lèvres scellées et une sensibilité figée. Celui-ci ne parla point et surveilla les alentours, jusqu'au moment où tous se trouvèrent à l'intérieur. Avec Henry, il veilla ensuite à verrouiller les ouvertures de la maison.

Au centre la table de la grande salle à manger, la croix reposa sur un large tissu de velours que Henry plaça à cet effet. Tous l'examinèrent excepté les sœurs qui s'intéressèrent davantage aux biscuits et au thé. En fond de salle, Jab demeura toujours aussi droit, les jambes légèrement écartées et les mains dans

CATHERINE STAKKS

le dos. Peu à peu, les sœurs remarquèrent que l'attention se dirigea vers elles. Le duc leur offrit un sourire généreux, alors l'une d'entre elles reposa son biscuit.

Dans une négociation silencieuse, les trois sœurs s'échangèrent des regards et quelques soulèvements de sourcils. Un acquiescement apparut, un deuxième, puis la sœur en chef expira lourdement. À son poignet, elle secoua une petite médaille simple en argent et allongea le bras devant elle afin que tous puissent la voir.

— Ceci est ce que nous avons remis depuis des siècles à des enfants qui ont été séparés de leur mère.

Une seconde sœur ajouta plus d'informations.

— Il y a de ça plusieurs décennies, les sœurs de la Charité ouvraient le presbytère aux femmes qui avaient commis l'adultère, en avaient été accusées, avaient été des maitresses enceintes d'hommes qui possédaient des titres... Bref, nous avons vu de tout. La plupart du temps, l'enfant était soutiré dès la naissance. Il était ensuite impossible de le retrouver. À l'époque, ceux qui détenaient le pouvoir, la richesse ou un bon nom, ne reculaient devant rien afin que leur rang demeure intact. Ces femmes se sont donc regroupées et ont laissé une marque dans le temps, pour un jour retrouver leurs enfants. À cet effet, il existe au sous-sol du presbytère des coffres où les mères ont laissé leurs adresses, des lettres ou des objets. Nous avions le droit de visiter tellement d'endroits et de savoir le chemin des enfants, qui la plupart du temps nous allions porter nous-mêmes. Lors de nos visites, on leur offrait un petit collier comme celui-ci. Les parents les toléraient sachant que ceux-ci étaient bénis. Un jour, ils pourraient reconnaitre le symbole et avec un peu de chance, les mener jusqu'au presbytère. Nous ne pouvions pas parler, sinon la confiance des gens envers nous aurait été terminée. La plupart des femmes, à cette époque, ne savaient pas écrire. Elles ont donc trouvé de multiples façons de communiquer : comme la courtepointe du musée qui a été volée, les sceaux que certaines familles acceptaient d'utiliser et autres. Beaucoup de mères ont retrouvé leurs enfants de cette façon. Malgré nos efforts, plusieurs n'ont pas eu cette chance. Le mur du sous-sol est rempli d'anciens coffres jamais ouverts. Avec les années, les femmes ont écrit à leurs enfants en s'imaginant qu'ils finiraient par retrouver cette place un jour ou l'autre. Plus d'une fois, des hommes et des femmes ont cogné à notre porte en nous montrant leur médaillon. Nous les avons conduits au sous-sol ou une médaille identique les attendait. Bien sûr, les parents en avaient une également et la léguaient à la prochaine génération avec le secret. Il y a tellement d'histoires cachées. Nous ne sommes plus jeunes et surtout plus nombreuses. Nous devons livrer ce mystère, sinon il restera sous le silence. Je crois que certaines choses doivent être dites un jour ou l'autre. Cette croix est la clé qui ouvre le mur du sous-sol pour accéder à la salle des coffres. Comme vous l'avez constaté, nous n'avons plus les finances pour garder cette bâtisse ni ce qu'elle contient en vie.

— Pourquoi ne pas avoir simplement dit aux femmes où étaient leurs enfants, au lieu de jouer à cherche et trouve? ouvrit Renata les mains.

— Ce n'est pas si simple. Parfois, la sécurité doit l'emporter sur la divulgation. Si quelqu'un avait appris ce que nous faisions, les enfants auraient été en danger et l'on nous aurait exterminées. De cette manière, nous respecions la confidentialité et nous pouvions continuer à aider ces mères. La plupart avaient été bannies et se retrouvaient sans situation.

La dernière sœur prit la parole à son tour.

— Nous connaissons bien la famille Lhortie. De nos jours, personne n'utilise cette façon de l'écrire. Madame votre femme nous rendait visite à l'occasion et se rendait toujours disponible pour les correspondances de notre communauté.

CATHERINE STAKKS

Elle nous écrivait régulièrement, nous demandait toujours ce qu'elle pouvait faire de plus et se souciait de nous. Nous l'adorions. Elle savait pour ces coffres.

Le téléphone portable de Capucine sonna. Elle marcha devant Jab, qui ne baissa pas les yeux sur elle, et se retira dans le couloir pour accepter l'appel.

— Madame Muller, ici Samuel, le directeur du musée de Chicago. J'ai en ce moment monsieur Gabinoli dans mon bureau et il souhaite vous parler.

Le directeur se vit retenu par le grand homme.

— Madame Muller, je crois que vous vous êtes joué de moi. Donnez-moi ce que je cherche ou bien votre nouvel ami ici sera...

— Monsieur Gabinoli, attendez! Nous avons ce que vous cherchez. Il est ici, devant moi. Avez-vous un médaillon argenté, petit, peut-être en breloque?

Il sortit de sa chemise une chainette munie d'une brillance.

— Peut-être bien.

— Vous cherchez votre mère. Nous avons découvert aujourd'hui où cela mène. Ne faites aucun mal à cet homme et venez me retrouver au presbytère, le même où vous avez envoyé vos hommes. Je vais vous y attendre pour vous remettre le coffre de votre mère, s'il y est encore. L'homme à l'autre bout de la ligne garda le silence, alors Capucine poursuivit son élan. Appelez-moi quand vous serez ici. Comme preuve de bonne foi, je vous donne la location exacte. Nous avons la clé qui ouvre le mur du sous-sol du presbytère. Par respect, nous ne voulons rien briser. Nous voulons aider. Vous auriez dû nous dire que vous cherchiez votre mère, Monsieur Gabinoli, je vous aurais avantagé. Vous préfériez peut-être que je rencontre vos hommes et que je le leur remette? Je peux faire ça aussi. Pour nous, la course est terminée. Nous avons trouvé ce que nous avions à savoir. Nous sommes tranquilles.

— Je vous appelle à mon arrivée, termina-t-il la conversation.

Comme s'il suffoqua, Jab quitta la grande salle et poussa la porte qui donna sur le terrain arrière de la demeure. Assis sur un muret de pierre depuis un bon moment, il attira l'attention de Henry qui le remarqua tantôt de la fenêtre du grand couloir, tantôt de la cuisine et plus tard de la fenêtre du garage. Il marcha donc jusqu'à lui.

— Tout va bien, Monsieur ? Je peux faire quelque chose ?

— Ça va, Henry, je vous remercie, garda-t-il le regard droit devant lui.

— Monsieur le duc a demandé à ce que le souper soit grandiose. La musique joue dans la grande salle et vos parents semblent avoir le cœur très joyeux. Monsieur Arthaux le deuxième est attendu ainsi que sa femme. Il va y avoir fête. Madame Muller et sa fille... Jab tourna la tête vers lui. Henry fit une pause devant son mouvement. Haby danse avec sa grand-mère dans la grande salle, tandis que madame Muller est montée à la suite afin de mettre la croix en sécurité.

Jab acquiesça et remercia Henry qui retourna lentement sur ses pas.

Dans la suite, Capucine s'assit sur le lit et exécuta un appel au musée afin de s'assurer que tout allait bien. Le directeur la rassura, lui parla longuement, l'informa que Gabinoli avait quitté les lieux et termina la conversation en lui demandant d'être prudente. Il lui mentionna qu'il avait alerté les autorités et que cet homme ne pourrait plus courir aussi aisément. L'appel terminé, elle se frotta le visage, puis capta du regard les lettres de Marguerite demeurées sur le bureau. Intriguée, elle s'installa confortablement et lut.

— Il faut vraiment te surveiller tout le temps !

Capucine leva la tête.

Jab se trouva dans le cadrage de la porte. Elle lui offrit un sourire qu'il ne lui retourna pas.

— Capucine, j'aimerais te parler.

— Oui, bien sûr, déposa-t-elle sa lecture devant son ton de voix sérieux.

— Il y a quelque chose que j'essaie de te dire depuis très longtemps et je crois que je ne peux plus vivre sans que tu le saches.

D'un geste de la main, elle l'invita à entrer et se leva.

— Je pense avoir saisi que tu veux une relation, j'y arrive peu à peu, mais je ne peux pas faire le grand saut en ce moment. Si cela ne te convient pas, on peut tout simplement...

Il l'arrêta et s'avança à la fois.

— Non, ce n'est pas tout à fait ça, peut-être en partie, pas totalement. C'est au sujet de Haby.

— Haby?

Il ferma les poings, se mordit la lèvre inférieure et plongea son regard dans le sien.

— Je sais que ce que je vais te dire va te faire mal, vraiment mal, et je ne sais pas comment l'adoucir. Tu n'aimeras pas.

— Qu'est-il arrivé à Haby? Où est-elle? se précipita Capucine vers la porte.

Dans un geste doux et rapide, il cessa son avancement.

— Elle va bien. Elle danse en bas. Ça n'a rien à voir avec le moment présent.

Capucine ouvrit grandement les yeux, se recula, puis aiguisa son regard sur lui. Ses poings se fermèrent à son tour.

— Il y a plusieurs années, j'ai fait l'armée.

Ces premiers mots la rassurèrent un peu, voyant que le sujet ne tourna pas autour du bienêtre de sa fille, cependant ses muscles demeurèrent contractés.

— Qu'est-ce que Haby...

Jab se frotta les bras, la nuque et se plaça droit devant elle.

CETTE LETTRE EST POUR VOUS

— Je recommence. Il y a de ça plusieurs années, j'étais effectivement dans l'armée, acquiesça-t-il d'un regard dur. Moi et mon cousin sommes revenus à la maison pour les vacances et nous sommes allées dans un bar. C'est là que je t'ai vu pour la première fois. Tu étais ce que j'avais vu de plus beau dans ma vie. J'étais fou... de toi. Mon cousin l'avait remarqué. Le problème était que j'étais incapable de parler aux filles, pas que je me suis vraiment amélioré depuis, mais j'étais timide, beaucoup.

— Qu'est-ce que tu...

Il lui coupa la parole.

— Il est donc venu à ta table et vous avez finalement passé la soirée ensemble, à ce bar. Mon cousin avait la communication facile avec les filles et bon, il t'a fixé un rendez-vous à la maison sur l'avenue Oklan qui était à notre grand-mère. La maison était inoccupée, elle venait de déménager dans un centre. Nous avions tous la clé. Le soir de votre rendez-vous, il était avec une autre demoiselle. Ne sois pas choquée. J'étais furieux. Il m'a donc dit de m'y rendre si cela me dérangeait autant.

Les joues de Capucine rougirent, son rythme cardiaque augmenta et la voix de Jab sonna quelquefois floue dans sa tête. À mâchoire décrochée, elle regarda ses lèvres remuer, mais n'entendit plus rien. Les traits du visage contractés, elle marcha vers la porte.

— Non, attends. Je t'en prie. Ce soir là, quand je suis arrivée à la maison, tu y étais déjà. Capucine se retourna. J'ignore si tu te souviens. Il y avait une panne de courant et de grands vents. Je t'ai trouvée endormie sur le coin de la galerie. Je me suis assis à côté de toi, avec mes habits de l'armée. Je t'ai invité à l'intérieur. Il faisait tellement noir. Tu m'as confondu avec mon cousin. Tu m'as expliqué que tu étais venue par politesse et tu cherchais comment me dire que tu n'étais pas intéressée. Tu n'avais pas osé le dire à la soirée pour éviter l'humiliation devant les pairs. Capucine ne cligna plus des yeux. Je n'ai pas pu

325

CATHERINE STAKKS

résister et j'ai pris ta main pour te remercier. Tu étais tellement épuisée, je crois que tu avais fait deux chiffres cette journée-là et avec la panne vous aviez eu beaucoup de travail. Tu étais serveuse, si je me rappelle bien. Sur le sofa, je t'ai donné une couverture pour te réchauffer et l'on a discuté. Tu imagines? J'avais réussi à parler à la fille… Bref, on a parlé et tu as pris ma main. J'étais nerveux et j'ignorais quoi faire. Je t'ai embrassé. J'ignore pourquoi! En fait, je sais pourquoi. J'étais amoureux. Toi, tu croyais que j'étais lui. Les mots commencèrent à sortir faiblement de la bouche de Jab. Nous avons… Comment pourrais-je dire? Nous avons… appris le langage des fleurs. Je sais que ça sonne maladroit. C'était moi. Il enleva son chandail et lui montra sa grande cicatrice au dos. Tu m'as demandé ce que c'était et j'ai dit que c'était une chaise à bascule qui m'avait fait ça. Tu avais ri. S'il te plait, rappelle-toi, se rapprocha-t-il d'elle.

Capucine eut peine à respirer et leva les bras de manière à créer une distance entre elle et lui. Le nouveau regard qu'elle lui offrit lui glaça le sang. Il tenta de la calmer et de la prendre dans ses bras, mais Capucine nia et recula. La voix de Jab continua de résonner autour d'elle.

— Je prends tout le blâme. Mon cousin a reçu tes lettres et me les a remises. C'est comme ça que j'ai su pour le bébé. J'ai immédiatement tenté de te contacter. Tu ignorais mon existence. Je ne pouvais vous approcher. J'étais terrifié. J'ai donc envoyé mon argent à chaque paye, et ce depuis des années. J'ai quitté l'armée pour me rapprocher. Tu te souviens de m'avoir demandé si je croyais au destin ? Tu es entré dans le bureau où je travaillais, au studio, pour avoir de l'aide avec ton entreprise et j'ai saisi l'occasion. J'ai essayé de te dire que j'étais le père de Haby, à plusieurs reprises. Je ne veux jamais vous perdre toutes les deux. J'étais prêt à attendre, le temps que ça prendrait. Je t'ai visité à l'hôpital à sa naissance. J'étais présent.

Les mouvements de Capucine devinrent saccadés.

CETTE LETTRE EST POUR VOUS

— Les fleurs? Et c'est toi qui as poussé le fauteuil roulant jusqu'à la voiture?

— Oui, j'ai tenu Haby pour la première fois dans mes bras pour que tu t'assoies en voiture et je ne l'ai reprise que plusieurs années après. J'ai veillé sur vous comme j'ai pu. C'est moi... avala-t-il difficilement. Je suis le père de Haby. C'était moi, livra-t-il avec une vulnérabilité si vive que ses lèvres tremblèrent.

Le silence qui suivit le blessa à chacun de ses battements de cœur qui résonna en lui. Il regarda Capucine en attente d'une réaction. Des larmes coulèrent de ses yeux, puis un cri émergea de ses poumons. Elle s'avança vers lui et le frappa en pleine poitrine. La rage lui sortit des poings, du ventre, en pleure et en cris. Grâce à sa formation, Jab dévia ou retint ses coups facilement, pour ensuite ouvrir largement les bras et la laisser l'atteindre. Des larmes coulèrent sur ses joues également.

— On m'a dit qu'il était mort! On m'a dit que cet homme était mort! arrêta Capucine tout mouvement.

— Oui. Il l'est. Peu de temps après que j'ai quitté l'armée pour vous deux, mon équipe n'est jamais revenue de leur dernière mission. J'étais censé y être moi aussi. Vous m'avez sauvé la vie.

D'un coup, Capucine attrapa son sac à main et courut hors de la suite. Jab ferma les yeux.

En vitesse, elle se déplaça jusqu'à la grande salle où elle trouva sa mère.

— Maman, tu peux garder Haby? Je dois me rendre quelque part.

— Est-ce que ça va, chérie?

— Maman?

— Bien sûr. Je prends soin de Haby. Fais ce que tu as faire.

Dans un rythme effréné, Capucine traversa la maison. Le visage rougi, elle retrouva Henry et lui sollicita une faveur. Celui-ci accepta.

30

À travers la ville, la voiture du duc roula en silence avec Capucine à son bord. Henry la conduisit jusqu'à la bibliothèque où le signe des deux plumes veilla sur une porte. Elle le remercia, marcha vers celle-ci, utilisa le collier qui se défit en une clé et entra dans le local sous l'œil bienveillant de Henry qui patienta qu'elle referme la porte pour s'éloigner. À l'intérieur, le sac de Capucine tomba au sol, ses chaussures prirent congé et elle s'effondra sur le lit en larmes. Les derniers rayons du jour caressèrent les feuilles d'arbres à sa fenêtre et elle pleura encore.

Les lumières de la rue éclairèrent maintenant depuis longtemps et elle pleura toujours.

Plus tard, l'orage enterra ses cris et elle pleura au rythme de la pluie.

Au manoir, Jab se pointa devant Henry sans parler.

— Madame Muller a demandé de ma personne la discrétion, Monsieur. Jab ne broncha pas. Je ne peux malheureusement pas parler. Je veux vous aider, mais mes mots ne vous seront d'aucune utilité. Henry leva le regard vers Jab et vit ses traits meurtris. Tout ce que je peux faire, c'est vous offrir un verre, déposa-t-il les clés de la voiture sur la carte routière qui se trouva sur sa table de travail ainsi qu'un petit verre de gin.

Jab baissa les yeux sur l'endroit qu'encercla la base du petit verre et prit les clés.

Sous le bruit de la pluie qui fouetta les fenêtres de la pièce, Capucine frappa le matelas et pleura jusqu'à ce que sa voix se casse. Puis, les nuages bougèrent, la pluie diminua, la lune déposa une douce lueur sur elle et le sommeil la trouva comme une grande caresse. Au creux de ses rêves, des bruits de jointures qui se blessèrent à sa porte vinrent la chercher. Elle se réveilla, regarda à la fenêtre, reconnut la voiture du duc et ouvrit à un homme complètement trempé. Jab se trouva devant elle, les traits tirés et les poumons en forts mouvements.

— Je croyais que c'était Henry, referma-t-elle la porte lentement.

Sans être invité et sans parler, Jab entra, l'entoura dans ses bras, lâcha quelques sons de soulagement, puis embrassa le dessus de sa tête.

— Je suis désolé, je suis tellement désolé, continua-t-il de la bercer dans son enlacement.

Dans des gestes doux, Capucine se défit de son emprise et lui présenta sa personne qui ressembla aux sculptures qui patientèrent au sous-sol du presbytère. Une épaule à nu par un chandail malmené, les cheveux défaits, les yeux enflés et rougis, les lèvres gercées, Jab reconnut le chemin des larmes lourdement emprunté sur chacune de ses joues. La blessure se refléta également dans son regard qu'elle ne porta plus vers lui.

— Je ne pouvais pas te le dire avant. Toi et la petite auriez été en danger. Je sais que c'est dur à prendre. Je n'avais pas le choix.

Capucine recula et retourna vers le lit.

— Je crois plutôt que tu as fait ce choix. Quand comptais-tu me le dire? Elle ne lui donna pas le temps de répondre. J'ai cru que c'était sa famille qui… Maintenant, je sais que les lettres sans signature et l'argent c'était de toi. Jab demeura silencieux près de la porte. Tu n'étais même pas foutu de signer tes propres lettres.

Dans un silence inconfortable, il s'avança dans la pièce et s'assit sur le lit à côté du sien de manière à se trouver face à elle.

— Il a beaucoup d'informations que je ne peux pas dévoiler... du temps que j'étais dans les forces. Malgré mes recherches, la cause de l'élimination de mon équipe demeure nébuleuse. Ce n'est pas bon ça, Capucine. Je suis le seul qui est en vie, aujourd'hui. J'ai dû faire profil bas pendant un certain temps, afin de m'assurer qu'on n'essayait pas de me retrouver. En même temps, je voulais être près de toi et Haby. J'avais deux choix devant moi : apparaitre avec une famille et la mettre en danger ou disparaitre et vous garder en sécurité. Avec les derniers évènements, j'ai décidé autrement. Ç'a été très difficile.

— Difficile? copia-t-elle sa posture en s'installant en position assise devant lui. Leurs genoux se touchèrent légèrement et leurs regards s'affrontèrent. J'ai cru qu'on m'avait abandonné. Toutes ces années, j'ai dû affronter la vie seule. J'ai été jugé. Les gens m'ont fait la morale. Je ne l'ai pas eu facile. Être mère seule n'est pas un rêve. J'ai eu mal. Je me suis tellement détestée. J'avais mal pour cette enfant qui n'aurait jamais à dire «papa» et qu'allais-je lui dire? Que j'avais dormi avec un parfait inconnu?

— Cette nuit-là est l'un de mes meilleurs souvenirs à vie. Ensuite, j'ai appris à te connaitre et je ne pensais même pas que je pouvais aimer à ce point. Ce que je ressens pour Haby...

Il souffla lourdement. Capucine ferma les yeux un moment et retrouva une voix calme.

— Je n'arrive pas à te relier à cette soirée. Pourtant, je m'en souviens très bien, mais ta personne n'évoque rien. Je dois croire tes paroles. Je n'ai jamais vu ton visage. Elle avala, puis nia. Tout ce que je me rappelle, c'est que ton cousin ne m'attirait pas du tout, mais ce soir-là... il était gentil, doux, respectueux, intelligent et attentionné. J'ai aimé cette personne et elle n'est pas devant moi en ce moment. Elle vit dans un souvenir, tu comprends?

Jab se prit la tête à deux mains.

— Je me souviens de toi, de tout, de tes doigts quand ils ont croisé les miens, de... Il s'arrêta et souffla lourdement, puis il dégagea de son portefeuille une photographie.

Capucine l'accepta et ouvrit une petite lampe qui se trouva sur la table de chevet.

— Je n'ai pas souvenir d'avoir pris cette photo de Haby.

Jab avala difficilement.

— C'est moi, quand j'étais jeune. Ce n'est pas important, s'approcha-t-il afin de la lui reprendre, mais Capucine ne la lui légua point.

— Tu étais blond?

— Oui, comme Haby. Quand j'ai rendu visite à mes parents avec elle, mon père en était subjugué. Il a aussitôt sorti les photos de famille.

— Votre sourire est identique, c'est fou! Je peux conserver ça?

Il acquiesça et Capucine ferma la lumière sur le passé. Comme un rideau, l'obscurité sépara à nouveau Capucine et Jab.

— Elle a tes yeux et ta joie de vivre. Elle est très forte en matière linguistique, elle ne tient pas ça de moi.

— Comment elle va? Elle dort dans la chambre de ma mère?

— Oui, et Henry s'est offert de veiller sur toutes les deux pendant mon absence. Je ne voudrais pas m'avancer, mais je crois qu'il a les genoux qui faiblissent devant ta mère.

— Je suis en colère contre toi, parla en douceur Capucine.

— Je sais. C'est mérité. De mon côté, je sens que je suis en train de tout perdre et c'est insoutenable. C'est tellement simple dans ma tête : je t'aime et j'adore notre fille.

À ses derniers mots, des frissons traversèrent le dos de

Capucine.

— Je ne sais pas si je vais pouvoir te pardonner ça. Je ne sais pas non plus ce que je vais en faire. J'imagine que tu as des droits, maintenant… Je n'y connais rien. Je vais devoir y voir à mon retour.

Il leva les mains de manière à l'arrêter.

— Non, Capucine. Je ne demande rien. Je veux que cette décision te revienne, si tu as envie ou non que cette vérité soit connue. J'ai eu plusieurs années à l'avoir que pour moi. Je te dois le pouvoir de choisir. Il n'y a que nous deux qui sommes au courant. Je ne parlerai jamais si c'est ce que tu veux. Je vais prendre la place que tu me donneras. Cependant, ne te trompe pas à mon sujet : je veux être son père, je veux faire partie de sa vie ainsi que de la tienne. Je vais respecter ton choix. On peut continuer comme avant, jusqu'à ce que…

— Jab. Tu es la raison pour laquelle je n'ai personne dans ma vie et tu me demandes à la fois cette place.

Il n'arriva plus à prononcer quelques mots que ce soit. Capucine se leva et l'invita vers la sortie. Face à lui, elle se tint droite et forte, pendant qu'il baissa la tête.

— Je t'ai vu avec Haby, depuis sa naissance, et tu es incroyable. Tu m'as émerveillé par ton courage, ta bonté, ton intelligence et ta manière d'être toi tout simplement. Ce que j'essaie de te dire, c'est que tu fais un excellent travail. Je pense que tu devais entendre ça.

— Jab…

— Oui, s'avança-t-il aussitôt.

— J'ai envie…

— Tout ce que tu veux.

— … de ne plus te revoir.

Il figea. Puis, Capucine tint son regard. L'échange dura de longues secondes, telle une conservation silencieuse émise par leur cœur.

Elle remua la première, ouvrit la porte et la tint pour lui. Jab s'avança à sa hauteur et se pencha vers elle.

— Malgré tout ce qui se passe, ici, maintenant ou dans le futur, voire même dans le passé, tu peux compter sur moi. Je t'aime. Je vais toujours trouver un moyen de t'aider, te rejoindre si tu as besoin de moi, vous aimer toi et la petite et...

— J'aimerais que tu partes en ce moment, c'est ce qui m'aiderait.

Il acquiesça, demeura devant elle avec un regard bienveillant, puis lui offrit un sourire avant de retourner sous la pluie.

Par la fenêtre, elle le regarda marcher jusqu'à la voiture et patienta que le véhicule disparaisse. Enfin, les couvertures l'accueillirent et l'oreiller l'apaisa. Quelques secondes plus tard, la lampe de chevet pris vit et éclaira à nouveau la photographie de Jab quand il était petit.

31

Pendant la nuit, la pluie tomba comme un lourd chagrin sur la toiture de la suite secrète du manoir où Jab dormit seul. Au matin, il regarda l'espace vide à ses côtés ainsi que l'ancien lit de Haby et soupira. Le soleil radieux du début de la journée le gifla en plein visage. Debout dans la chambre, il revit la scène avec Capucine, nia, ferma les yeux un instant et s'en retira. Il retrouva le sourire à la table du petit déjeuner où il aperçut Haby. Avec un naturel désarmant, il alla au-devant d'elle et lui versa son jus d'orange, quand la mère de Capucine s'interposa gentiment.

—Je vais m'en occuper, Jab.

Le duc, qui dégusta son café au bout de la table, regarda la scène du coin de l'œil. Avec maladresse, Jab recula et ne sut plus où se tenir. Renata vint à sa rencontre et le tira à l'écart.

— Veux-tu bien me dire ce qui s'est passé? Je vois que Capucine n'a pas dormi ici. Qu'est-ce que tu as encore fait?

— C'est personnel.

— Tu sais que tout ce qui est personnel, j'en fais moi aussi une affaire personnelle. J'aime mieux te le dire maintenant : j'excelle dans ce domaine. Que lui as-tu encore dit cette fois?

Le cœur serré, il s'éloigna et quitta la salle à manger. Pendant ce temps, les œufs, le bacon, les muffins, l'immense panier de fruits attirèrent de nombreuses mains qui remplirent leurs assiettes avec un grand plaisir. Tous s'attablèrent avec joie, excepté Jab qui traina les pieds sur le gazon derrière la demeure. Sous les rires et les histoires du duc, dont les ressources ne manquèrent point, les enfants de Renata remplirent leurs assiettes à nouveau. Puis, celui-ci s'excusa un moment. Sous un grand arbre, Jab regarda loin devant lui, quand le duc se présenta à ses côtés avec deux cafés. Il en tendit un à Jab et garda l'autre en main.

— La journée s'annonce magnifique.

Jab acquiesça à peine et prit une gorgée.

— Ouuuu...

Il tourna la tête vers le duc et arrondit le regard.

— Bah! Ce n'est pas grand-chose, un peu de crème de whisky, envoya le vieil homme en riant.

Dans sa chambre, Capucine se réveilla par le cri strident de son téléphone portable. Elle répondit d'une main et retint sa migraine de l'autre.

— Monsieur Gabinoli? Où êtes-vous? D'accord, je vous y rejoins dans une heure.

Le téléphone de Jab vibra. Quand il lut le nom de Capucine, ses mains remuèrent trop rapidement et il laissa tomber par mégarde l'appareil qu'il rattrapa par la suite.

— Allo, oui, allo! J'arrive. Comment vas-tu?

Capucine raccrocha avant même d'entendre sa question. Aussitôt, il annonça la nouvelle au duc.

— Nazario est à Paris. Nous devons prendre Capucine qui n'est pas très loin, apporter la clé qui ouvre le mur du presbytère, être là dans une heure et votre café est merveilleux, marcha Jab vers la résidence.

— Voilà ce que je voulais entendre et je vais avec vous.

Jab arrêta le pas.

— Je ne pourrais pas assurer votre protection.

— Bah! Je ne vois pas pourquoi on s'intéresserait à ma personne. Ma femme avait cette communauté de tatouée sur le cœur. Même si elle n'est plus là, je veux être là pour elle. Je peux la revoir vivre à travers les miracles qui s'accomplissent encore grâce à sa plume et davantage par son bon cœur. Si je peux la voir à travers un rayon de soleil aujourd'hui, je vais saisir l'occasion. Je l'aime toujours, vous savez.

La nouvelle se propagea et Renata poussa les gens à manger rapidement. Jab l'arrêta.

— Seuls le duc et ma personne iront.

Henry s'avança.

— Je me porte volontaire pour conduire le minibus pour madame Renata, sa famille ainsi que les autres invités au besoin. J'aurais un œil sur eux, pour vous, Monsieur, parla-t-il au duc.

— Merci, Henry, c'est très apprécié et préparez mon plus beau veston pâle.

— C'est ce que j'avais compris, Monsieur. J'y vais.

Le duc contacta les sœurs qui lui assurèrent qu'elles seraient présentes au presbytère dans la demi-heure. Devant la table remplie de nourriture, le regard de Jab se posa sur Haby. Elle leva aussitôt la tête et lui offrit un sourire, ce qui lui réchauffa le cœur. D'un geste franc, il étala un grand linge à ses côtés, y déposa des victuailles, le noua rapidement et l'emporta en exécutant de belles façons à la petite.

Dans une démarche assurée, il se déplaça ensuite au garage avec la croix qu'il déposa avec soin sur la banquette arrière de la voiture, pour ensuite s'installer derrière le volant. À ses côtés reposa le sac improvisé de nourriture. Pendant ce temps, le duc s'installa dans le siège du passager. Quand Jab tourna la tête vers celui-ci, il arrondit le regard. Le vieil homme porta l'élégance à sa plus fine expression, comme s'il allait à un rendez-vous amoureux. Ses vêtements, d'une blancheur inégalée, reflétèrent la lumière et sa bonne humeur irradia.

Jab tourna la clé.

— Accrochez-vous, lâcha-t-il en même temps qu'il embraya la marche arrière.

La voiture sortit du garage d'une vitesse immodérée et tourna dans une manœuvre intéressante. Jab mania le volant avec une telle agilité que le duc arrondit le regard à son tour.

— J'ignorais que la voiture pouvait faire ça.

À cette remarque, Jab fronça les sourcils en croyant qu'il parla des clignotants. La voiture du duc parcourut les routes familières sur un nouveau rythme et s'arrêta devant la bâtisse où Capucine séjourna.

— La voilà, envoya Jab.

La portière claqua si rapidement que le duc eut peine à suivre la situation. Jab alla au-devant de Capucine, celle-ci évita de le regarder et de lui parler, puis marcha simplement vers la voiture. Il s'adapta donc à ses mouvements et ouvrit la portière pour elle.

Capucine grimpa à l'arrière, salua le duc et dès que Jab retrouva son siège, elle demanda à partir. Le moteur gronda et le véhicule prit la route avec fougue.

— Tu as mangé? Tu voudrais...

— Non merci, parla-t-elle sèchement.

Jab scella ses lèvres et continua de manier le véhicule dans un trajet rapide.

Avec le sourire, le duc tendit vers l'arrière le paquet entouré d'un linge noué.

— Notre cher Henry a pris soin de vous préparer un léger repas, envoya-t-il un clin d'œil à Jab. Oh! J'ai votre café. Je dois vous mettre en garde, il est légèrement corsé.

Dans le rétroviseur intérieur, le regard de Jab s'agrandit quand elle but le précieux liquide sans broncher. Ensuite, elle mangea avec appétit.

— C'est ce que je voulais voir, se retourna le duc.

Devant le presbytère, les hommes de Gabinoli se tinrent fièrement devant un grand homme. Jab avança la voiture lentement de manière à évaluer l'endroit.

— Vous restez dans la voiture et je vais…

Sans préavis, Capucine capta la croix, sortit du véhicule, traversa la rue et marcha vers les hommes. Dans une vitesse qui éblouit le duc, Jab se dégagea du véhicule et courut jusqu'au milieu de la rue où les hommes en vestons foncés l'ordonnèrent de ne pas avancer. À partir de ce moment, Jab ne quitta plus Capucine des yeux.

Sous l'aile de monsieur Gabinoli, elle entra dans le presbytère. Dès qu'elle se trouva hors de vue, il marcha vers les hommes de ceux-ci.

— Je suis avec elle.

À ces mots, les hommes se resserrèrent sur lui. Au premier contact, Jab désarma trois de ceux-ci, pendant que le dernier pointa fermement son arme sur lui.

— Tu viens de voir ce qui vient de se passer? grimaça légèrement Jab.

— Oui.

— Quand tu étais jeune, as-tu déjà fait des jeux de suites logiques?

L'homme fronça les sourcils. En deux pas, celui-ci se retrouva également désarmé. Puis, la porte du presbytère se referma.

— Que vient-il d'arriver? cherchèrent les hommes à comprendre.

À l'intérieur de la chapelle, une sœur se tint au centre de l'allée une main dans l'autre et propulsa fortement sa voix.

— Les visiteurs sont interdits.

— Je ne suis pas un visiteur, j'accompagne la femme que vous venez de voir. Elle... Je vais simplement m'y rendre, ne vous dérangez pas.

La dame éleva la main et lui montra sa paume de manière à l'arrêter.

— Prenez un siège, Monsieur.

— Ma sœur, je dois passer.

— Monsieur, prenez un siège s'il vous plait.

— Mes excuses, ma sœur.

Jab passa à côté d'elle et grimpa la première marche de l'autel.

— Jean-Baptiste Arthaux! leva-t-elle le ton. Il se retourna. Elle allongea le bras et pointa le premier banc. Il ne lui fera aucun mal. Asseyez-vous.

— Dans un moment, je suis à vous.

Jab se rendit jusqu'à la porte arrière de la chapelle qu'il trouva verrouillée. En vitesse, il courut devant la sœur dans l'allée et tira les grandes portes qui ne remuèrent point. Son regard s'éleva vers les fenêtres garnies de vitraux précieusement conservées malgré les années, quand la voix de la dame résonna.

— Toutes les portes sont scellées. C'est la procédure. Soyez patient et asseyez-vous. Parfois, attendre est la meilleure aide qu'on puisse apporter à quelqu'un. Elle va venir vers vous, si vous lui donnez la chance.

La dame ouvrit les bras et au lieu de trouver chez elle un regard sévère, Jab vit un sourire de bienveillance.

Devant le petit mur du sous-sol, regardée par les nombreuses statues, Capucine remit la clé à la sœur en chef qui ouvrit le passage à monsieur Gabinoli. Il entra le premier et observa l'extérieur des coffrets. La sœur s'approcha.

— Vous avez votre médaillon?

Le grand homme déposa sa petite médaille usée par les années dans le creux de la main de la vieille dame. Elle l'examina

CATHERINE STAKKS

et chercha avec lui à travers les nombreuses autres, afin de trouver celle qui se montra identique. Quand ils la trouvèrent, la sœur n'arriva pas à dégager le coffre. Monsieur Gabinoli offrit son aide et brisa le sceau naturel de la poussière accumulée, pour ensuite déposer la boite de métal sur la table solide.

Dans la chapelle, la sœur acquiesça devant un homme qui prit une place sur le banc et qui se replia sur lui-même devant la douleur de ne pas pouvoir intervenir.

— Le temps n'est pas un adversaire, Jean-Baptiste, mais une précieuse aide, posa la sœur une main sur son épaule.

Sous eux, la sœur en chef ouvrit le petit coffre et invita monsieur Gabinoli à prendre connaissance de son contenu. Il y jeta un coup d'œil rapide, le referma, le glissa sous son bras, remercia la vieille dame et marcha vers la sortie de la salle des coffres.

— Je connais votre mère, résonna la voix de la sœur derrière lui. Le grand homme arrêta le pas et se retourna. Elle est toujours en vie. Vous permettez, allongea-t-elle les mains vers le petit coffre. Celui-ci lui laissa l'objet. Ici sont ses dernières coordonnées et les lettres depuis votre naissance sont là. Elle vous avait nommé Benny. Ce détail n'est pas écrit dans cette boite. Je me souviens de vous, petit. C'est moi qui vous ai offert votre médaillon. C'est également moi qui ai pris soin de votre mère. Elle expira lourdement. Vous laissez aller a été la chose la plus difficile qu'elle a eu à faire. Je n'ai jamais vu une femme pleurer autant, Monsieur... même aujourd'hui. Elle vous pleure encore. Le grand homme observa la sœur en silence. Je suis contente de vous revoir. Votre regard n'a jamais changé. Je pourrais le reconnaitre parmi tous. Dans un élan, l'homme la serra fortement dans ses bras.

Debout entre les sculptures blessées par le temps, Capucine ne remua que le regard. Quand elle entendit la première respiration profonde que prit le grand homme, elle porta une main sur son cœur.

— Je dois te laisser aller encore une fois, envoya la sœur en chef. Tu es aimé, Benny. Tu l'as toujours été. Elle t'attend depuis très longtemps.

Une larme à l'œil, Capucine se déplaça lentement parmi les êtres à la peinture écaillée.

— Monsieur Gabinoli!

Le regard du grand homme balaya la salle, jusqu'à ce qu'il trouve le corps qui remua parmi les autres. Capucine s'avança vers lui. Les yeux humectés, monsieur Gabinoli avala sa fierté.

— J'aurais un conseil à vous demander. Je viens d'apprendre, un peu comme vous, l'identité du père de mon enfant. Il le savait et me l'a appris qu'hier soir.

Elle ne trouva plus la force de parler et devint aussi muette que toutes les bouches derrière elle. Il se retourna face à elle et créa un contact visuel sans précédent.

— Je le remercierais. J'ai attendu ceci soixante-six ans, manipula-t-il le petit coffre. J'ai signé des documents au musée de Chicago. Je vous laisse les coffrets qui vont avec vos sceaux authentiques. Je ne vous connais plus ainsi que votre entourage, marcha-t-il aussitôt vers la sortie qui donna vers le stationnement. Plus loin, il s'arrêta subitement et revint sur ses pas. Ceci est difficile à dire pour moi, pressa-t-il les lèvres fortement. Merci. La respiration de Capucine et celle monsieur Gabinoli devinrent les seuls sons qui vécurent dans l'espace pendant un moment. Ne laissez pas la haine grandir en vous. Je ne suis pas fière de ma personne et j'ai beaucoup à réparer. Ne faites pas comme moi. Apprenez à aimer avant qu'il ne soit trop tard.

Les lèvres de Capucine se décelèrent.

— La douleur est insupportable, ma sœur, parla Jab.

La main du grand homme trouva l'épaule de Capucine, qu'il garda sur elle dans un silence respectueux et partagé à la fois.

Tout à coup, la lumière du soleil traversa la fenêtre du sous-sol et éclaira leurs regards. La salle des coffres se referma et la croix retrouva sa place sur le mur. L'enclenchement créa un fort son qui résonna dans la chapelle. Puis, le soleil brilla de mille feux et éclaira l'intérieur de la chapelle en de multiples couleurs. La mâchoire de Jab s'entrouvrit.

— Vous pouvez vous lever, ils ont terminé, envoya la dame un sourire resplendissant.

Jab se tint debout à l'avant de la chapelle aussi nerveux que les nombreux mariés qui occupèrent sa position avant lui. Accompagnée de la sœur en chef, Capucine se présenta, regarda Jab un instant, puis marcha directement vers l'extérieur. Quand les pieds de Jab touchèrent le pavé à son tour, il aperçut Capucine qui patienta en voiture, pendant que le duc profita de la journée debout près de la portière. Dans un geste d'habitude, il évalua le terrain. Les hommes de Gabinoli ne figurèrent plus dans le décor.

À l'intérieur de la chapelle, la sœur en chef remarqua une ouverture dans le meuble bas près du grand vitrail. Elle le referma aussitôt. Le mouvement créa une certaine vibration et une lettre glissa sur le sol. Une main serrée sur le tissu de sa tenue afin de la lever du sol, elle se précipita à l'extérieur et secoua la lettre dans les airs. Quand elle rejoignit le duc, elle arriva à peine à parler.

— Je viens de trouver ceci. Cette lettre est pour vous, Monsieur. C'est de votre femme. Le duc l'accueillit comme on prend son enfant pour la première fois. Cette lettre a patienté très longtemps.

À lèvres tremblantes, le duc porta la lettre à son cœur et sourit.

— Je la lirais plus tard. Je vous remercie infiniment, infiniment.

— La journée est magnifique, envoya la dame.

— Oui, elle l'est.

En voiture, dans un acquiescement qui respira le bonheur, le duc annonça le départ. Quand Jab tourna la clé du moteur, il posa sa main sur son bras. Jab tourna la tête vers lui, mais celui-ci donna son attention vers l'arrière.

— Ma chère Capucine vous est prête pour le festival de correspondance?

— Oh non! J'ai oublié! Quelle heure est-il?

— Nous serons à l'heure, ne vous inquiétez pas. Nous avons un excellent chauffeur.

Le duc retira sa main de sur le bras du chauffeur, lui remit une adresse ainsi que la carte de la région et regarda vers l'avant. En quelques secondes, Jab se repéra, remit les documents au duc et avança la voiture sur la route. À l'arrière, Capucine fouilla son sac afin de trouver le nécessaire pour l'évènement, pendant que le duc continua de converser avec elle.

— Alors, on tourne la page sur l'histoire de monsieur Gabinoli?

— Malgré ce que j'ai pu penser, l'histoire s'est étrangement bien terminée.

— C'est ce que je voulais entendre. Le duc se tourna vers elle et sourit. Je crois qu'on a négligé de vous dire que c'est un évènement en blanc.

— Vous pouvez répéter? s'avança Capucine le haut du corps pour mieux entendre.

— Tous doivent être vêtus de blanc, ma très chère. Ce n'est rien, je suis certain qu'ils ont quelques habits de disponibles.

Capucine soupira et nia à la fois.

— En effet, je n'ai pas reçu cette information.

— Je connais bien Henry, il va s'occuper de ce détail avec les invités, parla-t-il à Jab. Tous devraient nous y retrouver. Votre chemise claire s'y prête mon très cher.

À leur arrivée, Jab suivit le parcours réservé pour les artistes et observa les nombreuses chaises blanches rassemblées, les grands rideaux couleur neige ainsi que tous les gens vêtus de

CATHERINE STAKKS

vêtements aux teintes pures.

— C'est immaculé. Je n'ai jamais vu autant de blanc, se mordit la lèvre Capucine qui baissa son regard sur sa tenue nullement pâle.

La voiture s'immobilisa en douceur et Jab ouvrit les deux portières. Le duc demanda une assistance, alors il s'y avança. Capucine sortit, regarda autour d'elle et n'osa pas avancer. Avec le sourire, le duc prit son bras et l'accompagna à la réception où Jab les suivit. Pendant leur déplacement, le vieil homme salua les gens par leur prénom. Sa présence s'entendit et la directrice du festival se présenta devant eux.

— Monsieur le duc, c'est toujours un plaisir de vous voir.

— Le sentiment est partagé, ma très chère. Laissez-moi vous présenter Madame Capucine Muller.

— Vous avez fait bon voyage, Madame Muller? On vous attendait. Voici votre identification que vous devez glisser à votre cou, avança-t-elle une carte plastifiée munie d'un long ruban blanc. Suivez-moi, je vais vous conduire dans une pièce où vous allez pouvoir vous changer. Capucine suivit la dame qui l'invita à entrer dans le local de rangement où s'empilèrent des nappes, rideaux, chaises, tables et autres décorations reliés au festival. À son émetteur, l'appel se fit plus pressant. Une voix réquisitionna la présidente en arrière-scène. Je dois y aller. Je vous retrouve dans quelques minutes.

— Attendez, vous auriez des vêtements blancs de disponibles?

La dame n'entendit point la demande de Capucine et marcha à pas bruyants sous l'impact de ses souliers à talons hauts contre le bois du plancher temporaire.

La porte se referma et Capucine regarda autour d'elle. Soudainement, son regard se posa sur la boite de mouchoirs posée sur le coin du bureau. Elle dégagea son téléphone.

Jab répondit à la première sonnerie.

— J'arrive.

CETTE LETTRE EST POUR VOUS

Aussitôt, Capucine entendit des voix résonner dans le couloir.

— Monsieur! Monsieur! Vous n'avez pas l'autorisation!

Puis, quelqu'un cogna doucement à sa porte. Elle ouvrit, fit entrer Jab et leva la main devant la sécurité qui se présenta.

— Il est avec moi.

Quand ils se retrouvèrent tous les deux dans la pièce, Jab promena son regard que très peu dans la pièce, puis le dirigea intensément sur elle. Capucine eut du mal à s'exprimer devant l'attention qu'il lui donna. La musique s'éleva de la scène et la pressa à articuler.

— J'ai besoin que tu me fasses une robe.

Jab continua de la regarder sans broncher. Capucine avala, puis lui tendit la boite de mouchoirs. Celui-ci évalua rapidement sa demande.

— Je ne crois pas que ça sera possible.

Capucine ajouta l'agrafeuse qui traina sur le bureau.

— Nous avons trente minutes et c'est tout ce que j'ai.

Le sérieux du regard de Jab l'amena à sourire pauvrement.

— Qu'as-tu dans ton sac? baissa-t-il enfin le regard.

— Des lettres.

Pendant qu'elle vida le contenu de son sac sur le coin de la table, celui-ci retira sa chemise ainsi que son teeshirt. Torse nu devant elle, il lui demanda de retirer son chandail. Capucine eut du mal à le regarder.

— Non.

— Tu vas porter mes vêtements, attrapa-t-il un teeshirt noir réservé aux techniciens de la scène.

— Oh!

En soutien-gorge devant lui, elle replia ses bras sur son corps afin de se cacher. Lui, attrapa les ciseaux sur le bureau, secoua une nappe blanche, puis tourna autour d'elle. Avec soin, il l'aida à mettre son teeshirt qu'il moula à son anatomie.

Afin de ne pas la blesser, il glissa sa main près de sa peau et agrafa le tissu. Dans un long frisson, elle sentit ses doigts qui remontrèrent à sa nuque. Il plaça ses cheveux en chignon et y inséra une longue plume trouvée dans les éléments décoratifs. Dans des gestes doux et précis, il retira le ruban de son identification VIP. Capucine ferma les yeux et laissa les mains de Jab se promener sur elle.

Quand elle ouvrit les yeux, son visage se trouva près du sien. Elle observa le grain de sa peau, les détails de ses yeux, puis sa bouche. Il la regarda un instant, puis baissa les yeux à nouveau sur son travail. Dans un mouvement de caresse, il déplaça ses bras. Sans parler, Capucine le laissa faire. Soudain, il descendit à ses pieds et glissa ses mains à ses cuisses. Elle arrondit le regard.

— Madame Muller, dans 10 minutes! cogna quelqu'un à la porte.

— Merci, propulsa-t-elle sa voix en retour.

Jab s'éleva devant elle.

— On a encore du temps.

Il leva un fin voilage trouvé près des chaises et le secoua de manière à l'étaler. Le fin textile retomba doucement et épousa les notes du piano qu'ils entendirent. Jab accéléra ses manipulations, puis revint devant son regard.

— Je vais prendre les lettres, ça te va?

— Oui. Attends, pas celle-là, glissa-t-elle une petite enveloppe de la couleur d'une pêche dans son bustier.

— Je vais bouger très rapidement autour de toi, alors... ne bouge pas.

Capucine acquiesça.

À ses mots, il tourna autour d'elle et ajouta d'autres textiles qu'il fixa dans des gestes qui démontrèrent une grande expérience.

— Confortable?

— Ce n'est pas important, Jab.

Il se releva devant elle.

— Ça l'est pour moi. Confortable? trouva-t-il son regard.

— Oui, très.

Un bruit attira le regard de Capucine, il ramassa les lettres déversées de son sac. Chaque geste de Jab se montra tellement doux, que sa respiration s'approfondit. Ensuite, il plaça ses bras autrement, travailla la taille, ajouta de nombreux détails qu'elle n'arriva pas à voir, puis le bruit de l'agrafeuse s'arrêta et il ouvrit la porte de la salle de bain, afin qu'elle puisse se voir dans un miroir.

Capucine s'y avança, vit son reflet et couvrit sa bouche de sa main. Elle se retourna vers lui.

Il baissa les yeux.

— Tu me dis ce que tu veux que je retravaille…

— C'est… C'est magnifique! C'est incroyable, Jab! Comment as-tu… Je…

Jab releva le regard et un sourire naquit à son visage. À coups pressants, la directrice du festival cogna à la porte, puis ouvrit.

— C'est à notre tour. Venez, Madame Muller, on entre en scène.

Capucine avança, s'arrêta devant Jab et toucha son bras.

— Merci.

— Ce n'est rien.

— Non. Merci de m'avoir dit. C'était tout.

Le sourire de Jab se desserra. Capucine acquiesça, serra son bras tel un renforcement de ses paroles, puis marcha dans le couloir derrière la directrice. Il la regarda s'éloigner à bouche entrouverte.

Sous de chaleureux applaudissements, la directrice de

l'évènement s'avança au centre de la scène, salua la foule et émit quelques mots afin que le silence s'installe. Rapidement, elle remercia les commanditaires, raconta l'histoire du festival, releva certains noms, dont celui de Marguerite Lhortie, parla de la beauté des installations et présenta peu à peu l'invitée d'honneur. Pendant ce temps, Henry se présenta auprès du duc et guida Renata ainsi que sa famille vers les sièges réservés. Il exécuta le même manège pour les parents de Jab, ainsi que pour la mère de Capucine et Haby. Tous portèrent d'élégants vêtements blancs brillamment accessoirisés, ce qui arracha un sourire au duc.

— Vous y arrivez toujours, Henry.

— Je vous remercie, Monsieur.

Vêtu tel un technicien de production, Jab se garda à l'écart et salua Henry d'un signe de la tête. Celui-ci marcha aussitôt vers lui.

— J'ai pris le loisir de vous choisir des habits, ils sont dans le coffre de la voiture. J'espère que les chaussures vous iront.

Le nom de la ville de Chicago retentit dans le système audio ainsi que Cette lettre est pour vous, puis la directrice de l'évènement ouvrit le bras vers la coulisse. La musique s'éleva, Jab entendit le nom Capucine Muller et arrêta tout geste. Un faisceau de lumière capta les premiers pas de Capucine sur la scène. Aussitôt, Haby agrandit le regard et la mâchoire de Renata s'ouvrit.

— Vieille sacoche! Henry! Je veux le nom de votre couturier. Elle est magnifique. Est-ce des lettres? Elle porte une robe faite de correspondances!

— Elle ressemble à ma poupée! s'en égaya la petite.

Habillé de blanc, Jab se présenta derrière Haby.

— Moi aussi, je trouve qu'elle ressemble à ta poupée comme ça.

— Jab! leva la petite les bras vers lui.

Il la grimpa dans ses bras et lui pointa la scène dans un

ravissement près de l'émerveillement. Ensuite, il s'installa dans le siège avec elle.

Le charisme de Capucine brilla sans qu'elle prononce un mot. Elle serra la main de la directrice du festival qui lui céda la place devant le microphone. Quand la beauté de sa voix coula telle une rivière dans le système audio, les gens arrêtèrent tout mouvement afin de la regarder et l'entendre.

— Bonjour à tous! Elle montra une petite enveloppe de couleur pêche qu'elle tint à la main. Quand pour la dernière fois avez-vous ouvert une lettre comme celle-ci? Il y a un an? Peut-être pas. J'ai la joie d'en ouvrir tous les jours. Je reçois le plus beau présent du monde chaque matin à ma porte : vous. J'ai la chance de vous écrire, de vous connaitre, d'échanger, de rire et principalement d'apprendre la vie à travers vos mots. Chacun de vous possédez un vécu qui se partage tellement facilement sur papier : une anecdote, une manière de dire les choses, un souvenir, une épreuve, des joies, tout y passe. L'art de la correspondance rend les pensées volatiles. L'esprit échange avec l'esprit. Encore une fois, ça ne s'arrête pas là. Une lettre est un présent, un cadeau. Du cœur des hommes, à la main, à une autre main et ainsi à un autre cœur... À travers les années, des systèmes s'y sont greffés : des réseaux de correspondances, des liens. Et deviner quoi? Ça fonctionne encore. Les gens, malgré les époques, ont tous besoin de bons mots et d'instants qu'on signe de la main. Certaines lettres nous suivent ou nous marquent. J'ai décidé d'en partager une avec vous, un extrait. Je l'ai toujours avec moi.

«Prends mes mots comme des pas que je fais vers toi, petit à petit. Tant que tu recevras mes lettres, sache que je serais tout près. L'espace entre nous n'est que des mots. Je cherche encore les plus beaux. Pour cette lettre, j'ai pris ceux sous la lune, quelques-uns sur le bord de ma fenêtre et un dans le creux de ma main. Les plus beaux sont cachés dans mes silences.»

Une lettre comme ça, on la relit chaque fois que la vie n'a pas été à la pêche sous la lune. C'est une étoile qu'on accroche au ciel juste pour toi. Tous ces gens à qui j'écris, à chacun d'eux j'imagine une étoile qui s'illumine. Depuis, le ciel n'a jamais été aussi brillant. Une lettre écrite aujourd'hui peut être relue des années plus tard et avoir une autre signification. C'est une aventure signée et timbrée. Je vous embrasse et passez un bon festival.

Les applaudissements éclatèrent, Capucine salua la foule de la main. Jab garda le regard rivé sur elle, quand Renata lui donna un coup sur le bras afin que celui-ci applaudisse également. La directrice revint sur la scène, créa une deuxième vague d'applaudissement pour la fondatrice de la compagnie Cette lettre est pour vous, puis reprit le microphone. Comme un numéro de magie qui continua, tous suivirent des yeux le déplacement de Capucine qui disparut de la scène pour réapparaitre un moment plus tard sur le terrain du festival. La directrice termina son numéro, laissa la place aux musiciens et s'empressa de rejoindre Capucine qui se trouva entourée de photographes et de journalistes.

Peu à peu, Capucine fit son chemin à travers la foule, serra des mains, s'arrêta pour des captures d'images et monta lentement jusqu'à Haby et Jab où elle prit la main de sa fille et se pencha à l'oreille de Jab.

— Merci pour la lettre.

Elle se tourna ensuite vers les siens qui ne purent retenir leurs exclamations sur sa robe. Le duc s'avança à son tour.

— C'était parfait, ma très chère.

— Merci à vous. Je porte les mots de Marguerite, tourna-t-elle devant lui. Elle est avec nous.

— Je sais, porta-t-il sa main à son cœur.

Pendant que Capucine traversa le parc avec Haby et Jab vers les nombreuses installations destinées à l'écriture de lettres, le duc retira de la poche intérieure de son habit la lettre de Marguerite et lut.

Un mouchoir apparut devant lui. Renata lui offrit le sien ainsi qu'un enlacement qu'il accepta.

— Merci, ma très chère Renata.

— Vous m'accompagnez pour une balade sur le site?

— Cela me ferait très plaisir, en effet. Le plus vieux des enfants de Renata capta la main du duc, sans qu'elle le lui demande. Oh! Henry, très cher, vous pourriez prendre ma canne? Je n'en ai plus besoin. J'ai une famille.

De ses gants blancs, Henry la fit disparaitre rapidement, puis invita la mère de Capucine à marcher à son bras.

Une douce brise, des pas légers, des sourires à profusions et des mots écrits par centaines, l'évènement resserra les liens entre les gens. Jab et Capucine s'échangèrent de nombreux regards, sans toutefois échanger la moindre parole.

Dans la suite du manoir ce soir-là, Capucine finalisa ses valises ainsi que ceux de la petite pour le départ du lendemain, quand Jab se présenta derrière elle.

— Je me suis toujours demandé si tu lisais mes lettres.

— Tes lettres n'ont jamais été signées. Je me suis rendu au bureau des officiers, quand j'étais enceinte et tu sais ce qu'on m'avait dit? Jab demeura silencieux. Nous sommes désolés. Nous ne pouvons vous aider. Pour votre sécurité, tenez-vous loin. C'est un conseil important. Bonne chance avec le bébé.

Jab l'écouta intensément, mais ne trouva pas de réponses adéquates. Il l'aida à fermer la première valise, puis se retourna vers elle.

— Au fond de moi, j'ai toujours conservé l'idée que tu te souviendrais.

Capucine nia.

— Écoute Jab, c'est mon univers qui vient de basculer. Les

choses ne peuvent pas être ce qu'elles étaient.

Il ferma la dernière valise et la posa près de la porte, quand Haby arriva avec sa grand-mère en riant.

— Elle vient de manger du chocolat avec Renata et le duc. Elle en a renversé sur elle.

— Je vais m'occuper de la changer. Elle doit aller au lit de toute façon. Merci encore d'avoir veillé sur elle. Bonne nuit.

— Bonne nuit à vous aussi. Henry m'attend pour une marche dans le jardin, lui envoya-t-elle un sourire radieux.

— Je vais être dans la chambre d'à côté, si tu as besoin, envoya Jab avec un grand respect. Si Haby ne trouve pas le sommeil, je veillerai sur elle sans problème. J'ai repéré un jeu de cartes à la cuisine.

— Ça va aller.

Cette nuit-là, Capucine contempla la lune de son lit et eut une grande conversation avec elle-même. Elle tourna d'un côté et de l'autre, ne trouva pas le sommeil, alla à la cuisine chercher le jeu de cartes, tenta d'y trouver l'épuisement et le remit à sa place sur la table. Dans le bleu de la nuit, Jab s'avança vers elle et la serra dans ses bras.

32

Dans un grand tintamarre, les porte-bagages de l'avion s'ouvrirent et se refermèrent. L'embarquement ne sembla plus finir et le son des voix augmenta. Haby se retrouva assise avec sa mère et sa grand-mère, pendant que Renata accapara une partie des premiers bancs. Quant à Jab, il trouva son siège près d'une dame qui demanda constamment à faire la conversation. À chacune de ses questions, il répondit avec gentillesse. Afin de l'aider à se libérer, Renata lui poussa son roman.

— Qu'est-ce que vous lisez, Monsieur? demanda la dame.

Jab vérifia le titre sur la couverture et l'informa.

— Oh! Et de quoi ça parle?

Il lut à haute voix la note de présentation de l'ouvrage et la dame lui parla de ses dernières lectures, pendant que discrètement, Renata lui mima de dormir. Avec un large sourire, la dame dégagea de son sac à main un album photo de ses petits enfants. Jab sourit et accepta de passer à travers chacune des pages avec elle.

Au-dessus de l'océan, la plupart des gens soupirèrent ou écoutèrent calmement des films, pendant que Capucine eut une conversation avec sa mère.

— Maman, j'ai fait une grande découverte en France.

— Ah oui! Quelle est-elle?

Capucine repositionna la couverture sur la petite qui porta des écouteurs.

— J'ai découvert que le père de Haby n'est pas décédé.

— Quoi?

— Ce n'est pas tout, ajouta-t-elle en regardant droit devant elle.

— Tu vas me dire que c'est un Français?

Capucine regarda sa mère curieusement.

— Un Français?

— Tu viens de me dire que tu as fait une grande découverte en France.

— Non, je l'ai appris là. Il n'y a pas de lien avec l'endroit. Ce que j'essaie de te dire, c'est que l'homme que je croyais le père ne l'est point.

— Quoi? Tu veux dire que le gars décédé n'est pas décédé et il n'est pas le père de Haby?

— Oui, cet homme est décédé, celui que je croyais être le père. Il se trouve que j'ai fait erreur sur la personne.

— Tu as fait… avec plusieurs? plissa-t-elle le regard.

— Non! Ce n'est pas du tout ce que… Une seule personne, Maman.

— Je ne comprends pas. Comment peux-tu alors… Je ne te suis plus là.

— Le soir où Haby a été conçue, je croyais être avec la personne qui a maintenant disparu. Il faisait noir, leur habit, leur voix, leur stature étaient semblables. En fait, j'étais avec un parfait inconnu.

— C'est affreux! Je me demande si je n'aime pas mieux la version, il est décédé et ne l'est plus.

— Maman!

— Comment as-tu pu faire ça avec un étranger? Je ne te croyais pas comme ça, lui offrit-elle une mine déroutante.

— Voilà une meilleure version. Je connais le père de Haby, un brave homme, quelqu'un de bien et il aimerait prendre place dans sa vie.

— Qui est-ce?

En France, une voiture s'arrêta devant une villa exubérante. Un homme en costume élégant, fleur à la boutonnière, s'avança avec un bouquet coloré en main. L'un des hommes qui l'accompagna toussa pour cacher son émotion.

— Qui est-il, ma chérie? demanda une seconde fois la mère de Capucine.

Une jeune demoiselle vêtue de blanc ouvrit la porte de la villa et escorta le grand homme jusqu'à une vieille dame assise près des fenêtres du jardin. Celui-ci porta un genou au sol et lui montra son médaillon. La dame ne réagit point.

— C'est moi, Benny.

— Benny? émit-elle faiblement.

Aussitôt, elle plongea son regard dans le sien, porta ses mains à sa bouche, fondit en larmes, répéta son prénom, toucha son visage et le serra dans ses bras. Il pleura aussi.

— Un homme formidable, Maman.

Capucine prit la main de sa mère et sourit.

— Tu ne me diras pas qui sait, c'est ça?

— Je ne t'apprendrais rien que tu ne sais déjà.

Sa mère suivit le regard de Capucine. Jab se retourna et lui sourit.

— Je vais dormir un peu, envoya Capucine.

— Tu ne vas pas me laisser dans ce nuage!

Plusieurs heures plus tard, Capucine trouva bon de rentrer chez elle. Elle déposa son bagage, retira son téléphone de son sac et trouva un message sur sa boite vocale laissé par le directeur du musée. Fatiguée, elle prit la décision d'attendre au lundi afin de le rappeler.

Le weekend se dégusta en pyjamas. Elle et sa fille flânèrent, écoutèrent des films, vidèrent les valises, commandèrent de la nourriture et aimèrent rester à la maison. Pour la première fois, Capucine regarda Haby et y vit des similitudes avec Jab. Se sentant regardée, la petite sourit. Les ressemblances avec le père figèrent les traits de la mère.

Lundi matin offrit un rythme réconfortant. Haby prit le chemin de l'école et elle celui des correspondances. Pleine d'énergie, elle rappela le directeur qui demanda à la rencontrer, alors elle grimpa dans un taxi en direction du musée. Dès que la voiture s'éloigna, Jab apparut de l'autre côté de la rue. À pas rapides, il traversa et comme à l'habitude dégagea sa clé, pour ensuite arrêter son geste et cogner.

Sans réponse, il retira son téléphone et tenta de joindre Capucine. Toujours sans succès, il leva la main vers un taxi pour descendre quelques minutes plus tard au salon de coiffure où Renata travailla.

— Non, tu ne viens pas faire du spectacle aujourd'hui!

— Tu as vu Capucine?

— Non, mais j'ai une note de notre doyenne. Elle ne viendra plus travailler. Elle est désolée d'avoir été de connexion avec monsieur Gabinoli et dit que les correspondances ont toujours été exclues de l'entente. Elle a accepté l'argent pour gâter ses petits enfants. Renata soupira. Elle a écrit par deux fois dans sa lettre que les gens avec qui elle a correspondu ont été traités professionnellement, mais surtout avec tout son cœur. Je lui ai parlé et elle ne reviendra pas. Elle est triste et ne se pardonne pas elle-même.

Jab se prépara à partir.

— Où vas-tu? Il me manque une correspondante aujourd'hui?

Le téléphone à l'oreille, le regard aiguisé, il respira fortement quand Capucine capta l'appel.

— Allo.

CETTE LETTRE EST POUR VOUS

— Où es-tu? parla-t-il avec une certaine urgence.

— En direction du musée.

— Je suis en route.

Malgré le regard grave de Renata, il leva la main à nouveau vers une voiture de service. Au musée, le directeur accueillit Capucine à bras ouverts et afficha un sourire coquin, comme s'il fut le seul à savoir quelque chose. Sans agent de sécurité, il l'invita à traverser avec lui les zones réservées au personnel, puis lui offrit un siège calleux devant son bureau.

— Vous m'aviez dit d'attendre que je vous fasse confiance, Madame Muller. Voici mon offre pour les sceaux et les coffrets.

Il glissa un chèque à l'envers sur le bureau. Capucine s'avança, le capta, prit connaissance du montant et le reposa.

— C'est beaucoup plus élevé que notre entente.

— Les coffrets valent en fait beaucoup plus que les sceaux et maintenant qu'ils sont à vous... Ces coffrets ont une histoire, de grands secrets! Vous aimeriez les apprendre?

— Allez-y, je crois qu'au point où j'en suis, je peux le prendre.

Il parla en jargon de spécialiste, de carbone 14, d'ouverture secrète, de codes qu'il recherchait depuis longtemps, de symboles et de méthodes de conservation.

— Vous ne comprenez pas Madame Muller! Nous venons d'identifier des faits historiques maintenant prouvés, c'est grandiose! C'est le rêve d'une vie pour un directeur de musée. J'en ai glissé un mot à un bon ami à moi au musée de France et voici l'offre qu'il vous fait.

Il glissa un nouveau chèque vers elle. Capucine le capta, lut la longue série de chiffres et arrêta de respirer pendant quelques secondes. L'homme devant elle éclata de rire.

— Si j'étais vous, je prendrais le second. Nous nous chargerons de leur faire parvenir l'ensemble.

Capucine demanda un instant, sortit de son bureau, appela

Renata qui laissa tout tomber pour courir dans sa voiture, puis contacta Jab qui se trouva déjà dans l'entrée du musée. Quelques instants plus tard, les trois approuvèrent les documents à grands coups de signatures. Devant le directeur, Jab, Renata et Capucine demeurèrent extrêmement calmes et posés, mais dès qu'ils quittèrent les portes du musée, Renata cria de plaisir vers le ciel, dansa, tira Jab dans sa chorégraphie, serra Capucine fortement dans ses bras, courut à sa voiture, partit en trombe et klaxonna gratuitement. Enfin, Jab se retrouva seul avec Capucine.

— Elle est incroyable, sourit-il. Elle nous laisse faire le chemin à pied.

Capucine partagea son sourire, cependant ses propos différèrent.

— Tu es maintenant libre. Tu n'as plus à m'envoyer de l'argent ou voir à notre bienêtre. J'ai suffisamment... pour vivre et voir à l'avenir de Haby.

Jab essaya de parler, mais Capucine hala un taxi. Habilement, il se plaça devant elle et baissa sa main en douceur.

— Attends! Est-ce qu'on...

Capucine releva la main.

Cette fois, il la capta et la garda dans la sienne.

— Ce n'est pas de me pardonner que tu n'arrives pas à faire, c'est de te pardonner toi. Toutes ces années, tu ne t'es jamais pardonné d'avoir fait cette erreur.

— Laisse-moi, s'il te plait. Ce n'est pas le moment.

— Oh! J'ai entendu le bon moment tellement longtemps, le bon endroit, les bons mots et devine quoi? Ils ne sont jamais arrivés. Alors, maintenant est parfait. Tu es là. Je suis là. Ça devait être comme ça, ainsi que tout le reste qui nous arrive.

Une voiture jaune s'arrêta devant Capucine, alors elle y grimpa et donna rapidement son adresse au chauffeur. Sans attendre, la voiture s'éloigna, pendant que Jab demeura sur le trottoir.

CETTE LETTRE EST POUR VOUS

— Avec plaisir, se parla-t-il à lui-même. J'accepte qu'on partage la balade.

Cette journée-là, Capucine déposa son chèque à la banque et rejoignit Haby à la sortie des classes. Ensemble, elles se promenèrent en ville et admirèrent les décorations de Noël. L'envie de célébrer l'amena à sélectionner un restaurant. À l'intérieur, Haby et elle furent installées à une table près d'une famille qui fêta un enfant. Capucine observa le père, pour ensuite regarder autour d'elle et apercevoir tous les autres, ce qu'elle ne remarqua point avant. Après le repas, elle acheta de nouvelles bottes à Haby et un chapeau de laine. Sur le trajet du retour, la voiture de service passa devant la bâtisse où Jab travailla.

— Maman, descendons ici. Je veux lui montrer mes nouvelles bottes.

— Non, Haby. J'ignore s'il est là ce soir.

À la maison, Capucine trouva une lettre sur la table. Elle l'ouvrit et y trouva un chèque à son nom avec une note.

«Voici ma part. Elle ne peut pas racheter le passé, mais elle t'aidera à te trouver de nouveaux évènements heureux. Je t'aime. Jab»

Elle caressa du bout des doigts sa signature.

— Haby! Je crois que finalement c'est une bonne idée d'aller voir Jab.

Dans la bonne humeur, elles grimpèrent à nouveau dans une voiture jaune qui les déposa devant le portail de l'entreprise. Un employé sortit et Capucine capta la porte. Ensuite, toutes les deux se faufilèrent à l'intérieur, jusqu'à l'entrepôt où elles virent Jab au centre du village de Noël occupé à diriger une grande équipe.

—Jab! résonna la petite voix de Haby.

Celui-ci tourna la tête et vit Haby courir vers lui. Il se pencha aussitôt et ouvrit grand les bras.

— Mais, qu'est-ce que tu fais ici?

— Maman a dit que je pouvais venir te montrer mes nouvelles bottes. Les autres étaient rendues serrées.

— Oh! Elles sont très jolies.

— Tu as vu comment je cours vite avec?

Capucine les rejoignit. Les joues rougies, le sourire éclatant et les yeux rivés sur elle, il n'arriva pas à articuler, alors elle parla.

— J'ai eu ta lettre.

Les yeux des employés se tournèrent vers eux. Jab remarqua le mouvement et leur offrit de prendre une pause. Un à un, ils passèrent les grandes portes et Jab laissa la petite jouer dans les maisonnettes. La gêne s'incrusta dans ses lèvres qu'il tenta de remuer, dans ses gestes qui cherchèrent à parler et à travers ses sourires qui vinrent telles des vagues. Capucine avança une enveloppe.

— Je te la rends.

— Je suis vraiment content de vous voir, sourit-il. Puis, il nia. Je ne veux pas la reprendre.

— Alors, l'argent est en ce moment dans ton compte?

— C'est exact.

D'un geste sec, elle déchira l'enveloppe ainsi que son contenu. Jab baissa les épaules et Haby demanda à jouer dans le grand traineau de bois rouge, ce qu'il accepta. Peu à peu, les traits du visage de Capucine devinrent sérieux et son regard s'intensifia.

— Que dirais-tu de lui dire?

— Tu...

Elle acquiesça, jusqu'à ce qu'il revienne lentement à lui.

— Cette nouvelle ne restera plus sous silence. Je veux qu'elle soit la première à l'apprendre.

Il prit quelques secondes avant de réagir. À mâchoire ouverte, son regard se tourna vers la petite, sa respiration s'accrut, son visage se colora et ses mains devinrent moites.

— Va faire connaissance avec ta fille. Je vous attends à la maison, ça te va?

Jab se vit immobilisé.

Avec le sourire, Capucine parla à Haby un instant et s'en alla doucement. Sans jamais quitter la petite des yeux, Jab fit venir un jeune homme, lui remit ses clés, une carte magnétique, son portefeuille et lui mentionna qu'il se trouva maintenant responsable des opérations. Après une seconde réflexion, il reprit son portefeuille et ses clés, puis s'assit dans le grand traineau avec Haby. Il joua avec elle un moment, puis lui parla doucement. À plusieurs reprises, il acquiesça devant ses nombreuses questions.

— Tu veux dire que tu es mon père même quand la lampe n'est pas ouverte?

— Je l'ai toujours été, Haby. Et oui, on n'a plus besoin de lampe.

— J'ai un père?

— Est-ce que tu en veux un?

— Non, j'étais bien avec maman et toi.

Jab éclata de rire.

— Que dirais-tu qu'on retrouve maman?

Il sortit de la place avec Haby sur ses épaules. Les deux rirent de plaisir, puis il cria de joie vers le ciel, ce que la petite copia.

À l'appartement, Capucine les entendit arriver et termina sa conversation téléphonique avec sa mère. En silence, elle regarda sa fille qui la salua rapidement avant d'aller jouer, puis arrondit le regard.

— Tu lui as dit?

— Oui.

Capucine continua d'observer le comportement de sa fille, mais ne nota rien de différent, alors elle se tourna vers Jab. Celui-ci sourit.

— Elle s'en fout totalement! rit-il. Mais moi, je suis l'homme le plus heureux du monde.

Il garda son regard pétillant plongé dans celui de Capucine, se pencha vers elle, mais celle-ci tourna la tête.

— Ma mère sait maintenant. Elle a eu la même réaction que Haby.

Capucine rit et devint émue, tout comme Jab. Dans la soirée, au salon, ils prirent du temps ensemble à discuter. Jab arriva à articuler dans un sentiment profond de détente.

— J'aimerais savoir comment ou plutôt où je peux être dans votre vie : toi, moi et notre fille.

— J'aurais envie de te dire que c'est facile, mais je n'ai pas le projet de former une famille, si c'est cela que tu demandes. Ma vie a changé. Les évènements sont nouveaux. Tu es une personne agréable et respectueuse; tu pourras nous visiter quand tu veux.

— Vous visiter?

Jab nia discrètement.

— Tu peux être là pour Haby comme tu le pourras. Je continue seule. Et, je... te libère de tes fonctions dans la compagnie.

Jab écouta et ne bougea que très peu.

— C'est ce que tu choisis? Je ne travaille plus ici et je suis un invité? C'est loin de ce que je souhaite.

— C'est ce que je choisis.

— Même si cela me fait très mal, je vais respecter tes choix. C'est ce que j'ai dit que je ferais. Tu peux compter sur moi, peu importe...

Avec un souffle lourd, il se leva du sofa, quitta l'appartement, marcha dans les rues de la ville et descendit jusqu'au lac afin de respirer l'air du large. Sur le quai, il noya son regard dans le vide.

— Un invité, se parla-t-il à lui-même.

Les jours se suivirent et de plus en plus de gens apprirent la nouvelle, autant dans la famille de Capucine que dans celle de Jab. Renata, quant à elle, demanda plusieurs fois qu'on la lui répète, pour ensuite appeler Jab personnellement.

— Qu'as-tu fait? Peut-être qu'elle t'a pardonné, mais moi… jamais. Tu m'entends? Jamais.

— Merci de ton appel, Renata. Ça fait du bien de t'entendre.

— Jamais.

— Je pense avoir saisi.

— J'ai vu la robe que tu lui as faite pour le festival.

Jab ferma les yeux un instant.

— Tu en veux une?

— Deux! J'en aurais besoin pour ce weekend.

— Es-tu en train de me dire que si je te fabrique deux robes pour ce weekend, tu me pardonnes quelque chose de très personnel dont tu ne fais aucunement partie?

— Je te l'ai dit, les affaires personnelles, j'en fais mon affaire. Une bleue et l'autre… la couleur que tu voudras. Je sais que tu as un bon œil.

Jab se passa la main au visage.

Le duc l'apprit de la bouche de Capucine, lors de leur dernière conversation, et ne s'en montra nullement surpris.

— Cet homme avait ce regard, Madame Muller, quand il vous regardait. Il me faisait penser à moi dans mon jeune temps avec Marguerite. Je suis bien content pour vous. Vous faites une magnifique famille.

— Non. Nous ne sommes pas… Je n'ai pas accepté la relation.

— Et pourquoi donc?

— Comme une lettre qu'on a du mal à envoyer, Monsieur.

— La vie passe vite, vous savez, très vite. Quand on a une bonne adresse, il y a beaucoup de chance que la lettre arrive à destination. Je vous souhaite le bonheur ma très chère, mais vous n'avez pas besoin de mes bons souhaits, car il est déjà là. Il serait regrettable de retourner la lettre à l'expéditeur.

Jab vint à l'occasion à la maison, passa des soirées entières à jouer avec Haby ou à simplement écouter des films à ses côtés. Chaque fois qu'il quitta l'appartement, le regard qu'il posa sur Capucine se montra si émotionnel, qu'elle baissa souvent les yeux.

Un soir, il la rejoignit à la cuisine.

— Est-ce qu'on peut revoir mon statut d'invité? Est-ce que c'est toujours ce dont tu as besoin? Je suis coopératif, mais je veux quand même être clair sur un point : je veux être à tes côtés. Ce n'est pas le genre de père que je veux être pour elle et c'est à l'opposé de ce que je voudrais être pour toi. Je peux faire et être tellement plus.

Capucine expira lourdement et regarda droit devant elle.

— Elle court encore dans le bureau le matin pour voir si la lampe est ouverte. Elle s'ennuie de toi. Elle me demande sans arrêt quand tu seras là.

Jab nia.

— On peut faire mieux, on peut faire tellement mieux.

— De mon côté, c'est comme si la lumière ne s'est jamais allumée. J'ai peine à voir.

— Je suis juste là.

Les journées passèrent et Capucine continua d'empiler chaque jour des dizaines de lettres écrites à la main. Jab l'informa qu'il avait quitté son emploi au studio afin de se consacrer à un projet personnel et qu'il posséda une nouvelle adresse temporaire, depuis que son ami avait repris l'appartement. Puis, un matin de grands vents, Capucine tomba sur une lettre enroulée d'un ruban rouge à travers son courrier. À l'ouverture de celle-ci, elle y trouva une clé, des papiers notariés ainsi qu'une note.

CETTE LETTRE EST POUR VOUS

«Chère Capucine,

Nous n'avons pas eu le plaisir de nous rencontrer. C'est comme si je vous connaissais, ma chère fille. Je n'ai jamais voulu vendre la maison sur l'avenue Oklan. J'ai adoré cette demeure. J'y ai passé ma vie. Je vous en fais cadeau, à vous et à Haby. Si vous saviez comment vous me faites plaisir d'accepter la maison. On m'a raconté votre histoire et je crois qu'elle vous revient.

Affection,

Jeanne, grand-mère de mon non excusable, mais adorable petit fils Jean-Baptiste.»

Capucine tint la lettre dans une main et la clé dans l'autre, pendant que les papiers authentifiés reposèrent sur ses genoux. Elle y vit son nom en caractères gras, jeta un coup d'œil à l'adresse et le passé refit surface. Ce fut la maison où avait eu lieu la soirée gravée dans sa mémoire.

— C'est maintenant... ma maison?

Elle passa par la non-compréhension à l'exclamation, pour ensuite y revenir. Déroutée, elle téléphona à Jab pour avoir plus d'informations.

— Ah! Tu as reçu sa lettre.

— Tu le savais et tu ne m'as rien dit?

Jab expira longuement.

— Je m'y trouve en ce moment. Je la rénove depuis un certain temps déjà. Ma grand-mère souhaitait qu'elle soit en parfaite condition pour vous deux. Elle aspirait à te l'apprendre elle-même. On s'est demandé longtemps qui hériterait de cette maison. La famille est contente de cette décision.

— La maison est vraiment à moi?

— J'ai offert plusieurs fois de le lui acheter. C'est ce que j'aurais voulu vous offrir à toi et Haby.

365

CATHERINE STAKKS

— C'est là que tu habites depuis peu, alors? C'est ton projet personnel?

— Ne t'inquiète pas. Je prends l'avion ce soir pour Washington. J'étais ici que pour le travail qu'il y avait à faire dessus.

— Washington?

— J'ai eu une offre pour regagner les rangs. Ta papèterie est ici, dans le bureau que tu vas probablement adorer. Je t'en ai fait pour... très longtemps. J'ignore la date de mon retour. Tu diras à Haby qu'elle peut appeler quand elle veut. Ça vaut pour toi aussi, envoya-t-il à voix plus fragile.

— Je ne comprends pas. Tu retournes dans l'armée?

— C'est une rencontre pour le moment. Je verrais.

Capucine se posa de nombreuses questions cet après-midi-là. Puis, les vents augmentèrent et elle se rendit à l'école prendre sa fille. Collation sur la table et télévision allumée, elle se glissa à nouveau dans le bureau pour regarder la clé et les papiers, quand elle remarqua une dernière lettre dans le panier de réception. Elle reconnut l'adresse de l'expéditeur.

Le duc lui apprit la naissance d'une fondation au nom de sa femme, pour encourager la correspondance.

«... elle était ma maison, ma plus belle aventure, mon amour.»

Ces mots la firent sourire.

— Haby, que dirais-tu d'aller rendre visite aux parents de Jab?

— Oui! cria-t-elle de joie.

Main dans la main et le vent qui secoua leurs vêtements, elles cognèrent à la porte de la résidence de ceux-ci. La mère de Jab ouvrit, sans trop y croire. Capucine chercha ses mots, en plus de retenir ses cheveux.

— Bonjour. Désolée de ne pas m'être annoncée. J'aurais une faveur à vous demander.

— Entrez, entrez! Elle cria aussitôt à son mari. C'est Haby! Haby est ici! Excuse-moi. Capucine et Haby sont ici!

Surexcité, le chien les renifla, ce qui amusa la petite. Jesabelle le retint par le collier, pendant que les nouvelles arrivantes entrèrent, enlevèrent leurs souliers et avancèrent timidement dans la maison. Le sourire aux lèvres, Haby trouva ses airs et alla vers l'aquarium.

— Est-ce que vous savez pour la maison? parla Capucine.

— Oui. Nous savons. Jeanne nous a étonnés avec cette décision. Et vous savez quoi? Nous en sommes ravis.

— Je sais que Jab est là. Je l'ai appris aujourd'hui. Tout comme pour la maison, retira-t-elle la clé de sa poche. J'aurais besoin de m'y rendre et parler avec lui. Je ne sais pas comment je vais réagir en revoyant la maison. Je me demande si vous pourriez garder Haby.

— Bien sûr! Que dis-je? Avec joie! Naturellement.

Capucine la remercia.

— Je voulais vous appeler avant de venir, mais je n'avais pas vos coordonnées, à part l'adresse. Jab ne répondait pas au téléphone... Alors, excusez ma venue non annoncée.

— Tu viens quand tu veux, quand tu as besoin.

— Merci.

Capucine alla retrouver Haby pour lui dire qu'elle reviendrait un peu plus tard. Devant les poissons, la petite accepta rapidement. Dans l'entrée, la mère de Jab reçut une note écrite de la main de Capucine.

— Je serais à la maison de la rue Oklan. Voici mon numéro. Appelez s'il y a quoi que ce soit ou vous pouvez essayer la ligne de Jab. J'espère que je ne défais pas vos plans pour la soirée et je sais que je suis près de l'heure du souper. J'en suis navrée.

— J'espère que Haby aime les pâtes?

— Elle adore!

Capucine franchit à peine la porte de la demeure qu'elle

entendit les parents de Jab s'exclamer de joie. Une profonde respiration plus tard, la clé dans la main, Capucine marcha les quelques rues qui la sépara de la maison.

Rapidement, le vent l'amena fermer solidement la main sur la clé dans sa poche. À cheveux secoués, elle dégagea son visage pour bien voir la résidence dont l'adresse se retrouva également à l'anneau lié à la petite pièce métallique maintenant devenue chaude. Du haut de sa butte, la résidence se montra encore plus imposante que dans ses souvenirs.

Lumineuse et rehaussée par un aménagement paysager mature, Capucine grimpa les marches jusqu'à la galerie. Tout à coup, le vent s'arrêta et les souvenirs lui revinrent. Le rythme de sa respiration s'accéléra. En morceaux, elle revit quelques moments, quand un bruit d'un klaxon la ramena à la réalité, alors elle sonna à la porte.

À travers la vitre, elle perçut un peu le décor de l'intérieur, mais ne vit personne s'avancer. Elle plongea donc la main dans sa poche, toucha la clé, mais retira son téléphone. Devant l'appel sans réponse lancé à Jab, elle cogna et sonna encore.

Sans succès, son regard s'attarda longuement à la clé ainsi qu'à la serrure. Comme si on la poussa à avancer, le vent l'amena à faire un pas en avant. Elle inséra donc la clé dans la serrure, tourna doucement et ouvrit. Aussitôt, une agréable odeur de repas mijoté l'accueillit.

— Allo! Il y a quelqu'un? Jab? Allo?

De forts bruits au deuxième étage attirèrent immédiatement son attention. Capucine continua de s'annoncer, puis avança lentement sur le grand tapis. Le vent s'intéressa à la porte, alors elle la referma, replaça son sac à son épaule, regarda autour, puis baissa la tête devant les images qui lui revinrent : toutes obscures. Pour se ressaisir, elle inspira et reprit une posture convenable. À ce moment, elle remarqua le plancher de bois refait à neuf. Elle retira ses chaussures et avança vers l'escalier. Quand elle passa le mur, le salon se dévoila devant elle. Elle tourna la tête vers le sofa, puis s'immobilisa. Les coussins, la couverture et même la table du salon lui offrirent un sentiment de familiarité. Elle ne cligna plus des yeux. Les souvenirs déferlèrent en elle sans son consentement. Afin de mieux respirer, elle posa sa main sur la rampe de l'escalier. Le bruit reprit de plus belle à l'étage et la secoua de son état statique. Elle tourna le dos au salon et grimpa l'escalier.

Dans la première pièce, elle trouva Jab qui travailla un vieux meuble avec un outil électrique et cogna fortement sur la porte. Entre deux manipulations, il l'entendit.

— Oh! laissa-t-il son outil pour ensuite s'approcha d'elle. Qu'est-ce que…

— Désolée d'être entrée. J'ai sonné, cogné, téléphoné…

— Ah! Oui, je n'entends absolument rien avec ce bruit. Tu as bien fait. Le regard de Jab chercha quelqu'un autour d'elle. Où est Haby?

— Chez tes parents.

Son regard s'arrondit aussitôt.

— Vraiment? Chez mes parents? Est-ce que tout va bien?

— Oui! J'avais besoin de quelqu'un pour veiller sur elle. Je voulais voir la maison seule en premier.

— Je peux être avec elle, tu n'as qu'à appeler et…

— Comme je t'ai dit, j'ai appelé.

— Oh! Oui. Je vais aller la chercher et m'occuper d'elle, se prépara-t-il à partir.

Capucine l'arrêta.

— C'est bon. Elle regarde les poissons. Je ne resterais pas longtemps. Je vais faire un tour rapidement.

— Bien sûr. Tu es certaine que tout va bien?

— Oui, tout va bien.

— Alors, bonjour! hésita-t-il entre lui serrer la main ou

CATHERINE STAKKS

l'embrasser sur les joues, ce qui créa un moment légèrement inconfortable. Je te fais visiter?

— J'aimerais bien.

— Par où veux-tu commencer?

— Je l'ignore! Ici.

— C'est la dernière pièce que j'ai rafraichie. Alors, je te présente la chambre d'invités. Il se dépêcha de replacer des objets ici et là afin de la rendre plus attrayante. C'est ici que je dors, depuis peu.

— C'est bien, demeura Capucine près de la porte.

— Tu peux entrer. C'est chez toi après tout.

Elle souffla et écarquilla les yeux.

— Je l'ai appris aujourd'hui, Jab. C'est…

Jab se déplaça dans la chambre.

— Tu as les placards là. J'ai retiré la tapisserie et les tapis, puis j'ai refait le plancher, la peinture, changé le luminaire… Bon, je ne vais pas t'ennuyer avec les détails. Tu veux voir les autres pièces?

Capucine le suivit à pas hésitants. Dans la bonne humeur, il l'entraina dans le couloir vers une seconde chambre. Quand il ouvrit la porte, le sourire de Capucine s'évapora.

Jab l'observa et pinça les lèvres. Capucine se retrouva devant une chambre d'enfant qui sembla sortir tout droit d'un magazine de décoration. L'élégance se détailla à travers la literie, la banquette matelassée à la fenêtre, la maison de poupée et les meubles raffinés. Son regard continua de se promener dans la chambre et capta sur le mur les lettres en bois qui formèrent le prénom : Haby.

— Ma grand-mère tenait à ce que je lui fasse une chambre au gout du jour.

Capucine s'avança dans la pièce, pendant qu'à l'écart, Jab l'observa. Les yeux de celle-ci s'illuminèrent et ses exclamations se coordonnèrent avec ses multiples découvertes. Plus elle trouva de fins détails, plus ses yeux en captèrent d'autres. Les joues de Jab rougirent et son sourire refléta son soulagement.

— Il fait tellement bon d'être dans cette pièce, s'assit Capucine sur le lit.

— Si elle n'aime pas, je vais la refaire. Je voulais créer un endroit où elle pourrait grandir.

— C'est parfait.

— Tu veux voir le reste de la maison?

Capucine se leva rapidement et passa devant lui avec hâte, ce qui l'amusa. Dans le couloir, il ouvrit la porte du rangement.

— Cette demeure est complètement meublée et fournie. Je t'ai déjà mis une brosse à dents... Tu n'as qu'à déménager ta personne et ce que tu veux garder de ton appartement.

— Quoi?

Jab poussa la porte d'une autre chambre sans y entrer.

— Ma grand-mère a demandé à ce que j'y monte le secrétaire et que je le place devant la fenêtre.

Capucine entra jusqu'au centre de la nouvelle pièce, puis se retourna vers lui.

— C'est la chambre principale?

— C'est exact. Tu auras tout le temps de la visiter.

La première chose qu'elle remarqua crépita.

— Il y a un foyer dans la chambre?

— Il y a un foyer.

Toujours sans le croire, elle continua de faire le tour.

— Il y a une bibliothèque? J'ai un sofa dans ma chambre? J'ai un sofa devant un foyer et une bibliothèque... dans ma chambre?

D'un ton neutre et calme, il répéta ses mots et demeura encore une fois à l'écart.

CATHERINE STAKKS

— Cette porte, c'est la salle de bain.

— Il y a une salle de bain dans la chambre?

— Il y a une salle de bain dans chacune des chambres.

Jab la perdit de vue, mais entendit ses cris de joie qui se répercutèrent sur les murs de la salle de bain. Il continua de seconder ses dires, même si celle-ci ne l'entendit plus. Après un moment, elle revint et s'assit au secrétaire devant les immenses fenêtres. D'un geste enjoué, elle ouvrit les fins rideaux afin de contempler la vue et respira le bonheur comme une bouffée d'air frais. Lui en perdit le souffle. Elle toucha ensuite les fleurs fraiches bien arrangées dans un joli vase.

— Ta grand-mère a demandé à ce qu'il y ait des fleurs?

À tête baissée, Jab parla.

— Non, c'est moi qui souhaitais que cette pièce soit particulièrement confortable.

Le crépitement du feu emballa délicieusement le silence entre les deux.

À bras ouverts, il l'invita pour la suite de la visite. Tout à coup, Capucine regarda la maison d'un autre œil. Son regard changea également sur celui qui refit chaque pièce de la maison avec soin ainsi que son extérieur. Il lui expliqua les changements dans la plomberie, le chauffe-eau qu'il avait remplacé, la toiture refaite à neuf et d'autres détails qu'elle n'arriva pas à absorber devant le nouveau bureau de Cette lettre est pour vous qui s'ouvrit devant elle.

Une partie du rez-de-chaussée se vit réservée pour l'entreprise. L'espace comporta un accès extérieur, une cuisinette, une magnifique salle de bain ainsi qu'une salle de conférence. Capucine se tourna vers Jab avec un regard arrondi.

— Oui, tu vas pouvoir accueillir une grande équipe de correspondants.

À ces mots, Capucine le serra dans ses bras, pour aussitôt s'excuser. Dès qu'elle tourna le dos, il souffla et se mordit la lèvre. Après un moment à voir les nouveaux locaux, elle accepta de le suivre pour voir le reste de la maison. Plus elle en vit, plus elle trouva la maison immense.

— Je ne sais pas comment je vais pouvoir prendre soin de tout ça. Je n'ai jamais eu de maison.

— Je vais m'en occuper. Capucine fronça les sourcils, mais Jab continua la tournée. Ici, ce sont les lits d'été pour le porche arrière. Haby aura, en plus d'un terrain pour courir, un endroit pour camper.

Jab en profita pour lui raconter quelques anecdotes de sa jeunesse.

— C'est une maison remplie d'histoires et tellement bien conservée, envoya Capucine.

— Le charme d'autrefois prête pour l'avenir.

Par la suite, la cuisine brilla sous le regard de la nouvelle propriétaire.

— Jeanne m'a demandé de cuisiner tous les soirs. Elle dit que c'est pour redonner l'âme à la maison. Si tu veux, si tu n'as rien de prévu, hésita-t-il, tu peux te joindre à moi pour le repas. À moins que mes parents t'aient invitée en premier.

— Je veux bien t'accompagner.

Elle le regarda ouvrir les armoires avec aisance et dresser la table. Puis, il l'invita à s'assoir et apporta le repas dans un récipient ancien. Capucine baissa les yeux sur une assiette bien garnie.

— Du pain?

— Oui, s'il te plait.

Son regard s'attarda sur le simple geste de celui-ci : il étendit le beurre sur son pain avant de le lui donner.

— Merci.

— C'est la moindre des choses.

Ensemble, ils savourèrent les premières bouchées du plat,

quand Capucine éleva un regard de surprise vers lui.

— C'est délicieux!

Il lui montra le livre de recettes écrit de la main de sa grand-mère.

— Je n'ai pas de mérite. Peu importe la recette que tu choisis dans ce livre, c'est toujours bon. Impossible de manquer ton coup. Il y a des années de recherches dans ce bouquin.

Capucine demanda à le feuilleter.

— Est-ce qu'il vient avec la maison?

Il rit.

— Oui, il a sa place bien à lui dans la petite armoire là.

Dans une belle simplicité, ils dégustèrent leur repas sous quelques baisses lumineuses causées par les forts vents qui secouèrent le réseau électrique. Derrière la maison, les arbres penchèrent la tête anormalement, pendant que dans la maison la paix exista. Capucine trouva la chaleur bonne et aima le moment sans trop y croire, ce qu'elle répéta à Jab plusieurs fois. Dans une danse agréable, ils ramassèrent la table et nettoyèrent la vaisselle. À manches relevés, Jab plongea les mains dans l'eau chaude savonneuse.

— Je t'installerais un lave-vaisselle à mon retour.

— Je ne me plains d'absolument rien, envoya-t-elle d'un air amusé. Est-ce que tu viens avec la maison?

Comme si l'on venait de peser sur une vilaine blessure, Jab garda la tête basse. Avec délicatesse, Capucine reprit ses mots qui se firent trancher par une sonnerie. Le téléphone portable de Jab l'amena à s'essuyer les mains et capter un appel au salon. L'eau chaude de l'évier trouva alors une nouvelle paire de mains. Rendue à la dernière assiette, Capucine leva les yeux vers la fenêtre devant elle et vit le reflet de Jab qui s'ajouta au sien. Elle lui sourit à travers le reflet.

— Prends-toi un linge et approche-toi.

Il attrapa le textile, puis Capucine sentit une chaleur qui lui traversa le corps. Elle leva donc le regard vers le reflet qui lui montra Jab à yeux fermés qui se tint derrière elle.

— Jab?

— Laisse tout dans le panier, je m'en occuperais dans un instant. Je dois monter pour éteindre le feu du foyer et me préparer. Mon vol est pour bientôt. J'aimerais bien voir Haby avant de partir.

— Alors, je vais t'attendre pour m'y rendre.

Subitement, la maison plongea dans le noir.

— Je nous trouve une chandelle, résonna la voix de Jab, ainsi que le mouvement d'un tiroir. Aussi vite qu'elle fut partie, la lumière se réinstalla. Jab se pencha à la fenêtre. Les vents sont plutôt intenses ce soir. Je dépose ça ici.

Quand Capucine se retourna quelques instants plus tard, Jab ne se trouva plus dans la pièce. Seules des chandelles ainsi que des allumettes reposèrent non loin.

Sous plusieurs moments courts plongés dans l'obscurité, Capucine termina le nettoyage de la cuisine, replaça les chaises et patienta dans l'entrée, quand elle remarqua des lumières au deuxième étage. Elle en profita pour exécuter une seconde promenade dans la maison. À son retour au rez-de-chaussée, un sac militaire reposa près de la porte et Jab noua ses bottes. Quand il se releva, un frisson lui traversa le dos.

— Tu es prête? lui sourit-il.

Abruptement, les lumières de la maison moururent, celles de la rue également, le son des appareils électriques disparut, puis l'obscurité s'installa telle une lourde couverture.

— Je crois qu'il y a panne, cette fois, résonna une voix masculine dans la maison.

— Je ne connais pas les airs, tu peux parler? chercha Capucine son chemin jusqu'à la porte.

Un bras s'allongea vers elle.

—J'ai ton sac.

—Je ne vois absolument rien.

—Tiens-toi à moi.

Capucine posa les mains sur lui. Peu à peu, la texture de ses vêtements, l'odeur, le bruit de ses mouvements, la chaleur de son corps, le timbre de sa voix et l'endroit la secouèrent. Elle éclata en sanglots, recula dans un mécanisme de défense face à ses souvenirs et s'écrasa sous l'impact de ses émotions qui la bousculèrent.

— Doux, doux, la retint-il contre lui. Qu'est-ce qui se passe? Parle-moi. La noirceur? Je peux arranger ça.

Capucine chercha sa respiration.

—Je me souviens. Je... Je me souviens. Je me souviens de toi.

Lentement, Jab la serra dans ses bras et respira fortement avec elle.

— Tu avais un chandail foncé et tes joues étaient froides.

Il changea de position afin de caresser son visage.

Elle recula.

— C'était toi? parla-t-elle encore sous le choc.

Puis, elle s'approcha et demanda de pouvoir le toucher. En réponse, il attrapa sa main et la posa sur son cœur. Lentement, Capucine calcula la hauteur de ses épaules et ajouta son autre main, pendant que Jab descendit les siennes à sa taille, puis à son dos.

—Je me souviens de ça.

Elle caressa ensuite son visage. Jab put sentir ses mains qui tremblèrent.

—Je ne peux pas croire que je t'ai embrassé, ce soir-là, avoua-t-elle dans l'incompréhension.

—En fait, c'était moi.

Il pressa ses lèvres contre les siennes. À ce moment, la vieille horloge de la cuisine sonna à plusieurs reprises.

— On a encore du temps, parla-t-il tendrement.

Le souffle de Capucine se crispa.

— Je reconnais ta voix, je me rappelle que tu as dit la même chose quand le carillon avait sonné.

— J'ai quelque chose d'important à te dire : mon nom est Jean-Baptiste Arthaux et je t'aime.

Il l'embrassa davantage et elle s'y abandonna.

Telle une lettre attendue depuis longtemps et enfin décachetée, chaque syllabe, chaque son et chaque virgule se consumèrent dans la maison de la rue Oklan. Sur le même divan, dans un sentiment de déjà-vu plus puissant que jamais, ils s'allongèrent tous les deux.

En soubresauts, la lumière revint brièvement, quelques secondes, puis disparut. Ce court levé du rideau permit à Capucine de voir le visage de Jab à travers le temps. Elle expira longuement.

— C'était toi.

33

À bout de souffle, les forts vents qui traversèrent la ville devinrent aussi doux que le moment. Allongés ensemble, une couverture repliée sur eux, Jab croisa ses doigts avec ceux de Capucine. L'électricité revint ainsi que les couleurs de la maison.

—J'ai des projets pour nous, lui confia-t-il.

—Je crois que tu as manqué ton vol.

—Oh! Je ne vais nulle part.

— Je pensais aller chercher Haby et aller dormir une dernière nuit à mon ancienne adresse.

—À part... ce que tu viens de dire, la serra-t-il dans ses bras. Je veux être avec ma famille.

—Jab, il y a quelque chose que j'aimerais partager avec toi, et ce pour très longtemps.

Curieux, il se tourna vers elle. Capucine retira de son sac une lettre et le lui remit avec un sourire généreux.

—Cette lettre est pour toi.

—Une lettre, sourit-il à son tour. J'aurais dû m'y attendre.

Il décacheta l'enveloppe avec soin, pendant que Capucine se leva.

—L'enveloppe est vide.

— Je sais, garda-t-elle un sourire radieux à son visage. Il faut écrire l'histoire.

Il retourna la lettre. La seule information visible fut l'adresse de la maison où ils se trouvèrent. Capucine sortit de la résidence. En vitesse et maladroitement, Jab la rattrapa. Main dans la main, ils marchèrent ensemble jusqu'à la maison des parents de celui-ci.

— Alors, tu m'offres de rester dans la chambre d'invités?

— Je ne sais pas comment gérer le foyer de la grande chambre, alors je me suis dit que tu aimerais peut-être qu'on la partage. Le timbre de sa voix devint subitement posé. Tu n'as jamais été un invité. Tu es l'une des personnes les plus importantes de ma vie et de celle de Haby. Je suis prête : la famille, la maison et tout ce qui va avec. Je veux toi, je veux nous, avec notre fille.

— Je peux prendre soin du foyer et de tout ce qui va avec, s'en amusa-t-il. À son tour, le timbre de sa voix devint posé. Je suis l'homme le plus heureux au monde.

À leur arrivée, Haby dormit dans les bras de son grand-père, tous les deux impeccablement installés dans le fauteuil à bascule. Jab enfila doucement le manteau à la petite et la prit dans ses bras. Capucine et lui les remercièrent, en étant très proches l'un de l'autre. La mère de Jab regarda le sourire de son fils et sourit à son tour. Dès leur départ, elle questionna son mari.

— Tu penses ce que je pense?

— Oh oui! On va s'ennuyer de la petite comme deux vieux fous.

— Non, oui... mais, tu crois que Jab et Capucine... enfin, tu sais?

— Chérie, ce n'est plus une grande surprise. Haby est au monde. C'est certain qu'ils ont déjà fait quelques rimes ensemble.

— Eh bien, je pense que notre fils est heureux. Tu n'as aucune idée à quel point cela me rend heureuse, offrit-elle à son mari un regard rempli de larmes.

CATHERINE STAKKS

Il la serra dans ses bras.

— Je t'aime.

34

Plusieurs mois plus tard, les cloches de la petite chapelle d'un certain presbytère sonnèrent à des kilomètres aux alentours.

Au sous-sol, Capucine et Haby marchèrent à travers les statues qui rayonnèrent sous les soins de Jab et son père. Un pinceau à la main, ceux-ci redonnèrent vie aux nombreux personnages qui n'affichèrent plus de blessures. Accompagnée d'un rayon de soleil, la sœur en chef apparut. Capucine vint à sa rencontre et lui serra la main, quand Jab arriva derrière elle et en fit autant.

—À cette vitesse, nous pensons recevoir vos premiers visiteurs d'ici peu. Les statues vont retrouver leur place dans la chapelle et dans nos nombreuses salles. Certaines vont également voyager. Le musée de Chicago prépare une exposition temporaire à cet effet.

Non loin, à une certaine villa, monsieur Gabinoli coupa un large ruban rouge aux côtés de sa mère afin de célébrer la nouvelle aile prête pour accueillir de nouveaux résidents.

Sur son bureau, le directeur du musée de Chicago trouva un paquet. Le nom de Capucine Muller figura comme expéditeur. Avec soin, il déballa un livre ancien sur lequel figura le fameux symbole qu'il rechercha depuis longtemps. À mâchoire décrochée, il se laissa choir sur sa chaise.

Dans une grande salle de réception, Renata déambula en

portant une sublime robe qui attira de nombreux regards. Une femme s'empressa de lui demander le nom de son couturier.

— Jamais! continua-t-elle de sourire à la dame quelque peu choquée, pour ensuite continuer sa route. Jab, tu t'es surpassé, se parla-t-elle à elle-même. Et j'en ai deux.

35

Le quotidien sonna le carillon de la grande horloge de la maison de la rue Oklan. En signant sa dernière lettre cette journée-là, Capucine sentit une main se poser sur son épaule. Au même moment, Haby avança un cabaret qui comporta trois chocolats chauds.

— Une ouverture, une aventure et une signature, envoyèrent Haby et Jab en chœur.

— Je t'aime, Maman, se pressa la petite contre sa mère.

— Je t'aime aussi, serra Capucine sa fille dans ses bras.

— Attention! Je vais devenir le bonhomme à longs bras, fit-il rire la petite. Je vous aime pour toujours, les serra Jab dans ses bras.

CATHERINE STAKKS

Il y a une suite à ce roman. Vous la retrouverez
sous le titre : **La vieille bouilloire**.

Made in the USA
Las Vegas, NV
21 November 2023

81308440R00213